一部绚丽的中国当代文学画卷
一幅鲜活的当代文坛生态图

语言在万物之上
从容走动

涂国文 著

浙江工商大学出版社 | 杭州
ZHEJIANG GONGSHANG UNIVERSITY PRESS

图书在版编目(CIP)数据

语言在万物之上从容走动 / 涂国文著. —杭州:浙江工商
大学出版社,2019.7

ISBN 978-7-5178-3284-3

Ⅰ.①语… Ⅱ.①涂…Ⅲ.①国文学—当代文学—文学评论
Ⅳ.①I206.7

中国版本图书馆 CIP 数据核字(2019)第119738号

语言在万物之上从容走动
YUYAN ZAI WANWU ZHISHANG CONGRONG ZOUDONG

涂国文 著

责任编辑	厉　勇
封面设计	林朦朦
责任印制	包建辉
出版发行	浙江工商大学出版社
	（杭州市教工路198号　邮政编码310012）
	（E-mail:zjgsupress@163.com）
	（网址:http://www.zjgsupress.com）
	电话:0571-89995993,89991806(传真)
排　　版	杭州朝曦图文设计有限公司
印　　刷	浙江全能工艺美术印刷有限公司
开　　本	710mm×1000mm　1/16
印　　张	21
字　　数	335千
版 印 次	2019年7月第1版　2019年7月第1次印刷
书　　号	ISBN 978-7-5178-3284-3
定　　价	72.00元

目 录

角:诗歌评论

徵:综合评论

羽:童诗荐读

我的文艺评论"十六字律令"（代前言）

　　自当年第一次受文友之托为其长篇小说处女作撰写评论至今,我闯入文艺评论领域"打酱油"的历史已逾十年了。至今撰有各类文艺评论70余万字,部分发表在《文艺报》《文汇报》《文学报》《江西日报》《安徽文学》《百家评论》《关东学刊》《浙江作家》《诗江南》《野草》等全国各级报刊上,已出版文学评论集1.3部(广西人民出版社出版的《词语快跑》算1部,浙江文艺出版社出版的随笔、评论集《苏小墓前人如织》只能算0.3部)。

　　我非专业的文艺评论家,所从事的职业与文艺评论无涉,写文艺评论纯属业余爱好;我非专门从事文艺评论写作,除文艺评论外,还从事诗歌、散文、随笔、小说和职业文字的写作;我非文艺评论科班出身,撰写文艺评论属于"野狐禅"。我"捞过界",从事文艺评论工作,劣势和优势都十分明显——

　　劣势:其一,工作繁忙、个人文学创作任务重,从事文艺评论需要挤时间,需要牺牲自己大量的休息时间;其二,文艺评论非我的本职工作,容易贻人以"不务正业"的口实,需要抗击来自四面八方的误解乃至攻讦;其三,我不是文艺评论专业毕业的,需要不断自学文艺理论知识。

　　优势:其一,我是一个文学创作者,对文学创作的甘苦有着切肤的体认;其二,我兴趣非常广泛,学术视域开阔,综合素质强;其三,我对文艺评论有着饱满高涨的创作热情、甘作嫁衣的奉献精神、不辞辛劳的拼搏劲头、挺举新锐的人梯意识和"文本细读"的职业操守。

在十余年的业余文艺评论创作实践中,我自觉遵守"融合""并举""文本""发现""自由""视角""感性""诗化"这"十六字律令",扬长避短,努力探索并走出一条具有强烈个性特质的文艺评论之路——

"融合":(1)融学院派评论与一般性书评为一炉,既力避学院派评论常见的高深、晦涩,又拒绝一般性书评的随意、浮泛,在二者之间寻找一条"将文艺理论巧妙地消融于文艺评论之中,处处看不见理论,然而理论却无处不在"的第三条道路;(2)融文艺理论与文艺批评为一炉,追求一种"批评的理论"和"理论的批评";(3)融文艺理论与文学为一炉,追求一种"文学的理论"和"理论的文学"。

"并举":在文艺评论中,坚持艺术性与思想性并举的做法,注重对作家作品精神格局和艺术追求的双重考量,坚持"灵魂永远高于修辞和观念"的文艺评论理念,认为作家作品的精神格局是衡量和判断作家作品价值的一个重要标尺;认为是否具有恢宏的精神格局,是区分大作家与小作家、大作品与小作品、真作家与伪作家、真文学与伪文学的试金石;主张必须在文学作品中浇注现代精神,认为现代精神是文学创作的一种重要思想资源,是参与文学作品生命建设的血肉和呼吸,是擢升文学作品思想价值和艺术价值、定格文学作品思想品位和艺术品位的创作神器。

"文本":文本是文艺评论的基础和核心。不细读,不评论。在十余年的文艺评论写作实践中,我近乎固执地坚持以文本为中心,坚持"文本细读",认为文艺评论必须"让文本说话",必须建立在细读文本的基础之上。认为细读文本既是对作家作品的尊重,也是文艺评论者对文艺评论的尊重和对自己的尊重,更是文艺评论者一种基本的职业操守。

"发现":(1)认为"雪中送炭"永远要比"锦上添花"更有价值和意义,坚持以"做功德"的态度做评论,以发现和推举文学新人为己任;(2)认为文艺评论的职责不是为作家作品撰写"产品说明书",不能简单地复制文学作品,要在文学作品之外有所"生成",与作者一起参与文学作品价值体系"共建";要能将作者写作时没有意识到的旨归或技巧发掘出来,令作者惊呼。

"自由":我目前已经完成的70余万字文艺评论都是纯义务写作的。纯义务写作尽管付出巨大，但好处也是显而易见的：一方面，因为没有收钱，我可以完全按照自己的真实观感进行评论，赞美与批评都可以绝对本乎真实与真情，忠实于自己的内心，没必要讨好谁，也没必要作贱谁。这就避免了因"吃人嘴短、拿人手短"从而影响自己的臧否。另一方面，因为没有收钱，在时间安排上基本上能摆脱作者的挟持，有空则写，无空则罢；有兴趣就写，无兴趣则罢。这就充分保证了我在对作家作品进行评论时，个人的自由写作意志不受褫夺。

"视角"：我认为，一切文艺现象都是社会文化现象的表征，孤立的作品研究，最终会制约和削弱文艺评论大气象的呈现。从事业余文艺评论十余年来，我坚持将社会视角和文化视角引入文艺评论，力避孤立的文本分析：从社会的视角、文化的视角看作品，透过作品看作者、看文化、看社会。

"感性"：我认为偏理性的文艺评论有益于文学理论的建设和文学潮流的引领，而偏感性的文艺评论对个体的文学创作活动作用更直接、更明显，也更富有生趣。可能是由于个人的性格特点和审美趣味所致，偏感性的文艺评论比偏理性的文艺评论更让我心仪。我追求一种偏感性的评论风格。

"诗化"：应该说，诗歌创作出身和多血质、属相马、O型血的生命密码，使得我的文艺评论呈现出一种迥异于专业文艺评论家的评论风格。我认为，"文艺评论"，必须是一种"文艺的评论"。多年来，我一直自觉追求"评论家的文学化"，自觉追求将艺术的感知力和我个人的生命体验，融入文艺评论之中，对文学作品进行诗性言说、诗化解读。从美学出发，而不是从文艺理论概念出发；最终又以审美为旨归，而不是以文艺理论的宣讲为旨归。将诗与思、情与理、感与评浇铸在一起，努力将文艺评论打造成一种激情四射、汪洋恣肆的"诗化文本"。

涂国文

2017-03-10

宫

小/说/评/论/

《外婆史诗》的叙事诗学

卢文丽是位诗人出身的小说家。她将诗歌的某些特质,带入了她的长篇小说《外婆史诗》中,进一步强化了小说的诗性和诗意。这部以作者外婆为人物原型的作品,是一部关于时间的史诗。正如文学评论家张清华先生所说,"时间是叙事文学中一个特别关键的、重要的因素。时间不止决定了一部小说的情节,决定一部小说的叙事长度,还会决定一部小说的美学"(《叙事的长度、美学与时间问题》)。这部小说挣脱时间链条的束缚,打破传统的线性叙事手法,采用时空交错的多线索结构,描述了中国近代风云变幻的百年历史,展现了时间在叙事中的文学魅力,呈现出一种雄阔、纷纭、厚重、悠远的艺术气象和清丽、质朴、幽默、轻俏的语言风格。

长篇小说是关于叙事的诗学,是人物与时间、空间和文学的"四重奏"。它以文学的形式,书写人物在时间洪流的裹挟下,以及在空间的流徙中,所呈现出来的生活经历和人生命运的轨迹。时间是主动态的,而空间是被动态的。空间常常为时间所主宰、所湮没,故而时间的形态决定了叙事的走向和叙事的美学。优秀的长篇小说作家都是"时间的诗人",是时间叙事的行家里手。他们从恢宏的历史场域或广阔的现实生活中,遴选足以构成生活故事和具有自我发展功能的叙事元素,运用顺推或回逆的方式,以一种与人物命运相契合的语体、语式和语态,巧妙安排作者与叙述人,叙述人与作品人物,故事、叙事和叙述之间的关系,建筑文本的文学意义和社会意义。

《外婆史诗》是一部为外婆立传的史诗,也是一部描写普通人与命运抗争的史诗。这部具有浓郁原型小说特质的家族历史小说,呈现了一种形而下的中国现当代实体家族形态。小说秉承"以史为据"这一历史小说的基本创作法则,书写了浙江东阳"雪舫蒋腿"创始人蒋雪舫的曾孙女蒋小娥多舛而不平凡的一生,塑造了一个美丽、慈爱、善良、聪慧、能干、坚韧、达观、正直、宅心仁厚、吃苦耐劳的"中国外婆"感人形象。小说将"我"对外婆的深情追忆,寓于一种格调幽默的苦难叙事中,以外婆为主线,以"我"为副线,以外公和方士雄为辅线,多线索运行,叙事视角频繁切换、回忆与现实穿插交织,绘就了一幅纵贯祖孙六代的个体荣辱、家族沉浮和社会兴衰图。

一、多元视角:世界文学谱系中的中国外婆形象

在世界文学人物形象画廊中,有一组非常独特,几乎令所有读者都崇敬、信赖,视为家族的精神依靠,感到无比亲切和温暖,无限依恋和追怀的人物形象,那就是——"外婆(外祖母)"。这些外婆大多没有受过多少教育,文化水平不高,甚至目不识丁,社会地位和家庭地位低下,含辛茹苦,忍辱负重,饱受物质贫困与精神贫乏的苦难。然而,她们却聪慧能干、吃苦耐劳、乐观旷达、坚韧顽强、善良仁慈、公正无私、热爱生活、洞明世事。在家庭生活中,她们大多扮演着女人和男人两重角色,是家庭的支柱和家族凝聚力的核心。同时,她们心里装满爱,具有浓郁的人伦道德和人伦亲情,疼爱、呵护孙辈,并且心中有着无穷无尽的社会知识和民间文学,以此哺育孙辈的童年。

世界文学中最著名的三个外婆形象,当属俄国作家高尔基《童年》中的阿库琳娜·伊万诺夫娜、捷克作家鲍日娜·聂姆佐娃《外祖母》中的玛·诺沃特娜、美国女作家艾利斯·沃克《外婆的日用家当》中的琼森太太。《童年》中的外祖母不仅以她对世界无私的爱,丰富了"我"的精神世界,把"我"的心灵从黑暗引领到了光明,而且以她对待生活的乐观和坚毅,给予了"我"无穷的精神力量。《外祖母》中的外祖母玛·诺沃特娜是捷克劳动人民品德与智慧的化身,她以无比高尚的道德精神力量压倒了现实生活中的主人公爵夫人,成为拉笛博日采山谷的"灵

魂"。《外婆的日用家当》中的外婆琼森太太,深受生活和种族歧视的双重伤害,却乐观向上、意志坚定,展示了底层劳动人民不屈不挠的坚韧性格……

外婆是属于全人类的,她们是全人类的"守护神"。人类学学者在对人类姻亲关系和亲属制度的研究中,发现一个颇为有趣的现象,那就是姻亲关系不仅具有人种遗传学意义和人际社会学意义,对人种基因、代际传承、家族范式和社会结构影响深远,而且在家族日常生活中,父系一脉与母系一脉所承担的家庭功能及其对家族成员施与的影响,亦存在着性别谱牒的差异。父系一脉更多地承担家族的生活保障和精神垂范,而母系一脉则更多地承担家族的内部管理和子女教育。中国传统宗法伦理中流行的"严父慈母""男主外女主内""相夫教子"之类的观念,就是这一现象的反映。时代发展到今天,社会观念发生了巨大变化,但性别在家庭生活中的分工并未完全消失,只是由显豁变得深邃而已。

卢文丽《外婆史诗》中的外婆蒋小娥,与世界文学人物形象谱系中的诸多外婆相比较,在心地、性情、意志和品德等方面,具有诸多共性——她们都慈爱忍韧、意志顽强,是"人的外婆"和"世界的外婆"。然而,殊异的历史时空铸就了殊异的社会形态,殊异的社会形态又拖拽出不同的命运轨迹。蒋小娥所生活的国度在中国,她际遇的时代是中国的,因而她的人生命运和内心情感也必然打上深刻的中国烙印——她是"'我'的外婆"和"中国的外婆"。文学评论家贺绍俊先生指出,"从自我的经验或自己家族的资源入手来建构大叙事……由自我虚构转为外向虚构……卢文丽就写一个普通外婆对生命的态度,通过外婆写出一种中国式的生命意识"(《2016年长篇小说:依然行走在路上》)。

"我"的外婆蒋小娥经历了中华民国和中华人民共和国两个时代。她的人生命运,与中华民族的命运紧密相连;她的悲欢离合,与中国人民的悲欢离合同频共振。民国时期的国共内战、抗日战争,新中国建立后的公私合营、大跃进、"文革"、改革开放,这些民族与国家的重大政治事件和社会事件,莫不在她的命运轨迹中,打下深深的烙印,左右着她命运行进的方向。她的命运是中国式命运。同时,她又有着完全个人化的人生遭际:出生于一个生活优渥的民族工商业主家庭,却因父母渴望生个传宗接代的儿子,年幼时便被过继给他人,从此开始了厄运频仍的人生。独特的命运,锻造了她独特的品性。她对待命运的态度、她抗击磨难的方式、她所表现出的生命意识,也完全是中国式的。

《外婆史诗》以一种内外交叉的多元叙事视角,对全知视角进行改写和超越,叙写一位中国外婆的人生传奇。小说主要采用第一人称见证人内聚焦的叙事模式,由"我"来承担叙事功能,将传统的全知视角转移到叙事者所处的内视角,以"我"的所见、所闻、所感,引导叙事。同时采取内外视角交叉、多元叙事视角转换的叙事策略,书写外婆的命运与心灵的编年史。小说中,全知视角、内视角、外视角交叉更迭,第一人称、第二人称、第三人称频频切换,叙事者视角、见证人视角、人物视角相映成趣。譬如小说描写外婆的遗容用的是见证人视角,描写吊唁者用的是全知视角。即令是人物视角,也富有变化,譬如叙写家世用的是外婆的视角,描述上海用的是外公的视角,描写1929年西湖博览会用的是方世雄的视角……

《外婆史诗》一开篇就进行时间回逆,直接将笔触指向外婆的人生终点:"这一次,你再也不会醒来了。你躺在那张铁架床上,显得很放松……构成一个寺庙里的观音娘娘才有的笑容……哦,天堂!哦,宇宙!那正是你即将动身前往的地方,你已整装待发,只差一粒火种。"小说在这样一种强烈的抒情氛围中,开始对外婆善良、忍韧与慈爱人生的深情追忆。这种倒叙的写法,是中外追怀类文学作品的写作常例。它一可以引人入胜地点题,突出主题;二可以制造悬念,吸引读者;三可以增强文章的生动性,使故事波澜起伏,避免叙述的平板与结构的单调;四可以奠定全文的感情基调。捷克作家鲍日娜·聂姆佐娃的《外祖母》,一开篇采用的也是这种手法。请看——

"这已经是很久很久以前的事了:我最后一次注视那和蔼而恬静的面孔,吻那布满皱纹的苍白脸颊,凝视那显现出多少善良和爱的蓝色眼睛;这是很久以前的事了:她那苍白的手最后一次给我画十字祝福! ——善良的老人已经不在了! 她早已在那冰冷的土地里安息了! 但对我来说,她并没有死! ——她的形象连同她那丰富的色彩一齐深深地嵌入了我的灵魂,只要我活着,我都将活在其中! ——假如我完善地掌握了画笔,亲爱的外婆啊,我会用另一个样子来描绘你的;然而这幅水笔速写的素描,——我不知道,不知道,人们是否喜欢它! 但你常这样说:'世上没有一种能使谁都满意的人。'如果这本书还能找到几个读者,他们能用我描写你时的那种喜爱来读的话,那就足够了。"

人类的情感是相通的。笔者犹记少年时读过高尔基的一篇散文,文章最后有一句话:"这是谁? 这是人的母亲!"将这句话改为"这是谁? 这是人的外婆!""这是谁? 这是人类的外婆!"同样适用于我们此时此刻的心情。人类有一种共同的"外婆情结",那是盘踞于我们灵魂高处的人性温暖。与高尔基《童年》、鲍日娜·聂姆佐娃《外祖母》、艾利斯·沃克《外婆的日用家当》等作品一样,卢文丽《外婆史诗》中的外婆这一人物形象,由于触及了基本的人性,所以同样具有感动人心的艺术力量。外婆是全人类的外婆。即令是像曹雪芹《红楼梦》中林黛玉的外婆贾母(史太君),也是一位具有慈母心怀、怜爱外孙女的外婆。

二、家国同构:个体命运负载的民族史

贺绍俊先生在《2016年长篇小说:依然行走在路上》一文中指出,"无论是家族叙述,还是史诗性,都是一种大叙事。大叙事虽然有气势,有高度概括力,骨架完整,但难免牺牲历史的血肉。但是,有一种大叙事弥补了这一缺憾,这就是大叙事的自我化,其具体表现为,从自我的经验或自己家族的资源入手来建构大叙事",因为"以这种方式进入历史的大叙事时,就更容易触摸到血肉和肌理"。他说,卢文丽的《外婆史诗》这部小说"写了外婆的一生,这是一个普普通通的外婆,她的遭遇很坎坷,有苦难,也跟这个时代结合得很近,但是卢文丽没有把注意力放在这个时代上,也没有放在对苦难以及苦难社会意义的挖掘上,因此小说不是一个强调社会性的主题,也不是一个强调道德性的主题"。

贺绍俊先生的论述指出了《外婆史诗》与其他同类历史原型家族小说的不同之处。然而,他所说的"卢文丽没有把注意力放在这个时代上,也没有放在对苦难以及苦难社会意义的挖掘上,因此小说不是一个强调社会性的主题,也不是一个强调道德性的主题",并不意味着《外婆史诗》对时代、对苦难以及苦难的社会意义、对作品所揭示的社会性与道德性主题是忽视与轻贱的。恰恰相反,这部小说从外婆个人和家族角度出发,立足于通过个体生命和家族命运,以艺术的形式,对"家国同构"的社会形态和社会本质进行了审视和同构,以此展示民族特有的命运史、人文史和心灵史,以及基于中华民族传统的伦理道德所生发的伦理判断和道德史观。

《外婆史诗》负载着民族的百年沧桑,具有一种厚重的历史感。它在一段长达百年的时间长度里,书写外婆和家族兴衰消长的命运轨迹,观照人物的命运史和心灵史,展示历史的史乘符号和历史的作用力。《外婆史诗》不仅是一部外婆的个人史、家族史,也是一部国家史、民族史。它通过叙写一位普通的中国劳动妇女在不同历史时代的遭际和挣扎,为读者激活了相关的国家记忆和民族记

忆;它通过描述外婆一生对命运的承受和反抗,展示了一种坚毅顽强的生命意志和人生精神;它以"我"的生命成长串起外婆的一生,将"我"的成长史与外婆的个人史扭结在一起,把对外婆的挚情,融入对外婆人生故事的追溯中。它俨如一条喧哗的语言河流,历史的巨石在河底缄默,情感的浪花在水面飞溅。

历史学本质上是一种历史诗学、一种对历史文本加以重新阐释和政治解读的"文化诗学"。历史书写中的时间,具有一种显豁的"公共性","即作为历史记忆的载体与本体的意义。时间不但是个人的,也是历史的和公共的、民族的、群体和人类的,是非个人的公共记忆的载体"(张清华《叙事的长度、美学与时间问题》)。历史小说创作者们,大都自觉或不自觉地遵循昆德拉的教导,"小说家不要再将时间问题局限在普鲁斯特式的个人回忆问题上,而是要将之扩展为一种集体时间之谜","作家应有这样一种自觉,一定要把个人记忆扩展为集体时间,而且要解析其中的谜,一种'欧洲的时间',就像一位老人一眼就看穿了自己经历的一生"(昆德拉《小说的艺术》)。

从本质上来说,孤立于时代和社会之外的时间叙事是不可能存在的。历史书写中的时间叙事,必然会体现出对时代、对社会的观照和反映。"比如说《红楼梦》,这是一个典型的个人经验的写作,但他的个人经验和家族记忆、人性经验,同我们这个民族的文化经验,以及一段历史的经验之间,是同构的,或是一个同心圆,说得直白一点,个人经验的核心,与家族记忆和整个民族的文化经验以及通常的一段历史经验之间,是同一个构造","一个好的写作者应该及早地胀破个人经验、个人记忆,应该迅速地穿越个人进入历史之中,去寻找集体的经验,'集体的时间'"(张清华《叙事的长度、美学与时间问题》)。张清华先生的论述直指问题的核心。

《外婆史诗》以百年中国历史事件为背景,以外婆的人生悲欢为主线,以个性化的视角为叙述平台,描绘了一幅现当代中国普通民众的人生命运画卷,同时也折射出国家与民族的百年命运史。小说故事容量较大,主题呈多棱镜闪现。在小说结构上,采用的是时空交错的网状结构,亦即童庆炳先生在《论文学的结构原理及其审美心理学的根据》一文中所说的"巴特农神殿式结构",将空间叙事与时间叙事共融于文本之中,表现时间的形态化和空间化,从而使得小说在时空发展上不是单纯地向线性纵向发展,同时也向空间包括心理空间发展,加大了历史长度中的空间内容。故事呈现出多层次的叙述,人物处于社会的多元组合中,各种因素对人物产生影响,形成人物复杂的性格,从而避免了人物形象的扁平化。

在对家国进行同构,让个体命运与家族命运负载起民族史乘之外,《外婆史诗》还将外婆史传与地方志进行了有机的糅合。小说不仅描写了发生在东阳地区的诸多历史事件,如日寇展开的大屠杀、"大跃进""人民公社"运动等,而且鲜活地展示了东阳所特有的自然地理、地域文化、民俗风情和社会经济。这是一部历史小说,也是一部以小说的形式写就的东阳地方志。东阳隶属于金华,金华火腿驰名中外。东阳是金华火腿的重要产地之一,雪舫蒋腿是东阳名优产品,它曾于1905年、1915年和1929年三次代表金华火腿参加德国莱比锡万国博览会、巴拿马国际商品博览会、杭州西湖国际博览会,获两个金奖、一个特等奖。《外婆史诗》首次为雪舫蒋腿立传、为金华火腿立传,其地方志价值和地方文化价值不言而喻。

然而,《外婆史诗》绝不是一部关于国家与民族的宏大叙事,而是一部关于个体生命的日常生活叙事。它所营造的强烈的叙事冲击力,来自个体生命在日常生活中兴衰消长的自然形态,来自个体生命在日常生活中经受的磨难与创痛、挣扎与无奈、摧折与生长、坚韧与成熟。小说关注的是真正的日常性,是日常生活的审美再现。小说所关涉到的诸多重大历史事件,都是作为人物命运的时代背景来被呈现的,体现了作者对日常生活叙事的真诚和忠诚。小说既展示了时代背景的辽远壮阔,更抒写了日常生活的切近亲昵。正是在这种对日常生活形态的生动叙述中,一个普通中国劳动妇女平凡而坎坷的一生,如画卷般在读者面前徐徐展开;一个感人至深的中国外婆形象,跃然纸上。

《外婆史诗》艺术地处理了封闭与开放的关系。从小说结构上看,描写始于外婆的葬礼,又终于外婆的葬礼,形成了一种自足的闭合式结构,外婆的人生故事,就是在这样一种圆形的旋涡中湍回、激荡。然而,这种闭合式结构,由于作者的苦心孤诣、匠心独运,并没有对小说的格局产生制约作用;相反,它给小说带来了一种更为丰富和开放的文学表达、更为繁复诡谲和跌宕迂曲的艺术效果。小说的开放性主要体现在以下几个方面:其一,家国同构,以个体命运折射时代风云;其二,向物理空间和心理空间拓展,于有限的篇幅中浓缩无限的时空;其三,突破单纯的叙事,注重抒情和意境的营造;其四,多视角转换,将外婆的人生故事切割出无数板块,然后进行蒙太奇拼接,从而使作品获得了一种崭新的形式机制。

三、化重为轻：轻俏的语言风格造就的艺术张力

《外婆史诗》在叙事艺术上的最大特点或曰最成功之处，在于它很好地处理了内容之"重"与语言之"轻"的关系。从内容上来看，这部小说无疑是"重"的：沉重的个体命运、沉重的民族历史、沉重的时代之痛、沉重的人间亲情，寓国家史、民族史于对个人史、家族史的书写之中。然而这部小说的语言，却呈现出一种迥异于其他原型小说的鲜见特质，那就是它的幽默、风趣、诙谐和俏皮。这种轻俏的语言风格，和沉重的命运与历史，形成了巨大的反差，从而大大增强了这部小说的艺术张力。

《外婆史诗》的内容之"重"，首先体现为命运之"重"。外婆一生命运多舛：5岁时被过继，饱受养母虐待；第一个丈夫和儿子染天花死后，被父亲领回娘家；回养母家帮忙割稻，却被养母卖了；欲与情人私奔，却阴差阳错没有等来情人；抗战时为避鬼子，不慎捂死了儿子牛坦；公私合营时丈夫被划为"资方"，跟着遭罪；困难时为养家糊口，给县长的儿子当奶妈，却饿死了自己的儿子阿惠；"文革"时将流产的胎儿做药引子，仍然没能救活被迫害的弟弟；为供几个孩子读书，替东阳县城机关、学堂里的人洗了4年衣服；嫁给裁缝赵金川，却一辈子打打闹闹……外婆一生艰苦备尝，她沉重的命运，重重地撞击着读者的心扉。

《外婆史诗》的内容之"重"，其次体现为历史之"重"。百年中国史，无论乡村（东阳的上蒋、上宅、施家村等），还是都市（杭州、上海），无论现代，还是当代，在这部小说中，都镌刻了深深的印记。这部小说与其说是一部关于外婆的史诗，毋宁说是一部关于中国现代社会、当代社会的历史鉴证。民国时期民族工商业的生态、抗战时期日寇对上海和东阳的屠戮、"三面红旗"时期的民生维艰、改革开放时期的制假售假，在小说中都有真切而生动的描写。历史沉重得令人心酸：小说中外婆哄翠儿和翔儿睡觉那一段描写，堪比余华《许三观卖血记》中许三观的画饼充饥："好了好了，乖翠儿，乖翔儿，快点困觉吧，饿怕困，困着了，就不饿了。"

《外婆史诗》的内容之"重"，再次体现为文化之"重"。这是一部具有很高文化品位的小说，既有中国古老乡村风情图（东阳的上蒋、上宅、施家村等），又有中国现代都市风情图（杭州、上海）；既有中国百年老店的食品文化（雪舫蒋腿的

制作工艺),又有中国传统的建筑文化、服饰文化、戏剧文化、方言文化、工匠文化(建筑文化:蒋氏三合院、上宅廿四间、杭州胡庆余堂;服饰文化:旗袍;戏剧文化:婺剧;方言文化:东阳话;工匠文化:拜师);既有古老社会的风俗习尚(婚丧嫁娶和生育、宗族修谱、子女过继、"拉金乌"等),又有现代文明的世界性聚焦(首届西湖博览会);既展示了现代民族工商业的历史图景,又为当代中国的高考文化立此存照……

《外婆史诗》的内容之"重",最后体现为情感之"重"。小说时有击中读者泪腺的描写:譬如外婆5岁时被过继给他人的酸悲、喜元对外婆的挚爱、方士雄对外婆的旷世之恋、外婆用乳房闷死儿子牛坦的惨烈、外婆替人洗衣服的艰辛、外婆为别人家的儿子做奶妈却饿死了自家儿子阿惠的怆痛、外婆用小产儿作药引救弟弟而无果的无奈、"我"对外婆的依恋、外婆逝世时亲人的悲恸,等等,无不情动天地、催人泪下。特别是小说写外婆因思念过甚,一个人半夜跑到山上,将饿死的小儿子阿惠的尸体,从地里重新刨出,抱在怀里亲吻,更是令人心碎,这一细节将母爱的伟大与时代之痛,表现得淋漓尽致。

《外婆史诗》的语言之"轻",首先表现为一种诗化的语言。作者自觉不自觉地将诗的审美带入了小说创作中。如:"世间万物与我相连,内心的才华野马一般冲撞不已。我趴在工作台上,一秒钟都没有迟疑地画出第一个样稿,发觉自己笨拙的手指灵活异常。我倾听着头脑里的旋律,手中的剪刀像燕子的翅膀在春夜里滑行,一条玲珑优美的曲线出现在我手下,周转有度,一气呵成,有若神明加持,我的内心滋生了钢铁一般的意志,屏住气,别出声,一件伟大的作品即将诞生。"这段诗意盎然的文字,毋宁说是对创造的赞美诗。

《外婆史诗》的语言之"轻",其次表现为一种强烈的抒情。小说主要采用第二人称的叙事视角,面对面倾诉,这就为整部小说奠定了抒情的基调。如:"我"对外婆、对自己曾经生活过多年的上宅村这一"储存着我生命里重要记忆密码的村庄",这样抒发感恩之情:"你是我的救星,我的方舟,我的避风港。我指着天空和锦溪水发誓,我爱你。我愿是一只鞋底,被你攥在手中。我愿是一枚硬币,被你牢牢揣在兜里……""此时此刻,我努力捕捉那个村庄所散发的气息,它的气息,遥远而亲切,浓烈而粗糙,从记忆的窄巷和屋瓦深处,恣意地蔓延、流窜。"

《外婆史诗》的语言之"轻",最后体现为一种幽默、风趣、诙谐、俏皮的语言风格。这是这部长篇小说在语言运用上的最大特色。小说这种令人忍俊不禁的轻俏语言风格的达成,主要是通过如下九条途径实现的——

(一)通感。小说常常以"我"的心理通感而非眼睛所见这种独特的方式来叙事或交代环境。比如对太公与太婆、外公与外婆几次性爱的描写;比如对矮脚和"我"一起偷霜糖的描写;比如对幼小的长脖吃棒冰情景的描写:"她的嘴里,发出唏——的一声漫长摩擦音,听上去像是一艘伤痕累累的泥驳船,被一群半裸的纤夫,拖入深不可测的泥浆地,她的两颊登时凹陷了下去,吊梢眼惊讶地圆睁着。接着,她的嘴里,又发出一声漫长摩擦音——嘘,半裸的纤夫艰难地,将泥驳船重新拖出泥淖,两颊如同青蛙一样鼓胀起来……"小说大大丰富了幽默的表现手法,这是它对幽默的一大贡献。

(二)以人物的外形特征为人物取绰号。如:塌鼻、长脖、矮脚、大口、冬瓜、长脚春民、电灯泡、猿猴、男人婆等。

(三)抓住描写对象的外貌或外部特征,以喻体指代本体。如:"穿黑色短袖衫的男人……像一头神气活现的海狮……海狮用浓眉下的眼睛,逮住舅舅,开始说话。""身后跟着两名护士,她们像三只白鹭……一只白鹭走到你边上。""他的语速极快,并不时竖起一只手掌,朝空气短促有力地劈气,好像徒手劈着一块块看不见的砖头……海狮一口气劈了八九块砖。"等等。

(四)对角度的特别关注、有趣的数字图形的联想。如:"海狮一口气劈了八九块砖,两手交叉,停在裤裆那儿,盯住地面,跟舅舅凑成一个不等腰三角形。""舅舅马坦……双臂张开呈四十五度的姿势。""你以吃力的动作抓住扶手,整个身体呈九十度弯曲,费力地朝汽车踏板抬起了一条腿,尖尖的臀部向外突出,与车门构成一个奇怪角度。"等等。

(五)相关联想。如小说追述"我"的诞生时,因为"我"的生日与俄国革命炮打冬宫为同一天,小说围绕这一关联点进行生发,展开了一系列联想:"起义军占领了冬宫,我撤出了子宫……"等等。

(六)俏皮。"打滚,是我在乡下练出的本事,整个童年,我仅此一技之长……我招之即来,来之能打,观众不限,场地不限。"等等。

(七)巧改。如巧改成语:"叔可忍嫂不可忍";巧改英语:"三块肉扔给你妈吃"(谢谢)。等等。

(八)以时代的政治术语打趣。如:"不久这位温州医学院毕业生就和我的舅舅在养猪场结下革命情谊,成为一名吃苦耐劳的好媳妇,并生下两个革命接班人:矮脚和大口。""我的回答干脆利落,掷地有声,跟刘胡兰有得一拼。"等等。

(九)对话形式的转换。如:描写外公与外婆的对话时,采用剧本的形式;描写外公去世后,外婆梦见外公时,让外婆与外公采用了越剧对唱和道白的形式,来互诉思念,二人耿耿于怀一生的恩怨纠结,终于涣然冰释。这种对话形式的转换,丰富了小说的艺术表现手法,使得整部小说的语言摇曳生姿。

此外,《外婆史诗》在细节描写上也可圈可点。小说通过大量细腻而真切的细节,描写人物特征、刻画人物心理、铺陈人物命运、揭示环境特点、推动情节发展、构筑人文记忆。如小说对6岁的"我"被舅舅抱回杭州后的自虐心理的描写、对躺在灵床上的外婆"指甲是椭圆形的,靠近甲肉有个白色半圆形小弧"的描写,等等,无不细致而鲜活。

《外婆史诗》叙述了在时间的洪流中,蝼蚁众生在大地上的生命行迹。它是一部时间的史诗。时间的创造力与破坏力,精彩与无奈,神奇与腐朽,温情与无情,都在小说中得到了充分而生动的体现。小说将"我"的少年成长史与外婆的命运史相交织,将遽变的世事与外婆心中坚守的古老法则相映衬,书写了一部深情而温暖的人性之书。它以一种迥异于同类作品的叙事诗学,塑造了一个人人心中皆有,却未必人人笔下皆有的感人的外婆形象。它书写的是苦难,却超越了苦难;它散文化笔调浓郁,却飘荡着诗意;它是叙事的,却饱含深情;它是半虚构的,却给人以无比真实而真切的感受;它让人看到时间的有限,更让人看到时间的无限;它触及读者的泪腺,却并不使人消沉,相反却给人以一种宝贵的人生启迪、一种积极向上的精神力量。

它是时间的浪奔浪流,它是历史的缥缈回音,它是生命的传奇乐章,它是人性的至纯至善。

"此生迅速消逝,恰似钟声掠过湖面。"(《外婆史诗》扉页题记)

(2017-02-17)

(刊于《百家评论》2017年第6期)

史诗书写的文学品格

——评俞梁波长篇小说《大围涂》

俞梁波所著《大围涂》是一部描写萧山围垦这一"人类造地史上的奇迹"(联合国粮农组织语)的长篇小说。作品以真实历史为蓝本,以耗时多年穷索冥搜与田野调查所获取的丰饶史实为素材,将虚拟的钱王江代指现实中的钱塘江,将虚拟的萧金县代指现实中的萧山县(今杭州市萧山区),全面而真实地重构和还原了萧山人民自 20 世纪 70 年代末开始,历时 30 年,用原始的劳动工具和生产方式,"向潮水夺地,向海涂要粮",围海造田 52 万亩,使 350 平方公里的滩涂变成良田的伟大创举,展示了一幅气壮山河的历史画卷。它是一部虚构的小说作品,却具有非虚构的报告文学特质,体现了一种史诗书写的文学品格。

钱塘江在被彻底驯服之前,一直是一条"凶江""要命江"。尽管自两千多年前的越国开始,历朝历代都在修筑海塘,但都挡不住钱塘江的怒潮,坍江事件时见发生,两岸百姓常流离失所。小说一开篇描写的即是强台风裹挟着暴雨,造成钱王江萧金县宁和公社鲁家湾段决堤,卷走 41 人,冲毁草舍无数。为治理钱王江的千年水患,保两岸百姓太平,以公社书记汪阿兴为典型代表的中国共产党人,以一种对人民负责的高度责任感和神圣使命感,动员、带领广大党员干部和人民群众,吹响了挑战钱王江的号角,最终夺得了治江围涂的全面胜利,谱写了一曲新"大禹治水"的时代壮歌。

一、全景式的史诗书写特质

《大围涂》具有鲜明的史诗书写特质,是一首关于人类围垦治江的壮丽史诗。小说的史诗书写特质,主要体现在如下四个方面:(一)采用全知视角,全景式地呈现了萧金县十万党员干部和人民群众围涂治江的艰难历程与辉煌成果,大气磅礴,气势恢宏;(二)将围涂治江的全过程和"一不怕死,二不怕苦"的"围垦精神",放置于一个宏大而真实的历史背景中去显影,人物命运与生活万象、社会生态、时代风云纠葛在一起;(三)环环相扣、层层推进、步步蓄势、渐趋高潮的叙事美学,真实反映了围涂治江大业螺旋式上升、最终夺取全面胜利的客观走势;(四)浓墨重彩的场面描写。

小说在叙事背景的呈现上,主要表现为这样三个层次:(一)历史背景:宁和是钱王江滩涂堆积起来的沙地,宁和人都是移民,一百多年前他们的祖先移民到了这块不毛之地,开垦、生儿育女、扎根,他们与钱王江斗了一代又一代;(二)现实生活背景:由于钱王江的不断决堤,这个地方一穷二白,以致小说中的公社干事张文化多次这样说:"我们宁和要是天天吃白米饭,那该有多好。""我就想天天吃城里的肉包子。我娘说了,要是天天有包子吃,这辈子就跟神仙一样了。"(三)时代背景:20世纪70年代中后期,我国正处于一个社会大变革之前的酝酿期,围涂治江被一些人看作劳民伤财的事。

小说描绘了萧金县由局部到全面展开的四大围涂战役:螃蟹地围涂、丰农围涂、南沙大围涂和江海围涂。螃蟹地围涂是宁和公社的一次围涂演练,由于轻敌,第一次围涂失败,宁和公社随即发起了第二次围涂,终获成功。不久钱王江水位暴涨,为了顾全大局,萧金县不得不选择在南沙泄洪,围涂成果付之东流。为了彻底制服钱王江,萧金县随即成功地开展了丰农围涂攻坚战。之后举全县之力,进行南沙围涂大会战。为确保大会战的成功,宁和公社先在赭山地块进行了练兵,不仅提前完成了围涂2.5万亩,而且筑牢了江堤。大会战全面展开后,江边6个公社联合行动,水泥厂、钢铁厂、造船厂、化肥厂、麻纺厂一齐出力。围涂分9个工段同时展开,最终一次性围涂超10万亩,全世界绝无仅有。南沙大围涂结束后,江海围涂的号角紧跟着吹响,整个工地由10万人增加到15万人……

小说真实而生动地描绘了钱王江围涂的壮观场面,再现了萧金人民改天换地的战斗豪情。譬如小说这样描写螃蟹地第二次围涂:"除了丁幸生还是个婴儿,躺在临时工棚里,别的哪怕只是5岁的孩子,都上工地了。""这支奇异的队伍在手电筒光的照射下,艰难而缓慢地移动,好像没有人说一句话⋯⋯天亮之后,工地上垒起了一个大石堆,远远看去,就像一座塔。众人马不停蹄,继续抛石⋯⋯晚上十点左右,抛石全部完成,螃蟹地围涂顺利完成。"再如南沙大围涂的场景描写:"第二天一早,劳动大军从各地涌向南沙工地。从内地通向大南沙的众多河道上,成百上千的船只载着围涂所需的草苫、毛竹等物资,首尾相连;公路上,数以千计的手扶拖拉机、汽车连成长龙;一队队的人扛着劳动工具,扛着红旗走向南沙。"

二、立体鲜活的主人公形象

小说塑造了一系列栩栩如生的人物形象。其中着墨最多、形象最为立体的人,非主人公汪阿兴(绰号汪大麻子)莫属。汪阿兴原在条件较好的楼山公社任书记,被深谋远虑、意欲让他日后担当起围涂重任的县革委会书记张建设调到既一穷又白又关系复杂的宁和公社任书记。他一到宁和,即碰上了钱王江鲁家湾段的大决堤,41条人命被江潮卷走。自此,这件事便成了他心灵的隐痛,"特别当夜深人静时,他想到了那死去的41条生命时,心里就像刀子捅着般痛。"为了制服钱王江,让宁和人民过上安宁祥和的生活,从踏上宁和之日起,他就与这块土地融为了一体。他说:"既然来了,谁也赶不走我。"最终他不辱使命,带领宁和人民,夺取了围垦治江的彻底胜利。

小说所塑造的汪阿兴这一人物形象,放射着奇异的光彩。首先,他是一位标准意义上的优秀共产党员干部。他公而忘私,一心为民:为了围涂治江,他顾不上照顾自己的聋哑独子小路,把儿子委托给在楼山公社的好兄弟赵刚强照顾,儿子患了急性肺炎第5天他才知晓;他"一旦专注于工作,仿佛就与工作合为一体了",甚至无暇谈情说爱。他以身作则,冲锋在前:譬如他担任南沙大围涂现场总指挥时,不顾自身安危,将指挥部搬到钱王江最前沿,第一时间掌握钱王江的动静,周密考虑各种可能发生的事情。他正气凛然,刚正不阿:面对县革委会副主任王宝年的多次挑刺、使阴,他刚直不阿;他直率真诚,襟怀坦白:譬如他对一直对他抱有戒心、视他为外人的公社主任老铁头直言,"第一句,真心换真心;第二句,兄弟齐心,其利断金;第三句,坦坦荡荡活着"。他重视人才、礼贤下士:譬如他亲自跑到红旗大队,向受到不公正对待的水利专家倪国全讨教,力请老倪出山,并想尽一切办法,对老倪进行保护……

汪阿兴这一人物形象最感人之处,在于他的坚韧不拔、忍辱负重、屡败屡战、百折不挠。他说:"只要我们有信念,有一股子精神,没有什么困难能吓倒我们。"鲁家湾段坍江、螃蟹地首次围涂失败、南沙泄洪使得围涂所做的努力付之东流、粮库被烧、抵押技术图纸招致关押、工地草棚失火,排斥、误解、嘲讽、刁难……面对这些流弹般袭来的挫折,他最后都选择了坦然承受和笑对。螃蟹地围涂失败,他被免去公社书记职务,然而他最终还是"明知山有虎,偏向虎山行",继续选择围涂之路,他根本不在乎如果围涂再次失败,将彻底葬送自己的仕途,他心里只想着鲁家湾百姓;抵押图纸事件发生后,他被误会关押,在关押室内,他却还在画着南沙大围涂的总体构想图;工地草棚意外失火,他钻入火海救人,差点被烧死,醒来后却马上凭记忆,恢复被烧毁的笔记本和图纸……

然而,汪阿兴并非一尊完美无缺、毫无生气的石膏像,而是一个瑕瑜互见、真实鲜活、激情四溢的人。萧金县特有的社会生态,使得他不得不选择一种更实用、更行之有效的行事方法。他看上去粗线条却心思缜密,他懂得规则却始终在规则边缘游走,有着一种狡黠的人生智慧:譬如为保护老倪,他巧妙地申请将批斗会从县里转到鲁家湾,让一场看上去正式的批斗会,变成了一场隐形的表扬会;为了向老盐公社借船,他想出租赁水面和以围涂成功之后的土地抵债的妙法;鱼口工程需要沉船时,他献计将几条铁壳船绑在一起,解决了没有大铁壳船的难题,确保了工程的安全;处理稻草人事件时,他故意反弹琵琶,使头脑封建的老大娘们不得不偃旗息鼓;他采用"围魏救赵"之计,迫使县水泥厂给宁和公社发水泥,又在路上拦下一卡车水泥,用于鲁家湾重建之急需;为了调动各大队的围涂积极性,他提出围涂成功后土地公有,按贡献分配的新思路。他又是一个深谙乡村暗规则的人,敢于以刚克刚,譬如信奉"谁的拳头硬,谁就多得"的阿炳带人来抢救灾物资时,被他严词喝退;再如他向"牛霸王"要回被扣押的社员时,以其人之道还治其人之身,最终令"牛霸王"屈服、服软,由衷地称赞"你汪书记有胆有识,为人爽快"……

汪阿兴真实可爱的另一点,还体现在他在爱情上的"弱智"。他的眼里只有钱王江、只有围涂大业。他心里也深爱着公社卫生院女医生方茹儿,却不懂得如何去爱,总是以没有精力去爱作为遁词,让深爱着他的方茹儿"所有的泪都流到心里去了"。他不如高成天那般勇往直前、直率真诚。"他是个胆小鬼,一个感情上的侏儒",以致铸成生命中的永久遗憾:一直到方茹儿撒手人寰前,他才鼓足了勇气,对她说出了在心里埋藏已久、也让她期待已久的一声"我爱你"。方茹儿去世后,面对在共同的事业中深爱上自己的胡慧丽,他同样以不想毁了她的大好前程为借口,一直躲闪、逃避,甚至违心地对胡慧丽说:"我不喜欢你。"好在在胡慧丽的锲而不舍下,更是在身边同事与属下的鼓励和帮助下,他最后终于鼓起了勇气,向胡慧丽表达了爱,开始了新的幸福人生。

三、烘云托月的映衬手法

小说为突出主人公汪阿兴大公无私、一心为民的形象,设置了两组人物进行对比与衬托,一组人物是老铁头、王宝年这两个公社和县级党员领导干部,一组是以阿炳、徐阿福为典型的基层群众和基层干部。作品以对20世纪70年代中后期中国县镇、乡村社会生态与政治生态的深刻洞察和精准描述,为主人公汪阿兴的人生表演,设置了一个矛盾错杂的舞台背景,以此凸显汪阿兴事业的举步维艰与精神的难能可贵。

宁和公社与萧金县,是一个人事关系错综复杂的所在。县革委会副主任王宝年在萧金县经营多年,根基深厚,立场保守,派系思想严重,是阻止萧金县社会改革进步的一支保守势力。他一直想扶植自己的亲信、宁和公社主任老铁头担任宁和公社书记,赶走被县革委会书记张建设委以重任的汪阿兴,因此不断地对汪阿兴使阴招、下绊索、揪小辫子。他本存能转正为县革委会主任的幻想,却不料省委从临县调来了李贵生任县革委会主任,他的升职梦想彻底破灭。他几次到宁和公社,名为视察工作,实际上都是抱着挑刺、找茬目的的,"依他的性格,要是不找点儿东西出来,他是心有不甘的"。最后一次,他在翻看了汪阿兴事无巨细、内容丰富的笔记本后,也"不得不佩服汪阿兴这个书记是合格的,是无可挑剔的"。在小说中,王宝年扮演的实际上是"磨刀石"角色,将汪阿兴这把时代之剑越磨越犀利——尽管汪阿兴是被动的。

宁和公社主任老铁头是汪阿兴的另一块"磨刀石"。这一人物形象性格的发展,经历了一个不断反复、最终发生根本转变的过程。作为资深公社主任和王宝年的亲信,他是宁和公社的"地头蛇"。几任公社书记相继主动调离宁和,他原本是最有希望,内心也渴望能被提拔为宁和公社书记的,更何况上面还有王宝年的鼎力相助,然而汪阿兴的到来,阻断了他的上升之路。因此,私欲攻心的他,起初处处与汪阿兴作对,前面装台,后面拆台,明里支持,暗中放枪,设圈套让汪阿兴钻,与汪阿兴打太极拳,背地里向王宝年打小报告,与阿炳联手对付汪阿兴;在汪阿兴让他代理公社事务,有了权力之后,他又开始整人,将老倪关在禁闭室里,并且上了手铐。

然而就是这样一个性格狡猾、变化多端、反复无常、令人捉摸不透的人,最终却被汪阿兴一心为公、顾全大局的高尚人格和百折不摧、永不言弃的钢铁精神所感召、所征服,明白了汪阿兴是宁和公社最合格的书记,意识到"内讧是最愚蠢的",彻底醒悟和转变过来。他发自内心地说:"他跟以前的公社书记不一样,他是一个会干事、能干事的人,这是我们宁和的福分。"螃蟹地围涂失败,为了保住汪阿兴,他不惜违反规定,将要求县革委会调离汪阿兴的联名信拿给汪阿兴看,提醒他再也不要碰触螃蟹地围涂的高压线。"他开始为汪阿兴担心,担心汪阿兴再一次失败,然后黯然地离开这块土地。他甚至有一种冲动,想跟着他一块儿去冲锋,哪怕摔跟斗,哪怕头破血流,他都愿意。"他真正站在了汪阿兴的一边,成了汪阿兴真正的朋友,两人终于拧成一股绳,成为完美组合。南沙大围涂时,他虽然生病了,却仍然坚守在岗位上。最终他病逝在鱼口会战的工地上,临终前他对汪阿兴说:"我们,我们下辈子,下辈子还做搭档。"小说以老铁头这一人物的转变,彰显了汪阿兴人格与精神的巨大感召力。

小说用来与主人公汪阿兴进行对比、衬托的还有徐阿福、徐阿宝兄弟,以及阿炳等人。落后分子徐阿福,心眼奇小,自私自利,尖酸刻薄,贪小便宜,处处为自己打算,有时甚至还很下作。他先是怀疑鲁阿牛与自己老婆阿英有暧昧关系,后来又向汪阿兴泼脏水,说汪阿兴睡了他老婆,才同意解决他儿子徐大军的工作;后来竟然为了几包烟,就把自己儿子的工作卖给阿炳的侄儿。几十年来,他在心里一直跟鲁阿牛对立着,鲁阿牛去世后,他并没有因此而化解这个心结,跟鲁阿牛的养女丁玉洁接着斗。为了口腹之欲,他竟然从江边捡回腐肉烧了吃,导致工地中毒事件的发生……身为护堤队副队长的徐阿宝,江堤一有险情,就卷起铺盖,鼓动众人跟他去逃难,还带着挺着大肚子的二南娘,一路狂奔……光明大队大队长阿炳"身上的每一个毛孔里都流淌着精明",是一个崇尚拳头的"刺头",不仅想硬抢救灾物资,还虚报参加围涂人数……

四、形态各异的群像塑造

小说还塑造了一组形态各异的时代英雄群像。在这组群像中,既有党的较高级领导干部,如萧金县革委会书记张建设、县革委会主任李贵生、省委谭书记、市委陈书记和老革命费老,也有基层干部和普通群众,如鲁家湾大队大队长鲁阿牛、鲁伟潮父子,楼山公社书记赵刚强,宁和卫生院医生方茹儿、胡慧丽,水利专家倪国全、郑天林,青年突击队长徐大军,等等。在大灾大难面前,他们上下一心,群策群力,众志成城,最终夺取了围垦治江的全面胜利。

在领导干部群像中,萧金县革委会书记张建设和主任李贵生无疑是最具光彩的两位。张建设是一位心怀人民、深谋远虑、爱惜人才、顾全大局的县级领导干部,他有着识别人才的一双慧眼,认为"千军易得,一将难求",将汪阿兴从楼山调到宁和,反复进行磨炼,以期汪阿兴在关键时刻担当起围涂治江大任。面对百年一遇的决堤灾祸,他没有像王宝年一样,推诿责任,而是勇于反思自己工作上的失误。他说:"这不是天灾……我犯了官僚主义呀。"他关心、爱护汪阿兴,更不断地磨炼他。他说:"只有像狼一样狠,才能练就一个更狠的汪大麻子。""我就是要让他明白,当宁和公社的书记,就是卖了性命。"他顾全大局,"团结一切能团结的人"。面对王宝年对汪阿兴的打压,"他知道此时的汪阿兴压力重重,但他不能施以援手。他一旦插手,王宝年也必然插手,带来的结果便是派系之争,没完没了"。他默默承受着儿子保国牺牲的悲痛,一直战斗在围涂前线。小说中写丰农围涂即将成功时,"他仿佛看到了一座丁字坝伸向了钱王江,那是打向钱王江的一个铁拳",这句话,就生动地传达出了他心中的战斗豪情。最终在全县干部群众的奋力拼搏下,萧金县的大围涂取得了决定性胜利。

李贵生是小说着力塑造的另一个县级领导干部形象。对于省委的调动决定,他起初内心是有抵触情绪的:其一,他在海平县是县革委会书记,调任萧金县县革委会主任,尽管是平职调动,但毕竟是降为第二把手;其二,两个县之间曾经发生过械斗,他与张建设是"老对头"。然而,最后他还是服从了组织决定。到萧金县履职后,开始时他与张建设也经历了一段磨合期,两人有过多次交锋。在共同的围涂治江事业中,两人迅速由针尖对麦芒的对手,变成了并肩作战的同一条心的战友。对待汪阿兴也一样,开始时他对汪阿兴也是不信任的。后来他目睹了汪阿兴奋不顾身地投身围涂治江的所作所为,转变了对汪阿兴的看法与态度,开始支持和呵护汪阿兴,为汪阿兴主持公道与正义。他这样评价汪阿兴:"就凭他敢于说真话,不怕得罪人这一点,他是干大事的料,而且是好料。"他这样告诫汪阿兴:"想干事绝不是蛮干,要团结同志,更要有思路,有办法,要争取各方面的支持。"他不仅是一个充满工作激情的人、一个干事的人,更是一个党纪观念强、党性原则强、胸怀宽广、光明磊落的优秀共产党员干部。

萧金县的围涂治江大业,得到了省委谭书记、市委陈书记等省市领导和老革命费老的关怀与支持。"我们共产党人打天下,坐江山,治天下,才能真正得民心呀。"省委谭书记说,"钱王江的问题不解决,我们就一天也睡不着啊。"钱王江江堤仅萧金段就长达一百多公里,而且全是危堤,一旦遇上台风、暴雨、大潮倒灌,后果不堪设想,因此,只有一段段地围,建设标准海塘大堤,方能保得百年太平。面对这样一个"惊天大工程",唯有凝聚起全体党员干部和人民群众的力量,方能取得成功。干部是决定因素,人民群众是夺取胜利的保证。为此,他亲自点将,把李贵生从海平县调到萧金县与张建设搭班,以加强萧金县围涂治江的领导力量。他还时常告诫大家:"我们要相信人民群众。人民的力量是无穷无尽的,我们党要依靠人民群众的力量。"围涂治江事业另一支重要的支持力量来自老革命费老,这位在萧金大地战斗了数十年的老革命、老领导,事实上成了围涂治江的幕后顾问和大家的精神支柱,他不仅多次在家里接待了张建设、李贵生和汪阿兴等围涂治江的指挥者,为他们出谋划策,而且在南沙大会战打响后,亲临现场为大家鼓劲。

小说还塑造了一组感人至深的平凡英雄群像。如主动将大草舍让给徐阿福一家,不断忍受和宽容徐阿福的攻击,主动收养孤儿丁玉洁,献身围涂治江事业的好人鲁阿牛;为人正直、性格刚烈,全力支持汪阿兴并代他行使父亲之责照顾小路,在保卫鲁家湾段江堤时带领180名壮小伙驰援汪阿兴、加入敢死队的汪阿兴的铁血兄弟、楼山公社书记赵刚强;淳朴孝顺、善良宽厚、积极上进的青年鲁伟潮;正要成婚,为了抢工期连续奋战两个日夜,在突发的决堤事故中英勇献身的青年突击队长徐大军;一生未嫁,一直守护着宁和卫生院,为百姓行医问诊,被称为"宁和的女菩萨",默默地爱着并支持汪阿兴,最终抱憾早逝的女医生方茹儿;不顾家人和恋人的坚决反对,主动扎根宁和,坚定地在宁和燃烧生命的原县医院医生胡慧丽;多年遭受不公正对待,被汪阿兴的诚心所感召,终于出山效力围垦大业,临终前让人用担架抬到围涂现场,观看自己亲手设计的丁字坝竣工的水利工程师倪国全;听到省委谭书记到水利部要人,立即报名回乡,任钱王江管理局总工程师、萧金县总工程师的水利专家郑天林……

五、星星点灯的细节描写

小说用平凡书写史诗,用日常体现风貌,用丰赡而生动的细节,砌筑起瑰丽的人物精神大厦。精彩传神的细节,有如星星点灯,遍布整部小说——

譬如小说写汪阿兴有次去县城开会,散会后,他走在大街上,想吃面,可是忘了带粮票,被面店营业员拒绝。这时正好碰上了瓜乡公社书记老田,汪阿兴二话不说,上前就掏老田的口袋,拿出粮票要了两碗青菜面,"旧账未清,又添新债"。营业员端出两碗面后,汪阿兴取过筷子,埋头便"呼呼"大吃起来,老田伸手刚想拿另一碗面,被汪阿兴用筷子敲了一下:"要吃面,自己买去。"汪阿兴一口气将两碗面都吃了,连汤水也喝了个干净,连说:"好吃,好吃"。这一细节,将汪阿兴的率真、不拘小节、孩子气以及面对真正的哥们时的心灵不设防,刻画得惟妙惟肖,令人忍俊不禁。又如,小说写了在赭山围涂的最后七天,汪阿兴靠着用指甲掐大腿的办法才终于挺了过来,围涂劳动强度之艰巨与汪阿兴的意志之刚强,由此可见一斑。

再如:南沙大围涂开始后,病倒住院的副总指挥李贵生让人用担架抬着来到现场,他说:"同志们,这儿,就是南沙,我不能缺席。"80多岁的费老也由张建设搀扶着来到现场,为大家打气:"南沙大围涂,是功在当代、利在千秋的大事,是我们共产党人为老百姓做的大好事。"这两个细节,透射出李贵生与费老二人内心世界璀璨的光华。

小说最催人泪下的细节,莫过于方茹儿对汪阿兴的爱,以及高成天对方茹儿的爱。在生命将逝的前几天,深爱着汪阿兴的方茹儿想去看一眼爱人的家乡,在胡慧丽的陪同下,她坐着拖拉机,来到楼山。爬到半山腰,她实在爬不动了,就让赵刚强等人用担架把自己抬上山顶,遥望山脚下汪阿兴生长的小山村。下山时,她让胡慧丽为她抓了一把泥土、采了一株草药带回。小说这样写道:"她紧紧地护着它们,好像这是世界上最珍贵的东西"。临终前,她仍对汪阿兴放心不下,嘱咐胡慧丽多关心、照顾汪阿兴。在生命的最后一刻,方茹儿终于等来了汪阿兴的一句话:"我爱你。"

与方茹儿对汪阿兴的爱相比,高成天对方茹儿的爱毫不逊色——尽管他有点爱非其道,却也是一种真实的人性。深爱着方茹儿的高成天,将汪阿兴视为仇敌,天天围在卫生院里。他将方茹儿送给他的一面镶着照片的小镜子,如获至宝似的放进贴身的口袋中,随时带着。为了打击汪阿兴,他不断地在汪阿兴与老铁头之间挑拨离间。方茹儿死后,他居然在她的墓前搭了一个棚子,为她守墓。在医疗点发生大火时,高成天被烧死,死时手里还紧紧攥着那面小镜子……

读到这些细节,我们除了感叹造化弄人,也为他们的痴情若许,一掬感动之泪。

（2019-04-13）

（刊于《湘湖》2019 年第 4 期）

《四十年家国》:民族历史记忆的独特呈现

　　浙江女作家李靖创作的长篇历史小说《四十年家国》,是向中国人民抗日战争暨世界人民反法西斯战争胜利七十周年献礼的文学巨献。这部同时入选浙江省委宣传部、杭州市委宣传部、杭州市文联"文化精品扶持工程"的作品,以清末至抗日战争胜利这段历史时期为背景,描写江南铜城(浙江金华)民众特别是朱氏家族一家五代人在时代大潮中的遭际沉浮,以一个家族的命运折射出中国历史的风云变幻,融家族命运与时代风暴、个人恩怨与民族大义、儿女情长与铁血抗争、兽性暴行与人性救赎于一炉,谱写了一曲可歌可泣的中国人民反黑暗、反侵略的历史壮歌。

　　小说共由三卷组成,外加"尾声",近80万字。第一卷"乱世江南",以铜城朱家的起落为主线,细腻、生动地描绘了一幅辛亥革命前后浙中社会的风情画卷;第二卷"血雨腥风",通过对北伐军攻占铜城到大革命失败后农民运动的描写,充分表现出大革命时期民国政府的腐朽和革命党人的坚贞不屈,讴歌了一代革命者为推动社会进步而英勇献身的崇高品质和气节;第三卷"啼血铜城",重点描述侵华日军在铜城实施细菌战的滔天罪行,以及铜城人民的英勇抵抗,揭示了中华儿女为了民族的独立和复兴而不屈不挠斗争的血脉传承,生动地再现了浙中地区一段震撼人心的历史，打捞起湮没于岁月深处的关于无名者的民族记忆。

与同类题材的历史小说相比，《四十年家国》对民族历史记忆的呈现无疑是独特而深刻的。在中国现当代历史小说大观园里，表现乱世烽烟、家国情仇的作品洋洋大观，结构恢宏、波澜壮阔的也屡见不鲜。作为一部具有浓郁史诗性书写特质的长篇历史小说，《四十年家国》与这些作品一样，无论是在线索的铺设、故事的叙述，还是社会环境的呈现和人物形象的塑造等方面，都有着创作上的某些共性，譬如背景宏阔、时空跨越、多线交织、情节跌宕、细节生动、人物鲜活，等等——这是成就一部优秀长篇历史小说的基础条件。但同时，它又具有明显有别于其他同类题材作品的独特个性，体现出鲜明的创作异质。

小说对民族历史记忆的独特呈现，重点体现在创作题材的独特性上——

日寇细菌战：小说以细致而冷峻的笔触，揭露了人性泯灭的日寇在铜城实施细菌战的罄竹难书的滔天罪行。铜城是日寇侵华期间实施细菌战的重灾区。为了实施"樱花计划"，日军令人发指地用注射过伤寒、副伤寒、鼠疫等细菌的烧饼，毒害在浙赣战役中被俘的我国共双方3000战俘，而后把战俘放归部队，以期细菌大面积地传播，打击我国抗日有生力量。他们在金华地区投放鼠疫、炭疽细菌，造成金华地区特别是岭下朱、王店村民感染，然后把被感染的村民骗进辗房和林山寺，绑在椅子上做活体试验。小说主人公朱善昌的丈人和小女儿死于细菌感染，大女儿为救村民被日军枪杀。选择细菌战作为创作题材，这在中国现当代长篇历史小说中，并不多见。

信鸽间谍战：铜城鸽痴朱善昌一生痴迷信鸽，因鸽而九死一生，最终培育出绝世珍品天风系信鸽，并且得到了江湖奇人治疗鸽子疑难病的秘方。日本信鸽间谍川藤早年潜入铜城，为日本侵华搜集情报；四十年后，他化名东三省人老周再次现身铜城，骗取朱善昌的信鸽，在北山脚建立日军信鸽间谍站。在驻铜城日军与北山抗日大队的数年对决中，天风系信鸽屡立奇功，日军最终败在天风战神与小姑娘两只信鸽身上。川藤为得到朱善昌的一棚绝世之鸽与治鸽病的秘方，铤而走险；朱善昌设计把川藤诱骗进鸽棚，在烈火中与之同归于尽。国共双方历尽艰险，把日军俘虏井山护送至重庆，向世人揭露了日军实施细菌战的罪行……

"日寇细菌战""信鸽间谍战"这两大独特内容的加盟，不仅使得《四十年家国》故事情节波澜起伏、扣人心弦,更大地拓展了抗战题材小说的广度和深度。与此同时,小说还有诸多笔墨,填补了浙中地区从辛亥革命到抗日战争这段历史的文学书写空白,譬如对辛亥革命先驱张恭领导金华地区民主革命的叙述,对大革命失败后金华工人运动、农民运动的叙述,对台湾义勇队参加铜州保卫战的叙述,等等。此外,小说还有对抗战结束后中国人民与台独势力斗争的叙述。这些内容,在以往的中国现当代文学作品中,都是鲜有描写的。书写题材上的这种独特性,使得这部小说具有了独异的文学魅力和史学价值。

小说对民族历史记忆的独特呈现,其次体现为视角的独特。小说以一位"鸽人"的视角,切入对个体命运、家族兴衰和时代风云的观照,叙写人物在历史进程中的悲欢离合,讲述在专制压迫和外虏欺凌下中华民族的阵痛与抗争,感受时代风云激荡中的人性嬗变和家国命运。小说以主人公朱善昌的传奇一生为主线,以老万、曹八姐及樊阿兴祖孙三代在三个不同历史时期的人生际遇为副线,通过个性鲜明的语言描写和曲折生动的命运叙事,塑造了一个有良知的鸽人形象,以及一群形色各异、富有特色的铜城人物形象,勾勒出浙中半个世纪的历史风貌。

小说对民族历史记忆的独特呈现,再次体现为对复杂人性的揭橥。主人公朱善昌是小说着力塑造的一个人物形象。这个人天性至善至纯、纨绔呆萌,他的一生因迷鸽而屡罹灾祸,在生活的教训下,特别是在日寇入侵的国恨家仇的教育下,他的性格逐渐由懦弱屈从变得倔强坚毅。他暗恋一生的女人沈夫人面对日寇从容赴死,在他心中引起强烈震动,使他觉得自己应该为抗日做点什么。他与方晓蒙一起用信鸽为北山抗日大队传送情报,使日军屡屡受挫。这让他重新认识到了生命的意义,正如他自己所言:老了老了,竟还活出点人样来。最后,他设计以鸽诱杀了日军间谍头子川藤,与之同归于尽。朱善昌的曲折人生,是由一个富家纨绔子弟变为勇为民族大义献身的战士的一生。

妓女曹八姐是小说着力塑造的另一个人物形象。朱善昌在帮闲老万的撺掇下误入茭白船,与曹八姐有了一夜情。朱善昌事后羞愧,要娶曹八姐。理智的曹八姐深知自己定为朱家所不容,故拒绝了朱善昌,但她却倾其一生在内心爱着护着朱善昌,每每为解救朱善昌及其女儿而四处奔走。曹八姐嫁给老万从良后,为漂白身份,不择手段地帮助老万向上爬,成为夫人,却仍遭世人唾弃。曹八姐性本善良,老万当上八号特务队队长后,她曾使不少无辜免遭日寇杀害。

她的傻瓜女儿被抓进左古比慰安所,被折磨至死。曹八姐遂萌发杀敌之意。在民族大义面前,她舍生取义,最终赢回了"人"的尊严,完成了自我救赎。

小说充分展现了人性的复杂。小说对老万这一次要人物形象的塑造,就是一个例证。老万从相牛的牛玄郎,最终堕落为汉奸,一生挣扎在仕途和私欲中。为了向上爬,他无所不用其极,但骨子里天良尚存:芮知县把朱善昌定为乱党,老万为朱善昌通风报信;老万奉命为芮知县挑鸽子,他手下留情,为朱善昌留下几羽好鸽;朱善昌被投入大牢,老万为救朱善昌尽其所能;北伐军撤退,老万暗地里用信鸽为北伐军再次攻占铜城传递消息;为救朱佩芳,老万暗地里请美国医生乔治出面找金道台;奉命带队搜查朱天泽所藏科研资料时,老万不愿下手残害朱天泽……对人性多面性的揭橥,极大地丰富了小说的人性内涵。

对民族历史记忆的独特呈现,最后体现为独特的地域人文风情和独特的语言风格。这部小说对故事所发生历史时期的社会生活、人文环境、风俗习惯和民众心理的描述,都非常生动地显示出浙中一带所特有的风貌。叙事语言也呈现出一种浓郁的江南特色,表现了浙中地区语言所特有的温婉、清丽、诙谐与生动,使之与其他地域的小说语言形成鲜明的反差。

《四十年家国》正式写作开始于作者2007年初退休之时,此前经过整两年的资料搜集和实地访察,前后共耗时十年、四易其稿,充分体现了一位老作家对文学创作事业的无比虔敬和奉献精神。在其流光溢彩的艺术魅力和填补空白的历史价值之外,这部小说所蕴含的精神力量同样令人感佩!

（2016-12-06）

（刊于《浙江作家》2017年第4期）

《铁网铜钩》的叙述美学和文化乡愁

　　江西余干籍作家、国家民族事务委员会原副主任吴仕民先生创作的长篇小说《铁网铜钩》，是中国当代鄱阳湖文学创作所取得的又一丰硕成果，也是一封长达36万言、承载着作者"对故园家乡的深情回望"（吴仕民语）的缱绻"家书"。小说以一种广度与深度并举的家园书写，再现了一幅瑰丽雄奇的鄱阳湖风情画卷，书写了一部气势恢宏的鄱阳湖史诗。作品从历史、民间和文化的视角切入，破解鄱阳湖独特的文化基因密码，垂钓淹没于历史烟波深处的故乡记忆，寄寓了作者拳拳的文化乡愁。

　　小说主要描述的是20世纪40年代世居鄱阳湖之滨余南县（原型为作者故乡余干县）的两大渔村——铜钩赵家与铁网朱家，因湖界而衍生、持续了数百年的宗族械斗。历史原因、现实利益和宗族观念纠缠在一起，使得这两个渔村世代争斗、刀枪相向、冤冤相报、血雨腥风；生计的苦难、官府的腐败、宗法的重压和外敌的入侵，使得两个村的渔民人生悲剧赓续不绝；血火朱明、纷乱民国、悲壮抗战、烽烟内战，他们与苦难抗争、与命运对峙、与敌寇浴血、与时代搏斗，在500余年的历史时空里，凭借一种原始的道德律和强悍的生命力，在鄱阳湖这片多难的水域，生生不息，谱写了可歌可泣的生命壮歌。

　　小说之所以选取"宗族械斗"这一中国当代文学罕见、填补了地域文学一项空白的题材作为叙述对象,固然是由于惨烈的宗族械斗在作者的记忆底板上经年瘀积的令人艰以呼吸的血污和痂斑,另外,却也真切地体现了作者对鄱阳湖文化基因缺失的忧思和求索。"江河改道,就不应在旧河道上行船,而应在新河道上摇桨。"小说借主人公、铜钩赵村村长赵仁生之口,表达了冲破和挣脱传统观念与现实利益的"铁网铜钩",在深刻的社会变革中弃旧图新的深刻主题。它不仅是作者对小说所描写的民国时期鄱阳湖宗族械斗事件的自觉反思,更具有效用于当下的现实意义。

《铁网铜钩》的叙述美学

叙事:多视角切入与观照

　　小说是叙事的艺术。《铁网铜钩》以一种多视角切入和观照的叙事策略,一种娓娓道来、举重若轻的叙事功力,一种朴实、流畅、紧致、绵密、立体、大气的叙述美学,为读者奉献出了一席文学的盛筵——

　　历史视角:将故事放置于恢宏的历史背景中去显影。《铁网铜钩》以鄱阳湖神奇的传说"神鳌换肩"开篇,一开始就将故事放置于一种神奇、辽阔的历史背景中。接着叙述日月更替、山河换形,鄱阳湖变成纵横800里的水乡泽国,成为中华大地第一大淡水湖,初名彭蠡,又名彭浦,秦汉时定名为鄱阳湖的历史沿革。继而描绘鄱阳湖自北宋灭亡以降、元末明初及至民国结束的千年历史风云,中间穿插三国东吴周瑜鄱阳湖练兵、宋朝岳飞康郎山降伏农民起义军领袖余华龙、明朝朱元璋陈友谅大战鄱湖十八年等鄱阳湖地区人民耳熟能详的历史掌故。小说的主体部分,不仅书写了铁网朱家与铜钩赵家两个渔村的百年械斗,也描述了两大渔村的千年攀宗;不仅描绘了余南县人民奋起抗日、全国百姓卷入国共内战的场景,也描述了更迭频繁、错综复杂的民国时局。这种恢宏历史背景的绘制,为小说带来了一种历史的纵深感。

　　民间视角:观照宗法制度笼罩下民间社会的世相百态。铁网朱家与铜钩赵家的百年械斗,是乡土中国宗法社会的必然产物。宗法是中国古代社会构成的重要方式,血缘家族聚族而居是中国古代社会的基本组织形式。姓氏认同、家国同构,使得中国古代社会成为一个结构超稳定的社会。一切为了宗族利益、一切为了维系宗族的团结,这种观念在百姓的脑海中与生俱来、长盛不衰,即使为此付出身家性命也在所不惜。《铁网铜钩》中铁网朱家与铜钩赵家的生死搏斗,最直接、最简单的动机,就是为了争夺湖面水域、保护宗族的生存资源。这是造成两个渔村纷争不断、苦难深重与悲剧绵延的一大主因。小说以一种自觉的民间社会意识、一种探触社会生活底层的民间视角,切入宗法制度笼罩下的中国民间社会,展示社会矛盾,书写人物命运,表现复杂人性,呈现生活本相,真实地反映了民国时期鄱阳湖地区宗法社会的特质,以及民主社会开始萌芽的一丝转型征兆。

文化视角:鄱阳湖古老地域文化的抢救性发掘与呈现。《铁网铜钩》是一部具有浓郁地域色彩与地域风情的长篇佳构,作品以动态的叙述和细腻的笔触,详尽地描绘了民国时期鄱阳湖地区的风土人情、民风民俗,为行走在消逝中的鄱阳湖古老地域文化立此存照,极具民俗学、社会学和文化学价值。小说中,民国时期鄱阳湖地区的风土人情、历史典故,以及百姓日常生活中的渔捕文化、美食文化、年节文化、瓷器文化、宗法文化、风水文化,以及舞灯、赛龙舟、婚丧嫁娶、招魂等古老习俗,乃至赌博、卖妻、典妻、沉湖、湖匪、帮会等不良社会现象,无不借助于人物之口说出,或者直接呈现出来。如小说在交代铁网朱家、铜钩赵家两个渔村的得名时写道:朱家只得使用网具,包括大网、拖网、丝网、罩网、耙网等;赵家则只能使用钩具,包括大钩、小钩、鱼叉、铁刺、卡子等。这种介绍,不仅让读者知晓了两个渔村名字的由来,也为读者上了一堂有关渔具文化的普及课。

布局:"一主两副"的线索铺设

《铁网铜钩》布局精心,铺设了"一主两副"三条叙事线索:以铁网朱家、铜钩赵家两个宗族的世代恩仇为主线,以渔民与官府之间的社会矛盾和中国人民与日本侵略者之间的民族矛盾为副线,由此展开悲喜故事、推动情节发展、演绎人物命运。

世居鄱阳湖畔的铜钩赵家与相邻的铁网朱家两个渔村,500年前,在难以划定界线的湖上捕鱼,常因争夺捕鱼水域而发生械斗。官家按照皇上旨意,给双方在湖中一个小荒洲的中央划定了界线——这个小荒洲由此得名为插旗洲。然而随着岁月的流逝,水文发生巨大变化,插旗洲向着铜钩赵家的水域不断生长,界线不断向着铜钩赵家的水域压缩,铜钩赵家的生存受到严重威胁,两个渔村的冲突又起。唇枪舌剑的谈判未果,双方都诉至县府。然而县长只想利用朱赵两村的宗族矛盾渔利,对诉讼一拖再拖。于是双方在湖上摆开阵势,欲采取传统的办法,以武力解决问题,因突起狂风骇浪而作罢。但暂时的偃旗息鼓并不意味着冲突的消弭,不久双方再一次湖面对垒,刀光剑影,流血漂橹,酿成近百人死亡的惨剧。500年前的朱陈战场,变成了铁网朱家与铜钩赵家的生死鏖战地。抗战结束,余南县派来了新县长,然而渔民的生活状况不仅没有丝毫改善,日子反而更加困窘。希望破灭,悲剧仍在上演。铁网朱家认为"桥归桥,路归路""鬼子走了,亲人还是亲人,仇人还是仇人",一场新的更大的武装械斗开始了。所幸刚刚解放了余南县城的人民解放军及时赶到,制止了这场一触即发的新的杀戮……

小说在铁网朱家与铜钩赵家的宗族恩仇这一主线之外,还设置了两条副线:第一条副线是余南县人民与民国政府县长黄中和之间的矛盾。民国政府县长黄中和是一个伪善、狡猾、贪婪成性的政治官僚,他不仅尸位素餐、鱼肉百姓,而且利用铜钩赵家与铁网朱家的世仇,巧取豪夺、大肆搜刮,最终遭到余南人民的驱逐。后黄中和卷土重来,却在侵湖日寇面前卖身变节,投降日军,组织皇协军,最后死于非命。黄中和的所作所为,是乱象丛生、腐败透顶的民国时期官场生态的真实写照。小说设置的第二条副线是余南县人民与侵湖日寇的斗争。侵湖日寇烧杀奸掠、无恶不作。在民族大义面前,赵朱两村放弃前嫌,同仇敌忾:"日本人是心腹大患,村子间的争斗只是手足之痛。"他们携手抗敌,共御外侮,火烧敌人汽艇、围猎侵略者,谱写了一曲可歌可泣的反侵略赞歌。

人物:真切鲜活的民国鄱阳湖众生相

民国时期的鄱阳湖,是一个男性的湖泊,它蛮荒、彪悍、雄奇、神异。几千年宗法社会的浸染和深陷宗族血仇的旋涡,使得这里民风强悍、崇尚暴力。民众有勤劳本分、淳朴善良、宽厚坚忍的一面,更有偏执狭隘、强硬彪悍、以暴制暴的一面,呈现出迥异于中国其他大湖的鲜明的地域性格特征。

《铁网铜钩》将文学的雕塑刀在宗法制度与宗族恩仇的岩石上或轻或重地凿击,雕塑出一个体系庞杂、面目迥异、个性鲜明、形象鲜活的民国时期鄱阳湖人物群像。在这些人物形象中,有渔民、村长、族长、工匠、塾师,也有官吏、兵痞、湖匪、青帮、赌徒、妓女、汉奸乃至敌寇;有农民起义军统帅、将领,也有民国政府领袖;有男性,也有女性。小说人物众多,各具个性、栩栩如生、真切鲜活。他们的命运纠葛在一起,织就一幅民国鄱阳湖众生相。

这幅民国鄱阳湖众生相中,最大的群体是世世代代生息在鄱阳湖滨的渔民。他们大多淳朴、善良,勤劳、勇敢,宽厚、仁慈,率真、耿直,诚实、守信,坚韧、顽强,当然更多的是血性和彪悍,有的甚至还不乏精明与狡黠。他们就像鄱阳湖水一样灵动聪慧,又如鄱阳湖草一样柔韧顺从,更似鄱阳湖边的泥土一样质朴无华。他们以自己卑贱、苦难、忍韧和不屈的躯体和灵魂,构成了乡土中国宗法制度下最坚实的社会基础。在宗族利益面前,他们可以偏执狭隘、刀枪相向,但一旦面临着外敌入侵,他们表现出来的却是同仇敌忾的血性与担当。

小说塑造了赵仁生、朱继元、苏先生、飞天拐子(赵礼生)、永生、义生、金根、木根、水根、火根、土根、义生妈、小鲤姑娘等一大批民国时期鄱阳湖民间社会的群像。尤以赵仁生、朱继元、苏先生、飞天拐子四人的形象为最鲜明,也最令人难忘。

赵仁生的父亲在宗族械斗中被铁网朱家打死,临死前父亲叮嘱他忘了仇恨,好好读书,长大后离开家乡,但爷爷临死前却反复告诫他一定要为父报仇。爷爷和父亲两个完全相反的遗嘱,让他很难抉择。因家庭贫穷,他读完高小后只得辍学,去余南县城跟从姜师傅学打铁,与师父结下父子般的情义。然而此时铁网朱家与铜钩赵家大举械斗蓄势待发,为了保全宗族,经过痛苦的思索后,他跟着叔叔回到渔村,接受家族的重托,成为铜钩赵家的领头人,先是率领赵家迎战朱家,后是联合赵、朱、曹三个相邻的宗族,共同抗击日本侵略军。抗战结束,内战再起,他被强征入伍,九死一生,最终从千里外的战场回到家乡,重被卷入宗族械斗的飓风中。

赵仁生的命运惊心动魄:年幼丧父、三次被抓(土匪、日寇、国军都抓过他)。赵仁生的人格熠熠生辉:他文武双全、沉稳聪慧、达观豪爽、诚信仗义;他厚道诚挚、重情重义,对宗族、对亲人、对同伴、对乡民、对师傅、对恋人一片真情;他胸襟开阔、洞察大局,清醒地看到冤冤相报只能是两败俱伤,所以他用尽办法、费尽心力、力求和解、极力争讼,始终都在寻找制止械斗、消弭死亡的通途。他的性格,具有典型的鄱阳湖渔民特点。他是比较完美的中国农民的化身,在他身上,聚合着传统文化的道义、智慧和力量。他的个人史,就是一部家国史。

朱继元是小说中另一个刻画得比较成功的人物形象。与赵仁生不同,朱继元的性格更具多面性,因而也就更具人性的深度。作为铁网朱家的族长,他威仪沉稳、刚愎自用、精明强干、工于心计,在维护宗族利益上不遗余力、寸土不让。然而他也血性未泯、古道热肠,明大义、识大体。当日寇侵湖时,他果敢地捐弃前嫌,与赵、曹两宗携手御敌。在与日寇的战斗中,他的一个儿子,献出了年轻的生命。作为乡土中国宗法社会底层的一名乡绅,朱继元自小深受孔孟思想的浸染,有着自己鲜明的价值判断和人生取向:他崇尚儒家道义、讲究长幼有序、胸怀家国意识、不断自我反省、坚持故土难离。他矛盾的性格特征和生存哲学,是儒家思想影响的结果,也是社会转型时期文化冲突造成的扭曲与变形,更是生存环境挤压的产物。

塾师苏先生是小说塑造的一个类似于《白鹿原》中朱先生的道德楷模。他因亲见了妻子难产受难的惨绝,深感作为女人的悲哀和作为男人的罪孽,于是将家产全部留给妻子,只身来到铜钩赵家教书。他满腹经纶,饱含对国家、对民众的真挚情怀,幻想通过教育救国救民。他心存中国传统伦理纲常,超然世俗,对奸佞、邪恶充满憎恶。他循循善诱、爱生如子,发现赵仁生喜爱读书的性格和极好的读书天赋后,对赵仁生格外钟爱和关心。他仗义疏财、古道热肠,当赵仁生因家境贫寒,读完高小只得辍学时,他亲自登门,劝说赵仁生的叔叔和母亲让赵仁生去县城读初中,并主动提出资助赵仁生上学。当看到赵仁生辍学意志已决,他又捐赠给赵仁生几大箱子书籍,并叮嘱赵仁生不要忘了读书。民国的混乱世道令他失望之至、极度厌恶,当县府勒令铜钩赵家交出械斗首犯时,他挺身而出,为全村人顶罪,从容赴死。他是乡土中国传统道德的化身,"尽管过着简朴的生活,却有着丰富的内心世界",是他人生的写照。

飞天拐子(赵礼生)是与鄱阳湖地域文化性格最为契合的人物形象。童年时父亲被铲族谱,跟着父亲流落他乡,身致残疾,最终回到渔村的切肤之痛,使他成了一个捍卫宗法制度与宗法传统的最坚定者和急先锋。他虽然是个残疾人,却脾气火爆、刚烈无畏、胆气超人、身手非凡。他曾在集市上追杀凶横的屠夫,在湖水里刺死绑票的湖匪灰鲇鱼,在元宵灯会上单挑不可一世的朱家公子。这是一个让人读来痛快淋漓的人物形象,也是民国鄱阳湖众生相中一个最具原始生命力、最有个性、最令人难忘的人物形象。

《铁网铜钩》的文化乡愁

作为一名离开故乡已达40余年的游子,《铁网铜钩》寄予了吴仕民先生深沉的文化乡愁。作者童年和青少年时代,曾在鄱阳湖畔的余干县生活了20余年,那里的一砖一瓦、一草一木,都深深地镌刻在了他的记忆中。鄱阳湖两岸绮丽的自然风光,鄱阳湖人民的日常生活和性格特征,鄱阳湖地区的风俗礼仪,鄱阳湖地区的民间传说和历史掌故,鄱阳湖地区独有的传统建筑,鄱阳湖地区浓郁的地方方言,乃至鄱阳湖畔村落与村落之间的械斗场面……这一切的一切,都化成了作者的生命记忆。

《铁网铜钩》是作者酝酿了30年余年、费时3年,所写就的一部向鄱阳湖致敬、向故乡致敬的鸿篇佳构,也是一部抒发自己故乡之思、故乡之恋的厚重的"乡愁之书"。作者把自己对故乡的童年记忆,把故乡独有的地域风情和历史文化,把自己对故乡一片缱绻的赤子之情、赤子之爱,都一齐融入了这部气象恢宏的作品中。这是一部独具文化意义和美学价值的长篇小说,一部中国传统文化和民俗知识的教科书,一部不可多得的鄱阳湖文化之书、干越文化之书。

这部作品中,有着大量鄱阳湖地区人民特别是余干人民无比熟悉的生活场景、民间传说、历史故事和方言俚语,相信当熟悉这一地区的读者们,从小说中读到这些内容时,都会发出会心的一笑。例如——

奇特风俗:小孩生病,忌说小孩有病,而称"做狗"……

历史故事:余干历史名人吴芮的故事、忠臣庙的故事、娄妃的故事……

民间传说:鄱阳湖成因的神话传说、马背嘴的传说、苦麦鸟的传说、县官判三两七的传说、麦黄洲石米臼的传说……

方言俚语:"三日不下河,吃掉一只老鸡嬷"……

吴仕民先生以其对故乡的赤诚之爱、丰厚的生活积累、扎实的文学素养和专业的民俗学知识,成就了《铁网铜钩》这部极具艺术张力和文化价值,同时又体现了对社会形态变革的深刻洞察和积极思考的优秀作品。感谢吴仕民先生,他不仅用他的小说带我重回了一趟故乡,更让我加深了对故乡地域风情和历史文化的了解,使我对故乡的情感,变得更加炽烈!

(2016-10-08)

(见作者新浪博客 2016-10-09)

《网络英雄传》的三个精神维度

郭羽、刘波合著的商战巨作——"网络英雄传"三部曲《网络英雄传I:艾尔斯巨岩之约》《网络英雄传II:引力场》《网络英雄传III:攻防战·弈》,加上《网络英雄传前传:光未盛》,四部长篇小说,洋洋洒洒200余万字,共同筑成了一座瑰丽的互联网商战文学大厦。这一系列长篇作品,是文学精神与商业精神、英雄精神相融合的产物,为中国当代长篇小说创作输送了某种新异的精神特质和价值理念。

类型边界的稳定与类型小说的经典化
——"网络英雄传"的"文学精神"

商战小说是类型小说的一个门类。作为类型小说的代表作品之一,"网络英雄传"三部曲不仅具有一种超稳定的类型边界,而且坚守了一种纯正的文学精神与优良的文学品质,在类型小说的经典化道路上迈出了坚实的一步。

类型边界的稳定。"网络英雄传"三部曲有着一种超稳定的类型边界,无论是小说的叙事模式还是角色与行动模式,都迥异于官场、职场、架空、历史、穿越、武侠、仙侠、悬疑、玄幻、科幻、推理、盗墓、后宫、军事、谍战、都市、言情、灵异、修仙、青春、游戏、竞技、耽美等类型小说,体现了一种对主体内核和类型边界的固守。这一稳定的类型边界，主要体现为如下三个方面：

鲜明的类型特征。首先，它是写实的，这使得它与架空、穿越、武侠、仙侠、悬疑、玄幻、科幻、推理、盗墓、后宫、谍战、灵异、修仙、游戏、耽美等完全虚构类类型小说区别了开来。其次，它是写商战的，这使得它与历史、官场、职场、都市、言情、军事、谍战、青春等写实类类型小说区别了开来。

专业的财经知识。它不仅将互联网创业以及商业与资本的鏖战写到了极致，成为互联网创业与商战的"策划书""教科书"，更是对普通读者进行了一次互联网创业、商战以及资本与股权运作等财经知识的"科普"。

内部结构的稳定。其一，小说故事开端设计基本相同：《网络英雄传I：艾尔斯巨岩之约》整个故事源于两个创业者郭天宇与刘帅的一次"创业决斗"，他们约定，谁先创业成功，谁就获得追求他们共同爱恋的女孩赵敏的权利；《网络英雄传II：引力场》以郭天宇和李建波的惊天赌约始，两人约定，万全天盛与51旅游网，谁先做到一千亿，谁就在那一年全球互联网大会期间在乌镇裸奔。其二，小说故事结局设计基本相同：《网络英雄传I：艾尔斯巨岩之约》《网络英雄传II：引力场》《网络英雄传III：攻防战·弈》三部作品的结局，都是一种"王者归来"式的设计：前两部是郭天宇"王者归来"，后一部是陈冠平另一种意义上的"王者归来"。故事起讫设计的高重合性，如同一个钢铁扣环，有力地锁定了每部作品的内在结构。

类型小说的经典化。"网络英雄传"三部曲坚守了一种纯正的文学精神和优良的文学品质，为类型小说的经典化蹚出了一条出路。

对"三部曲"传统结构模式的突破。"三部曲"源于古希腊"悲剧之父"埃斯库罗斯的三联剧《奥瑞斯提亚》（由《阿伽门农》《奠酒人》《复仇之神》组成）。传统的三部曲，如三个既各自闭合又互相勾连的建筑体。这种结构，非常类似于鄂尔多斯以长廊连接的三个蒙古包式大殿的成吉思汗陵。《网络英雄传I：艾尔斯巨岩之约》以网络创业为主题，讲述了主人公郭天宇、孙秋飞、刘帅等几个年轻人跌宕起伏、惊心动魄的创业故事。《网络英雄传II：引力场》从创业向商战升级，主要讲述郭天宇、刘帅统帅的万全天盛与在线旅游市场老牌巨头51旅游网以及国际巨头美国通远公司的"三国演义"，及至万全天盛与国际阴谋展开的大搏杀。《网络英雄传：攻防战·弈》由商战升级到黑客反恐，展现了一场关于保卫国家网络安全的黑客和反黑客战争。由"创业"，到"商战"，再到"反恐"，这种螺旋式上升的结构,突破了"三部曲"传统的平面展开的结构模式。

对现实主义的回归。"网络英雄传"三部曲以互联网时代特有的创业环境为背景,涵盖企业并购、股权激战、地推大战、融资风投、危机公关等极具时代气息的商战元素,以虚构的写法,表现非虚构的社会现实,是对重虚构、轻写实的类型小说创作潮流的一种拨乱反正,它是现实主义创作手法在类型小说创作中取得的一项重要成果。在万众创业的今天,具有巨大的现实意义和指导价值。

对纯正文学精神的坚守。其一,"网络英雄传"三部曲将一种昂扬的时代精神浇注在了作品中,体现了一种深度的精神诉求。这种精神诉求就是积极进取、创业、创富,实现人生理想;其二,"网络英雄传"三部曲成功地摆脱了欲望叙事过度、语言泥沙俱下等类型文学常见的不足,坚守了一种优良的文学品质。

商业伦理的弘扬与商业模式的创新
——"网络英雄传"的"商业精神"

"商业精神"涵盖甚丰,工匠精神、进取精神、创新精神、冒险精神、竞争精神、合作精神、敬业精神、学习精神、执着精神、诚信精神、宽容精神、服务精神,等等,都是它的题中之义。商业精神是人类文明进步的核心精神之一,商业精神创造物质文明。"网络英雄传"三部曲,表现了一种对商业精神的热切呼唤、一种对商业伦理的高调弘扬。

商界领袖形象的塑造。"网络英雄传"三部曲塑造了郭天宇、刘帅等一批商界领袖形象,寄寓了一种对现代商业精神的热切呼唤。这些商界领袖,大多身上都有着一种积极进取的创业精神、全力以赴的职业精神、运筹帷幄的商业智慧、以义治商的商业道德、敢于冒险的商人胆魄和挥斥方遒的商人意气,追求卓越,追逐人生梦想,以一种高亢的现代商业精神,克服重重艰难困苦,创新商业模式,缔造现代商业神话,登顶人生巅峰。

商业伦理的弘扬。"网络英雄传"三部曲彰显了一种对现代商业法则和商业伦理的弘扬。《网络英雄传Ⅱ:引力场》以郭天宇最终王者归来、简丽丽最终锒铛入狱的事实,表明了作者对掠夺财富、满足私欲的犯罪经商行为的否定,昭告人们要营造一种健康的商业文化,遵守商业法则、商业伦理和经商道德,正当经商、理性经商。

商业模式的创新。"网络英雄传"三部曲的作者不仅在书中创造性地提出了一种全新的现代商业竞争模式——"非竞争性战略联盟",更在写作、出版、传播的每一个环节,对这一系列长篇作品,进行了全方位、系统性、创新性的综合运营:"作家式+产品经理式"的写作模式;移动端—PC端—纸质书的全新出版模式;电子书、纸质书、影视开发多位一体的立体宣传与运作模式。作者的这些做法,传达了一种对伟大的"商业精神"的呼唤。

英雄叙事的突破与英雄主义的复活
——"网络英雄传"的"英雄精神"

中国文学的英雄叙事最早可以追溯到先秦时代。西方文学英雄叙事的源头是古希腊的《荷马史诗》(包括《伊利亚特》和《奥德赛》这两部长篇史诗),中国文学英雄叙事的源头是《山海经》(诸如夸父追日、后羿射日、女娲补天、嫦娥奔月、精卫填海、大禹治水、刑天舞干戚、共工怒触不周山等神话故事)。《荷马史诗》描绘的是早期英雄时代的人类英雄,《山海经》描绘的多为拥有超自然力量的神话英雄。英雄叙事的先河开启后,英雄形象不断发生嬗变,形成了一个源远流长的英雄叙事传统,先后出现了神话英雄、魔幻英雄、武侠英雄、民族英雄、革命英雄、动漫英雄等种类。

"网络英雄传"三部曲以一种全新的英雄叙事美学,首开中国当代文学网络英雄叙事的先河,塑造了郭天宇、刘帅、孙秋飞等一大批具有商业智慧和胆气的互联网时代的创业英雄和商战英雄,它使中国文学的英雄谱系中,首次出现了网络英雄这一形象,这部磅礴着时代精神的网络英雄传,既是对中国文学传统英雄叙事的一大变革和突破,与此同时,它又是对失落已久的英雄精神的呼唤与招魂。

主人公郭天宇、刘帅是移动互联网时代的创业英雄和商战英雄。毋庸讳言,在他们身上,有着强烈的个人英雄主义色彩。个人英雄主义,对于他们来说,既是魅力所在,也是缺陷所在。然而,他们更是一种时代英雄——他们不同于以往那些以道德为主的道德英雄和以功勋为主的战斗英雄,他们是新时代的创富英雄,闪耀着时代精神的光芒。

(2018-10-26)

(见作者新浪博客 2018-10-26)

《对手》: 粗粝生活的光芒与一位建筑作家的启程

　　袁友才建筑业题材中篇小说《对手》发表于《广州文艺》2017年第6期。他在写这个中篇之前,我曾听他讲起过相关情节。对他的这个作品,我心里是期待的,同时也是有数的:这篇小说反映的生活一定会很独特,故事情节一定会很精彩,"可看度"一定会很高。因为作者是一位"老建筑",在建筑行业摸爬滚打了几十年,从当年建筑工地上的一个小工,成长为今日某大型建筑企业的一位副总,有的是"生活"。

　　作者20世纪60年代出生在诸暨农村,自小就有文学情结,然而为生活所迫,十几岁就不得不辍学出外闯荡,这一闯荡就是三十多年。如今事业有成了,生活条件优渥了,可自由支配的时间也有了,这时掩埋了数十年的文学爱好便又悄悄地在他心头萌芽了。他有一肚子关于建筑行业的故事,想书写出来,与朋友们分享。这种念头是那样的强烈,令他激动、亢奋,如同蓄积了多年的火山岩浆,期待着喷薄。

　　中国的建筑业自20世纪80年代之后,迎来了一个亘古未有的飞速发展时期。建筑业在整个国家的社会生活、经济生活乃至政治生活中所占的权重,世所罕见。建筑大军的浩瀚与庞杂,从业者生活的粗粝与辛劳,行业关系的错综复杂与利益博弈，积极层面上的宏大诗意与具体操作层面上的灰色、黑幕乃至血腥，等等，对于普通国民来说并不了如指掌。其在中国当代文学中，也没有得到充分的反映，存在着巨大的空白。

《对手》是作者重拾文学梦后在大型文学刊物上发表的第二个中篇小说。与作者的第一个中篇小说《投标》一样，《对手》也取材于建筑业这样一个特殊的行业背景。小说故事梗概若用一句话概括，就是讲述"我"如何处理一起发生在建筑工地的死人事故。尽管这是一篇虚构的小说，但故事原生态，粗粝、灼热的生活气息扑面而来，具有浓厚的"非虚构"特征，可视为"来自生活一线的报告"。

小说采用第一人称的视角，叙述在开工不到一个月的钱江新城工地上，一个木工班组的民工在地下室支撑模板时，因病突然瘫倒在地，送到医院二十五个小时之后不治身亡。死者家属从千里之外的云南赶到杭州，作为公司主管副总的"我"（赵总）带着项目经理吴德明、质安处处长楼国林、工地安全员小张，处理善后事宜，与死者家属谈判，经过四天四夜的"较量"，事情最终得到圆满解决。

小说中构成"对手"的双方，是建筑公司与死者家属。唱"对手戏"的两个主角，则分别是建筑公司副总"我"与死者十七岁的女儿王晓霞。主导双方由最先的对峙到最终和解的原动力，或者说推动小说故事情节发展的叙述力量，是一种深度的人性：或源于至亲的父女深情，或源于社会信任体系崩塌后民众对人性的普遍怀疑，或源于存在于社会底层的纯善，或源于由己及人的悲悯情怀。

小说对"我"的心理刻画真实、生动。"我"是一个社会经验丰富、道行很深的中年男人、建筑公司高层，基于多年的人生经验，在处理本次事故善后事宜的过程中，老谋深算，譬如在谈判尚未开始时，"我"就使出了多个计谋：先让手下出面，"和家属谈判我要唱主角，我不能一下子就把自己推出去"；叮嘱手下将家属住的宾馆安排得和殡仪馆近一点，并且"不能把公司的地址告诉家属，不要让家属去工地"；安排在晚上谈判，因为这时死者家属的情绪往往会稍稍平复下来，可"避其锐气"；要求己方商量时用诸暨土话交谈；交代手下"把谈判过程用录音笔录下来。万一家属闹了起来，也能留下个证据"……

面对王晓霞这样一个少不更事的"对手"，"我"起先颇为自负："我走过的桥比她走过的路还要多，她是用自己这颗鸡蛋来砸我这块硬石头。"在王晓霞向"我"索取证据时，"我留了一招后手，没有把《工伤保险条例》拿出来交给她"。

然而到了第二次谈判时,王晓霞在确证了爸爸是在上班的时候突然发病的,并且是在发病四十八小时之内经抢救无效死亡后,马上毫不含糊地说:"根据《工伤保险条例》第二十五条,在工作时间和工作岗位,突然疾病死亡或者在四十八小时之内抢救无效死亡的,视同工伤。""我"顿时傻住了,之后谈判变成了由她在牵着"我们"的鼻子在走。王晓霞逻辑严密、表述清晰,"我"连半点出击的机会也没有,之前"我"没有把《工伤保险条例》给她,也是在打埋伏,原想将它作为谈判时最后的一张底牌,"想不到她轻而易举地攻破了我的防线"。

"我"在与"对手"的第一次谈判中,已经感觉到了这是一个非同寻常的小女孩。之后又得知她与自己儿子一样,是个中考生,而且是个中考状元,这时"我"的心理防线"被王晓霞的智慧和悲情彻底击穿了",良知苏醒:"我不仅仅是王晓霞的对手,也是一个十七岁孩子的父亲。"将底牌提前亮出,即尽管王晓霞的爸爸没有与公司签订劳动合同,也没有缴纳养老保险,但处理的标准还是要按《工伤保险条例》执行。

谈判结束后的次日一早,王晓霞不见了,家属们急成一团。"我"凭着直觉,断定她应该是去冷冻车间那边了。果不其然。原来她一早跑出去,是为了给爸爸买平素最喜欢吃的包子,此时她正揣着三个包子,孤零零地坐在冷冻车间门口的草地上,等候开门。"我"大受感动,悟到了"一个最贫穷的父亲,对于儿女来说,也是一座最富有的山",悲悯的人性在"我"心头复苏。"我"想起了头天王晓霞不要爸爸买手机宁愿他活着的哭喊,于是交代手下速去为她买一部手机。"对手"最后变成了"父女"。这与其说是王晓霞的孝心感动了"我",毋宁说是一种人类普遍的如山父爱,使"我"生发了怜悯之心。在王晓霞的孝心和诚实人格的感召下,公司老板也给"我"发来短信:"麻烦你替我买一束黄菊花,放在骨灰盒上面。在我们公司工地上去世的,就是我们公司的人,愿他一路走好!"人类共有的圣洁人性,最终冲破粗粝生活的掩埋,释放出醉人的温暖与璀璨的光芒。

在这篇小说中,作为"对手"的王晓霞这一人物形象也塑造得比较成功。小说一开篇,王晓霞待在冷冻车间爸爸的遗体前不肯出来,撕心裂肺地哭喊,催人泪下。这个因为家境困难而发育不良,看上去只有十四五岁的十七岁女孩,"知道爸爸去世的消息后,两天两夜不吃不喝了,火车上也一直在哭"。她双膝跪在地上,双手紧紧地抱着灵车的栏杆,整张脸埋在爸爸胸前的白布上:"前几天我给你打电话,说我考试第一名,你说要给我买一只手机。爸爸,我不要手机,我什么都不要,只要你活着。"面对项目经理吴德明的强拉硬拽,"她猛地低下头,张大嘴巴,狠狠地咬在吴德明的手背上"。

然而,就是这样一个极爱爸爸的孝顺女孩,一个读书勤奋的女孩,一个性格执拗、刚烈的女孩,在听了"我"所说的"几个叔叔晚上让你们进来看看,已经是行了方便,你再不出去的话,他们就要为难了,说不定还会丢了饭碗"之后,最终她止住了哭声,顺从地跟着大伙从冷冻车间走了出去。至此,这个女孩心地善良、通情达理、能为他人着想的另一面性格开始凸显出来。

在第一次谈判时,毫无社会经验的王晓霞起先表现得有点滑稽:"她轻声地说:'我要发言。'她把谈判室当课堂了,一副学生面对老师的样子。"因为胆怯、紧张,她的手指不停地抖动着。然而,一旦进入了谈判,王晓霞马上表现出了一种与她的年龄极不相符的冷静。她向"我"索取证据,"神情也自如多了,像一个渐渐进入状态的运动员"。到了第三天上午的第二次谈判时,她就有点适应这样的场面了。她通过询问,确证了爸爸是在上班时候突然发的病,并且是在发病四十八小时之内经抢救无效死亡之后,马上果断提出,根据《工伤保险条例》的规定,爸爸的死亡应视同工伤。

在王晓霞有理、有利、有节的"进攻"下,"我"答应了她的要求。翌日"失踪"事件发生,在冷冻车间的草地上,毫无戒心的王晓霞在谈判尚未最终结束之时,将自己一家先前偷偷去看过"我们"公司,发现公司很大,一定会赔很多钱的事实对"我"和盘托出,并且不惮奶奶的抚养费会由于多一个子女而摊少的后果,诚实地告诉"我",其实她奶奶有两个子女,除了爸爸还有二姑,"似乎忘记了我是她的对手"。在爸爸火化前的告别仪式上,王晓霞再度悲痛欲绝,额头叩出了鲜血。告别仪式结束后,王晓霞对"我"说,"以后要读医学专业,给爸爸这样的病人看病。没有钱的人来看病,我就不要钱。"在故事情节的推进中,王晓霞这个执拗、刚烈、孝顺、聪明、天真、善良的女孩形象一步步变得鲜明和丰满起来,最终在大爱中升华。

两个"对手"——"我"与王晓霞,一个世故、老练,一个单纯、幼稚。最终单纯"战胜"了世故,幼稚"打败"了老练。在王晓霞这个女孩身上,我们看到了人性的另一种闪光:孝顺、拼搏、诚实、善良……

小说中其他几个次要人物形象也很鲜活。譬如性格急躁、"脾气粗,但心还蛮细"的项目经理吴德明,办事拖沓、凡事"慢慢来"的质安处处长楼国林,乃至淳朴、善良的王晓霞妈妈等人。特别是吴德明在对待王晓霞态度上的转变，更是昭示了诚实、淳朴、纯净、善良等人性力量的伟大，彰显了深藏于普通人民群众心底的共通的人性之光。小说这样写道："电话里吴德明语气沉重地说：'新衬衣穿上了，我在殡仪馆门口的小饭店去烧了几个荷包蛋，让王晓霞也好好吃一点。赵总，我给她爸爸的工钱多算了一百元钱一天，已经给她妈妈了。'"

小说在结构上也体现了作者的匠心。譬如小说一开篇就制造了一种紧张的氛围：殡仪馆冷冻车间要关门了，可是死者女儿，"手骨都快拉断了，还是拉不出来"。这就制造了一个悬念，抛给了读者一个疑问，激发了读者深入探究的兴趣："我"后面到底是运用了什么手段才将这个女孩劝离的？在结构布局上，除"我"与王晓霞唱"对手戏"这条主线外，小说还设置了一条辅线：与王晓霞同龄且同为中考生的"我"儿子的幸福生活，与王晓霞的命运构成对比和反衬。小说这样写道："我儿子考上了重点高中，前几天约了几个同学到呼伦贝尔大草原去骑马去了，是王晓霞他们到的那天晚上刚刚回杭州的。王晓霞是中考状元，来杭州是为了承受她爸爸的生命之重，冥冥之中成了我无处可逃的对手……我儿子十七岁，王晓霞也是十七岁，儿子的同学应该也是十七岁。今天王晓霞是我悲情的偶然对手，也许在明天他们是同在蓝天下温情的潜在的对手。"

此外还有一笔亦需提及：小说中多次出现杭州的地名、街道名、企业名和建筑名等，并穿插了杭州市民耳熟能详的"西溪且留下"等典故，不仅增强了故事的真实感，而且使得小说具有了浓郁的杭州地域色彩。

《对手》以一种粗粝、硬朗、朴实、真诚，具有浓郁生活气息的本色书写，描绘了一幅当代中国建筑行业的生态图，呈现了粗粝生活中的温暖与光芒，是一篇不错的中篇小说。当然，由于作者涉足小说创作的时间并不长，只有短短几年，小说在语言、叙事、结构和人物形象的饱满度方面，都还存在着很大的上升空间。然而我坚信，作者所拥有的独特生命经历和生活经验，是一座文学创作的富矿，只要他坚持深挖下去，就一定能收获更大的惊喜。

建筑作家袁友才启程了。我期望他能将建筑题材小说，打造成一种特殊意义上的建筑业"类型小说"。

（2017-05-16）

（刊于《浙江作家》2017年第6期）

蔡瑛小说的女性叙事艺术

随着女性创作队伍的日益壮大，近三十年来，当代中国的女性叙事文学呈现出一种蓬勃发展的势头。在时代大潮的冲击下，广大女性创作者们的女性主体意识进一步复苏，对传统男权中心价值体系的批评、消解、反抗、颠覆的力度进一步加大。她们自觉地选择一种迥异于男性视角的写作立场、观察角度、文化思考和价值判断，以女性为言说主体，围绕女性展开叙事，书写女性的生存状态和生命体验，表达真实的女性经验，解读时代与生活，建构中国当代女性的文学观、生活观和价值观，显示出一种鲜明的女性主义叙事艺术特征。

蔡瑛是一位擅长描写女性心理和揭示女性命运的青年女作家，无论是她的散文还是小说，都具有一种浓郁的女性叙事特质。一年前，我开始接触到她的作品，读过她的几篇散文，惊诧于她对女性灵魂、女性命运的探触之深、呈现之美；近日又集中阅读了她的十二个中短篇小说，更加强化了我对她文字的这种印象。她的小说《河水温软》《生活不止眼前的苟且》《暮光》《风吹麦穗》《日头偏西》《惊蛰》《莲香》《小半日》《玉兰飘香的夜晚》《夜未央》《烟火》《子湄湖》等篇章，如同一条流光溢彩的语言的河流，集中展示了她的女性叙事艺术。

解读蔡瑛小说的女性叙事艺术，我们首先不得不环视一眼我们所处时代的社会生态:一是消费文明大规模向乡村逼近,所有的故乡都在沦陷,大批农业人口流徙入城市,农耕文明与消费文明的冲突与交融的剧烈程度亘古未有;二是物质文明疾速发展、精神文明未能同时跟进,大批民众在拥有了丰裕的物质享受之后,精神却找不到出路,陷入迷茫;三是生活条件的极大改善、传统道德的极度溃败、享乐主义的甚嚣尘上、信息交流的无比便捷,带来了社会两性关系的极大随意和混乱。蔡瑛笔下所有人物的命运,都是放置于这样一个时代背景中演绎的。若抽离了时代,小说中的所有人物形象都将坍塌。这是蔡瑛小说女性叙事艺术的首要特征。

在蔡瑛小说的叙事系统中,女性人物无疑占据其中心位置。在这十二篇小说中,以男性作为主人公的作品,只有《河水温软》《暮光》两篇,前者叙述的是一个在城市打拼的男青年不得不向生活妥协的故事,后者提出了关注入流徙农村老人的情感与性生活这一新的社会问题。其余十篇作品,都是以女性为主人公,它们分别是《生活不止眼前的苟且》中的童佳、《风吹麦穗》中的麦子、《日头偏西》中的芬、《惊蛰》中的顾筱筱、《莲香》中的莲香、《小半日》中的安亦、《玉兰飘香的夜晚》中的夏琳、《夜未央》中苏子夏、《烟火》中的秦月和《子湄湖》中的菊子。

蔡瑛小说中的女性人物,一类是生活在农村的中老年妇女——一种传统的"母亲"形象,如《日头偏西》中的芬和《莲香》中的莲香;另一类是生活在大、中、小城市的知识女性——一种"现代女性"形象,在这个急遽变化的时代,她们无一不陷入两性关系的情感纠葛中。作者将充满人文关怀、体察入微的笔触,探入她们的灵魂世界,触摸她们的内心困惑、矛盾、焦灼和突围,书写她们对庸常生活的承受或反抗,描绘她们同生活的抵牾与妥协,展示她们自身的冲突与和解。这些女性,在蔡瑛小说中承担了故事的叙事功能,她们的情感律动、生活嬗变乃至命运起伏,成了人物故事的叙事原动力,推动着小说的情感叙事和命运叙事向前发展。

《日头偏西》和《莲香》是两个乡村题材的短篇小说。前者围绕女主人公芬纠结于要不要去深圳带孙子的心理矛盾而展开,后者叙写女主人公莲香为迎接小儿子的准媳妇回家而衍生的家务劳动和心理活动。两篇小说塑造的都是忍韧负重的中国乡村传统女性形象。两者在铺陈故事的同时,都绘制了一幅浓郁的乡风民俗图,如前者描写的周岁宴,后者描写的围观新媳妇;都侧面反映了在时代大潮的席卷下乡村出现的空村、空巢现象。所不同的是,前者写的是"去";后者写的是"回"。前者反映的是夫妻情与母子情的矛盾,展示了半路夫妻各为其子的真实人性;后者隐晦地揭示了城市与乡村的文化冲突,以及对乡村泛黄爱情图卷的追缅。小说对世相百态、人性百态的洞察和刻写细腻、真切、生动而深刻。

然而,蔡瑛小说着笔最多、最成体系,也最为得心应手的,当属对城市女性的书写。这些生活在大、中、小城市中的知识女性,应该说是作者最为熟悉的一个族群。因为具有高度的体己性,所以作者对她们灵魂的探触就更深入,对她们情感与命运的体认就更深刻,心理经验就更丰赡,表达也就更为真切。作者擅长于片段化叙事,截取多彩生活中的一两个片段,将人物放置于其中,让生活去激发她们内心的狂波巨澜、导引她们的命运轨迹、吹散她们人生中的喧嚣泡沫,启迪她们的人生智慧。小说中诸如童佳、麦子、顾筱筱、安亦、夏琳、苏子夏、秦月、菊子等女性各自的人生故事,都闪耀着水淋淋的光芒。这些命运的光片,又缀连在一起,组成了蔡瑛小说熠熠生辉的城市女性人物形象画廊。

蔡瑛小说女性叙事的一个重大主题,是表现庸常生活对人性所施与的禁锢、磨难与考验。而其塑造城市女性形象的一种最为显著的叙事艺术手段,则是书写这些城市女性对庸常生活的忍受、叛离和回归。这些城市女性,莫不为"不悲不喜波澜不惊""一潭死水般"的庸常生活所窒息,内心深处萌生出叛离之心,渴望突围。然而,她们或因缺乏改变现状的勇气和底气,在与庸常生活的对垒中,最终败下阵来;或因生活真相的残酷,最终"此路不通";或因内心的道德律最终显示作用,领悟到"平平淡淡才是真"的生活真谛,主动撤退,回归现世安稳的庸常生活。"忍受—叛离—回归",业已成为蔡瑛小说城市女性叙事的一种艺术结构模式。除中篇小说《子湄湖》书写的是一个有"去"无"回"的爱情悲剧之外,她的其他书写城市女性人物的小说,叙述的基本上都是这样一种始"去"终"回"的女性情感与生活故事。她的小说,亦可解读为当代版的"娜拉出走之后"——当然,蔡瑛小说中的"出走",更多的是一种心灵而非肉体的"出走"。

《夜未央》中的苏子夏爱上了有妇之夫何然,渴望"谈一场刻骨铭心势均力敌的优质爱情",最终因何然难以舍弃家庭,不得不黯然撤出;《惊蛰》中的顾筱筱在流氓丈夫李大鹏的肉体蹂躏和精神摧残下,"渐渐在不堪的生活里妥协……然后,便成了习惯"。她与同学陈军的爱情遭到李大鹏的威胁,投水塘自尽却因为无法丢下儿子,最终自动从冰冷的水塘里爬上岸来,"从此安分地坐进她的牢笼里"。《风吹麦穗》中的麦子找了个公务员丈夫,不仅夫妻生活缺少激情,而且日子过得捉襟见肘。前者使她精神出轨于闺蜜的前夫,后者则加剧了她对职场竞争的恐慌。为了谋取银行部门经理之职位,她被行长潜规则,最后竹篮打水,被残酷的生活打回原形……

如果说苏子夏、顾筱筱、麦子的"回归",都是一种被外力所绑架的被动的"回归",那么《生活不止眼前的苟且》中的童佳、《小半日》中的安亦、《玉兰飘香的夜晚》中的夏琳,以及《烟火》中的秦月的"回归",则都是她们主动选择的结果。蔡瑛小说生动地表现了庸常生活对人物情感的考验:童佳是"一个为自己一成不变的程序化生活所憋闷,渴望有所改变的女人",出差上海时原本想转道苏州去见一个男文友,同学林双的坎坷人生使她幡然醒悟到平淡是福,最终打消念头;安亦久困于平淡乏味的生活,梦中出轨其他男子,偶然间发现被丈夫珍藏在抽屉中的日记本、相册和数百封信件,唤醒了"差点就被她所遗忘的青春,与爱情";夏琳对每一次出差旅行"都心存期待……期待生活里有点儿新鲜的东西",出差×市时,在一场准艳遇中,"微微打了个趔趄,又四平八稳庄重得体微笑着走回她的轨道";秦月偶然发现丈夫手机中的一条暧昧短信,"被一块石子惊起涟漪",最终在一句"愚人节的玩笑"的解释中涣然冰释。偶发的意外只在她们的庸常生活中砸起了几圈小小的涟漪,一切便又复归于宁静——当然这是一种被主人公重新发现、赋予了新的意义的宁静。

蔡瑛小说为中国当代小说人物画廊增添了一类庸常生活的"假性反抗者"或曰"不坚定反抗者"城市女性人物形象——这无疑是蔡瑛小说女性叙事的价值所在,是独特的"这一个"。她们生活在憋闷而安全的"防盗窗"(蔡瑛小说的一个重要意象和隐喻)里,一方面渴望能有所改变,另一方面,她们从囚笼里试着探出的一只脚,刚与生活的狼牙棒相遇,便迅即退缩了回去。她们并不是现代意义上的城市新女性,总体上仍是传统观念和传统道德的守护者。在她们的内心深处,还有着陈腐意识的残留。"那个装满了铝合金防盗窗的井然而美好的家"是她们的烦恼之源,也是她们的快乐之所;是她们的出发地,也是她们的港湾。做一个幸福的小女人,便是她们全部的生活追求和人生意义。

蔡瑛小说女性叙事的成功,主要得益于她对女性心理入骨入心的精彩刻画。心理描写在她的小说中占有非常高的权重,有些小说如《小日子》等,通篇运用的都是心理描写。蔡瑛深谙人性的幽深、复杂与诡谲,她的小说,通过异彩纷呈的心理描写,再现了一幅幅微妙精准而直击人心的人性图景。譬如中篇小说《子湄湖》对女主人公菊子一生"为了虚无缥缈的爱与等待,在最好的青春年华甘愿独守""坚守在梦里的爱情,终有一天,溃败在了命运际遇里,碎成了这一地的尘埃与满世的风霜"这一具有强烈梦幻特质的爱情心理的揭示令人感叹嘘唏,短篇小说《烟火》对女主人公秦月反常心理的体认同样令人拍案叫绝:"不是极致的伤痛,不是世界的坍塌。完全不是。秦月只是觉得不可思议,觉得刺激,觉得可笑,在一种不可思议的刺激可笑中,夹杂着些许愤怒和屈辱,最让她没有想到的是,在那种种复杂的情绪中竟然还隐隐有某种解脱与救赎的快感。仿佛,前面等待她的,并不是暴风骤雨,而是一份曙光。"

蔡瑛小说的叙事笔调呈现出一种浓郁的散文化倾向,文字灵动温丽,细节生动鲜活,结构紧密匀称,节奏疾徐有致,具有一种雅洁、散淡之美。这种语言风格的形成,自然与她同时也是一位散文家有关。此外,她的小说创作题材范围广阔,城市与乡村双管齐下,尤以女性叙事最为擅长。蔡瑛是一位相当具有创作实力的青年女作家,必将迎来更为灿烂的创作前景。最后提三点建议供蔡瑛参考:一是打破"忍受—叛离—回归"的结构模式。任何模式都具正反两面,正面是风格迥异的个性,是规模效应的凸显;反面则是亟待突围的单一。二是突破传统的女性观,塑造出精神世界更为丰富的女性形象。三是引入多元化的叙事视角,丰富叙事技巧。不唯在不同的小说中采用不同的叙事视角,在同一篇小说中,也可试着采用不同的视角,甚至也可让叙事者本人出现在小说中。

(2017-01-01)

(刊于《鄱阳湖文艺》2017年第2期)

在乡村生活中丰盈童年

——评徐雪清《少年树上的叶子》

　　徐雪清《少年树上的叶子》是一部少年成长小说。它讲述了从小在城里长大的12岁男孩林近思,去外婆家上岭村过暑假,之后又在秋、冬两季重回乡村探望的故事,描写了美丽的乡村风光和多彩的乡村生活,以及林近思与乡村小伙伴聂浩浩、聂鹂妍、聂泽遥之间纯真无邪的友谊,呈现了小主人公在乡村中的心灵成长历程。正如本书前勒口上的"内容简介"所说:"美丽的乡村风景,像一首美好的诗;少年之间淳朴的友情,像一首动人的歌谣。假期结束了,少年已经悄然成长。"

　　小说前有"引子",末有"后记",主体部分由"十片叶子"(十章)构成。之所以名为"少年树上的叶子",源于小说主人公林近思的爸爸给儿子写的几封信。第一封信里说:"每一个孩子都是一棵树,你经历过的所有的事,都是树上的叶子。"第四封信里说:"友谊也是一棵树,朋友越多,枝叶越繁茂。"林近思的爸爸由于长年在香港工作,不能陪伴在儿子身旁,他希望儿子能通过在乡村的假期生活,多交朋友,学会独立,不断长出"新鲜嫩绿的叶子""成为一棵苗壮的树"。

　　儿童文学是爱与美的文学。《少年树上的叶子》不仅写出了乡村的风物之美、人事之美,更写出了乡村流淌的爱。作为一部长篇小说处女作,它无论是主题的呈现、人物形象的塑造,还是叙事的笔调、语言的趣味,都有可称许之处。它是一个关于儿童心灵成长的寓言,叙写了城里孩子被囚禁的心灵,在乡村得以放飞,并在乡村的陶冶和补正下,不断变得丰盈起来、健康起来:小主人公在几段短暂的乡村生活中,不仅开阔了视野,增长了见识,更收获了友谊,懂得了做人的道理,获得了心灵的成长。

小说以一种童年的视角,描绘了一幅令人心驰神往的诗意的乡村生活图景。这种乡村生活图景,是为城里孩子所陌生的。上岭村一带美丽的田园风光,令小主人公无限好奇和惊叹:"大自然实在是太奇妙了,动物有动物的语言,植物有植物的语言,云也应该有云的语言,雨、风、雪、水流……它们都应该有自己的语言,这是多么丰富的世界!"此外,更有"祭天"等传统的乡村习俗,让小主人公眼界大开。

然而,更令小主人公流连忘返的,是多姿多彩的乡村生活,以及小朋友之间纯真的友谊:捉泥鳅、捡松果、骑牛过河、自编自导自演《宝莲灯》、骑车游小镇、探幽洞、折荷叶、晒场溜冰、堆雪人等等。小主人公就像一只飞离了笼子的鸟儿,在乡村这片蔚蓝的天空中自由翱翔。小说采用线性叙事的手法,以林思近的乡村去来为经线,以他与聂浩浩、聂泽遥、聂鹂妍等的交往为纬线,织就了一帧色彩绚丽的"童乐图"。

小说将故事放置于城乡两种不同状态的生活背景中去显影,塑造了林思近、聂浩浩、聂泽遥、聂鹂妍等清新、生动的少年形象。林思近的活泼与聪慧,聂浩浩的友善与腼腆,聂泽遥的胆大与义气,聂鹂妍的早熟与能干,都令人印象深刻。特别是林思近心地的纯良,更是直击读者的心扉:"那天黄昏,天色渐渐朦胧时,他坐在门前,悄悄地留意聂鹂妍的爸爸有没有回家。他衷心希望,腿脚不方便的聂爸爸能够每天都平安无事,每天都生意兴隆。这样,聂鹂妍应该能少受一点儿辛苦,能多一点儿时间休息。"

小说描写细腻、真切,生动传神的细节描写俯拾即是。如:"聂浩浩还是笑嘻嘻的,但落水之后,背下、后脑的泥浆向左右两边飞溅,又回落,直扑进他的口、鼻、眼里,顿时笑不出来了。""阳光钻进毛孔里去了,身体内像藏着无数小针似的,刺得身上的T恤都扎皮肤了。""他们跑过去一看,原来是一只长长的蜈蚣!有约十五厘米长,灰黑的身子,两排密密的脚,快速地在地面爬动,像'赛龙船'比赛中众人划起的桨。""他用手剥开一片豆荚,发现它像迷你版的小船,外黑内白,‘舱’里还隔着一个一个小格子,小格子里整齐地码着一排绿豆子。"等等。

小说充满童真、童趣,令人忍俊不禁。如小北北多次说:"你是我哥哥,我们是,两姐妹。""妈妈,我和哥哥,是不是两姐妹?""哦,我知道了,我们是,‘兄兄和弟弟'。"又如小北北扮演"雨(御)前侍卫"的那一段描写,更是让人莞尔:"北北就把宝剑插进浩浩的两手腕之间,左右横挥着:‘砍断,砍断,砍断! 砍断你的雨! 不许淋湿我的国王! 我是雨前侍卫!'"诸如此类的还有小北北帮奶奶"拿损"等,将小北北的"可爱淘"形象,刻画得淋漓尽致。此外,小说对林思近和小伙伴们模拟战斗机飞行员、滑旱冰等的描写,也都童趣盎然。

小说长于心理描写,展示笔下人物斑斓的内心世界。如:"他们嚼了一下,都觉得好吃。没油没盐的,为什么好吃? 他们心里都清楚,两人重归于好,才是关键。""等到浩浩上车,车子扬起尘土的时候,林近思真觉得那一刻世界都因为他俩的分别而默默无语了……浩浩走后的下半天,林近思无情无绪。""林思近看着手里的礼物,那新鲜的粽叶发出醉人的清香,他不禁凑在鼻子上闻了又闻。他是第一次收女孩送的礼物,而且是当着他的面,当场编织完成的。他觉得这个‘知道她在编织'的过程也是一份说不清道不明的喜悦。"

作者从自己的童年经验出发,叙写了《少年树上的叶子》这样一个关于儿童成长的美好故事。它将一个深刻的教育话题,即我们应该给孩子一个怎样的童年,儿童如何才能健康、快乐地成长,如何才能成为一个心灵阳光、内心丰富的人,抛到每一位读者面前,引人思考。当然,这个话题是潜藏在文本深处的。从表层看,它是一部轻松、明快、清新、温馨、童趣盎然、赏心悦目的作品。

当然,这部小说的不足之处也是显而易见的。作品过分拘泥于生活真实,没有充分驰骋想象,写得比较拘谨。情节推进上缺乏悬念和"引爆点",抓人的力量不够强。结构上平铺直叙,并呈现出强烈的散文化倾向,没能很好地完成由散文叙事向小说叙事的转化,艺术上尚显青涩。建议作者多向中外经典成长小说学习,在人物设置、情节设计等方面,借鉴其叙事艺术,以改进今后的小说创作。

(2016-07-24)

(刊于《市场导报》2016年8月5日、《衢州日报》2016年8月1日)

从《铁网铜钩》到《旧林故渊》：从社会生态到自然生态

——在吴仕民《旧林故渊》分享会上的发言

首先向吴主任致敬！感谢吴主任又一次为我们奉献出了一部书写家乡的精彩力作！吴主任的家乡情怀、文学情怀、社会情怀，都令人感佩。

我先后阅读过浙江作家顾志坤的长篇报告文学《大围涂》和俞梁波的长篇小说《大围涂》这两部分别书写围海造田、围江造田题材的作品，这次又读到吴主任书写围湖造田主题的《旧林故渊》，感觉很亲切。我将书写围海、围江与围湖主题的这三部作品进行了比较阅读，觉得非常有意思。

《旧林故渊》是吴主任书写鄱阳湖的第二部长篇小说。第一部《铁网铜钩》是 2016 年出版的，写的是宗族械斗，这部小说我认真研读过，并撰写了一篇评论《〈铁网铜钩〉的叙述美学和文化乡愁》。《旧林故渊》是 2018 年出版的，写的是围湖造田。虽然书刚刚才拿到，但此前我在网上已阅读过部分章节。下面我谈几点读后感——

一、我认为《铁网铜钩》与《旧林故渊》都属于生态文学作品，或者说是生态小说

生态文学，包括生态小说和生态散文等，都是近年比较兴盛的文学样式。从

《铁网铜钩》到《旧林故渊》，吴主任的创作题材由社会生态扩展到了自然生态。

鄱阳湖是中国第一大淡水湖，也是世界十大名湖之一。我关注鄱阳湖地域文化书写多年，我认为吴主任的鄱阳湖题材小说创作，对鄱阳湖文学有着三大贡献。

（1）题材上的开拓：吴主任的小说创作由陈世旭、毕必成、王一民、李志川等鄱阳湖作家的现实生活题材，程维等鄱阳湖作家的历史题材，史俊等鄱阳湖作家的抗战题材和现实生活题材，周美兰等鄱阳湖作家的超现实主义题材，拓展为生态题材。

（2）地域文化的深掘：吴主任的小说创作，深掘乡土深层的根文化，追怀乡土原有的安宁静谧的自然山水、天人合一的文化心理结构和长幼有序、乡贤治乡的古老乡村社会秩序，书写的是中华传统文化的精髓。

（3）乡土语言的醇酽。吴主任的小说语言，是我目前所看到的余干味最浓郁、最纯正、最醇酽的鄱阳湖文学作品语言。这可能是因为吴主任比周美兰等作家要年长一点的缘故。

《旧林故渊》是一部鄱阳湖小说、生态小说，也是一部问题小说，它向我们提出了值得警示的问题，那就是要重视社会生态与自然生态的建设与保护。

二、《旧林故渊》带给我们三点启示

（1）思想上的启示。要重视自然生态的保护与修复，要重视传统文化的保护与传承。

（2）情感上的启示。故乡是所有游子的精神原乡。最有价值的乡愁，不是仅仅停留在口头上，而是要拿出实际行动，根据自己的特长和能力，努力回报乡梓，建设好家乡，为家乡的繁荣富强出力。

（3）文学上的启示。文学创作要建立自己的文学根据地，要在文学的地域书写上下功夫，写出无愧于家乡，无愧于时代的优秀作品。

最后我想提一个心底的盼望：吴主任已经写出了关于鄱阳湖社会生态和自然生态的两部长篇小说，我盼望吴主任能再写一部关于鄱阳湖人精神生态的长篇小说，构成"鄱阳湖生态文学三部曲"。

谢谢吴主任！谢谢各位老乡！

吴仕民：江西余干人，国家民族事务委员会原副主任、党组成员，十二届全国人大民族委员会副主任委员。创作了多篇散文和中篇小说，并有多部作品获奖。创作了反映20世纪40年代鄱阳湖地区百姓生活的长篇小说《铁网铜钩》，2016年由作家出版社出版后，引起较大反响。《旧林故渊》是继《铁网铜钩》之后，作者的又一部长篇力作，由作家出版社出版。

（2019-04-15）

（见"诗跨界"微信公众号2019-04-15）

商

散/文/评/论

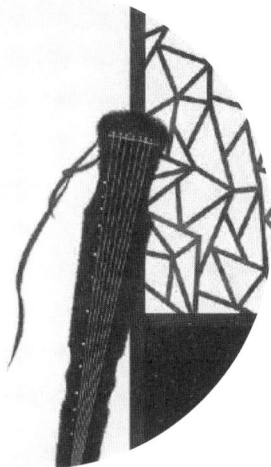

《太湖传》:历史睡了而时间醒着……

张加强的《太湖传》格局雄阔、格调高迈、满纸烟云、气象万千。作者凭持一种卓绝的学力、笔力、思力和毅力,"将文字做成理想",为太湖立传,书写太湖文明和江南文明从孕育到勃兴、从久居文明边缘到走向文明中心的千古传奇,呈现了一种与其他地域文明大异其趣的文明形态和文明个性,凸显了太湖与江南在赓续中华文明薪火中所发挥的独特作用,及其在中华文明史中的独特地位,颠覆性地还原了一个久被遮蔽的太湖与江南,引领读者重新发现太湖、发现江南。这部情怀醇酽、思想厚重、学术浓郁、文字隽永的大文化散文,不仅是一部关于太湖与江南的"百科全书",更是一部引人沉思、发人深省的人类文明忧思录。

太湖是中国四大淡水湖泊之一,流域面积36900平方公里,包括江苏省的苏南地区、浙江省的杭嘉湖地区、上海市大部。流域内河网密布,湖泊众多,为典型的"江南水网"。太湖流域是吴文化的发源地、汉语方言谱系中的吴语区,明朝以前属同一个行政区域。梭罗在他的精神自传《瓦尔登湖》一书中说,"湖是自然风景中最美、最有表情的姿容,它是大地的眼睛""神的一滴"。太湖人文荟萃、风光旖旎,自古以来就是江南文化中心,是中华精神财富和物质财富的一只"聚宝盆","如一面天镜,光耀中华"。《太湖传》以缱绻的赤子之心,对"太湖这个文化故乡"和"来世乡愁",进行了深情触摸和倾情书写,在一种天人合一的智性追求中,"独构自己的灵魂"。

《太湖传》瑰奇的艺术时空,是由这样的三维时空所建构和生成的:一是由太古而至当代的线性叙事所营造的纵向时空;二是江南文明与中原文明、大陆文明与海洋文明、东方文明与西方文明的对比叙事所营造的横向时空;三是表层的文明图景绘制与深层的文明基因探寻相结合的哲学叙事所营造的竖向时空。纵、横、竖三维时空相勾连,长度、广度、高度与深度相交织,骨骼、血脉、气韵与灵魂相辉映,时间的洪流、异质文明的洪流、文学的洪流与思想的洪流相激荡,史学、文学与哲学熔于一炉,考据、写实与畅想相辅相成,成就了这部摄人心魄的关于太湖文明与江南文明的扛鼎之作。

《太湖传》是一部时间史诗。全书展开线性时间叙事,从太古、远古、上古、中古、近古,一直写到近代、现代和当代;从2.5亿年前的地球地质风貌,到太湖的成因,到泰伯、仲雍开启太湖文明曙光,再到秦皇南巡、三国鼎立、晋室南迁、钱王保境安民、隋炀帝开凿大运河、五代十国、赵构南渡、明代资本主义萌芽、清文字狱、民国革命,一直写到共和国建立、改革开放,直至吴仁宝缔造华西村、马云缔造庞大商务帝国。全书对太湖流域历史沿革进行了全景式扫描,笔触所及,贯穿了太湖文明和江南文明发展的全过程,展示了太湖文明和江南文明的巨幅历史风情画卷。

全书从历史、地理、政治、经济、文化、科学、哲学、建筑、民俗、宗教等多个维度切入,还原了一个古老的东方大湖在时间深处演绎的亘古传奇,描绘了一个由水文化和水精神滋养的文明族群在历史的舞台上所上演的旷世风流。那是一种知黑守白:习习古风中,泛出一身太湖月色的旧长衫,映出一腔山河深情。那是一种冰雪情操:狼烟滚滚,铁蹄肆虐;冤狱遍地,草木恸哭。然而,血雨腥风,并不能摧折江南文士们身上的嶙峋傲骨。那更是一种"春江水暖鸭先知"的先知先觉,一种"弄潮儿向涛头立"的奇胆雄魄。一部太湖史,实际上就是一部中国史。在时间的叙事里,我们看见了太湖和江南脸上绽放的"蒙娜丽莎的微笑"。

《太湖传》是一部水文化史诗。水有十德:(一)善德。"上善若水。水善利万物而不争";生育万物,无所图谋;惠及众生,不求回报。(二)柔德。"天下莫柔弱于水,而攻坚强者莫能之胜"。(三)勇德。"流几百丈山涧而不惧,好像有勇"。(四)公德。"安放没有高低不平,好像守法度;量见多少,不用削刮"。(五)容德。海纳百川,大度包容。(六)洁德。流水不腐,自我净化。(七)忍德。顺应逆境,蓄势而发。(八)信德。潮涨潮落,如期而至;夏散冬凝,不失天时。(九)顺德。能方能圆,曲直随形。(十)韧德。虽百折千回,而不改东流之志。生活在太湖流域的芸芸众生是一个水上部落、一个游弋于水上的帝国。浩瀚的水域不仅滋养了太湖万物和江南万物,更养育了一种刚柔相济的太湖精神和江南精神。

　　万古不绝的太湖水,连接着苍茫大地,临湖为镜,映照出太湖和江南独异的物事与人文,映照出太湖和江南独异的精神、气质、魂魄和智慧。水承载着太湖文明和江南文明悠然前行。《太湖传》从"对太湖的精神发现,从审视湖水气质、解释湖的基因开始……把江南历史上最珍贵的精神碎片一一缝合到文明气场中""构筑烟水风骨下的文化雕像"。全书目极东西、旁征博引、稽考耙梳、条分缕析,以一种独特的文化立场和观察视角,体悟太湖水文化的博大精深,呈现太湖在人类文明史上的精彩亮相。在对太湖文明与中原文明、大陆文明与海洋文明、东方文明与西方文明的比对中,作者寻访到了一个东方大湖独异的人文基因和文化特质——

　　其一,疏离主流的生命人格。一方面,僻居江湖之远的生存环境,使古代的太湖人养成了闲散安适的生活习性,他们自觉疏离中原主流文化,无论是生命性情,还是民居建筑,都体现出鲜明的与主流疏离、抗衡的特质:"太湖常有澎湃的巨涛,但不喜欢冲撞、呐喊,它的生命激情是在春水如兰,秋水宜人,不惊不乍,不卑不亢中张扬的。""旧时的士大夫们,常将希望寄予君王。太湖人却利用水网隔绝外面世道,静静地、悄悄地经营着自己的日子。""江南的读书人靠耐力供养情操,一辈子不急于赶路,在逆风逆雨中长新芽。"另一方面,因为濒海而居,他们较早地具有了海洋意识,较早地向世界打开了自己:"不时顺着河流到大海去吹吹风,闻一闻海洋的气息,洗去来自中原的尘土。自然也不忘顺便做几笔海外的买卖,装扮家园。"热眼向洋,江南社会由此率先向近代转型。

　　其二,傲骨嶙峋的文化人格。吴语区构成的太湖文明圈,书香袅袅,剑气凌云,是中国历史上特有的精神区。俯仰天地的文士们平日里浅吟低唱,然而一旦黑暗压顶,他们却不惜用自己的血肉之躯,凿击出以柔弱反抗强暴的文化群像:"当八旗狼烟滚滚,八旗战队在中原所向披靡时,大明的武将们早早地消失在尘埃里,但见傲骨嶙峋的江南文人从容地挡住了清朝的马队。这群平日诗酒结社、纵情声色之士,国难当头之时,壮怀激烈……好一幅文士们共赴国难的壮美景观。"东林党人、黄宗羲、史可法、章太炎……一批批江南文士们,面对强暴,却展现出了不屈的风骨:"江南一地,在明清之际,举正正之旗,擂堂堂之鼓,表现出民族之重人格、重操守、重生命的自由精神。"慷慨赴难、重义轻生,使江南文化染上了一种永恒的忧郁。

其三,尚实重商的经济人格。太湖流域还是中华物质文明的重要贡献地。民本特色的江南主义风行于这方肥沃的水土,民众崇尚实学、重视商业,鄙弃虚玄、崇拜财富,以人文经济抗击人文政治,打造出一代又一代的"盛世江南",绘制了一幅又一幅瑰丽的经济画卷。在漫长的古代社会,它以坚韧的民间毅力,"源源不断地向中央政府提供财富""长期处在封建主流文明边缘的江南文明……以异端的姿态向皇权发出声音,这声音里充斥着商业霸权的语气""江南文明用她的包融,将全国经济、文化重心安顿于此""太湖骤然腾升的商业文明,聚涌出蓬勃的文化思潮"……从古典经济时代国家赋税的主要承载区,到当代经济蓝图中的昆山开发区、江阴华西村、苏州工业园、全国电子商务之都杭州,等等,太湖在经济巨浪中塑造财富巨人。

《太湖传》是一部太湖史诗和江南文明史诗。它以卓绝的见识、惊人的胆魄和令人信服的例证,充分展示了太湖文明与江南文明对中华文明独特而伟大的贡献,以及太湖文明与江南文明在中华文明谱系中独特而重要的地位,颠覆了人们心目中长期以来形成的对江南的传统印象,重塑了一个伟大的太湖、伟大的江南,让我们看到了商人和商业在拯救民族命运中所具有的独特作用,体现了一种思想的力量。书中这样说:"江南是唯一可以安放财富的地方""中华文明就像候鸟,严冬来临,就迁到江南……历史上许多古老的文明都是在游牧民族的铁蹄下灭绝了,中华文明五千多年来的绵绵不绝,全因有个江南""中国的历史,因为有江南,一次次绝处逢生"。

《太湖传》随处可见令人耳目一新的真知灼见。譬如:"辛亥革命的深层驱动,是晚明的阳明之学主张,让个人回到自己的心性,挣回个人的自主权。""为了一个腐朽没落、行将灭亡的所谓的大明王朝,置十万将士及全城父老的性命于不顾,这种选择于国于民有功还是有罪?""先秦哲学到不了这里,宋明理学被赶出江南,江南人不太关注纯粹民族风格的磅礴创意,也不指望有璀璨气势的精神产品烛照世界。性情化的人生状态,江南人总是先行一步。""中国的落后本质上是文化传统和政治制度的滞后,知识在清朝积累爆发而已。闭关锁国不是根本原因,中国几千年与西方交流很少。清代,与西方的交流反而增多了。""江南园林是政治制度的异化物,造园常遭意识形态作祟,遮不住园主心中的怨与哀……苏州园林的最初意义不过是落魄的雅士为自己修建的心灵栖息处。"

《太湖传》对笔下人物皆有着设身处地、感同身受的深刻体认。譬如在写清代庄史案时,作者内心的孤愤溢于言表:"庄家的孤儿寡妇被押解着仓皇北去,古道逶迤,衰草披离,黄尘滚滚风沙蔽日。旷远的大漠行走着江南丽人,在杂沓的马蹄声中,庄氏庞大的家族,似一地鸡毛,一夜间遁入虚无,悄然湮灭在岁月的风尘之中。"又如写明朝灭亡之后,"江南士人故国心结时时痛袭,在文章里一解永远的乡愁,追悼亡明,文人只能做到这些"。唯有深入了人物的灵魂,笔底方能流露出这样的知音之言:"只有张大复之类的文化人可以做浮华时代的修士,闭眼把脉人性里枯燥的经络。""和林徽因、陆小曼、冰心、张爱玲她们不同,张家四兰属传统仕女,才情和心性很'旧派',她们自造一个闺秀时代。""穆旦属于迟到的人文牵挂,他的回归是要再揭一回世道的创口,要回虚构的风采。"……

《太湖传》的叙事语言清嘉俊逸、诗意盎然,类似于"扑蝶的梦都已过去"这类诗化的句子俯拾即是;再如第六章第二部分《江南的细部文明》中的《老屋》《格窗》《庭院》《古桥》《枕河》《屋檐》《河埠》《水阁》《驳岸》《旧街》《弄堂》《幽井》《石路》《绣楼》《茶馆》《岸柳》《残垣》《炊烟》等篇章,简直就是一组精粹的散文诗。全书的语言结构形式亦呈现出某些新颖的异质,行文时有对常规语言逻辑的小小出离,让人难以预料,读来心中时常产生一种小小的陌生化的奇妙感觉。在表达方式上,全书融叙事、抒情和议论为一炉。而恰到好处的抒情和议论,能适时引爆读者思想与情感的炸药包。譬如"努尔哈赤绝没有想到中国汉文化的根在江南扎得这样深,羸弱的江南文人不光阻止了清人南去,更阻挡了满人稳坐汉江山"这句,不仅客观地陈述了一种史实,更强化了读者对江南文明伟大力量的再认识。

《太湖传》这部具有巨大学术含金量的大文化散文,体量庞大,内容丰富,旁征博引,纵横捭阖,是一部展示太湖文明和江南文明无穷魅力的大书,是一部刷新人们对太湖的传统印象、为太湖文明和江南文明正名的大书,也是一部能为文明发展的体制设计提供思考和借鉴的大书。其思想价值,应该说远远超出了太湖、超出了江南。

血脉太湖、生命江南,是诗人永恒的故乡、文人永远的乡愁。

历史睡了,而时间醒着……

（2017-01-08）

（刊于《浙江作家》)2017年第7期）

《而已》：生活桥段上的语言之花

　　读鲁迅文学奖得主陆春祥的散文随笔，但觉新奇、有趣。这位由NEW实验杂文创作领域转入散文随笔创作领域的作家，将他实验杂文、笔记杂文的新、智、博、趣之风，带进了他的散文随笔创作中。新者，新奇也；智者，睿智也；博者，渊博也；趣者，风趣也。作者是位文体实验家，无论是他的NEW实验杂文集《新世说》《用肚皮思考》《鱼找自行车》《41胡话》《病了的字母》，还是他的笔记新说《新子不语》《焰段》《太平里的广记》《笔记中的动物》《笔记的笔记》，或是他的散文集《连山》，仅从文体上看，就充满着一种探索与创新精神，呈现出一种强烈的新鲜特质。他同时又是一位具有通透生活智慧的作家，因为通透，所以他从历史典籍和现实生活中信手拈来的桥段，经由他如"段子手"一般视角独特、浮想联翩、诙谐幽默、妙趣横生的解读，不仅新奇、有趣，更给人以思想的启迪。

　　用作者自己的话来说，《而已》"这本集子，基本上是八年时间的阅读思考及个人的一些经历的随笔散集"（《后记·两句三年得》）。全集共分"杂草的故事""努力地吃出毛病""显贵转了四个弯""小学五年级""在饥渴中奔跑"五辑。这些作品，均曾在《文化报·笔会》《解放日报·朝花》《新民晚报·夜光杯》等报纸副刊上发表，部分章节曾荣登"2017中国当代文学最新作品榜"。这部新作，一如既往地秉承了作者关于"散文的体裁其实是大可以随便的(鲁迅语)""散文需要革命""有文、有思、有趣",以及"以爱察今,以心为文"的写作主张,以一种兼收并蓄、游刃有余的文体驾驭能力、一种建立具有自身标志的坐标式写作的创新努力,从历代笔记与日常生活的富矿中,撷取具有现实意义的散乱历史逸事与发人深省的日常生活片段,纵横古今,言此意彼,管中见豹,绵里藏针,巧笔折射缤纷人间万象,将读者带入一个新奇、辽阔、谐趣、睿智的艺术境界中——

　　有趣。首先是故事有趣。如《我诚挚地献上干姜两片》一文,写南朝齐国的清廉表率、绍兴人孔琇之做临海太守时,有一次朝廷让他改任其他官职,他去拜见皇帝时,实在想不出有什么好东西可以带给皇帝,也没有这个习惯。突然,他眼前一亮,发现窗台上有几片干姜。他心想,干姜怯风和胃、抗菌养生,也是临海的特产,于是,他就将这两片干姜用纸小心包好,带去献给齐武帝了。这个清廉故事非常新颖。再如《披着白布的羊》,写某个乡镇为应付上级检查,竟然让干部们上山披着白布冒充山羊。故事在辛辣的讽刺之余让人忍俊不禁。其次是解读有趣。如《诗意的雪隐》一文,写北宋时期雪窦山的明觉禅师,在灵隐寺扫厕所三年,扫出了"雪隐"这个词。作者对此如此解读:"明觉在灵隐的三年,既然是普通僧侣,没关系,不起眼,不张扬,成了僧侣中的环卫工人,也极有可能。只是,在他眼中,什么工作都一样,皆是修禅,所以,他才能将屎尿参成'雪隐'。"最后是语言有趣。如《语言墙》一文,对英文"English"一词进行诙谐幽默的调侃:"中文来标注英文……English:应给利息,变成了银行行长;阴沟里洗,变成了小菜贩子;因果联系,变成了哲学家;硬改历史,变成了政治家;英国里去,则成了海外华侨……"再如《"显贵"转了四个弯》一文:"财富笑了,美味笑了,骄奢笑了,因为他们可以永远重生,所以他们一路轻松牵引着显贵来见死亡。死亡板着个脸孔,他其实并不欢迎显贵,他累得很,几千年来,接待任务太重了,他只是在执行中山公子牟那个哲学家的遗嘱而已。"文章采用拟人化写法,在笑声中输出作者的价值观。

　　新奇。首先是桥段新奇。譬如《阅读的仪式及其他》所引述的古代笔记《三千年疫情》中的一个故事:清朝康熙时候,直隶省河间府东光县南乡,有一位廖姓富人,见当地一些人因疫情死后而无人掩埋,于是募集了一些钱、买了块地、建了个义冢。村民们于是互相帮助,将方圆几十里的一百多具尸体全部埋在坟中。三十年后,人们也渐渐地忘掉了这件事。雍正初年,东光又出现了严重疫情。某天晚上,廖氏梦中见到一百多人站在他家的门外,其中一人上前对他说:疫鬼马上要来你们村了,希望你明天焚烧纸旗十余幅,银箔糊的木刀一百余把。我们人鬼将和疫鬼打仗,以报一村百姓对我等的恩惠。廖氏醒来,觉得这件事很有意思,本来他就迷信得很,于是就按着梦中人鬼的要求去做了。几天后的一个晚上,这个村庄的四周,只听得大呼小叫之声不绝,械斗声直至天亮才停下来。在大疫面前,这个村竟然没有一个人染上病。其次是观点新奇。如《洪迈的人生四比》一文,作者最后议论道:"洪迈《容斋随笔·士之处世》中,对读书人的处世用了四个比方,我觉得范围可以扩大至所有人。这四个比方有点像四帖中药,味深而意长:第一,视富贵利禄,当如优伶之为参军;第二,见纷华盛丽,当如老人之抚节物;第三,睹金珠珍玩,当如小儿之弄戏剧;第四,遭横逆机阱,当如醉人之受骂辱。"最后是写法新奇。《而已》将杂文、随笔和散文的写法揉为一体,既有杂文和散文的味道,又带有浓厚的笔记味道,对笔记史料进行自由增加、延长、变形、倒置、荒谬、新解,写法鲜活。

辽阔。《而已》联想丰富,思路开阔,谈古论今,纵横驰骋。作者在《序言:缤纷的日常》中这样说:"是逮住了一些自以为还有趣的话题,东拉西扯地闲说了一通。"拂去这句话的自谦成分、去除词语的感情色彩,"东拉西扯",确为《而已》的一大行文特色。不过这种"东拉西扯",其表现形态却不尽相同,有时所征引的故事只是作为一个由头,然后由此生发出无穷的联想。譬如《豆种南山》一文,思维就像涟漪一样,不断地联想,不断地追问:"陶渊明豆种南山,却草盛豆稀,为什么会这样呢?主要是陶没有经验吧,但细想起来,还有很多的意思,水平差,没有经验是主要的。很多不为五斗米折腰的官员,有这样的气节,却没丰富的劳动经验。人毕竟首先要生活,要吃要喝,即使是'一箪食,一瓢饮'。除此外,豆种的质量估计也有问题。种子直接影响下一代的生长,豆种不好,也可能豆苗稀。另外,南山的土质,我没有调查过,说不定也有问题。也许那里的土质,只适合种菊花之类的观赏品,不适合种黄豆之类的生活必需品。所以,许多客观原因,加上不善于劳动的主观因素,虽然他'晨兴理荒秽,带月荷锄归',还'夕露沾我衣',也还是收成不好。归园田,居不易啊!"有时则是漫天扯来,忽入正题,酣畅铺陈,卒章显志。譬如《杂草的故事》一文,前面五大章节涉猎古今中外的援引、阐释,目的是众星拱月,捧出文章结穴处"人类应该像杂草一样,学会在自然的边界上生存"的题旨。

渊博。正如作者在序言中评价张岱《夜航船》时所说,"(《夜航船》)是一部明代的百科全书,天文地理,人文历史,无所不包,充分显示了他的博学"。笔者这里并无将《而已》与《夜航船》相提并论之意,然而,《而已》知识视野的开阔与渊博,确呈现出一派风云气象。譬如《半懂不懂孔乙己》一文介绍明代文学家、书法家祝枝山在他的《猥谈》中,认为"上大人孔乙己……"是孔子写给父亲的一封信,祝枝山的这一说法,为读者闻所未闻,惊爆读者眼球。由于作者阅读目光的独辟蹊径、探幽发微,《而已》将一个个被历史尘封、被世人遗忘的奇异世界,带到读者眼前。譬如《坟上的树》一文介绍宋代赵令畤在他的笔记《侯鲭录》卷第六转述《春秋纬》《含文嘉》两文时说:"天子坟高三仞,树以松;诸侯半之,树以柏;大夫八尺,树以栾;士四尺,树以槐;庶人无坟,树以杨柳。"这样的典籍知识,显非普通读者的目光所探及。再如作者被多地中高考选作现代文阅读与鉴赏范文的《一平方英寸的寂静》一文所引述的"1855年,美国西雅图酋长,为印第安部落的土地购买案,写信给富兰克林·皮尔斯总统,信里有这样两句话:如果在夜晚,听不到三声夜鹰优美的叫声,或者青蛙在池畔的争吵,人生还有什么意义",以及《有精神曰富》一文所介绍的明朝华亭(今上海松江)人陈继儒和清代富阳人、宰相董诰两位大儒的人生事迹,亦非历史爱好者之外的读者所熟知。

睿智。《而已》纵横古今,勾连中外,其旨归指向的却是现实生活,是缤纷世界里的日常,是平凡生活中的智慧。作者"想用思想的利斧,触及一些东西"(作者语),为读者提供某些人生的借鉴。他的这一写作愿望,无疑是达成了。譬如:《关于"剩经"和"非诚勿扰"》:"爱情就是简单过日子,本质不会变的";《作之不止》:"作之不止,乃成君子";《想得通吃得下睡得着》:"我认为有几种情况是很容易'通'的:我们在参加告别仪式的时候,一般都会想通;我们到监狱去接受现身说法教育的时候,一般都会想通;我们面临高山大海的时候,有时候会有'通'的想法";《农妇,山泉,有点田》:"农妇,山泉,有点田。足矣!足矣!";《有精神曰富》:"有补于天地曰功,有益于世教曰名,有精神曰富,有廉耻曰贵。先哲孟子讲,能以无耻为耻,就能免于耻了。不和聚敛财产的人争富,不和醉心仕途的人争贵,不和夸耀文饰的人争名,不和怠慢轻傲的人争礼节,不和盛气凌人的人争是非"……死亡是摆在每个人面前的重大人生课题,在《这回,我们来谈谈死亡》一文中,作者不厌其烦地列举了拉罗什富科、蒙田、苏格拉底、泰戈尔等多位名人对"死亡"的论述,启迪读者睿智地看待死亡:"死亡本身没什么可怕,认为死亡很可怕的看法才是可怕的……死亡是人类生命的组成部分,死亡也是人类成长的最后阶段。因此,被伏尔泰称作'最伟大的人'的马可·奥勒留,他的《沉思录》中的这句话,就可以当作我们每一个活着的人的座右铭了:把每一天都当作最后一天来过,永不慌乱,从不冷漠,也永不装腔作势——这便是人性的完美境界。一句话,我们来谈谈死亡,就是为了获得当下。"

深情。《而已》同时也是深情的:对阅读与写作的深情、对亲朋故旧们的深情、对先哲大师们的深情、对大地的深情和对人类的深情……《坟上的树》一文,"矮碑高树,那些逝去的灵魂,与大地同绿,与大地共生",抒发的是作者对大学时代的宋词教师叶柏村教授的深切怀念之情;《一平方英寸的寂静》一文,"一个安静的地方,能让人的感觉全部打开,万物也会生动起来……他(美国声音生态学家戈登·汉普顿)的实验是科学和诗意的交融,他试图找出人类烦躁的病症",抒发的是作者对自然探索者和自然守护者的深情。《而已》第五辑"在饥渴中奔跑"为散文小辑。如果说前面四辑随笔主要以理胜,那么这一辑散文则主要以情胜。在这一辑中,作者主要通过对大学校园生活和报社工作往事的回瞻,以及对自己的亲子教育和业余生活的书写,展示了自己的成长历程和业余生活风貌,用情深沉,具有很强的情感感染力。譬如:《永远的修辞》,回忆自己的恩师,国内知名修辞学家、浙江师范大学教授陆稼祥对自己的鼓励和奖掖;《此座1980年已占》,描述自己重返大学校园时的场景;《做评论员的日子》《差点成了被告》,追忆自己当年的报社生活;《我教儿子写作文》,记述自己的亲子教育实践;《学萨笔记》,书写自己业余吹萨克斯的经历,以及与光头、老柴、老夏、老吴、姚千万等萨友的交往。

《而已》文风鲜活,既有"东拉西扯地细究"(作者语)的《豆种南山》,又有严肃认真探索的《有精神曰富》;既有《数码综合征》所述数码操控人类的哭笑不得,又有《威尼斯葬礼》对丽江过度开发的忧心忡忡;既有《阅读的仪式及其他》中对给死人烧冲锋枪丑陋世风的抨击,又有《即将老去的旺旺》中对动物与流光的悲悯;既有《驴的悲剧及其他》中"哀驴,就是一面历史折射镜。吃得奢侈,往往是道德上的作死,无论古今"的义愤填膺,又如《农夫,山泉,有点田》中"西方有哲人在谈到和谐婚姻中不和谐成分时说,在这个世界上,即使是最幸福的婚姻,一生中也有两百次离婚的念头和掐死对方的想法"的令人忍俊不禁;既有风趣幽默如《阿Q心中的女神》:"戴着毡帽的阿Q张着嘴巴,扑闪着大眼,连连摆手分辩:没有没有,我现在已经自食其力了。我还是'事业编制'呢,我现在都讨了老婆呢",又有不乏真知灼见如《柏拉图的斧子》:"我们可将这把斧子看成是一种持久的制度";既有纯正的散文《在饥渴中奔跑》,又有时评风格的随笔《尴尬的母亲节》《"胖金妹"之类》……

此外,《而已》的写作姿态平易。作者采取的不是居高临下的站姿,而是如与读者促膝谈心式的平等对话与交流。譬如作者在《我必须找到坚实的理论依据》中如是说:"耐烦有恒。迅速将'耐烦'培养成自己的工作和生活方式,并成为你思想,乃至身体的一部分。'耐烦',且有恒,便能有一种平和的巨大力量,战胜所有的烦人和烦事。"这样的行文风格,对读者来说,是具有如磁吸铁般的亲和力的。

《而已》,"通""趣"而已。

（2018-08-17）

（刊于《浙江作家》2018年第12期、《杭州日报》2018年8月24日）

江南庭院里的葳蕤时光

　　诗人李郁葱的散文集《盛夏的低语》,是一部关于江南锦瑟时光的诗意叙事。作品以一种对江南物事人事细幽入微的体察与感悟,一种温情、空灵、洗练而隽永的文字,垂钓江南物候中静静流淌的锦瑟时光,捕捞遗落在时光深处的江南往事,描摹绽放在江南大地上的风物风情,呈现江南地域所承载的灿烂文化和深挚情愫,再现由江南出发的古现代文明,探触"时间尽头的余温"(《时间尽头的余温》),构筑个人化的江南记忆,散发出一种腔调独特、令人迷醉的艺术气息。

　　散文集共分"时序""庭内""院外""人世间"四辑,由物候而至风物,由西湖而至世界。熹微的时光,透过历史铅云的罅隙,斜斜地掠过天空,掠过江南,投射在作者的心房中。"在光线的明暗里"(《香榧眼》),江南物候与风情,以及一些被冰封的江南往事,蓓蕾般在作者心头徐徐启绽,柔婉、明媚、盛大、忧伤,和着散体汉语的光芒,经由时光的甬道,不动声色地潜入读者的骨头缝里,最终抵达读者的灵魂。这是作者的时光独奏,也是读者的时光和鸣。它未必是时光的挽歌,却一定是面对时光的倾诉。

　　这是一匹展开的时光之帛。第一辑"时序",书写时光的盛放与凋枯,渗透着一种美与哀。时光带来一切。在流淌中,它为沿岸所有生灵,预备了各种美好的事物、果实与情感。在时序的嬗递中,它将一个异彩纷呈的世界,展现在天地间。时光最终又无情地将一切席卷而去:文明形态、少年生活、风流人物,乃至家园与亲人,等等,由此人类的心灵中,"形成了一个空缺""终究,我们有悲哀"(《草木或他日之歌》)。作品流溢着一种深深的物哀,以及因亲人的离去而产生的伤情。

第二辑"庭内",重在发掘江南地域风物之美。作者笔下的杭州,简直就是一座天设地造的"江南庭院":西溪,临安玲珑山,西湖本来寺、白堤、孤山、杨公堤,等等,莫不是按照自然美学与社会美学的最高标准而创造的山水与人文杰作。在这座宁静的江南庭院中,作者平静地生活、静静地思考,偶尔恍惚与出神。这一辑收录了大量碎片似的短章,类似于散文诗,有着简洁而浓郁的诗意。这些短章,无疑是作者心灵的如歌行板、思考的片段。

第三辑"院外",书写的是江南的"诗和远方"。作者将笔触探向"江南庭院"之外,叙述江南的出发与远方的抵达。前部分内容指向此在的"空间之外",写远方的大海,重现由杭州发轫的"海上丝绸之路",以及郁达夫自富阳至杭州,再到福建,最终血溅新加坡等旧事。后部分内容指向当下的"时间之外",写诗意的旧时光,回忆少年往事,缅怀与奶奶一起度过的时光,以及古时代出游的交通工具和中华传统的饮茶文化等(《札记六则》)。

第四辑"人世间",表现江南文化之盛。散文集至此,由浅吟低唱转为铜板铁琶。长篇散文《穿行,或在时间里悠荡》,浓墨重彩地描写了浙江博物馆、浙江自然博物馆、浙江茶叶博物馆、南宋官窑博物馆等十余座博物馆,呈现江南文明之璀璨。《是什么打开了他们的门?》以西湖边的名人名居俞楼、"风雨茅庐"和兰陔别墅,佐证江南文化之渊深。《江南风物志》以余杭径山为范本,展示江南独特的山居文化风情。《恍然如海》叙写海洋对人类的馈赠之丰,《香榧眼》描述江南物产之阜。

作者以一颗对天地自然的崇敬之心、对悠悠万物的悲悯之心、对时光难以挽留的怅惘之心,在纸上,建筑起了一座可供灵魂栖息的时光庭院。如泉般细纹密理、温凉有致的情愫,带着一种"时间把他们泡成了一壶浓郁的茶"(《穿行,或在时间里悠荡》)的人生况味,一种"秋天的另一半注定了要盛极而衰"(《醒来在秋天的早上》)的人生顿悟,一种"她只是跑到了时间之外,而我们还被封闭在时间里"(《时间尽头的余温》)的人生追思,在锦绣江南的锦瑟时光里,潺潺流淌。

　　展卷时,我看见窗外的一株白玉兰,在江南的月色中,静静地绽放;掩卷时,我听到时光深处的一声轻叹,如玉兰花落,嚓然有声。

(2019-03-19)

(刊于《平潭时报》2019年4月17日)

精神返乡中的信仰叙事

——评嘎玛丹增散文集《神在远方喊我》

　　著名作家嘎玛丹增的散文写作是一种行走的写作、仰望的写作、向上的写作,也是一种"返乡"的写作、救赎的写作、指向生命终极关怀的写作。从他五年前出版的《在时间后面》,到三年前问世的《分开修行》,再到新近出炉的《神在远方喊我》中,我看见他一如既往地坚持着一种肉体与精神的漫游、一种从此岸到彼岸的泅渡、一种对自然秘境与精神秘境的探险、一种对宇宙真理和绝对精神的追索,坚持着一种神性观照下的人性叩问、一种对人性极境的深层掘进、一种对生命永恒价值的悲壮坚守、一种对人类精神原乡的执着皈依。他的散文,是一种精神返乡中的信仰叙事,呈现出一种显豁的神性写作向度。

　　《神在远方喊我》共分"上阕:参勘·贡嘎读本""中阕:放下·呼吸山南""下阕:自在·约见吴哥"三部分,叙写的是作者近年来在川藏雪域高原、贡嘎雪山、甘南草原、澜沧江和东南亚湄公河吴哥窟一带的游走历程和精神历程。作者的肉体和灵魂在俗世场域与圣灵场域、当代场域与古代场域、汉语场域与藏语场域、中国场域与外国场域之间穿行,在匍匐与仰望、此在与远方、人性与神性、堕落与拯救、消逝与挽留、苦难与幸福中彷徨、纠结、思索、突围,以信仰之光烛照人类生存和精神的黑暗,揭示人类的生存惶惑和精神惶惑,探寻人类的精神源头,回归人类的灵魂家园。

德国哲学家康德在《实践理性批判》一文中说:"有两种东西,我对它们的思考越是深沉和持久,它们在我心灵中唤起的惊奇和敬畏就会日新月异,不断增长,这就是我头上的星空和心中的道德律。""头上的星空"和"心中的道德律"是神性写作的两个主要精神维度。《神在远方喊我》所书写的,正是"星空"和"道德律"这样两个主题词。散文集以一种神性写作的诗意美学,绘制了一幅苍茫、寂寥的身体行走图和精神朝圣图,以澄明、峭朗、简劲、灵动的文字,记录作者独特的身心历险过程,呈现作者"保管在身体深处的故乡"(《云雾缭绕的远方》),展示救赎的急迫与可能。

川藏雪域高原,是众神栖居的所在。"那些孤傲耸峙的巨大山峰,在人们的信仰里,从来都是神灵的化身"(《银雪贡嘎》),"神灵们就站在世界的高处,俯视着山河大地"(《高原奇人》)。那是人类头上一片皎洁的精神星空,有着人间最虔敬的信仰:"他们身体的每一寸肌肤都匍匐在大地之上,跪行的长途就是心灵的喜悦,坚不可摧无可动摇"(《雪地上的声音》),他们"心无旁骛地转经礼佛"(《有一些东西留了下来》),"总是把人生最好的部分,毫不保留地给了神灵"(《毛垭大草原》)。"他们知道自己来自何方,同时也知道要去哪里"(《春科尔神祇》),"对今生的物质生活,不像我们那样贪得无厌"(《精神图案》),由此获得了一种"回家般的安然"(《俄黑的羊毛披风》)。.

在那众水之源、人类生命和精神的源头,"每一个地方都是神性的,都是诸神住地"(《春科尔神祇》),"所有生命,都是大地的主人"(《落在甘南的羽毛》),"整个大地都平等地沐浴在光芒带来的恩情中"(《毛垭大草原》)。人,"与自然万物相濡以沫"(同前),"你是大地的主人,也是自然的奴隶。万物平等,是传统和信仰一贯坚持的主张,永远至高无上"(《扎日莎巴以北》),"春科尔寺一直都是敞开的,如同所有的宗教场所一样,皇帝可以进去,百姓可以进去;鸟雀可以进去,羊和马也可以进去"(《春科尔神祇》)。"幡旗,飘扬着人们对和平生活的古老祈愿"(《落在甘南的羽毛》),对信仰的敬畏和虔诚、万物平等的观念,让这些神的子民活得无比笃定和祥和。

散文《春科尔神祇》中描述了一个名叫洛桑扎吉的年轻藏民在玛尼堆中的一块巨石上凿刻六字真言的场景。"高原地区原本不容易出汗,但他已是汗流浃背。锤子、錾子、眼睛、手臂,全部身体包括心灵,一起参加了劳动,没人怀疑他的专注。石头十分坚硬,锤錾叮叮当当,石屑到处飞溅。在高海拔的理塘,用同一块石头凿刻图文,要比在低海拔地区多付出十倍的努力。为了这块石头,洛桑已经在理塘一周了"。当作者劝说他可以请人帮忙时,洛桑回答说石头是和母亲去格聂峰冷古寺附近山谷请来的,必须亲自动手。唯有亲力亲为全力以赴方见虔诚,这是洛桑扎吉心中的"道德律",也是雪域高原所有子民心中的"道德律"。

来自雪域高原的神谕唤醒了作者迷失在尘世中的灵魂,唤醒了他对"头上的星空"和"心中的道德律"的追寻。"一个活成问号和宿命的人,在神灵栖居的现场,突然想追赶上帝"(《诗歌奇迹》),"我一直想站在距离神灵最近的地方,把我对信仰,对高山、对一个民族的敬畏和崇敬,安放在世界的最高处,成为心底最干净的教堂"(《扎日莎巴以北》),"我膜拜高山的激情,就像狼眼的天空,始终对鹰的穿越,充满嗜血的兴奋。""我确信那个远方,在远方,等我"(《重新出发》)。为了实现灵魂的自我救赎,他义无反顾地踏上了朝圣之旅:"多少年来,我四处漂泊,并盗用了流浪者这个光荣的称号"(《缺席的花朵》)。

行走,是为了找回失落的世界,是为了回到精神的原乡,"回到从前,回到仰望时代的夜晚"(《从前开始的地方》),"寻求身体和心灵和平共处"(《神启猎人》),和天地达成和解,"让精神不再继续潦草"(《和一只鸽子说话》),它"原本就是大汗淋漓的心灵长途"(《毛垭大草原》)。作者仰望着头上那片灿烂的灵魂星空,聆听着神的低语,越过旷世的孤独和寂寥,匍匐在精神返乡的漫漫长途上。"行进途中,我的肺腑,一定有什么东西在用力撕扯,迫使心脏在体内东逃西窜,好像随时打算弃我而去"(《扎日莎巴以北》)。然而,他始终没有改变心中的信念,只因为"相信。相信是回归原乡的唯一途径"(《神启猎人》)。

《神在远方喊我》弥漫着一种浩瀚的忧伤。这忧伤,来自现代文明背景下人类"头上的星空"的沉沦和"心中的道德律"的沦丧。作品浸染着一种对现代文明深刻的反思和批判意识。环境破坏已成世界性的灾难,"我们正在欢欣鼓舞地伤害自己"(《从前开始的地方》),"整个地球都快被我们毁掉了"(《垂直的光线》),"我们是大地的主人,同时也是大地的敌人"(《神启猎人》),"我们也把自己当成了自己的敌人"(《国家巫术》)。与自然生态遭到严重破坏相伴而生的,是人类精神生态的深度溃败,传统价值体系全面瓦解,"放弃信仰和敬畏大地……把我们陷入了怀疑一切的窘境"(《神迹开口》)。

　　《神在远方喊我》对现代文明的反思无疑是发人深省的："对文明的入侵和必然,我们应该满怀感激,还是应该谨慎抵抗?"(《毛垭大草原》),"现代文明对地球物理究竟是一种照亮,还是遮蔽?……物质圣经的一统天下,注定要把地球的未来变得无限荒凉"(《物质是一个漂亮的魔鬼》),"那些珍珠般光润的泪水,不是高原的忧伤,那是大地的绝望。大地在人的宰割下,还有什么忧伤比绝望更彻底呢?"(《准备离开的童话》),"现代文明已经走上了前景不明的险途,个人主义和实用主义,宗教样占据了众多心灵……这样的一种生存空间,逼迫游牧的精神横尸街头,自然难以实现身体和心灵的和平安宁"(《国家巫术》)。

　　《约见石头》《神迹开口》《诗歌奇迹》等散文,对曾经辉煌灿烂的吴哥文明的失落之谜进行了探源。到底是什么自然的力量或者神力,使吴哥人突然集体放弃高度发达的俗世文明,从地球上蒸发呢?作者在吴哥窟盘桓数日,苦苦寻找着答案:"这些石头是或许就是神的隐喻,像乐器,像咒语,一直在为世界的孤独进行辩解。它以绝对幽微的深度,收记着过往文明的奇崛和宏大,即便在科学技术空前发达的今天,依然在挑战世界的智慧和想象力"(《约见石头》)。然而,一个"连相信都不在的世界,自然无缘觉知死亡和永恒的奥妙"(《诗歌奇迹》)。散文以吴哥文明留给世界的秘密,对人类做出了另一种关于信仰和救赎的哲学警示。

　　《神在远方喊我》无疑是中国当代散文神性写作的一部代表作品。它以"逆转""救赎""返乡"为旨归,以空灵、清朗、简劲、诗意的文字,对天地自然、人文地理、宗教遗迹和传统生活,进行了虔敬的探触和深刻的思索,代万物立言,为人类寻找返回精神之乡的道路,带给读者一种圣洁的精神洗礼和诗性的文学熏陶。在信仰普遍缺失、价值尺度严重扭曲、人性堕入功利化的时代语境下,放射出异样的精神光芒。它是一部思考人类应如何与自然、与社会、与自己相处的哲学书,是一部关于拯救的启示录。它昭告我们:时代的堕落,不但不能成为人类堕落的理由,反而只能成为我们守望"头上的星空"和"心中的道德律"。

　　神性写作是一种回到原点的写作、一种返回精神原乡的写作。书写神性,不是对人性的否定,而是书写人性中最高尚、最接近神、最光辉灿烂的那部分内容。托尔斯泰曾经说过,在艺术里唯一的东西是诗人的灵魂,其他什么也没有。神性写作就是这样一种有灵魂的写作。正如著名评论家杨远宏所说,神性写作的奥秘,在于"它将芸芸众生的世俗填充全体抽空,然后再以一种博大的承担与悲悯,返现、充实世俗的每一片空虚和黑暗。它没有冲动,只有虚静与消溶,如果有,它唯一的冲动就是对人类命运和处境的关注。显然,这样的冲动是一种境界,一种化境"(《重建诗歌精神》)。

《神在远方喊我》深谙神性写作的堂奥。然而,必须指出的是,我们在阅读这部作品时,或者说我们在阅读嘎玛丹增这类题材的所有散文时,不能将他作品中的神,与宗教中的神,简单地画上等号。作者不是佛教徒,他心中与笔下的神,不是宗教意义上的神,而是一切能引导人类精神向上登攀的真、善、美,是他"头上的星空"和"心中的道德律"。

"神性的天空,鹰在飞翔!"

（2015-05-22）

（见作者新浪博客2015-05-22）

男儿何不带刀行

——读张海龙《西北偏北男人带刀》

　　张海龙在我所认识的作家中,是极有男人味的一个:粗犷、生猛、沧桑,很艺术家、很西北大地、很明媚深处的忧伤。《西北偏北男人带刀》用张海龙的话来说,是他"自己手绘的一卷地图",是他的"私人地理"。这是非常张海龙的文字。这样粗粝的文字、匪气的文字、男人的文字,在我的阅读体验里,还是第一次遭遇。我着迷于这样的文字。

　　这卷张海龙的"灵魂地理",它所书写的人事与风情、庸常与传奇,与深藏于西北腹地一个叫"兰州"的城市,构成了角色与舞台的关系。"青海长云暗雪山,孤城遥望玉门关。黄沙百战穿金甲,不破楼兰终不还。"自古以来,西北偏北一直都是中国男人心底的一种向往,一个梦想抵达的地方——那里是男人们真正的天堂。

　　《西北偏北男人带刀》征服我的,是酒、血性和悲凉感。这三者合而为一,形成一种不可抗拒的魔力,将我的灵魂掳掠而去,留下一具虚空的躯壳。用一本书怀念一座城市,或者说,用几十万个方块汉字,还原或者重建男人的理想国,张海龙在他的文字中,实现了他的野心。张海龙是一幅行走的兰州地图,他从兰州行走到了杭州,也把兰州酷烈粗粝的风景,带到了杭州。自然,也带给了作为读者的我。

那是一方令男人们血脉贲张的乐土——我说"乐土",与物质的丰匮没有多大关联,恰恰相反,正是由于经济发展的相对滞缓,西北以北,才葆有了原生态的男人,真正的男人;男人们的精神,才避免了被物质所阉割。那块冷硬而荒寂的土壤,适宜于生长慷慨悲歌之士,而不太容易生长太监和奴才。尽管他们"呈现出一种卑微的生存状态""不露痕迹地活着,与万物一起生长,也与万物一样经历衰荣",然而,他们活得本真率直,活得汪洋恣肆,活得荡气回肠,活出了男人真正的滋味和境界。

酒,是男人生命的血液和火焰。在张海龙的这部作品中,我看到了一部关于男人与酒的传奇。书中只"河西酒廊"这么一个词,就足可以把人镇住,叫人心驰神往。试想一下,一条长约1200公里、宽约100公里的"河西走廊",竟然成了一条"酒廊",盛产美酒、酒徒与酒事,该是何等的摄人心魄!而兰州,就是一座"在酒精里泡大的城市""男人相见,以酒说话""个个都是英雄好汉,人人都要打虎上山""酒酣耳热之时,直可交付生死",又是怎样一种义薄云天的人生豪情!难于设想,一株西北大地上的男人草,要是没有酒的浇灌,该是何等单调、苍白和委顿!

酒,催生了一种惊心动魄的血性。这种来自大地深处的血性,与蒸腾而起的地气、弥漫满天的沙尘暴,甚至嚣张肆虐的戾气纠葛在一起,便绘成了一幅"具有一种散漫杂糅混血的气质,矛盾重重,漏洞百出,花样翻新,同时趣味庞杂,野心勃勃"的兰州城市性格基因图。毋庸讳言,在这种血性中,常常暗涌着一种蒙昧、混沌和无序,甚至男性荷尔蒙的邪恶释放;然而,"在一个寒冷长于温暖,绝望大过希望的地方",血性作为"世俗生活中的一种传奇,或者神话",业已成为西北偏北的男人们"感知当下生活的平和和美好"的重要方式,成为支撑起他们精神领空的柱石。你可以对它质疑,然而你无法将它否定,它也断断不会因为你的否定而有所改变。

《西北偏北男人带刀》最能够穿透读者心胸的,是一种动地而来的历史和现实的悲凉感。这种悲凉感的产生,源于地域,更源于因地域而带来的灵魂的漂浮无定。"兰州是一座漂泊的城市,每个人都是风吹来的沙,四面八方,在这里聚集""他们像戈壁滩上的沙砾一样被吹落在黑河的周围""风吹来沙,再带走沙,没有停息""他们被混杂的力量裹挟到这里,就像黄河浊浪中的滚滚泥沙。""沙"

这个意象，在书中被作者反复提及。我从中看到了一种叫"命运"的东西，在蛮横地支配着这块黄褐色土地上的生灵：他们不断地聚集和到达，又不断地逃离和出发，在内心的爱与怕、彼岸与此岸之间挣扎。"湖水翻卷，经幡飘扬，玛尼堆以时光的力量在堆积……而我们一去不返"，留下一片无言的孤寂与苍凉，触动读者的泪腺。

张海龙显然是一个讲故事的高手，他以一种"近乎零度的口吻"（叶舟语），不动声色地述说着发生在西北偏北的一个个原生态的日常故事，一个个属于男人的骄傲或传奇，悲剧或闹剧。《有个诗人叫老乡》中的诗人老乡，《巴图之死》中的蒙古大汉巴图，《酥油歌手》中的"酥油歌手"斯第尔，《刻葫芦》中的微雕艺人"娄葫芦"，甚至《人民浴池》中的流氓大哥"猫崽"，等等，那一幕幕真实而快意的人生场景，在西北腹地，拔地而起，形成一股吸附一切的急旋风。读了张海龙的文字，你无法不产生一种要从身边这种他娘的皮影戏般的生活中抽身而去的冲动。

《西北偏北男人带刀》是张海龙的一部"寻根之作"，它交织着张海龙"失根"与"寻根"的悲怆与快慰。只不过这种深层的情感，被作者极其小心而高明地掩藏起来了而已——然而却并不是毫无蛛丝马迹可觅。"那些搬离古日乃的人们说，若是曾经水草丰美的居延海又有了水，那是一定要搬回去的。毕竟，谁也不愿意背井离乡。"《西北偏北男人带刀》的全部情感密码，我认为是可以通过这几句话破译的——当然，这类泄露作者心灵秘密的文字，在书中还有不少例子。从这些文字中，我明白了张海龙对西北偏北那块土地魂牵梦萦的原因所在。而写作，便成了渡张海龙回乡的灵魂之舟。生活在杭州这个女性之都，西北男人张海龙，不知是否憋闷坏了？

其实世界上的每个男人，都是由两个自己构成的：一个是奴性的自己，另一个是血性的自己。遗憾的是，由于种种原因，男人们常常会把另外一个自己弄丢。更有一些男人，终其一生，从不知道尚有另外一个自己存在。感谢张海龙，让我在2007年的春天，读到了他的散文集《西北偏北男人带刀》，找到了丢失了几十年的另外一个自己！

（2007-03-29）

（收入《西北偏北男人带刀》，甘肃文化出版社）

《渡河之筏》:通透的人生智慧与峻朗的语言风格

　　收到青年女作家陆英寄来的《渡河之筏》时,我想当然地认为这一定是一部小女子文字。待到通读一遍之后,心中吃了一惊:这部随笔集,无论是就其展露的人生智慧还是语言风格而言,都与书勒口照片中林黛玉似的美女形象相去甚远,具有一种迥别于一般女性作家的通透、睿智、硬朗和大气。

　　《渡河之筏》是一部关于人生、关于阅读与写作的心灵独白书。全书共分三辑:第一辑"如琢如磨",内容为生活随笔;第二辑"书影横斜",内容为书评影评;第三辑"微风细雨",内容为思想碎片。集名"渡河之筏",一方面体现了作者的自谦,所谓"渡河之筏,登岸可弃";另一方面也展示了作者通透的人生观,预备与过去"郑重地作揖告别"。书前的"自序",不仅起到了诠释和统领全书的作用,更集中呈现了作者的生活态度和艺术心灵。

这部随笔集令我感受强烈之处,一是作者对人生真谛的领悟之深

　　作者受"心经"影响,崇尚"明心见性之后,无论向外看还是向内观,都是一派云开雾散后的霁月光风"(《自序》),追寻人生的终极意义,具有一种通透的生活智慧。"放下""回归""蜕变""平静""自在""澄明""舒展""清朗"等词语,构成

了这部随笔集的关键词。这种返璞归真的思想,在《人生的三段式》《生活不在别处》《从峻岩到温玉》等篇章和第三辑的88则随感中,表现得尤为强烈。作者是一位年轻的医务工作者,然而其对人生的理解,却有着超越年龄的深刻和成熟,这是不能不让人称奇的。

作者对人生的深刻体悟,大多是直接由议论生发出来的,譬如在《人生的三段式》中,作者从蒋捷《虞美人》、王国维"三重境界"、尼采"精神的三种变形"、青原行思"参禅的三重境界",以及陶渊明、李叔同等人的事迹中,领悟到"清澈透明如最初那缕晨曦"的可贵。又如在《生活不在别处》中,作者从同里回来后,对卡瓦菲斯的诗歌《城市》产生了深刻的共鸣:"当内心的心性不变,所有的一切都会在另一个舞台照搬重演,无非换了演对手戏的伙伴而已"(《生活不在别处》)。

《渡河之筏》所呈现的生活智慧,还源自作者对笔下人物感同身受的体认与理解。如在《从峻岩到温玉》一文中,作者对昔日偶像齐秦的人生嬗变,给予了深刻的体察与同情:"我的齐秦,眼神不再孤绝,长发不再不羁,他面带笑容,安静坦然,浪子已回归。一块峻峭的岩石,被时光的流水雕琢成一块温润之玉:从荒冷到温暖,从追问到承受,从叛逆于人间到终于皈依于爱。"此外如《独自凭栏》对李煜、《诗歌成都》对杜甫的心灵触摸,也莫不浸透着这样一种知音意识。

这部随笔集令我感受强烈之处,二是充满真知灼见

譬如:"方言是一笔珍贵的财富,它能让毫无乐感千篇一律的现代散文顿时活泼生动起来,人世气味浓郁起来"(《乡音》);"活出自我的人比没有自我的人更容易抵达无我""旅行总是向外走,走向陌生新鲜的远方。但如果不能同时向内走,在内心的疆域里有所开拓,那么路途再迢遥行走再频繁,也毫无意义""从一朵花的决绝里,从一片叶荣枯的洒脱里,也许可以悟到一切生命的秘密"(以上《微风细雨》);"真正的相遇,无论遇见书还是遇见人,永远都只是遇见自己"(《一次相遇》)。诸如此类的睿智之言,在书中随处可见,给人以启迪。

再如:作者批评昭明太子将陶渊明《闲情赋》视为艳情之作,"实在道学气得很"。她从比较中得出结论:"龙应台渊博、深刻而生动,却是可以抵达的。李娟不可抵达""在精神上,总是尼采、托尔斯泰或卡夫卡等大师能给我更多启发,中国的天才们在仕与隐之间、在达则兼济天下的用世思想和穷则独善其身的退隐潮流中徘徊纠结,虽然也很动人,但总是局限于此"(以上《微风细雨》)。识见源

于博览,更源于深思。从《渡河之筏》中,我们可见作者的阅读之博,亦可见作者的思考之深。

这部随笔集令我感受强烈之处,三是总体文字风格峻朗、大气

作者在《我们命该遇到这样的时代》一文中如此称道:"尼采说:'一切文学,我爱以血书者。'当然如此,永远如此。"也许正是这种文学观,造就了《渡河之筏》硬朗与大气的语言风格。在其对张承志、史铁生、基耶斯洛夫斯基、辛波丝卡、茨威格、里尔克、梅里美、米兰·昆德拉等中外作家作品,以及童话《快乐王子》、纪录片《海豚湾》、电影《联合赤军实录》《第七信封》《满城尽带黄金甲》《集结号》《赵氏孤儿》等的评述中,这种语言风格表露无遗。

当然,《渡河之筏》的文字与情怀,并不是一味地硬朗,有时也可见作为女子的温婉、清丽、细腻与敏感。譬如"不再养小动物了,哪怕女儿哭闹也决不。那种居高临下的豢养分明是囚禁"(《松鼠祭》)这类情怀与风格的文字,在随笔集中并非孤例。但综观整部随笔集,作者对硬朗与大气的审美偏爱,应该说是确定无疑的。

总之,《渡河之筏》是一部生活智慧通透、语言风格硬朗,个性鲜明的随笔集。

(2017-05-09)

(刊于《紫笋》2017年第3期)

地方志书写的"袁长渭现象"

2019年春节,钱塘泗乡(今杭州市西湖区上泗一带)民间悄然时兴起一种新年俗:亲友间拜年,除馈赠传统年礼外,往往还会同时奉上两部很厚很沉的书——《钱塘往事》《钱塘山水》。

《钱塘往事》《钱塘山水》是两部书写钱塘泗乡历史人文、山川风貌和风俗民情的散文集。作者袁长渭是土生土长的泗乡人,一直工作与生活在钱塘这块土地上,先是在中学做老师、当校长,接着从政,历任西湖区教育局副局长、镇党工委书记和西湖区发改局局长,退居二线后,任街道人大工委主任,兼西湖区作协副主席。

大约是2016年冬,微信圈中忽然冒出一个署名"钱塘往事"的个人微信公众号,主人袁长渭,隔不了几天,便会推出一篇书写泗乡风土人情的长文。那爆料般的泗乡掌故,活色生香的泗乡往事,浓郁的乡土气息,炽热、深挚的恋乡情感,质朴、幽默的文风,从窄窄的手机屏幕上扑面而来,立刻引起世界各地泗乡人和微信圈好友的关注,没过多久,该号的订阅数就超过万人,成为钱塘泗乡现象级年度文化事件。此时整个泗乡地区的民众如梦方醒:原来当年那个上课时一脸严肃的化学老师袁长渭,居然还是一个文章写得这么好的作家。"钱塘往事"微信公众号连珠炮般推出的长帖,也引起了本土媒体的关注,《杭州日报》"城纪"专版、《杭州》杂志、杭州网和《西湖报》编辑相继主动向袁长渭约稿,先后发表了他的数十篇文章。

2017年,收录25篇长文的《钱塘往事》,由浙江美术出版社出版;2018年,收录51篇散文的《钱塘山水》,由杭州出版社出版。两部散文集篇幅皆逾25万字,并且都使用作者自己拍摄的照片作为配图,开本大气,图文并茂。据悉,作者本拟在2018年同时出版三部散文集,后来接受朋友们的建议,余下的文字,以后将按一年一部的节奏,陆续推出。

袁长渭的散文书写,不是一种纯正意义上的文学书写,而是一种大众化的地方志书写;他的散文,不是一种纯文学散文,而是一种以史料性见长的地方志散文,属于一种形式新颖、文笔活泼的地方志——尽管他的散文也具有很强的文学性。自称"乡土史官"的袁长渭,出于对生于斯、长于斯、工作于斯、生活于斯的故乡的赤诚之爱,以及一种为故乡立传、为时代留照的高度的使命感与责任感,向故土致敬,潜心研究泗乡文化,挖掘与再现地方掌故、地方名胜和地方风习,向记忆探寻宝藏,览典籍爬梳史料,到实地田园考察,以他的散文,以及亲临现场拍下的海量珍贵照片,全面、系统地记录了钱塘泗乡自然、政治、经济、文化、社会的历史与现状,展示了一幅幅真切而生动的泗乡人文图卷,为故乡和时代的变迁,留存下一份份珍贵的实证。

泗乡赤子袁长渭,在短短两三年内,以井喷式的创作激情与创作才华,在微信上敲出上百万泗乡地方志文字,在杭州,特别是在泗乡地区,吸引了上万名忠实的拥趸,引发了广泛的共鸣,掀起了一股"袁长渭旋风",他也迅即成为一名泗乡文化乡贤。袁长渭狂飙突进式的地方志散文写作,即令放置于全国地方志书写界,也是一种现象级事件。

袁长渭新著《钱塘山水》共分五辑:铜鉴湖畔、定山脚下、龙坞茶镇、家在袁浦、钱塘风景独好。几乎钱塘泗乡每一处山水、每一个掌故、每一个地方的前世今生,都装在了他的脑海里,俨然钱塘泗乡的一部"活字典"和一张"活地图"。正如诗人李郁葱所说,"他把这山水装到了自己的身体里"。这位"钱塘往事的讲述者"(诗人孙昌建语),以一种"因饱含深情而厚重动人"的文字(作家陈博君语),挖掘和再现行走在消逝中的钱塘往事与风物,不仅刷新了故乡人民对他的认知,更让故乡人民重新认识和发现了泗乡文化的悠久与渊深,从而大大增强了地域文化的自豪感和自信心。

袁长渭的地方志散文,是一种带有鲜明个性烙印的散文,它既有别于纯正的文学散文,也与纯正的地方志不同。它是文学散文与地方志的融合,比纯正的文学散文更通俗,比纯正的地方志更活泼——我们也不妨称之为"袁式散文"。袁式散文呈现出如下几个特征:一是乡土气息馥郁,很接地气。它是真正写给普通老百姓看的文章,"文字里的人间烟火,充满着俗世的快乐,这快乐和幸福是如此地让人踏实"(李郁葱语)。二是细节详尽、鲜活,耐人寻味。作者记忆力惊人,他清晰地牢记着故乡过往的点点滴滴,把很多大家都已记忆模糊或熟视无睹的寻常小事,写得细致入微、活灵活现。三是有很多新发现。譬如书中写作者考证出钱江潮观潮其实始于泗乡、盛于泗乡,最先的观潮地点也在泗乡,海宁观潮其实是很后来的事,就是作者通过对史籍进行考稽、甄别,并且实地考察后的独到发现。四是文学性强。文字见本色、见情感、见情怀、见性情,文风细腻、质朴、幽默、生动,以感性见长,迥异于以理性见长的方志。

一草一木,牵动乡愁;一言一行,情系桑梓。执着、勤奋,作品喷薄而出、创作力旺盛的袁长渭,不仅在故乡的山水风景、乡风民俗、山野故事和生活往事中悠游,以炽热的故乡之恋和饱蘸情感的文字,呈现钱塘泗乡的人文地理、历史风情和社会变迁图景,为泗乡文化招魂,更见诸行动,为凝聚泗乡民心、恢复泗乡美景而奔走呼吁。譬如,为弄清20世纪中叶后泗乡人的外迁情况,他自掏腰包赴福建和江西两地,寻访飘零在外的泗乡人;再如在他的奔走努力下,日渐湮没的铜鉴湖再次挖掘被提上了政府的议事日程,2018年5月9日,浙江省发改委正式批复同意铜鉴湖防洪排涝调蓄工程项目建议书,铜鉴湖恢复在望……

地方志书写具有存史、资政与育人三大功能,是一种重要的思想文化建设手段。而地方志散文书写,由于其鲜活的文学性与亲切的地域认同感,借助于网络论坛、博客、QQ、微信等现代媒介,更易于在社会族群特别是在年青族群中传播,达成它的育人功能。地方志书写的"袁长渭现象",正是在这样一种时代背景下出现的。

袁长渭的地方志散文,源于爱,源于乡愁。钱塘泗乡是他的故乡,是他丰饶的精神家园的泉源。正如杭州市作协副主席、西湖区作协主席陈博君在序言中所说,"长渭兄的系列钱塘散文,来自广袤的泗乡大地,来自火热的乡间生活,透过对泗乡钱塘的一次次描摹,绘成了一幅壮美的人文画卷,绘出了泗乡人民的精神内涵,成为泗乡钱塘乃至美丽杭城的一枚独特的文化标签"。袁长渭书写的新时代的地方志散文,自有其独特的史料价值与教育意义。

（2019-02-19）

（刊于《杭州方志》2019年第3期）

方心田知识分子底色的性情书写

　　方心田是我多年的兄弟。我对他的了解之深，与他对我的了解之深，可作等量齐观。从本质上说，我们属于同一类人：相同的出生地域、相同的出身背景、相同的大学校园、相同的理想追求、相同的业余爱好、相同的职业经历、相同的禀赋脾性、相同的朋友圈子……太多的相同，注定了我们必然成为彼此生命中无法绕过的人物。只是近年来，他被单位委以重任，主要精力投入杂志社的经营，而我正好相反，主动卸去了肩头的重担，相对来说得以有多一点的时间从事阅读与写作。

　　尽管两人平时各忙各的，联系与往年相比显见稀少，但真正的朋友，即使久不联系，也仍在对方心里。这次他的散文集《焐暖》甫一出版，马上就给我寄来了。这是一部我不用展卷便熟知其内容与风格的散文集，也是一部我首次没有对集子进行文本细读就想写点评论文字的作品。个中原因，一则因为我对作者的精神世界与行文特点实在是太熟太熟了；二则因为集子中的作品我以前大都零星地读过——换句话说，我其实早就提前完成了对这部散文集的文本细读。

　　方心田的书写，不是一种一般意义上的文学书写，而是一种知识分子底色的性情书写。这既是方心田书写的本质特征，也是他明显区别于普通文学书写者的个性所在、魅力所在,更是他的书写的价值所在。说方心田的书写不是一种一般意义上的文学书写,并非否定他作品的文学价值、否定他的文学才华;恰恰相反,他的文学异禀,丝毫也不逊于某些暴得大名的作家。他若不是早早地就把追求的目标转向了思想领域,他今日若不是肩负着刊物运营的艰巨工作,而是一直将目标锁定在文学创作上的话,他今日的文学成就,一定更令我们刮目相看。

方心田的文学才华,是有事实可证的。犹记2006年博客年代,他的一则情感随笔《知己一梦是红颜》,一日之间就风靡了博客圈。也是在那一年,他出版了第一部散文集《无语的乡村》。2011年和2018年,他又先后出版了散文集《平静的忧思》和《煜暖》。我之所以将方心田的书写,定性为一种知识分子底色的性情书写,而非一种一般意义上的文学书写,乃是因为:其一,成为作家不是方心田的主观追求和主要目标,他的书写主观上纯以抒发性情为目的,而非作为文学作品来创作的。其二,方心田是个性情中人,他的书写鲜明地呈现出"性灵写作"的特质。其三,方心田的书写,明显超越了一般性的文学书写,而攀登上了思想的高地。他的书写是一种知识分子的书写、思想者的书写,体现了知识分子的良知与担当,是一种真正意义上的"独立写作"。

尽管如此,我依然不愿意将方心田的书写明确定性为"独立写作"。因为若将他归入独立写作者行列,同样会泯灭他与其他独立写作者的区别。在诸多独立写作者中,方心田的书写明显是以性情、性灵见长的,更多地表现为一种理性背景下的感性,或者说,在理性背景下,更多地凸显出了感性——尽管他的书写,确乃一种独立于作协体制外的书写。独立于一般性文学写作的书写,为他的文字带来了思想深度;独立于一般性独立写作的书写,为他的文字带来了文学魅力。

不是所有的知识人都能称为"知识分子"的,只有那些具有理想情怀,具有强烈的社会责任感和使命感,对社会现实有着深刻的思考,富有批判精神和担当意识的知识人,才可以冠以"知识分子"的称号,否则充其量只能算是一个"知道分子"。方心田无疑是一位知识分子,他的作品,从《无语的乡村》,到《平静的忧思》,再到《煜暖》,一以贯之着对理想信念的执着追求,对道德失守、社会失范的沉重忧思,对逝去的童年与沦陷的故乡的深切悼缅,以及对中国教育的爱恨交织……

《无语的乡村》是一部忧愤深广的作品,它真实地再现了一位良知清醒的知识分子灵魂的剧痛。正如我当年的评论所说,"他敏锐的耳目,捕捉到了苦难者的呻吟、正义者的呐喊、畏葸者的嗫嚅、造假者的窃笑和奴才们的狂欢。他始终坚持着一个知识分子的道德底线,在真、善、美与假、恶、丑展开的拔河比赛中,他义无反顾地加入真、善、美的行列。""他满含泪水的目光,不仅投给了自己苦难的双亲和打工时代日益凋敝的故园,也叠映着中国广大贫困地区的农民为生存而挣扎、顿踣的身影……"

他五年后出版的《平静的忧思》,在思想锋芒上,继续保有了《无语的乡村》的犀利与深刻。特别是"思想放风""人文品鉴"两辑,更是集中展示了这个良知未泯、"铁肩担道义,妙手著文章"的知识分子对世界的无尽忧思、他浩瀚的爱与痛。在堪称恒河沙数的中国当代书写者中,文笔不逊于方心田的大有人在,然而思想深度达到方心田者却并不常见。当然,正如书名所暗喻的,此时的作者,已由五年前悲愤的"无语",开始转入"平静"的沉潜了。昔年的壮怀激烈,渐渐变得平静与温和。这既是阅历增长的结果,也是作者思想日趋成熟的表征。

2018年5月,作者又出版了第三部散文集《焐暖》。这部作品集分为故乡风物、红尘履印、江湖书影、电影春秋、教育人物、编余絮语等六辑。封底的这段评论文字可谓解语:"底线越来越明晰,上线却越来越宽容;内心越来越'顽固',外表却越来越随和;对天空的仰望越来越高远,对日常的投入却越来越踏实。这不是投降与和解,而是一种温和的坚定、温情的捍卫、温柔的信仰,有着自己的态度,却从不失却人生的温度。"由激烈到温和,由外露至内敛,改变是显而易见的,但有一点却始终没有改变,那就是心中的爱没变、思想的深度没变。

方心田的书写,也是一种性情书写。生活中的作者是一位赤诚热情、真实不伪的性情中人,一位温和儒雅、有着感染力和人格魅力的人。他的这种性情,也自然而然地投射到了他的书写中。他的作品,无论是对少年时光的回望、对故乡风物的缱绻、对父母家人的眷恋、对业余生活的热爱,还是对世相百态的针砭、对爱情友情的执着、对职业事业的奉献、对人生理想的追求,等等,都秉持着一颗赤子之心,都袒露着真实的灵魂,都表露出一种真实的性情,文与人达到了高度的统一。方心田这种书写中的性情与感性,与他作为知识分子书写者的理性相映成趣、相得益彰,构成他书写中的重要两翼,从而成就了他的丰富性。

(2018-06-26)

(见作者新浪博客 2018-06-26)

少年心事当拿云

——序王嘉禾《南有嘉禾》

早几年我就知道嘉禾很优秀,却不知道她竟然如此优秀!

这次看了嘉禾爸爸王旭东兄发给我的《南有嘉禾》,我从附录的《嘉禾"史记"》中了解到,小小年纪的嘉禾,这些年所获得的各种荣誉和发表的作品,加起来竟达85项之多。小才女已初露峥嵘,看到她的成长,我这个做大伯的心里很高兴!

书稿收录了嘉禾近60篇(首)诗文,从家庭到校园,从小学到初一,从家乡到外地,从作文到文学,有一般性记叙文、日记、游记、读后感,也有童话、诗歌和科幻小说,观察仔细、体会深刻、描写生动、想象飘逸、体裁多样、内容丰富,既展示了嘉禾对生活的观察力与文学的想象力,真实记录了嘉禾在作文之路上的努力,又真实记录了嘉禾的心路历程和成长历程。

书稿的编辑体例也颇具匠心,每一辑都用一句七言诗作为辑名,既提示了辑中的内容,又流溢着盎然的诗意。最后一辑"筇鼓几声入云中",收录了亲友团写嘉禾的多篇文章,通过他们的眼睛,全方位、立体地再现了嘉禾的乖巧、聪颖、勤奋和执着,表达了亲友们对嘉禾的殷切期待之情。

嘉禾爸爸是我多年的老朋友。我最早读到嘉禾的作文,是那篇《"说变就变"的爸爸》,看那篇文章时,我不时发出会心的微笑。那篇文章好像就是我给推荐发表的。嘉禾在作文上所取得的成绩是值得点赞的,这些年来,她频频在各地作文报刊发表习作,有多篇文章还被选入相关书籍中。与此同时,她还频频在各类全国性作文比赛中获奖,譬如她就曾获得过第十三届全国青少年冰心文学大赛一等奖,等等。

　　嘉禾有个温馨的大家庭,爷爷奶奶、外公外婆、爸爸妈妈都很爱她,对她呵护备至。她更有个好爸爸,嘉禾爸爸在日常生活中,不仅注重对嘉禾的阅读与写作进行耐心的指导与引导,更积极主动地帮助嘉禾向外投稿,及时地给嘉禾以发表的鼓励与激发。

　　写作是一件需要持之以恒的事情,愿写作这个美妙的爱好能终身陪伴着嘉禾。喜欢嘉禾作文中的一句话:"青春的赛场上,我们从未停步。"我把这句话回赠给即将迎来青春年华的嘉禾,作为对她的祝福!

(2018-07-09)

(收入《南有嘉禾》,四川大学出版社)

角

诗 / 歌 / 评 / 论

《潴野泽》的诗性哲学与艺术美学

　　拜读完诗人李郁葱的长诗新作《潴野泽》，我的眼前交替浮现出这样两幕场景：一位战国时代的被逐诗人，游荡在平原丘陵之上，彷徨于川泽之间，仰面苍穹，怒而问天；另一位唐代诗人，伫立在幽州台上，面对天地悠悠，吊古伤今，怆然涕下。一会儿，这两幕场景全都消失了，取而代之的是这样的一幕：天似穹庐，笼盖四野，一位形象落拓的当代中年男诗人，站在甘肃民勤的大沙漠之上、潴野泽之畔，极目远天，神思渺渺……

　　这不全然是我的一种幻觉。以接受美学去观照，《潴野泽》所书写的西北潴野泽，与唐代诗人陈子昂《登幽州台歌》所书写的北方幽州台（在今北京大兴境内），在中国古代审美主体的经验中，特别是在江南人心目中，的确具有某种地域的同一性、美学气质与文化气质的相似性。譬如李白诗"燕山雪花大如席，片片吹落轩辕台"（《北风行》），与岑参诗"北风卷地白草折，胡天八月即飞雪"（《白雪歌送武判官归京》），尽管前者写的是北方（北京燕山），后者写的是西北，但它们带给读者的，都是一种北地苦寒的笼统印象，地域区分性并不鲜明。

　　与此同时，《潴野泽》与行吟泽畔的楚国诗人屈原的《天问》在诗歌精神与哲学探寻上，亦有着某种内在的神秘勾连性。《天问》全诗372句、1553个字，使用了170多个问句,从天文、地理、历史、哲学、社会、人性等诸多方面,对宇宙发问,充满着一种强烈的理性探索精神。《潴野泽》全诗9章、391行、5285个字,使用了42个问句,表现的也是诗人置身于茫茫天地之间、浩瀚大漠之中,面对地貌的沧桑巨变与悠远的历史时空,而生发出的浩然喟叹与质疑追索。如此比况,并非将《潴野泽》与《天问》相提并论,而是说它在对自然奥秘和人类命运的哲学思考与追索方面,与《天问》有着某种相似点。

《潴野泽》是诗人在《杭州日报》发起的"拯救民勤,传递绿色"大型募捐活动中,奉命赴甘肃民勤考察援种梭梭林事宜后创作的。潴野泽,又名青土湖,是汉代以前对民勤及其周边地区的称谓,这里曾经水草丰美,是一片美丽绿洲,是河西走廊有名的牧场,也是古丝绸之路的必经之地。1959年其完全干涸,成为中国沙尘暴四大发源地之一。目前正在恢复性注水,初现部分湿地模样。《潴野泽》就是在这样一种背景下创作的。它制式瑰丽、气势磅礴,以一种浓郁的浪漫主义特质和边塞诗特质,一种激越沉雄的"天问"特质,为当代汉诗注入了创新性异质,是当代汉诗创作的一项重要成果。

三维坐标:斑斓雄奇的美学画卷

《潴野泽》从地理、历史和现实三个维度,为潴野泽绘制了一幅斑斓雄奇的美学画卷。

《潴野泽》是一部潴野泽的地理书。诗歌一开篇就将经历了沧桑变迁的潴野泽比喻成一只斑斓的蝴蝶,将腾格里沙漠和巴丹吉林沙漠比喻成这只蝴蝶的右翅和左翅,想象雄奇,不仅与诗人眼前初现部分湿地模样的潴野泽形似与神似,展示了潴野泽斑斓的边塞风光,写出了猪野泽带给游客的"视觉的愉悦"与冲击,隐喻了蝶变的西部精神,又交代了潴野泽的地理方位,为长诗创设了一个宏阔的艺术背景:"蹁跹之蝶的双羽/右翅,腾格里沙漠;左翅,巴丹吉林沙漠/上升、融合。"接着,诗歌继续推进,"阿拉善如猛虎,回旋于它一时的温柔",将阿拉善比作猛虎。蝴蝶"上升",猛虎"回旋",气势雄浑,色彩斑斓,却一柔弱、一凶猛,既极致书写了猪野泽的壮观景色,又营造了诗歌的艺术张力。

在对潴野泽进行全景扫描之后,诗歌将镜头拉近,聚焦于民勤单一而富有特色的地域性物产——肉苁蓉,广角镜头切换成特写镜头:"如果三年之后,肉苁蓉蓬勃于沙土之上/往下,是它顽固的渴意/像男人对于女性丰腴身体的渴望/

而黑暗之水,来自簇拥之沙的间隙里/是一种壮大? 但被我们挖掘/它孤独的生殖器一样舒展的根,难道/能够和沙漠繁衍出更多的幻梦?"诗歌由肉苁蓉切入,展开追索,一方面,肯定和赞美它向沙漠深处索取水分的顽强生命力;另一方面,对渺小而孤独的它能否从浩瀚强大的沙漠中繁衍、生长出一片绿色表示怀疑和质询。肉苁蓉是一种性药,由肉苁蓉而产生"像男人对于女性丰腴身体的渴望"和"它孤独的生殖器一样舒展的根"的联想,既自然、贴切、顺理成章,又赋予了诗歌一种性的神秘性和生命的玄幻性,增强了诗歌的艺术魅力。

诗歌接下去一节,将诗意推向了一个更高的层次,对肉苁蓉进行二律背反式的追问:"沙漠的符号,一种赐予/但不是对水的掠夺吗?"然后采用蒙太奇手法,将被"我"从大漠带回的肉苁蓉在"我"家厨房一夜间怒放,与上一节所写肉苁蓉从"簇拥之沙的间隙里"汲取水分进行比照:"我目睹苁蓉之花,在远离大漠的江南/仅仅在一夜之后突然抖颤着/怒放,在厨房的角落,它寻找一个空间/从黑暗到黑暗,从孤寂/到更大的孤寂:我听到它的低语。"由塞北写到江南,既拓宽了诗歌的艺术空间,又展示了肉苁蓉在大沙漠中不可能出现的怒放场景,极大地丰富了诗歌的内容。之后以肉苁蓉由压抑到怒放,与"我们的嘴巴/在咀嚼之际能够干旱为沙漠"这样一扬一抑的错置与对比,再一次营造了诗歌的艺术张力。

诗歌的观察视点不断漂移,由地面而至高空。诗人从飞机上俯瞰潴野泽,看到所捐种的梭梭林已初见成果——荒漠上出现了一片片"陌生"的风景:"那一刻我们欣喜于所看见的/我们欣喜于陌生。"诗人说,这是"我们荣耀的言语,或者是我们清晰看见的脸"。诗人渴盼自己能加入梭梭林中,成为被金色大沙漠所包裹的"琥珀"。这一想象,奇瑰而温暖。诗歌接下去是具有过渡性质的第二章。首句描写潴野泽周边的环境——祁连山:"万物矗立的峰顶""远处眩晕的雪,苍鹰可以稳稳地停留/但有一道光滑过/我以为是一滴干旱之泪:它打开,祁连山"。由"一道光",联想到"一滴干旱之泪",想象雄奇。"低低飞翔的蜻蜓,一个邀请? /从海之苍茫中凸起,/摇曳成草原漫长的锦绣",极富画面感。面对一只飞翔的蜻蜓,诗人眼前幻化出一幅草原丰茂的繁盛景象,引出对潴野泽历史的追述。

《潴野泽》是一部潴野泽的历史书。民勤,古为张骞出使西域的起点,是丝绸之路上的重镇。这里有苏武山,相传为苏武牧羊之地。在前一章,诗人这样自问:"我们得以命名之地? /……/还是得以在此的证明?"表现了诗人置身于历史现场的精神恍惚。进入第二章,诗人的遐思继续在历史现场萦回:"这里:斧、刀、镞、网坠、环……/这里:铲、锥、锸/……/在地层深处/甚至有贝壳沉默的呼叫。"面对眼前这些"已经失去的文明"的"遗骸",面对早已成"模糊的痕迹"的"往昔的城郭",面对日趋蜷缩的视野,诗人心中产生了深深的无力感。他静默地伫立在天地间,神思幽幽,如"一枚无可奈何的钉子",钉"在天地之间",钉"在时间的纵深处",犹如当年的陈子昂,"前不见古人,后不见来者,念天地之悠悠,独怆然而涕下"。

然而,诗人毕竟不是一个历史虚无主义者。尽管这片土地曾经的繁华,已干涸成了一粒粒细沙;尽管这里已发生沧桑之变,面目全非,但那消失在历史尽头的碧绿涛声,毕竟曾在这里真实地激荡过。这里的山川原泽本是自然之神的宠儿娇女,这里的历史飞毯上曾经镶嵌着花卉树木的锦绣图案。曾经照耀在历史天空中的日月星辰,翻滚在这块丰茂大地之上的风雷云电,至今仍悬浮、飘荡在现实的穹窿中。"我们品尝到了那些盐,用盐和石头/我们建筑了一个走来的时代/我们这样命名:盆地、森林、冰川、湖泊……"。诗人从火焰"飘舞的烈焰中/看到神依稀的衣袂",看到了火在推动人类文明进步中的重要作用。

诗歌第三、四章,转为对潴野泽历史人文的书写。那策马驰骋于冷兵器时代的武将霍去病、马超、薛仁贵,那留居匈奴十九年持节不屈的汉使苏武,那民勤的本土人物、汉武帝时的著名文臣金日磾,等等,从历史深处的迷雾中走出,向着诗人笔底的诗行,鱼贯而入。诗人对笔下人物有着感同身受的体认和理解,譬如他这样深情地追怀苏武:"怀抱一个帝国的寂寞""他被风洗了一遍又一遍""他是他/自己的乡愁/……/闭上眼/自己就是一个世界,随身携带的故乡/……/他从不曾离开/这里,和那里""他活着,在每一个能够记得自己的/身体里,他的河流开始咆哮"。在《潴野泽》这首具有史诗品格的长诗中,诗人把自己的敬意,献给了这些用热血谱写生命的篇章,用忠贞保守人格尊严的古代志士仁人们。

《潴野泽》浸透着一种深刻的历史反思意识。诗人首先将反思的矛头指向了人类贪婪的欲望。在诗人笔下,壮丽的河山哺育了大地上的万物与众生,却也成了贪婪者撕咬的猎物。"那时候牛羊成群/那时候牧歌婉转,碧波荡漾/骏马把草原收纳到了它的马蹄下/它奔腾之处,这个世界的/近义词:我们开始争抢,一个游戏"。世界成为争抢的近义词,"那么伟大而黑暗的球,拍打它/然后赋予它欲望的深渊/……/一枚落下的棋子,重和轻/浇灌出更加肥沃而贪婪的版图"。诗人其次将反思的矛头指向了历史上那些备受推崇的英雄人物,不仅揭示了他们践踏生命,凭借"残暴"来成就个人"传奇"的历史本质,而且切入这些英雄人物的灵魂深处,表现他们命运的无奈与孤独,揭示出这些英雄人物的悲剧性人格:"他的残暴将成为传奇,他的无奈/被视为忠诚/他,孤独的将军/赞美于他的勇力和他的杀戮/白衣银袍,我们天真年代的镜子/一次次被磨得铮亮,接近于炫耀"。整首长诗充满着一种深沉的历史忧思:"这/就是开始的地方,从来没有过完整/而它一直就是一曲哀歌/在生活和死亡的天赋里,它/加冕于东方,让我们迷失在熟悉的地方。"

《潴野泽》是一部潴野泽的现实书。潴野泽曾是烟波浩渺的大泽,却因代以垦荒,取用无节,泽中之水至20世纪50年代末最终干涸,成为沙漠。近年来,国家防沙治沙政策全面提速,加大了对潴野泽造林固沙的治理力度,当地政府积极跟进,各地民众热情捐助,为遏制沙漠的蔓延,让沙漠重现绿洲带来了新的希望。诗人为捐种杭州梭梭林的公务来到潴野泽,置身于辽旷寂寥的荒漠之中,他在感受沧海桑田、天地悠悠的同时,自然也从那星星点点散布于沙漠之上的灌木中,看到了生机和希望。

诗歌第五章镜头从远拉近,描写诗人在一片由萧瑟的红柳、枯黄的梭梭林以及枯萎的芦苇丛织成的大背景下,看见了一只鸟。"莫名的鸟儿溅起我们的天赋,是候鸟/或者它一直生活在此地:从瀚海直到水洼""我们争论了一个小时:这些鸟儿的名字/它们从哪里来,它们为什么来?"鸟的出现让诗人讶异,让诗人疑惑,更让诗人惊喜。"从瀚海直到水洼",虽然只有短短的七个字,却几乎浓缩了潴野泽的前世今生,高度概括了潴野泽变迁的三个过程与阶段。这句诗其实中间省略了一个重要的关键词:沙漠。把它补充进去就是"从瀚海到沙漠直到水洼"。"瀚海"是潴野泽前世的繁华,"沙漠"是潴野泽今生的荒芜,而"水洼"则是潴野泽新生的希望。由于鸟的出现,让我们"那么快忘记曾经的枯燥,仿佛/它一直就跳跃在这些芦苇的周围//仿佛那些风一直在吹,当春/乃发生:隐形者的弹奏,如泣如诉""它们,这些精灵,它们的血是咸的/它们的叫声圆润,它们的身体里/有着大海的荡漾和山脉的耸立"。鸟是生命的象征。透过诗人歌赞的诗行,我们可以触摸到诗人那颗因看到飞鸟而陡生的喜悦之心。

　　自然遗存、物产遗存和文化遗存是地域文明遗存的三大重要组成部分。《潴野泽》在对潴野泽的地理形貌和历史风云进行全景式扫描的同时,对潴野泽的地域物产如哈密瓜、红枸杞、黑枸杞、沙枣、苦豆子、肉苁蓉等,以及潴野泽坍塌的文化遗址如矗立在旷野中的四方墩等,也进行了浓墨重彩的书写。譬如诗歌第六章中对潴野泽哈密瓜的吟咏,将哈密瓜喻作怀孕的女子,就显得特别温暖而诗意:"明和暗,冷和热,阳光和雨水……/在反复的责问和磨合中/敛结出这蜜的瓜:它封闭了阳光/让光晃动在黑暗的体内/它的甜,承担着日子里的放纵和丰盈/像是在女人的身体里,我们/发现了天堂和疑问:一切都在流逝。"

　　潴野泽另一驰名的物产是肉苁蓉。诗歌第一章即描写了诗人将肉苁蓉带回杭州后所见到的一幕:"我目睹苁蓉之花,在远离大漠的江南/仅仅在一夜之后突然抖颤着/怒放,在厨房的角落,它寻找一个空间/从黑暗到黑暗,从孤寂/到更大的孤寂:我听到它的低语/并不能代表蝴蝶/压下的翅羽"。肉苁蓉是干旱的沙漠开出的生命之花、结出的生命之果。在诗歌中,诗人通过对带回杭州家中的肉苁蓉在温湿的厨房一角蓬勃绽放的书写,巧妙地将潴野泽与江南建立起联系。至第六章:"蝴蝶拍动的双翅/当那种昏黄来到江南,像一个巨人的呵欠/它们消失,所有在适宜的地方/能够出现的它们,而我们撒下种子。"诗歌进一步通过"蝴蝶"这一意象的承托,以振翅的蝴蝶为逻辑纽带,将眼前水渚散布、蝴蝶般斑驳的潴野泽与遥远的江南连接在一起,既点出了诗人的所来之处,又暗示了为拯救民勤,杭州人民捐种梭梭林的义举,点出了杭州人民和民勤人民携手恢复潴野湖的绿色、再造新江南的梦想与努力。

　　《潴野泽》是一部沉重的现实之书,也是一部希望的现实之书。治理潴野泽,工程浩大,任重道远。然而,只要我们坚持不懈地付出努力,希望孕育在困难与艰辛之中。正如诗歌第八章所讴歌的:"它是镜子的重现,相互中照见/雨、雪、水和空气,旋转中的气流/以这样的几种姿态:它孕育,汇入到/广阔的蔚蓝,并在河流那脚蹄的暗影里/犁开大地,吹响我们第一缕曙光的长鞭。"

当代天问:忧思深广的诗性哲学

　　《潴野泽》是一首诗性苍郁、忧思深广的当代"天问"。诗人独立于浩瀚荒漠,神游万里,穿越古今,在汗漫无际的地理与历史时空中,想象力纵横驰骋,从环境保护的切口突入,触探自然、历史、社会和人性的深处,再从哲学的天窗跃出,向着天地玄黄、宇宙洪荒,连环发出42问(一处未明确标出问号)。这一串具有强烈哲学意味的"天问",充分承继了屈原"上下求索"的诗歌精神,表达了诗人深刻的反思意识、犀利的批判精神,以及对自然环境与人文环境恶化的千年之忧:"但甘霖/为什么在今天翻转成这样的干旱?/大地从不会原谅,在骆驼般的沉默和温驯里""那些永恒的/流动,那些时间的过去和未来/……/消融于白昼和夜色的边缘"。这是《潴野泽》诗性哲学的第一个表现层面。

诗歌开首第一节,即面对苍茫,发出凌厉之问:"我们视觉的愉悦?/……/云梦泽、梁山泊、罗布泊……/唯有消逝带给我们旧日的光泽?/……/我们从盐碱地里/看见这无以命名的大海/大地干涸的泪滴。"一个个历史上曾经烟波浩渺、一望无际的湖泊,如今早已干涸,变成了盐碱地,成了一个个没有生命的名词,只能在历史书上才能辨认出,成了书籍上的一个个干涸的词,成了"无以命名的大海""大地干涸的泪滴"。"时间的锁链,在被风吹散的同时/风吹散了风——",在人类与自然的和谐关系遭到破坏和割裂之后,历史也变得断裂和虚无。诗歌表现了对地球生态日趋恶化的沉重心情,对环境恶变的罪魁祸首进行了追索与拷问。

《潴野泽》内在的情感线索与逻辑纽带非常明晰,就是两个字:"罪"与"罚"。人类之罪,来自人类的贪欲与狂妄。然而,正如诗歌第九章中所说,大自然"从没有被征服",相反,它反施于人类的,却是严厉的惩罚。诗歌第七章极写大自然对人类的严惩:一处处波光潋滟、草木丰茂的润泽之地,先后变成了沙漠,它们的名字或叫"腾格里",或叫"巴丹吉林",或叫"撒哈拉",或叫"阿拉伯",或叫"大盆地"……"而惩罚,以风的名义/也以沙的牙齿:有那么多的沙/却不能盖起高楼/沙与沙相互簇拥,在摩擦中/发出空洞的响声"。移动的沙丘,掩埋了无数个"柳湖墩""火石滩""小井子滩",昔年辉煌的古丝绸之路,变成了"被风和黄沙掩映的遗址",诗人悲愤地发问:"我们的钥匙/但能够找到一道穿行中的门?""我们津津乐道于这样的征服/然后,我们缺席,像一条假想中的鱼/曾经有的是否就这样转瞬即逝——/曾经,挽留中,它是信仰?"

《潴野泽》所揭橥的罪与罚,不止于人类对自然的戕害,更有同类之间的凌辱与迫害。这种凌辱与迫害,既体现在战争对生命的漠视乃至屠杀上,也体现在专制统治者对苏武、金日磾这样的仁人志士的戕害与摧残上。"他,是虚构,或者就是简单的演绎/怀抱一个帝国的寂寞,他是帝国阴暗的/那一侧?当放牧凝固成一个姿态/一条路该如何选择？是自我的流放/或者是宿命长鞭的驱使？"诗歌第四章，诗人对出使匈奴被扣留，坚拒威胁利诱，誓不屈服的苏武的灵魂，进行了感同身受式的探触和体认。无论是"怀抱一个帝国的寂寞"，还是"自我的流放"或是"宿命长鞭的驱驶"，这"寂寞""流放"和"长鞭"，都是野蛮与专制者所强加给苏武的。

《潴野泽》诗性哲学的第二个表现层面，是对希望的发现与笃信。对希望的发现力，是人的一种重要的本质力量。特别是于诗人而言，对美的发现力、对语言与世界关系的发现力和对希望的发现力，构成诗人的三大发现力。《潴野泽》不仅展示了历史的沧桑与创伤，展示了那些"大地的记忆里"的"虚无和深邃的伤口"，更从灰暗中看到了光亮，从绝望中发现了希望。诗歌第九章，谱写了一曲希望之歌："在候鸟的翅膀上，我们看到了绿色""它们消失了吗？从湖北，从山东，从新疆/从河南，从西藏……还是从亚洲，从欧洲/从非洲……从我们看见或我们聆听到的/从我们手指在地图上触摸到的地方/它们以新的面貌新的名字出现。"诗歌第八章，"帽檐下有着一个世界的眺望和滂沱""它关闭了多少道门？但它也不曾放弃"，写出的正是一种对希望的笃信。

《潴野泽》是一部时光书，它是关于时光的叙事。时光的奇迹与印痕、消逝与永恒，时光承载的苦难与荣耀、浩叹与雀跃，都在这首长诗中得到了艺术的呈现或显影。这是《潴野泽》诗性哲学的第三个表现层面。正如"在沙地上写下的终将消融于沙/正如在水面上写下的/终将消逝于水"，"在时间的流动中看见"的，亦必"在时间中化为齑粉"。时光生长烟波浩渺、百草丰茂、金戈铁马、宫殿巍峨，时光亦必割刈一切、抹去一切。"天空晦暗如长矛，我小如沙粒"，自然伟大，人类渺小；岁月悠悠，时光无情。面对"地图上的远方/小如针尖一样的痛"的潴野泽，面对这"一滴流下来就已干涸的泪/一粒介子世界里的大千，一座/琥珀中荡漾的海之微光/一段宿命的胡杨木，一本/打开合上合上打开无限反复的书/一个符号"，诗人无法不心生忧喟，感叹于"时间的过去和时间的未来/我们所说的永恒"。

新边塞诗：诡奇险峻的艺术美学

一部文学作品只有在美学原则下进行表达，才具有文学的伦理意义。《潴野泽》体现了一位态度虔敬的诗人对美学原则的遵奉和艺术努力，诗人做到了如他所言的"我说出/我们声音能够抵达的坡度"。从文体风格上看,《潴野泽》无疑属于一种"新边塞诗",具有一种诡奇险峻、惝恍迷离、雄肆活脱、穷极幽渺的艺术美学特征。因为赴民勤协调捐种杭州梭梭林事宜之故,机缘巧合,诗人得以一个过客的身份,偶然楔入边塞,实地见识塞外风光,缅怀塞外的历史风云。从某种意义上说,《潴野泽》的诞生,于诗人而言,实属一意外收获。这首诗歌,既承继了古代边塞诗的高古、苍劲、粗犷与沉雄,具有唐边塞诗的深远意境;又与20世纪80年代以昌耀、杨牧、周涛、章德益等为代表的新边塞诗人的诗歌精神遥相呼应,诡奇、险峻、深邃、苍雄;更赋予它以环境保护意识的时代特质和类同当代"天问"的诗性哲学。

《潴野泽》辞采华丽、想象瑰丽,是一部雄奇的想象乐章。譬如:"落日之扣解开/群鸟返巢,为什么要把大地背在身上?""落日垂钓:黎明时它绷紧了/大地的肌肉。"这类拟人化的书写,极富语言的质感。又如:"人如猛虎/马如龙:他的枪会在月亮下独自鸣响/那么倔强,当暴力狰狞,而鲜花怒放。"这类风格健朗的诗句,大大强化了诗歌的边塞诗特征。《潴野泽》的细节描写也极其精当、传神,譬如它这样描写金日磾:"他就是一种声音/固执、单调,俯首于文案和眩晕的意志/他忘记了自己,但成为/羊群的看守者",然而,"那一年,从未央宫的一角/他看见浩大的落日,犹如故乡/挂在他不被注意的眼角……"。《潴野泽》的体式也富有变化,譬如诗歌第五章,一改多句成节的体例,每两句构成一节,写"我们"见到一只"莫名的鸟儿"出现在枯萎的芦苇丛中时的惊喜、疑惑和议论。

《潴野泽》生命元气与艺术元气充沛,具有一种强烈的理性探索精神和超卓的想象力。特别需要指出的是,对于较多地接受了西方诗歌艺术精神与哲学精神的哺育,诗歌创作手法以西方现代主义、后现代主义为主的诗人李郁葱来说,《潴野泽》较为难得地呈现了一种传统的浪漫主义激情,诗人在诗中酣畅地驰骋着自己的浪漫主义想象,这,我们或许可以视为李郁葱诗歌向着传统的某种回归。

(2018-04-28)

(刊于《浙江作家》2018年第10期;收入《沙与树》,杭州出版社)

孤绝的华尔兹与独舞的探戈

——卢文丽诗集《礼》读评

　　卢文丽编年体诗集《礼》是一部献给故乡，也是献给自己的"生命的礼物"。这是一部"向这个世界清晰地表明我（诗人，笔者注）的来历和出处"（《礼之由来》）的诗集。这一特征，一方面表明她的诗写是一种"有根"的书写，另一方面也表征了她进入中年期写作后的艺术坚守。"有根"的书写，从题材范围和艺术风格上看，一般呈现如下三种特性：恋土的、抒情的、物哀的；从诗歌艺术和诗歌精神上看，又是可以清晰地寻见其源头的。与此同时，正因为它是一种根性书写，在全球化文化大语境中，其诗歌形态必然共生着一种坚守的、自足的、孤绝的艺术品性，由此形成一种开放与孤立相生、地域家园与世界视阈相济、现代性与古典性相融的诗歌风貌。

　　从绝对意义上说，人类的一切写作活动都是"有根"的书写，都植根于书写者的精神原乡与艺术原乡。根性书写，是人类一大悠久的书写传统。中国当代文学的根性书写，出现过两次浪潮，第一次浪潮是20世纪80年代兴起的"寻根文学"热潮，第二次浪潮是消费文明大规模逼进，导致乡村全面沦陷后一直上演至今的悼念乡村、追忆童年、缅怀农耕文明的文学热潮。这两次浪潮，前者更多地偏重于民族的整体文化心理和传统意识，寻找的是一种文化之根；而后者更多地偏重于个体生命的现实体验和灵魂疼痛,追怀的是一种血缘之根。正如卢文丽在《帕斯捷尔纳克》一诗中所言,"你乡村医生的手术刀/治不好人类的怀乡病"。怀乡,业已成为时代的一大精神母题。

诗集《礼》诗歌语汇的现实观照性,或者说诗歌精神的现实性,指向的是诗人的生命之根。它是一曲恋土怀乡的故乡恋歌,抒写了诗人对故乡的赤诚之爱,流溢着一种人间温情与人性之暖。诗人说,"我是一株由南方的雨水、天空和梦幻孕育的诗歌植物,我的根在东阳,枝叶在杭州"(《礼之由来》),故乡东阳与生活地杭州,构成了诗人情感世界的重要两翼。故乡东阳是诗人精神上的原点,诗人幼年时曾在外婆家生活过几年,青年时又一度回东阳求学;杭州是诗人的主要成长地和工作与生活之所,西湖山水陶冶了诗人的生命情怀与艺术精神。诗人说,"我知道我的病/因心中的爱而生"(《写给陌生人的信》),她把自己生命的恋曲,同时献给了这两个永远的精神故乡。

对于卢文丽来说,故乡东阳就是外婆,外婆就是故乡东阳。诗人曾创作长篇小说《外婆史诗》,充分书写了自己对外婆的感恩和哀悼。在诗集《礼》中,诗人同样用质朴无华的语言,抒发了对外婆的真挚情愫:"那是外婆风中飘拂的白发/那是灶膛里跳动不息的火苗/那是蓝布围裙上印满的温馨梦呓/那是一双穿上就永远也/不愿脱掉的布鞋呵,故乡"(《故乡》);"七月多么残忍/你在火中/我们在泪中""外婆/没有了你/我们将如何触摸故乡这个词""归家的路上/你是唯一使我热泪盈眶的人""你的恩情是我的整个世界"(《致外婆》)……在诗人心目中,慈祥的外婆,就是故乡的图腾。诗集中诗人多次把自己比作一株"绿色植物",深情地植根于有着外婆的那块热土上。

杭州是诗人的第二故乡。诗集卷四"我对美看得太久"中的24首诗,集中展示了西湖的风物与人文之美。那是一种"无法忍受的美"(《惜别白公像》),"群山安泊,鸟兽还巢/更深的湖水,将我的身心攫取"(《洗礼》)。湖中烟雨与湖上人物相映成趣,交织出一幅幅空灵隽永的自然画卷与人文画卷。在诗人眼里,"这不设防的山水/大大方方/自自然然"(《山水》),"西湖不再是一个地名/它使江南上升为一种哲学"(《新西湖》)。在《万松书院》,诗人看到"蝴蝶,你斑斓的翅翼/在一根琴弦上/无休止地战栗";在《菩提精舍》,诗人幽幽地追问:"光线西斜,多少年过去了/它为谁在走动?";在《岳墓栖霞》,诗人将自己代入岳飞的生命中,追缅他壮怀激烈的一生,表现他一腔忠君爱民的热血和情愫……

作为东阳的外孙女、西湖的女儿,卢文丽对故乡的书写,无疑属于一种现代乡愁。从这一意义上来说,她的书写这一主题的诗歌,亦可归入"乡愁诗歌"的范畴。然而,由于人生经历的独特性,加上女性诗人温柔的性情以及个性化的艺术处理方式,她诗歌,与其他鲜明地表现乡村文明与城市文明二元对立的乡愁诗歌相比,更多地体现为一种乡愁的相融与相通。换句话说,卢文丽诗歌中东阳和杭州这双重乡愁,不是以一种互相对立、互相排斥的形态而存在的,而是表现为一种并行不悖甚至纠葛错杂的情感形态和生命形态。"你可以拿走这皮囊,这色彩/这世间/繁华而荒凉的一切/却无法拿走/我心底一年一度的热爱"(《树的宣言》),这一"宣言",既是说给乡村东阳的,也是说给都市杭州的。这是卢文丽乡愁诗歌的一种独特性。

诗集《礼》是诗人内心的华尔兹和一个人的探戈。这部诗集具有浓郁的抒情气质和浪漫气息。诗人耽溺于爱与梦想,在一往情深中,完成了对世界、生活、家人、朋友、爱情和文学艺术的精神赋格。"那些生命中的重逢与告别/像驯鹿颈上的铃铛清脆回响"(《圣诞前夜》),在一次又一次的重逢和告别中,诗人深切地体认了人性的温暖与生命的疼痛。她爱自己的家人,诗歌《致外婆》《父亲节》《黄昏》,完整地呈现了她在生活中扮演的外甥女、女儿和母亲这样三重角色,释放着人性的光亮与温度。她所抒写的爱不只有家人之爱,譬如"雨停了/放学的孩子就要返巢/我将升起炊烟/迎接他们被雨水打湿的裤脚"(《黄昏》);更有人类大爱,譬如《临津阁和平公园》一诗,表现的便是呼唤世界和平的主题。

诗集《礼》抒发了诗人对缪斯女神的虔诚信仰。在诗人心目中,缪斯女神"闪亮/克服了时间/她是永恒的/新娘"(《美》)。追求永恒的艺术之美,正是诗人痴迷诗歌创作的生命动因和艺术初心。诗人这样倾诉自己对诗歌艺术的挚爱:"下雨的日子我常常写诗/像守财奴迷恋金币的音色""这一生我们将靠自己取暖/只要写诗光明就会汹涌而至"(《取暖》);"面对这些发黄变脆的纸张/你像一个离家多年的人/突然见到了故乡"(《故纸堆》)。因为挚爱着诗歌,诗人对人类那些艺术大师和艺术形象充满景仰,在《凡·高》《艾米莉·狄金森》《萨福》《帕斯基尔纳克》《埃舍尔》《高更》《莫奈》《海伦》等系列诗歌中,诗人对大师们的形象和神话人物进行了传神的刻画与评说——

诗人这样描写凡·高:"他黄金草帽下的脸庞/是巨大的太阳的一部分""永恒的视觉中,那个苍白而瘦削的人/那个用纯黄和紫罗兰治愈大地的人/在颤抖的空气里,点燃心爱的火焰"(《凡·高》);诗人这样对希腊神话人物海伦展开追问:"她是一个花园,还是一个深渊""她是一个天使,还是一个魔鬼"(《海伦》);诗人为高更画笔下"那些被他用色彩爱过的女人/和他永远的异乡人身份"(《高更》)所持久吸引;诗人推崇莫奈"重返极度的单纯"(《莫奈》),陶醉于"樱桃树深处流淌出抒情之夜"(《萨福》);诗人看出埃舍尔的面庞"呈现出相互缠绕的欲望"(《埃舍尔》),洞悉艾米莉·狄金森"她的名声在死后远播/她的诗篇被全世界吟诵/但是这一切都不是她想要的"(《艾米莉·狄金森》)……

诗集《礼》真实展示了一名女性诗人的爱情心理版图,呈现了诗人对爱情的体悟,以及爱情的欢乐与伤痛。在诗人绚烂的心目中,"深渊一般的爱情令人向往"(《大龙湫》)。为了这"命中注定的爱情"(《薰衣草》)、这"美丽而深沉的爱情"(《白夜》),诗人忘我投入,蹈刃不顾:"仿佛一道闪电,一种爱/对铁石心肠贡献出全部热情"(《盛宴》);"今生今世/请让我爱到死"(《法相古樟》);"哦,颤抖吧,你将被我洗劫一空"(《台风》)。然而,爱情的旅途中常常丛生着伤痛,诗人"被一支秋天最深情的箭命中"(《薰衣草》),"深陷其中/将陈年的羽毛一遍遍梳理"(《古典爱情》)。在旷世的伤痛中,她深刻洞悉到爱情的真谛是"一门濒临失传的手艺/一个比幸福更孤独的词"(《现在让我们来谈谈爱情》)。

组诗《十三章》是卢文丽书写爱情的华章。在这组诗歌中,诗人追忆了一场炽热的爱恋,"他们热烈燃烧/像世上最高贵最卑微的草木那样熊熊燃烧。"生动地呈现了铭心刻骨的感受:"她被他重新生了出来。"真切地揭示了爱情消逝后的伤痕:"她知道她的疼痛是大地的疼痛/正如她的孤独是大地的孤独。"笔者注意到,在卢文丽诸多爱情诗中,有一个频繁出现的意象——"马",譬如诗歌《一夜》"黑夜的长发,白银的锁骨/呼应月亮和雨中消遁的马匹"。显然这是一个重要的意象,也是诗人一个重要的心灵密码。"马"的出现,不仅寄托了诗人的爱情理想,更含蓄、隐晦地抒写了爱情悲欢。从爱情形态上看,卢文丽所书写的爱情,显然属于一种古典浪漫主义的爱情,它超越了一切世俗的羁绊。

诗集《礼》是诗人灵魂的絮语,倾诉了诗人对纯粹与宁静生命状态的追求。诗人说,"我们的力量来自单纯"(《在小黑箐跳蹢脚舞》)。她追问"我们为什么丧失了一生安宁"(《故居》),憧憬过一种宁静、安详的生活。她说,"我要去一个美丽的地方/城市的边缘/不受污染的空气轻松明亮/鲜花盛开相爱的山冈"(《美丽的地方》),"住在里面/像一只老式钟表/缓慢、宁静/对世界一无所知"(《黑暗房间里的明灯》),"耽于自身的幻美"(《绣球花》),"喝日光煮的南瓜汤/月光煮的小米粥"(《法云古村》),"为一种平淡生活/快乐而充满感激"(《瓶花及其他》)。诗人深深喟叹:"生活在一本书中多么安详"(《神谕的诗篇》);"脚步安详/世上还有什么值得趋之若鹜"(《在小黑箐跳踢脚舞》)。

阿多尼斯说:"我的孤独是一座花园。"诗集《礼》也深深浸透着这样一种生命的孤独意识。从本质上说,诗人都是凌虚高蹈的理想主义者加浪漫主义者,现实生活对诗人这个族群,有着某种天然的敌意。没有一个诗人能逃脱孤独的魔爪,卢文丽也不例外:"在这繁华世间/你把自己活得多么孤独"(《谜底》);"这孑然的美/只供孑然者品尝"(《散步》)。这种孤独,部分源于人世间的悲欢离合,部分源于诗人对诗歌艺术的探寻,更多的恐怕源于这个时代:"谎言是屡试不爽的谶语"(《时光》);"你试图重新爱上这个世界/就像爱上一场古老的骗局"(《没有屋顶的房子》)……在孤独的围剿下,诗人发出了令人心弦震颤的感叹:"而今,岁月的风雪已经摧毁了/一个浪漫主义的城堡"(《玛吉阿米》)。

诗集《礼》流淌着一种幽夐淡远的自然意识和时光意识,弥漫着一种物哀。诗人以手中的纸笔,与自然万物展开对话;于星辰大海之中,谛听自然之音。细品《落雪天应该把话说白》《庭院》《短句》《玉泉鱼跃》《净慈寺》《法相古樟》《慕才亭》《苏堤春晓》《柳浪闻莺》《阮墩环碧》《三潭印月》《梅林归鹤》《长桥公园》《九溪烟树》《万松书院》《云栖竹径》《八卦春色》《文澜阁》《双峰插云》《菩提精舍》《岳墓栖霞》《戴望舒故居》《苏东坡纪念馆》《李叔同纪念馆》《惜别白公像》《法云古村》《国清寺》等一大批写景为主的诗篇,都能品出一种诸如"雪落江南/像精湛的鸟鸣落满前朝的胄甲""最后的亭台楼阁/最后的小桥流水/最后的良辰美景""此生迅速消逝/恰似钟声掠过湖面"之类的哀愁与忧伤。

诗集《礼》中写雨的诗篇很多,一片迷蒙的故乡烟雨和西湖烟雨:"当一滴雨/孑然一身地光临/你不能说它一无所有/你不能说它两手空空"(《雨之光》);"我享受一滴雨的宁静/它的丰盈与自足/大于宇宙中任何一个星系"(《赞美诗》);"当我不带任何动机地/聆听一滴雨/我比任何时候更接近自己"(《聆听》)……雨是中国诗歌的常见意象,温润之雨给万物带来蓬勃的生机与希望,迷蒙之雨营造出一种朦胧优美的意境,悲愁之雨烘托出一片凄凉悲苦的愁绪,禅意之雨渲染出一派空灵宁谧的气氛。无论哪种雨,投射在诗人心中,都会变成一种人生之雨。面对这连天接地的雨帘,不知人至中年的诗人卢文丽,可否会像蒋捷一样,心兴"壮年听雨客舟中,江阔云低,断雁叫西风"(《虞美人》)之叹?

　　卢文丽诗歌艺术与诗歌精神的主要源头,应该是中国古典主义诗歌和西方浪漫主义诗歌。其诗歌创作风格真诚、纯净、渺远、柔靡,如月之婉约、莲之清丽,具有一种自在澄明的诗境和娴静安详的心境。既充满想象与童心,譬如"樱花树的身体里/一定装着一只闹钟吧/要不然,每年它怎么都会/这么准时地开花呢?"(《樱花树》)、"紫色的绣球花立在桌上/一团冷却的火/圆形小剧场"(《绣球花》)等,又不乏深邃的哲学思考,譬如"它的面前没有真正的观众"(《时间》)、"如同空这个字/仿佛雨后之彩虹/如同有这个字/仿佛水中之明月"(《空与有》)、"没有什么比相爱更好的命运/没有什么比苦难更接近幸福"(《生命的礼物》)等,特别是《爱和分享才是最根本的治愈》一诗,可谓一部微型"治愈"哲学书。

　　评论家陈超说,"好的诗歌无疑应有质实的精神重量,但从诗的本体依据上看,诗歌毕竟是轻逸的生命灵韵或性情之光的飞翔。在许多时候,如何以轻御重,以小寓大,以具体含抽象,就成为对诗人诗艺和真诚的双重考验"(《看似寻常实奇崛》)。诗集《礼》正是这样一部飞翔着"轻逸的生命灵韵或性情之光"的诗歌作品。卢文丽的大部分诗歌都是轻盈飞翔的,即便是像《丝路》《蓝鸟》《出塞》这类风格沉雄的诗歌,由于诗人出色的驾驭能力,带给读者的也是一种飘舞灵逸的观感。多年以来,卢文丽的诗歌创作一直坚守自己,所受西方现代诗歌艺术影响较小。坚守的副产品是孤独,甚至是封闭,因而她的独唱就显得有些寂寥。或许,在今后的诗歌创作中,适当开放自己,是诗人必须选择的一条精进之路。

(2018-01-18)

(刊于《江南诗》2018年第3期、《浙江作家》2018年第4期)

浩渺的人生忧思与苍茫的宇宙意识

——读韩高琦《一座景观桥,拉伸着瑜伽的彩虹(组诗)》

　　韩高琦先生是一位诗坛老剑客,20世纪八九十年代即在浙江诗坛享有盛名。他的诗歌创作,是一种纯正的知识分子写作,对待诗歌艺术谨严、虔敬,诗歌语言精密、准确。随着生命年轮密度的增大,近几年来,特别是在他从事重大工程项目管理工作之后,其关注的焦点,由人类自然生态与政治生态,更多地转向了异度空间与外星文明,转向了对生命奥秘和宇宙奥秘的哲学思考与探寻。诗人对人类生死的玄奥、幽冥世界的诡异、UFO的真幻、外星生物的有无等,产生了孩童般浓烈的好奇心与探究兴趣,以及哲人般深刻的玄学思考,诗歌风格发生了较大的流变,人生忧思进一步加深,宇宙意识进一步强化。与此同时,他的诗歌,源于现实失常与幻象逃离而导致的玄秘化和哲学化特征,亦变得更加鲜明。

　　《一座景观桥,拉伸着瑜伽的彩虹》是诗人的一组新作,共十九首:《雪》《康多兀鹫》《冬天苍白》《被快递出去的原址》《皂花雀》《冬游北雁荡》《我沿江看过去》《陌生》《刺猬》《辣椒》《久违的阳光》《建盏》《鸡蛋》《遇见一棵不知名的树》《香烟》《洋葱》《幽浮》《肺鱼》《马蜂窝》。这组诗歌,首先当然是建基于诗人雄奇而斑斓的想象力之上的,譬如《康多兀鹫》《幽浮》《建盏》等诗篇,不仅表现了一位中年实力诗人遒劲的笔力,更充分地展示了一位老诗骨强大的想象力。即令是组诗标题,亦悬挂着一道瑰丽的想象的彩虹。

组诗体现了诗人对现实的深刻关怀,郁积着诗人的多重人生忧思。按诗人在诗歌《雪》中的说法,这组诗是他"从上海到天台山"的产物。"这段距离如此美好/开启了我个人的唐诗之路。"照理来说,这组诗的主格调应该欢畅明快才对。然而事实恰好相反,它给予我的最强烈的读感,却是"壹似重有忧者"(语出《礼记·檀弓》)。即令是如大部分篇幅都极书新芽之靓与飘雪之美的诗歌《雪》,到了最后,诗人的情感依然如巨石坠地,跌入忧伤的深潭:"而炉火旁虚拟的她/不过是由哀愁打造出来的镜中花。"

《一座景观桥,拉伸着瑜伽的彩虹》这组诗篇,是诗人的一组人生忧思录,它至少呈现了如下三重人生忧思——

时光里的乡愁。光阴流逝,年华渐老,童年远去,故乡沦陷,物是人非,沧海桑田。时光的车轮,碾压着诗人的心田,留下深深的辙痕。"活着并无奇迹。孩提时代的高举/与跌落:生,就是一道伤口。"诗歌《被快递出去的原址》,全诗四节,每节都以"活着并无奇迹"起首,回环往复,一唱三叹。当年繁盛的老宅院,如今"荒废着新聊斋传奇";当年无忧无虑撒欢嬉戏的童年乐园,如今已破败萧索。回不去的童年就如一封"被快递出去",却没有收信人姓名与地址的物件,"这一阵清风呵,如今却不知所终"。诗人站在故居前,悄然,恍然,怆然,泫然。另一首诗歌《皂花雀》,书写诗人回到曾经居住了十年、庭院东首长着几丛斑竹的老宅,看见阴凉处一只美丽的皂花雀,勾起了无限伤感,流溢的同样是"生之留恋等同失败,片瓦不留"的物哀。时光不仅将人带离童年与故乡,也常常成为隔离亲人与朋友的银河。组诗中的《久违的阳光——兼致俞强》一诗,抒写的就是诗人在台州椒江管廊工程工地,怀想朋友的孤独与惆怅之情:"思念归于远方的兄弟/前晚,我切了半斤牛肉/一壶黄酒煮开了虚无与缥缈:/灯光下,照样对影成三人。"

社会坍塌中的沉吟。组诗直击世道人心,对消费主义浪潮汹涌导致的人心的隔膜与冷漠、人性的变异与沉沦,进行了真实而精准的勾勒与书写:"陌生的行人/毫无诗意,彼此在交汇的一瞥中/往往擦出一份戒心"(《我沿江看过去》);"陌生灌满熟人之间的空隙"(《陌生》);"有人手持宝剑——/锐利部分沦为表演的噱头/在自欺欺人的招式中/风车和对手逐一倒在剑锋下"(《刺猬》);"更多的是大面积种植/那些开着小白花的商业动机/改变了其中的基因/——野性渐渐被驯服"(《辣椒》)。与此同时,组诗更对社会肌体的病变与溃烂进行了犀利而深刻的揭露与批判："火星一样死寂的荒原/一个下午的冷却升上他的身躯/社会的每一个细胞均在癌变?"(《香烟》);"这个冬天的雨水敲打着铁皮鼓/新闻正在联播——/政治家与戏子,脱衣跳舞/……/天色越发暗重""诗坛更像一个名利场/原则能否坚持?叵测的天意/越来越窒息的空气"(《冬天苍白》)。面对社会的整体坍塌,诗人感到沉重而苦涩、痛心却无奈,唯有孤标傲世、独善其身,保持灵魂的高尚与芳洁。诗人说,"离开人群,翻书的双手会更干净/我的话越来越少"(《我沿江看过去》)。在浊流滚滚的现实生活中,这双干净的翻书的手,应该成为时代获得救赎的一个隐喻。

对诡谲命运的感慨。我将组诗中的《肺鱼》一诗视为诗人的代表作之一。这首诗抒写了一条非洲肺鱼的悲剧命运。在黑非洲草原,一浪高过一浪的热浪烤干了一处河塘,生存在河塘中的一条肺鱼潜向泥土深处,"像瑜伽师一样调整了呼吸的器官:鳔代替了鳃/它用高于润滑油的黏液/笼罩自身的天堂——它睡在里面:婴孩一样甜蜜",等待下一个雨季的来临,却不料被裸身的土著砌进了泥墙。泥墙在热浪日复一日的炙烤下,变得像混凝土一样坚固。就在肺鱼完全绝望的时候,随后到来的雨季,将泥墙打湿、泡软,肺鱼从墙体上松落于地,重获生机。肺鱼"顺水而下",向着不远处的河塘游去。经历九死一生的肺鱼眼看就要被彻底拯救,却不料被一只早就守候在前方的超级怪鸟鲸头鹳拦腰叼住,一口吞入腹中。命运的无常与残酷,令人唏嘘。这首诗应该是诗人对昔年所看过的《动物世界》之类电视节目镜头的再现,整首诗描摹精准、叙事饱满、推进有序、曲折有致,在对肺鱼离奇命运的叙述中,抒发了一种对生命的深刻悲悯,既充分展示了叙述在诗歌中的艺术魅力,又充分展示了一种沉雄的生命悲剧意识。

从艺术表现手法上来看,《一座景观桥,拉伸着瑜伽的彩虹》这组诗篇,呈现出两大迥异于其他诗人诗作的艺术特征——

一、"韩式用典"(或"新用典")

这组诗歌,在艺术表达上有个非常鲜明的特点——"用典"。诗作或明或暗,频频引用现当代典故或术语,有时引用文学之典,有时引用史学之典,有时引用科学之典,有时引用哲学之典,呈现出非常强烈的个性艺术特征。这种用典,明显不同于以引用古籍中的故事或词句的传统用典手法,而以引用现当代的人物和术语为主,似"典"非"典",我把诗人的这种用典方法命名为"韩式用典"(或"新用典")。

文学之典。如:"一个写诗的,却喜谈库切/喜谈那只芝诺甲虫/……/我们被引领,一条溪涧裸露/贝阿特丽切的胴体"(《冬游北雁荡——兼致冉正万》);"最终,归于贝阿特丽切的引导"(《久违的阳光——兼致俞强》)。上述二者引用的是外国文学之典:诺贝尔文学奖得主库切和《神曲》中的维吉尔与贝阿特丽切之典。"我喜欢倪云林,还有周作人"(《我沿江看过去》),用的则是中国元末明初画家倪瓒与现代文学家知堂老人之典。

史学之典。如:"一首推倒的诗,将忘掉那些/芳香的异名:杜蘅,芷姜,班昭/卫烁,薛涛,希昭,韩星圆……"(《陌生》),用的是中国古代几位名女子之典。诗歌把人和人之间的相互理解与沟通比喻成一只完美的"柠檬",把人和人之间的隔膜与陌生暗喻为"刀",把这几位女子暗喻为被隔膜之刃所切开、不被理解甚至被遗忘的"孤芳者",以此表现"陌生灌满熟人之间的空隙"的诗歌主旨。

哲学之典。如:"如果让牛顿想,那就等上八辈子/最后介于死与活之间:目标,不过是一只薛定谔的猫/偌大的地球思维,寄希望于不确定"(《幽浮》)。所谓"薛定谔的猫",原是一个量子力学思维实验、一个科学术语,但因为这一思维实验,带给人类的不仅是科学的智慧,更是一种从不同角度来看待这个世界的哲学启示,因而更具哲学意味和价值,可归之于哲学之典。

科学之典。组诗《一座景观桥,拉伸着瑜伽的彩虹》最引人瞩目的用典是科学之典,特别是天文科学之典——这也是诗人进入"后中年写作期"以来诗歌创作呈现的一条鲜明的新走向。例如:"银河背后的神级文明从崖顶/落入潭底。在沉睡的卵石中/哪一颗才是索拉里斯星?"(《冬游北雁荡——兼致冉正万》);"收缩的功能在于塑造一个帕斯卡圆球/原地不动:静止状态下的旋转"(《刺猬》);"谁挑战,谁就是灵界的幽浮!"(《鸡蛋》);"它被砌在混凝土一样的/墙体里:理论推测的结果/与薛定谔的猫无疑"(《肺鱼》)……在这些诗歌中,各种宇宙天体、疑似外星文明器物、人类天文实验,以及人类制造的飞行器等,不仅充作了诗歌艺术的有机组成材料,更成为诗人表达个体宇宙观的思想载体。

《康多兀鹫》是这组诗歌中的又一首代表作。这首诗歌,应该也是诗人从电视节目中看见康多秃鹫的相关画面有感而发的成果。这是一篇非常有力度的诗作。"玄色的幽灵,在四维空间现身",诗歌一开篇就写出了康多兀鹫的形色和神秘。有趣的是诗人看到它,马上联想起绰号"幽灵"的诺斯罗普·格鲁曼B-2隐形战略轰炸机。将康多兀鹫比喻成隐形轰炸机,既形象贴切,又准确传神。"通向远古烽燧的一次巡弋——/翼翅笼罩着整个安第斯山脉/空中巨无霸……"诗歌栩栩如生地再现了康多兀鹫巨伟的身形、钢铁般的气概,以及孤傲桀骜、雄视天下的王者之气。最后将镜头锁定于一群"假正经"的红头美洲鹫,它们在康多兀鹫降临时"纷纷退避",在康多兀鹫"向着神坛,腾空而起"后,"几乎同时发力",重新一哄而上,杀回"杀戮、分赃的宴席""你争我夺""瞬间搅起一团灰霾",瓜分腐肉,以这些宵小之徒猥琐、怯弱、卑劣、贪婪、伪善、凶残的丑态,反衬康多兀鹫的王者之风。

二、层层推进

这组诗歌,在结构艺术上也呈现出一个鲜明的特点:层层推进。诗歌的内在结构如树根竹鞭般悄悄爬伸,向前层层推进,随着诗句的深入,不断推出新的意象,不断生成新的诗境。譬如前文所分析过的诗歌《雪》,由"黄金叶的枝条上"努出的新芽,联想到"女婴的美颜",再由女婴引出"父亲":"对于父亲而言,这是一片等待富养的未来江山。"然后宕开一笔,让女婴在暗中成长,长成"倾城之貌"。诗歌到这里为止,前面写的都是美景柔情,然而诗歌到结尾处却来了一个出人意料的逆转:"而炉火旁虚拟的她/不过是由哀愁打造出来的镜中花。"美景陡变哀景,温情顿成忧愁,诗思产生惊人逆转。诗人为什么对着如此美景会产生"哀愁"呢?诗歌的结构恰如相声的"抖包袱",直到最后才揭示出谜底:原来前文只是诗人的幻想抑或期望,而现实的本质却是"由哀愁打造出来的镜中花"。诗歌局部推进,主干开叉,整体逆转,多重生成,体现了诗人精巧的构思艺术。

组诗《一座景观桥,拉伸着瑜伽的彩虹》不仅呈现了诗人浩渺的人生忧思,也呈现了诗人苍茫的宇宙意识。

组诗苍茫的宇宙意识源于如下几方面的因素:一是诗人天生的好奇心和探索欲;二是诗人阅尽沧桑、理想挫败、现实无奈、寻找出路而导致的被动意义上的"移情别恋";三是诗人近年来对宇宙科学兴趣日浓而带来的主动意义上的哲学思考。诗人无疑保持了一颗赤子之心,即令已过知天命之年,仍然对新鲜事物有着强烈的好奇心——"我要问候青冈栎、枫槭或岩壁上的石斛/在他们身上,都有可能吊挂着/马蜂窝的建筑奇迹""这些小精灵不仅是一级建造师/同时也是哲人的代名词/更是古希腊城邦忠诚的卫士"(《马蜂窝》)。诗人不仅如孩童般对马蜂窝兴趣盎然,即令是面对一个鸡蛋,也会浮想联翩,甚而至于展开哲学探寻:"日出又日落/一切似乎可以逆转——/第一个轮回:鸡归于蛋/有形归于万物之元,道生成。"近几年来,特别是在担任地下管廊工程负责人之后,因受"地下管廊"这一独特对象的触发,诗人对玄秘空间、异度空间和宇宙空间的好奇心变得越来越重,体现在作品中,就是诗歌的宇宙意识越来越浓烈——

> 他出现了:在三维空间之外
>
> 的一个"影像传递"中。
>
> 科幻与迷信的结合体,
>
> 悬浮在那里。
>
> 一次近在眼前的遥不可及。
>
> ……
>
> 整整有10分钟。他旋转的舞姿,
>
> 踩在《神曲》的天堂篇上。
>
> 悄无声息的美,
>
> 渐渐收紧贝阿特丽切的蜂腰,
>
> 直至10分钟后的一无所有。
>
> ……
>
> 他,去了哪里?
>
> 一切都超出了现有的标准模型,
>
> 一条虫子穿越一只宇宙苹果:
>
> 从这一头到那一头,瞬间
>
> 实现了量子纠缠的那份甜蜜。

这是撷录于44行诗歌《幽浮》中的几节诗行。《幽浮》是组诗中的一首重点诗歌,叙写的是诗人有一次在上海西郊,目睹一件不明飞行物(俗称"UFO")在天空足足悬浮了10分钟之后所引发的感想与追问。在诗人眼中,这个"在三维空间之外的一个'影像传递'中"蓦然出现的"科幻与迷信的结合体","他旋转的舞姿/踩在《神曲》的天堂篇上/悄无声息的美/渐渐收紧贝阿特丽切的蜂腰",无限神秘,又无限优美。面对它,诗人产生了"一种抽象的温暖/几乎接近天堂般的预感""完全交出了自己"。诗人欣喜于"一条虫子穿越一只宇宙苹果:/从这一头到那一头,瞬间/实现了量子纠缠的那份甜蜜",他的世界观"被颠覆",由此"不肯接受存在所是的事物",并断定"目标,不过是一只薛定谔的猫/偌大的地球思维,寄希望于不确定"。然而,它"近在眼前"却又"遥不可及",它突然出现却又很快消失,亦真亦幻,如电如梦,给人以遐想与希望,却也令人怀疑和迷茫。诗人追问:"如此,背后隐藏着一抹怎样的微笑?"诗人怀疑:"这是真的吗?"诗人迷茫:茫茫太空,最后"它去了哪里?"。

　　组诗《一座景观桥,拉伸着瑜伽的彩虹》另有一个很有意思的情感特征,这也值得我们注意,那就是诗人移植到诗歌作品里的疼爱女儿的深沉父性。我没有问过诗人生的是公子还是千金,但我可以断定诗人一定是一位女儿的父亲,因为诗人无意识地将在生活中扮演的女儿父亲的角色带入了自己的诗歌中。"还未落尽黄金叶的枝条上/又努出了新芽,女婴的美颜/藏在其中,对于父亲而言/这是一片等待富养的未来江山"(《雪》);"我在寻觅黄金的蜂巢/芳香的国度里有我女儿的名字/我一再抱守内心的那份缺失/让她听听回音:/菩提子,绿松石,蜜蜡,南红"(《冬天苍白》)。这样慈爱款款的诗句,一般是只有家有女儿的慈父才能写出的——尽管虚构是诗人们的权利。

　　《一座景观桥,拉伸着瑜伽的彩虹》中的诗歌多取材于日常生活,如《遇见一棵不知名的树》《香烟》《洋葱》等,诗风老辣刚正、稳健厚实,同时又有点怪诞艰涩。诗人"坚持冷门的叙述手艺"(《冬天苍白》),擅长对庸常的日子进行蒸馏,酿出芳烈的美酒。每首诗的细部都雕镂精微、诗意盎然。如:"一朵菊花顺流而下/腐烂的重量搁浅在鹅卵石上"(《冬天苍白》);"佝偻的老宅院传来一声圆月的咳嗽"(《被快递出去的原址》)。整体丰厚华赡、气象万千。兹以诗歌《建盏》为例:"瓷胎的黑釉肥沃/被她喂养的辞章:含铁量同样高/此一时:闽北棉质外衣的粗实/否定了吴越丝绸的冰雪聪明/一切准备就绪。窑内填满未知数/1350摄氏度的考验——/釉料中的铁离子慢慢析出/一旦形成'兔毫纹'/天意所为,无中生有的杰作/远超预设的匠心/除此之外,还能幻化出——/曜斑、鹧鸪斑、褐斑等谜底/收获的错误如此丰富、美丽/那么,请允许我活在意料之外……"诗歌对建盏从选材、拉坯造型、上釉、烧制时火候的掌控、烧制出现的意外惊喜,以及建盏朴拙粗实的独特质地,描状详尽而妖娆,是一首献给建窑的赞美诗。

(2018-04-06)

(刊于《野草》2019年第1期)

何谓先锋？ 何以先锋？

——简谈梁晓明诗歌

先锋是对既有社会秩序和文学格局的反抗。先锋诗歌是一块燃烧的中国诗歌版图。在20世纪80年代的中国先锋诗歌地理图景中,梁晓明是最耀眼的一位。

梁晓明诗歌是一种具有真正先锋精神的诗歌,它完整地体现了先锋诗歌的独立性、创新性、反叛性、超前性和实验性。他早年沉浸在"异域气象"中,"放弃被理解的愿望",一意孤行。他诗歌的创新性与反叛性,可以从他的诗歌创作观中得到佐证,譬如"不要用情感说话,要用内心说话""诗歌是生命而不是情感",等等。他对华丽辞藻、浪漫吟唱和横溢才华的轻慢,他对情感、想象与完美的微词,他超出常规的词语衔接方式,等等,都与传统的诗歌创作观与言说方式大相径庭。

梁晓明的先锋诗是一种高格调的先锋诗。先锋诗也有格调之分,如伊沙、沈浩波等人也是先锋诗人。梁晓明诗歌代表的是先锋诗的一种向上的路径,更多地指向"灵",指向内心,指向精神,是一种"背负着沉重的十字架"的孤独、忧伤的精神性的写作。伊沙、沈浩波等人的先锋诗代表的是一种向下的路径,更多地指向的是"肉",指向身体,指向欲望,是一种狂欢式的世俗化的写作。

梁晓明诗歌的先锋性主要体现在主题和写法上。伊沙、沈浩波等人诗歌的先锋性主要体现在诗歌的题材上,他们的诗歌勇于突破写作题材的禁区或幽暗区域,百无禁忌,以真实性和题材的冲击力取胜。梁晓明诗歌更多地体现在主题的深刻性与语言的奇崛上,在思想与语言两个维度强力创新并形成了自身的独特风格。譬如他的诗歌,多对人类命运、生与死等展开哲学的探寻,呈现出很深刻的知性与智性。

梁晓明诗歌很"狠"。"狠"是梁晓明诗歌区别于其他先锋诗人的最大特点所在。他追求"务尽险绝的诗歌叙述",用词很"暴力"。他的诗歌语言看以简洁、寻常,单刀直入,却异常有力、精确、传神、酷烈,令人惊悸。他创造出了自己独特的诗歌腔调。他20世纪80年代的诗歌语言,譬如《玻璃》等诗,是对语言的"暴动",以破坏性见长。

梁晓明诗歌具有很大的"容留性"。梁晓明说:"一个真正的诗人是:看到,竭力包容与吸收,然后自成山峰。"他没有排斥,只有吸收;没有阵营,只有容留。他的诗歌风格多样,"甚至会有精神趋向和语言路径完全相悖的文本出现"。正如霍俊明先生所说,他是一个"总体性诗人"。

梁晓明诗歌是对西方超现实主义诗歌的一种"合理变形",用汪剑钊教授的话来说,就是一种西方超现实主义诗歌的本土化移植。这是一个了不起的贡献。诗坛有不少"伪先锋",对西方现代诗歌生吞活剥,只有"西方化",没有"中国化"。梁晓明的诗歌实验,一定程度上引领了中国先锋诗歌的发展,影响了中国先锋诗歌的走向。

梁晓明的中年诗歌写作开始呈现出回归传统的迹象。他为人越来越平和,锋芒越来越敛藏,诗歌的知性与智性越来越强化。

梁晓明先锋诗歌在21世纪被重新提起、重新估量,对中国当代诗歌而言,具有巨大的现实意义。中国先锋诗歌20世纪80年代勃兴、90年代委顿,21世纪仍在蛰伏。在诗歌精神一片萎靡的中国当代诗坛,需要一股高格调的先锋诗歌精神的飓风冲击和荡涤。

没有永远的先锋,只有永恒的经典。我们看到,诗人梁晓明为我们留下了先锋诗歌的经典。

(2018年10月20日在梁晓明诗集《印迹》研讨会上的发言)

《散步》:蔚蓝色文明天空下的踱步

谷频诗歌实现了诗与人的高度统一。与他温润如玉的外表相谐和,他的诗歌,整体上呈现出一种温丽隽永的风貌。与此同时,海岛独特的地理环境和海洋文明固有的开放特质,使得他的诗歌在深掘地域的基础上,又大胆汲取了西方现代主义诗歌艺术的营养。他内心的海啸,裹挟着东西方诗歌艺术的风雷云电,形成了温婉蕴藉与怪诞奇幻、既抵牾又融合、张力巨大的诗写风格。谷频诗歌所书写的内容当然是丰富的,但从总体上看,仍清晰可辨两副特色最为鲜明的笔墨:一副笔墨表现为书写大海时的诗思飘举,一副笔墨表现为书写西方文学大师时的哲思深敛。诗集《散步》,呈现的正是诗人在蔚蓝色的海洋文明与蔚蓝色的西方文明中的思想踱步。

岱山群岛是诗人的故乡,也是诗人的"写作根据地"。在这个"东海空出来的最后一块陆地"上,诗人"提灯而来"(《散步》),用"透明的耳朵/去聆听海啸的十二种声音"(《遗忘与永恒》)。诗人把自己对大海的膜拜以及对故乡的热爱,一齐浇注于笔端盐粒般晶莹的文字里。在诗人笔下,大海的礁屿岛湾、海洋的万千气象,如一幅恣肆而斑斓的油画,浮跃于海天之间。而岸边的盐田渔村以及岛上的安详岁月,则如一帧氤漫于宣纸之上的水墨,静静铺展在阳光的翅膀之下。一动、一静,一喧嚣、一安谧,一雄浑、一纯净,一斑斓、一素朴,相辅相成,全景式地呈现了一种蔚蓝色的迷人的海岛日常风情。

诗集不仅绘制了一幅幽邃苍茫、神秘奇诡的海洋图景,更融注了诗人对故乡一片缱绻的情愫。诗人如此抒写自己与故乡的血肉相融:"故乡像米粒正从许多棕叶掉下来/被吸进我们记忆的肺里"(《虚构的端午》)。对于哺育了自己肉体和精神的母亲,诗人充满着深深的感恩:"是海水/每天在喂养我们,酿成血液里的浓盐"(《海洋的流》)。对于诗人来说,"对岸彻夜不眠的灯火便是我的阳光/哪怕你用一生的时间练习遗忘/我们全身的鳞片,必将重新回到海水中"(《二月的岱山岛》)。在诗人心目中,大海不仅是自己赖以依靠的慈母,亦是自己人生启航的港湾;大海不仅养育了自己的生命,更给予自己以人生的启迪:"我们只想找一个干净的海洋/启航吧"(《启航》);"有时死于飞翔也不失为一种崇高"(《深呼吸》)。

诗集中有一个高频率出现的关键词:"潮湿"。如:"久违的故乡就在潮湿的云朵之上"(《无月之夜》);"就像银器隐藏潮湿/大地的身体/有一次不易觉察的虚脱"(《今天阴转多云》);"在离开故乡的那天/挂钟是潮湿的/因为这挂钟是皈依爱情的誓言"(《潮湿》)。此外,在《岛礁博物馆》《灯火》《弱水三千》《在黑白之间》《无月之夜》《在渴望之外》等诗歌中,这类"潮湿"的意象,亦如夜空繁星,随处闪现,让人不由自主地联想起庞德《在地铁车站》"潮湿的黑色树枝上的花瓣"这一朦胧而富含语义的意象。当然,《在地铁车站》中的意象主要是复叠对比,而《散步》中的"潮湿",更多的是写实:既是海边气候特征的真实呈现,也是诗人内心住着一个大海的真实写照。

在这片蔚蓝色海洋文明的天空中,也飘荡着几丝铅云,那是诗人的孤寂与伤怀。这孤寂与伤怀,来自"寄蜉蝣于天地,渺沧海之一粟"的作为人的渺小,更来自坚硬现实对诗人良知的拷问。那是人类对大海的戕害:"我在竹屿港向海豚们道歉/这里的圣境已被游移的帆影移走"(《船过竹屿港》);那是人间生生不息的苦难:"一个人的船长在白壁湾下水/他的前面,是一望无际的苦难"(《七家村的水手》);那更是人性的迷失乃至沦丧:"这个广场多像城市的一件道具"(《穿过夏夜的广场》)、"卑鄙者从墓地偷走上帝的花环"(《在渴望之外》)。正是有了对现实的观照与忧思,《散步》才获得了思想的重量。

如果说诗人对海岛的书写所着意的是对诗意的寻找,那么,《斯宾塞的牧人日记》《勃朗宁夫人的低音》《叶赛宁的田园》《歌德的背影》《我的博尔赫斯兄弟》《抒情的萨福》《海涅的旅行》《持剑的莱蒙托夫》《致艾利蒂斯》《奔跑中的雪莱》《在屠格涅夫猎人笔记里》《济慈窗台上的夜莺》等这组与西方文学大师进行精神对话的篇章，则更多地表现为一种哲学的思辨。这是一组融诗意与哲思为一炉、体式规整、语言凝练、意象纯美、结构自足的诗歌，诗人将自己对大师们的一片景仰之情，通过对大师们人生事迹的追寻、精神的精准把握与刻画、人生与艺术命运的深刻体认以及作品的化用等，同大师们展开灵魂的对话，与大师们相遇于文学与思想的时空里。此外，诗集中《大暑》《立冬》《秋分》《清明》《白露》《立秋》《惊蛰》《芒种》《霜降》等书写节气的诗歌，也是一组诗意与哲思结合得较好的佳作。

　　《散步》在艺术创作手法上，具有浓厚的现代主义特质。这种现代性，首先表现为主体（书写者）与客体（书写对象）的高度融合，并互为镜像；其次表现为奇异的想象与奇崛的意象，以及意象的组合艺术；再次表现为象征、隐喻、反讽、通感、变形等现代手法的运用。例子可信手拈来，如："潮水像黑色的毛毯漫过了胸口"（《漂泊的航程》）；"这是东海不离不弃的骸骨"（《嵊山东崖绝壁》）；"望不到头的街灯是奔跑的狐狸"（《傍晚的花园》）；"乌云多像死亡途中的素描"（《持剑的莱蒙托夫》）；"灯火熄掉的声响比雪崩还要重"（《灯火》）；"那些浮标如浪尖上的花朵／又如同闪电留下洁白的骨头"（《枸杞湾》）……在这些诗句中，主体与客体既剧烈碰撞又强力融合，生出缤纷的想象，凝成奇崛的意象。在诸多现代手法的胶合下，这些相互斥拒的意象圆融地交叠在一起，最终形成了诗歌巨大的艺术张力。

　　海洋，是人类生命起源的地方；西方文学，是世界文学的高地。诗人谷频带着他一双善于发现的眼睛、一颗敏感而悲悯的心，带着他的满脑哲思和满怀诗情，在这蔚蓝色文明的天空下踱步，际遇了人生最美好的风景，收获了丰硕的艺术创作成果。《散步》不仅是诗人诗歌创作的阶段性小结，也是海洋文学的一个范本。

（2017-07-12）

（收入《散步》，大众文艺出版社）

"归来者"：低声部的沉吟
——读诗人石人近作十六首

  诗人石人是一位诗坛的归来者。这位本名石鹏飞、生活于太湖流域的"北回归线诗群"成员，20世纪80年代中后期发表了300余首诗作，并曾获《星星诗刊》《飞天》等诗歌奖十余种，是当时浙江诗坛颇有影响的青年诗人之一。石人在网络论坛年代失踪二十年之久，2015年重新回归诗坛。归来后的石人，其诗歌创作由前网络时代清越的"高音区"，转入了后物欲时代沉郁的"低声部"，诗歌精神与诗歌风格虽仍带有"朦胧诗"的某些美学印迹，但却酝酿着一种新的艺术嬗变。

  《夕光中的松雪斋》等16首诗是诗人近两年的作品。诗人以一种岁月风霜凝结于喉的沧桑而沉郁的嗓音，在生活的低声部，唱出了一曲穿透"灰幔的沉重"和"叹息的阴影"（《在皕宋楼门外》）的当代版"登幽州台歌"。在苍郁宏阔的自然山川、历史人文与现实生活背景中，站立着一个沧桑而孤寂的诗人，用"文字形容的英雄主义"（《荷叶——兼致韩斯》），对着"隐含在另一个国度"（《在皕宋楼门外》）的"彼在"，灵魂独语。他的诗歌，总有一种"此在"与"彼在"的纠缠，总有一种生命的冲突，一种平静中的冲决、臣服中的不甘、失望中的希望、灰重中的一抹瑰丽。生命无奈，乃至悲哀，"目视这些即将消失的人群，我抱紧自己"（《荷叶——兼致韩斯》），"而我所希望攫取的消息，遥远/并随时会噤口"，然而，未来就"如一幅巨型鸟瞰图/昭示未来理想生活的完美形象/替代每一个平面视角都会产生的疑惑/如掀起一侧鳃板/映照孤悬的猩红的弯月"(《太湖鱼鳃》)。从沧桑中归来的人,更敏感于"充满炼金的余烬"(《万寿寺》)中涅槃的烈焰,一如诗人笔下的《富阳黄公望隐居地观〈富春山居图〉》和《丘城遗址》。

这 16 首诗,语言冷峻、沉郁、滞浊、凛冽,写尽生命的荣辱和中年的况味:"名声溶进水墨,笔尖蘸下了稀薄的怯懦/而不敢恣意飞扬,手指僵硬而颤抖/顺着纸边摸索,窸窣的声音替代不了/压制的语言,用一种完美的体型获得/活下去的理由,哪怕恩宠也是一种掠夺"(《夕光中的松雪斋》);"等待巨石滚落/再向上推举,像一架惩罚的永动仪"(《万寿寺》)。历经人世的沧桑,生命已表露出一种深深的无力感:"一些无疾而终的时光,在藤蔓的边缘/已无力攀援。那犹存的血腥依然是/我们沉睡的致幻,陷于开始和终结之间/轮回的旋涡,没有任何流亡的可能"(《丘城遗址》);"与生俱来的绿色火焰已然顷尽年华/如那些先我到达的异乡人,无所依傍"(《在沈阳等待一场大雪》)。然而,尽管胸中的烈焰正在冷却,却余温犹存——那沉睡在余烬中的焰骨并未成灰,继续以信念的体温,"护持盛开的莲花"(《万寿寺》)。

这组诗歌,艺术场域宏大,苍凉雄浑,具有一种厚重的历史感和现实感。例如:"我看到的这一幅漫长画卷,已经被精美地复制"(《富阳黄公望隐居地观〈富春山居图〉》);"大风在拂晓时分劲吹,从没有听到过/比这更沉郁的咆哮"(《丘城遗址》);"在通往故国的驿站,横陈无数皂靴/……/在混凝土/浇灌的城市,它们的喘息贯穿钢筋丛林/包裹一撮死亡微甜的回味/……/更远处,陌生的帝国仍然青花蔓延"(《瓷片》)……雄奇的诗歌意象与意境,呈现的是诗人依然壮怀激烈的生命状态。《蒲壮所城》在这组诗歌中,是一首意象相对比较明朗的作品,主要采用对比的手法,写出了沧海桑田的古今之叹,一种苍茫的历史感扑面而来。而"细长的街巷,出殡与婚嫁逆向而行"一句,更是洞穿了生命的奥秘。

与此同时,这组诗歌在细部雕琢上又非常精微。例如:"更多的人从灰土下爬起/青铜的镜面映射我们,鳞片一样被剔除"(《丘城遗址》);"他们的庞大影子支撑着饭桌,忍不住颤动/散落一串念珠,卡住巷子的喉咙/那含糊的唠叨,使岁月的包浆愈加厚重"(《眠佛寺巷的黎明》);"弧形透明罩/倒映一个漂移的呻吟,惊飞群鸟/窜入荆棘,盛开的莲花攀爬到我身上"(《购物大厦观光电梯下的铁佛寺》)……特别值得一提的是书写乡愁的《太湖鱼鳃》《碧浪湖》。太湖是诗人生命的胎记,诗人无论走到哪里,梦里都澎湃着太湖的涛声:"我独自走出许久/步子如碎浪,溅起却不能自成天地""密集的聚光点,在太湖的生死线上/左右晃荡。试图说明在记忆的苍茫深处/巨浪拍击帆船的轰响,那永不停歇的/生成过往,不仅仅只是枉然虚存/与我构成一种不平等的高度"(《太湖鱼鳃》);"鱼钩和碧波同时在腐烂/而我并不倦怠对于湖光塔影的追寻/从一个浪尖翻滚向另一个浪尖"(《碧浪湖》)。诗人用"太湖鱼鳃"在人世呼吸,像太湖鱼一样忘情于故乡的山水间。这两首诗歌,对意象和情感精雕细刻,笔调从容、舒缓、温馨、深情,一如诗人中年的心境。

诗人不仅擅长自然环境描写,如《万寿寺》《太湖鱼鳃》等,更擅长描写日常生活,从庸常中发现诗意。诗歌《购物大厦观光电梯下的铁佛寺》《雨夜,在观风大厦鸟瞰衣裳街》《眠佛寺巷的黎明》,描写的是现代都市的日常生活;而"朝南的宅院重新被粉刷,掩去了整个家族/在方向转换的途中撕开的一个裂口"的《东梓关日志——致郁达夫》一诗,描写的则是乡野景致。葱茏的诗意,源自诗人对"它们比世袭的农具还要静默"(《东梓关日志——致郁达夫》)的旧时光的缅怀,源自诗人独具慧眼的观察力,源自诗人心笔合一的表现力,更源自诗人浮想联翩的想象力。例如《购物大厦观光电梯下的铁佛寺》一诗,就集中展示了诗人想象力的奇崛:"蚂蚁爬行底下,他们有规律的/行动线路,扭曲而可以达到目的/我俯身鸟瞰,悬挂如一具听诊器/那皮管极富弹性,已隐身其间。"

诗人依旧保持着一种对生活的审视与批判姿态,尽管昔年凌厉的批判锋芒,如今已被日趋宽厚的中年心所包裹——正是这一点,使得这组诗获得了思想价值:"人们很难知道/银楼日渐失去重量,还需要有更多积蓄/遏制更多热望,才能赎回那些缩水的唐装"(《雨夜,在观风大厦鸟瞰衣裳街》);"它并不遥远,我曾经终日穿行于喧嚣深处/和屋檐下声嘶力竭的叫卖"(《雨夜,在观风大厦鸟瞰衣裳街》)……诗人就像一个耳挂听诊器的大夫,"诊听一个御令敕建的佛地金刹"(《购物大厦观光电梯下的铁佛寺》),静听"无声打桩机/在咫尺边缘掘进",感受"断指的疼痛,无法隐忍一场漫长浩劫"(《购物大厦观光电梯下的铁佛寺》),却苦恼于无法开出疗救的药方。

《呼伦贝尔草原的马群》以一种充满自省意识与批判意识的深刻思考,抒写了诗人对地球环境恶化的忧愤。这是一首关涉物质家园与精神家园这一人类所共同萦怀的主题的作品。诗歌第一节,采用广角镜头,描绘了一幅现代物质文明入侵背景下的草原败退图。因为现代物质文明的入侵，造成草原的节节败退，"最后一片绿草向前方荒弃"，马群的饥饿如"黑云统治"的苍穹一样辽阔，嘶鸣是另一个时空的存在，此时的草原，在这些马匹的眸子里，只有勒勒车巨大的车轮碾过草原所留下的一道道纵横交错的深沟，只有草原荒芜的无限悲哀。昔年"风吹草低见牛羊"的"天堂"，沦落为"数倍于哀痛的沉沦"的"倾斜"的"流放"地。

诗歌第二、三小节继续控诉现代物质文明对草原犯下的罪行："吞噬不尽的公路/犹如飞舞的马鞭在额尔古纳河光洁的脸庞/掠下。那劲吹的罡风吹皱了丰汁的乳房。"这些"无形的占有者"，这些只知一味地提着"白铁皮提桶"索取的贪婪者，蛮横地将一望无际的绿色大草原、自由的大草原，改写成了一片"连绵的束缚"的"铁蒺藜"，使马群"涌动着波涛"的"琥珀的眸子"，变成了眼眸噙满"哀痛"；使千百年来草原的主人，变成了"没有尽头的迁徙"的流浪者。这些本性"脆弱"，"眼含世袭的慈悲"，只知"感恩"的生灵，这群自然界的弱者，在欲望无度的人类面前，感知到了比豺狼虎豹这些天敌更为可怕的生存威胁。诗歌第一、二、三节，采用双线并行、对比映衬的手法，以人类之贪婪、暴虐，反衬马群之柔顺、孱弱，以一种博大深沉的悲悯力量，直击读者心灵的柔软之处。最后一节，描写"我和同伴"驾驶的"这辆四驱越野车"，有着"钢铁的躯壳"，看似威武无比，然而面对日趋衰退、日趋"沉沦"的草原，却显得"那么虚弱"。"虚弱"的产生，源于内心的罪感和深深的忏悔。耐人寻味的诗句，表现了诗人忧愤深广的自省与批判。

此外，这首诗在形式上具有一种建筑美，每节六行，每行诗基本上都用标点符号分割为两个语言单位，结构比较规整，可以看出诗人对诗歌建筑美的追求。建筑美是诗歌"三美"（建筑美、音乐美、绘画美）之一，是诗歌美学的一个重要组成部分。表现什么样的内容，需要选择与之相谐的形式；同样，相谐的形式能起到完美呈现内容、丰满内容的作用。诗歌的生命不仅在于它的内容，也在于它的形式美。只有内容与形式完美结合的作品，才是完美的作品。正如美国文艺理论家马克·肖勒所说，"只谈内容本身绝不是谈论艺术，而是在谈论经验；只有当我们论及完成的内容，也就是形式，也就是艺术品的本身时，我们才是批评家"（《技巧的探讨》）。

（2018-09-02）

（见作者新浪博客2018-09-02）

在旧疾复发的诗句中做一个严重的怀乡病人

——诺布朗杰诗歌简评

　　诺布朗杰是当代藏族第四代诗人的代表人物。伊丹才让属于第一代,旺秀才丹属于第二代,扎西才让属于第三代,诺布朗杰属于第四代。伊丹才让和旺秀才丹的诗歌我读得很少,我真正开始喜欢当代藏族诗歌,是从阅读扎西才让开始的。在我看来,当代藏族的四代诗人,前两代与后两代,无论是精神气质还是艺术特质,都存在着明显的分野。前两代偏于传统,后两代充满现代性。扎西才让的诗歌,让我看到了现代诗歌艺术之锤在藏族诗歌艺术的铁砧上敲出的璀璨火花,而诺布朗杰的诗歌,则让我仿佛看到了从炉膛中腾起的一片烈焰。

　　藏族诗歌最大的特点,在于它是一种有信仰的写作。这是藏族诗歌以及其他一些少数民族诗歌最令人迷醉、夺人心魄的地方。诺布朗杰是藏族文化孕育出的诗歌信徒、艺术修行者。我之所以要特别强调诺布朗杰的民族身份,是因为他的诗歌创作,是在一种冲突与融合、封闭与打开、眷恋与疏离、回望与前瞻、坚守与对话、解构与建构、传统与现代、神性与世俗纠葛错杂这样一种社会大背景、文化大背景下进行的。他的诗歌创作所面对的文化困局和精神困局,他内心的纠结与挣扎,是前所未有的。

　　诗歌是诗人的精神地理。诺布朗杰的诗歌,打上了鲜明的民族烙印。作为一名出生在甘南藏区的藏族青年诗人,尽管他采用的是现代汉语写作,进行的是一种非母语创作,但是他的诗歌作品中所流淌的乃是一种藏族血液,或者说是一种母语精神。他以非母语的写作,向母语致敬,向自己的民族致敬。从本质上说,诺布朗杰的诗歌,是藏族诗歌。他的民族身份,对他的诗歌创作影响巨大,无论是作品所选取的题材、意象、所表达的思想、情感,还是所呈现的风格、韵致,都具有鲜明的藏族文化特质,都深深植根于藏族文化土壤。他在对母语精神的眷顾中,不断温习自己的民族身份,确认自己的精神原乡。

另一方面,诺布朗杰又是在民族文化大碰撞、大对话、大融合这样一种时代语境中成长起来的青年诗人。他在坚持藏族文化立场、守护藏族文化精神的同时,对置身其中并享受其利的现代汉语和现代文明,保持的是一种热情拥抱和主动融入的姿态。他所接受的文化哺育和价值输送,他所选取的语言体系和思维模式,他所采用的创作手法和表现方法,都是现代汉语的。他的诗歌创作,是一种"跨语言""跨民族""跨文化"的创作,呈现出一种向着多元文化、向着民族大家庭、向着现代文明融入的开放的气象和开张的格局。

然而,现代化在给人们带来物质条件改善的同时,也给人们带来了故乡的沦陷、肉体的飘零和灵魂的无依。面对沦陷的故乡,面对正在沦丧的民族文化,诗人们的心灵在受难、在抵抗、在呐喊。生活可以将他们的肉体抛掷在异乡,却无法阻止他们对故乡的思恋;现代化的潮水可以淹覆整个青藏高原,却无法熄灭他们对那一片圣土的热爱和信仰。没有什么能割断他们与民族精神与母语文化的血肉联系,相反,在深情的回望和虔诚的坚守中,他们对民族精神的朝圣与把持、对母语文化的自信和弘扬,正在不断地深化、强化与坚化。

诺布朗杰的诗歌创作,植根于甘南藏区一个名叫勒阿的偏僻小山村。勒阿是诺布朗杰的出生地和成长地,也是他诗歌创作的根据地。如同威塞克斯之与哈代、伦敦之与狄更斯、马孔多之与马尔克斯、奥克斯福之与福克纳、绍兴之与鲁迅、湘西之与沈从文、北京之与老舍、高密之与莫言,勒阿对于诺布朗杰,不仅是他所抒写、所呈现的诗歌地理,更是他永远的乡愁和疼痛。它是连接诺布朗杰和藏族文化的脐带,是诺布朗杰诗歌创作通向母语精神的隐秘血管。"这是藏语的故乡/它叫:勒阿!/如今,它已经/翻译成了汉语",这首题为《勒阿》的短诗,隐含了多少无奈与酸楚,饱含着多少心灵的隐痛。

诺布朗杰的诗歌写作,是一种疼痛的写作。那是一种怀乡的疼痛。诗人是一个严重的怀乡病患者："我的诗句旧疾复发，染上严重的怀乡病/……/我的诗句在我伤口上撒了好多盐/这么多年，我一直都感觉到疼"（《勒阿即兴》）；"我说勒阿、我写勒阿、我也梦勒阿/我盯着勒阿不放//我用一行病句问候鹰翼下的勒阿"（《勒阿写意》）。在一声声深情的呼唤中，他的灵魂，一趟趟潜回那魂牵梦萦的家园："贫穷的勒阿/苦难的勒阿//母亲乳汁下，饥饿的勒阿/次曲里流过的，眼泪的勒阿//清晨，升腾着炊烟的勒阿/黄昏，煨着桑的勒阿//山坡上，牛儿啃草的勒阿/山谷里，风儿点头的勒阿//朵迪里婉转的勒阿/口里失传的勒阿//埋葬过祖祖辈辈的勒阿/养活过祖祖辈辈的勒阿"（《勒阿十四行》）。怀乡，已成诺布朗杰心头难以治愈的痼疾。

诺布朗杰的痛是一种思念的痛。为了追寻人生理想，他告别了故乡，来到遥远的城市。他说："我把母亲留在了勒阿/你们如果想看我的母亲/我就给你们推开那座山，推开那片森林//我把父亲留在了勒阿/你们如果想看我的父亲/我就给你们挪开那片雾，挪开那场大雨//我把我留在了勒阿/你们如果想看我/我就给你们拆开我的诗句，拆开我的词语"（《勒阿短句》）。诗人身在异乡，心却留在了故乡。"在高处，被风悬着/我们在籽下乘凉/多年以来，母亲庞大的身体/被我们切割着。臃肿的伤口上/我们练习呼吸、生长/这粒被放大的青稞籽里面/住着小小的我们"（《母亲是一粒被放大的青稞籽》）。乡愁像一柄利刃，在他的心房猛戳："一穗青稞里，藏有多少粒青稞的心/顺着一粒粒心/就能触摸到勒阿的饥饿//多少粒心呀！围着一穗青稞/在风中摇晃/小小勒阿，蜗居在青稞中央"（《小小勒阿》）。他只有祈求上苍："让我梦见勒阿/让我梦见勒阿的一片经幡/让我梦见经幡里打坐的喇嘛/也让风吹进去，替我问候故乡"（《勒阿小语》）。泣血的思恋、缱绻的恋歌，构成一种肉体不在场的精神在场。

诺布朗杰的痛是一种失去的痛。在现代化大潮的席卷下，诗人的故乡也在沦陷："在勒阿，我碰见了好多这样的石头/被三轮车拉过来拉过去/后来，我在一座房子折断的脊梁上/发现了这块石头/它头顶着，岌岌可危的/家园"（《在勒阿，我碰见了一块石头》）。家园的沦陷，导致诗人精神的迷失："夜是梦的故里，曲没有声音/小小的是勒阿//小小的勒阿在今夜小小的/月光照耀。我在唱着小夜曲//心底发出来的声音/谁也听不到//我在唱着自己的小夜曲/我一个人在唱着小夜曲//我孤苦伶仃/我无依无靠/夜是所有故事，曲来自心底/小小的是我和勒阿"（《勒阿小夜曲》）。谁也无法阻挡美好家园的消失，诗人唯有把它永远珍藏在心底:"藏好勒阿。最好别让我找见/我害怕触碰伤口/鹰退出天空。一粒青稞挣扎最后的雪域/此时,我正迷失在经幡上某一行经文的内容里/内心荒芜,长满荆棘/我早就说过:我所认识的历史还有待考证/藏好。该暴露的也得藏好/学着纸里包火,用自己的伤口呼吸"(《藏好勒阿》)。

诺布朗杰的痛是一种找寻的痛。风云怒卷,高原倾斜、精神坍塌、文化变异:"羚羊远去。用一尊羚羊雕塑代替/就像多年前奔跑的牦牛/多年后以图腾的方式存活"(《在羚城广场》)。现代化的巨笔将心灵的版图涂改得面目全非,"时间之外。次曲怀着哭泣的心情/再次从我身边流过/我摸到了它的湿。以及喘息"(《次曲从我身边走过》)。诗人背起诗歌的行囊,开始了寻找。他要在一片迷乱的星空下,找回那失去的世界:"容许我只写四行。这是属于我一个人的空间/鸟儿飞倦了,把天空腾出来让我虚构/紧紧攥住被勒阿漫过的语言/我的一生,都在自己布下的牢里"(《写给勒阿的四行诗》);"菩提结果。结出壁画、堆绣和酥油花/坍塌的哀伤再次呈现/那些丢失的记忆似乎慢慢回来/被凿了世世代代的壁画/被刺疼了的堆绣/被艺僧温暖了千年的酥油花/一时间渗入雪域/一尘不染的词语洗涤它们/并且诉说出它们内心的秘密"(《塔尔寺》)。

诺布朗杰的诗歌写作,是一种神性写作。欲望向下,信仰向上。经幡飘动,神灯点亮。唐卡璀璨,众神降临。风吹高原,颂声四扬:"是谁煨的桑/把众神请到了人间/又是谁把失群的甘南/藏在我苍白无力诗句后面"(《甘南》);"风吹勒阿。那片熟睡的经幡/梦见了自己的前生/静静的山坡上,几声鸟鸣突然浮出来/又沉了下去//我正在点一盏亮在神怀里的灯/灯盏含风。住在灯里的风/让整个灯有了恐慌不安的心"(《风吹勒阿》);"太阳升起。这是上帝寄存在人间的光阴/落在勒阿饱经风霜的肩上"(《勒阿晨曲》);"贫瘠之地。在神灵的庇护下/含满黄金"(《勒阿速写》);"比遥远更远的地方,风打开自己/经幡飘荡。我听到风/在一遍一遍解读,经幡上的/神谕"(《经幡飘荡》);"又一声鸣叫。好像画不是画出来的/而是喊出来的/突然,这只鸟已经飞出甘南/它正是唐卡上嘉木样大师的护法神"(《一只鸟飞过甘南》);"嗡嘛呢叭咪哄/这是勒阿传达给我的声音/我从山坡上赶着牛下来/在葬过祖父骨灰的地方/念了一句:/嗡嘛呢叭咪哄"(《勒阿谣》)……诗人虔诚而纯净的民族宗教信仰,在一长串藏族经典意象中,闪烁着神性的光辉。

诺布朗杰的诗歌写作,是一种抵抗的写作。诗人以敏锐的感受力和洞察力,看到母语文化和藏族精神在高原之外的现代化大潮的侵蚀下,已现重重危机:"隐藏在它们体内的疾病和灾难/待在暗处。无人察觉"(《塔尔寺》);"不止雨水,雷声和闪电都住进你的身体/天空早被淋湿/仓皇出逃的云朵会遇见彩虹吗? //被黄金贿赂过的太阳/它要烤焦你/你再看看。那自斟自酌的河流/它就没有打算为你解渴"(《致勒阿》)。面对步步进逼的现代化攻势,诗人发起了内心的抵抗:"我不想在月里故弄玄虚/正正方方的汉字中,到处奔跑着/圆滑的人。如果可以/我愿意在陡峭的藏文边缘/偏安一隅。不说月亮/只说我的同胞"(《夜晚,我在勒阿读月》);"牛羊入睡,只有梦一直醒着/母语里降生的勒阿,今夜浸泡在汉字里//花开出凋谢。月破碎成星/而时间在我皮肤上留下的,只有自己知道/一遍一遍地,我在切割自己/我一次次惶恐,我一次次折磨自己/掺和着粮食味的勒阿/却始终无法喂饱一个饥饿的人/……/我与一群小矮人站在一起/可是我更向往高大/我更向往在勒阿,把自己碾成一条路"(《夜读勒阿》);"墨/指的是/笔下的窄地//墨/指的是//勒阿的黑土/墨下面的土啊/其实就是/寸土不让"(《墨与勒阿》)。

　　诺布朗杰的诗歌写作,是一种寻根的写作。它不仅是时代在诗人的灵魂中留下的隐疾暗伤,也是诗人的自我疗救;它不仅是诗人的被动抵抗,更是诗人主动发起的一场新的精神寻根和文化寻根。那是一片难言而缱绻的情愫:"我的唇边,埋伏着多少词语/我始终无法脱口而出/只能省略"(《勒阿偶梦》);那是一笔丰厚的精神遗产和文化遗产:"河流是泪水喂养的眼睛/清澈。辽远/把高原古老的命脉伸向天之外/逐水而居的先辈们/在河流里看到了自己/他们留了下来,在这儿生儿育女/战争。饥饿。瘟疫。疾病/那时候这些事总会频频发生/河流目睹过这一切/千年之后,我独坐河岸/面对流淌着历史的河流/我怎么不能说/这是无名氏遗留的巨著?"(《对一条河流的反思》);那更是诗人永远的血缘之根、精神之根和文化之根:"牧鞭就是回家的路"(《黄昏》);"蜿蜒的山路向勒阿深处拐去/我们经历了山路的曲折/才回到勒阿//多少年前离家的时候/这条山路紧紧拴着勒阿/多少年后我们回来了/这条山路依然拴着勒阿"(《山路》);"连云朵都要浮在天空/我还不能说:勒阿淹没在一摊浑水里吗? //我错了。其实牧人不用牧鞭/照常可以揣摩牛羊的心思/我将自己困在自己写下的病句里/像一个给盲人指路的人/而勒阿更像指路的人,我却是/那个盲人。枕着石头做梦"(《勒阿写意》)。只要牧鞭还在、山路还在、诗歌还在,诗人的生命之根就永远不会迷失。

诺布朗杰的诗歌创作，以一种与藏族精神血脉相融的虔敬、炽烈、深情、恒久的感恩情怀，一种纯粹、简约、率真、古淡的语言艺术，一种既充满母语美学自信又虚心汲取现代艺术营养的创作异质，乃至一种母语和汉语既冲突又融合的文化交汇，直抵人心。他的诗歌，是一种用信仰炼成的文学珠玑，既具有艺术欣赏价值，又具有文化研究价值。

（2015-03-07）

（刊于《陇南文学》2015年第1期）

《士兵花名册》：让热血与忠诚重新集结

　　诗人陈灿从20世纪80年代初中国南疆的那场战事中撤下来，已经快四十年了。近四十年来，他的内心深处，一直萦怀着那场战事，萦怀着那些长眠在麻栗坡的战友们；也一直未改对祖国、人民和军队的热爱与忠诚。这位曾在猫耳洞里写诗，身负重伤在病床上躺了两年依然不放弃诗歌创作的战士诗人，康复后更加执着地投入了军旅题材文学创作。在相继推出了《陈灿抒情诗选》《抚摸远去的声音》《硬骨男儿》等诗集和长篇报告文学之后，诗人让爱、热血、铁骨、忠诚和理想在汉字中重新集结，新近又推出了诗集《士兵花名册》。这是一部献给老兵的诗歌花环，表达了"一位老兵对众多老兵与老兵精神的捍卫"（章闻哲语）。陈灿的人生经历是独特的，他的诗歌在中国诗坛也是独特的。其人其诗，高度合一，以一种无比真实与真诚的力量，直击人心，具有一种独异的人格和诗格。

　　把握陈灿诗歌的情感特点和艺术特点，可从"真""爱""美"三个方面入手——

"真"：远离矫饰的感动

　　陈灿诗歌最打动人心的地方，就在于它毫无矫饰的真诚、真实与真情。它把用血书写的诗篇放在天平上,使一切矫情的诗歌都失去了重量。那"一句句滴血诗行"(《八月,站在灵魂之上》),既是一曲曲英雄赞歌,更是一声声对牺牲战友泣血的悼挽与深情的呼唤。这部分内容的诗歌,是《士兵花名册》情感最炽烈、最动人、最直抵人心的力量之所在——

"我要一笔一画一丝不苟地写/我要把你们喊不醒的名字写活/我要让你们碎了的名字/整整齐齐列队/请老连长按着这个花名册/再点一次你们的名字/我仿佛听到队列中那些空了的位置上/回声四起"(《士兵花名册》);"现在开始点名——/我要把你的名字喊醒/我要把你倒下的名字/喊起来/站在墓碑上"(《点名》);"我来到昔日的战场/找到了我的阵地/站在当年倒下的地方/我突然感到视线模糊/语言全无/一发渴望中的子弹/再次将我击倒"(《站在当年倒下的地方》);"我没有考证过/文山州麻栗坡的由来/后来这里真的就有满坡/回不了故乡的孩子/他们青春的面容/让整个山坡,战栗"(《文山记忆》)……

只有经历过那场战争的人,或者说,只有经历过那个时代的读者,方能对诗人这种深挚的情感产生代入式的感同身受的体认。在诗集的后记中,诗人将自己的灵魂进一步和盘托出:"我喊着他们名字,我要把他们沉睡的名字喊起来,我希望他们不能就这样沉睡在大山里。""我活着,而我那么多的战友永远躺在了那块红土地上。我一直希望把他们倒下的名字给喊起来。我愿意做一个为牺牲的战友喊魂的人。"这是幸存者对牺牲者的庄严承诺,这更是诗人纯洁人性闪现出的璀璨光华。

陈灿诗歌的真,还表现为一名老兵面对信仰坍塌、精神迷乱、理想丧失、道德失范的当下时代,所产生的忧虑和伤痛:"可是今天/一个从战场上走下来的老兵/常常被一些战争之外的事物击打/他不相信/伤口会被冷漠一直掩盖着/再好的医生也找不到病症"(《伤》);"一把有道德的剑一忍再忍"(《一把剑梦想出鞘》);"我在寻找一支暗箭射来的方向"(《我在盘点自己》)。诗歌《英雄》虽然只有短短两行,却深刻地揭示了往昔英雄今日所面临的真实处境:"战场上一颗子弹/生活中一声长叹。"此外,《不该上锁的阳光》《在某地税务局》等诗篇,同样揭示和抨击了遗忘英雄、漠视英雄、践踏英雄的社会现实,真实地表达了一名老兵内心的酸楚、愤懑、伤情和迷惘。只是,在这和平的年代里,还有谁愿意耐下心来,听一听一名老兵的心声?

"爱"：永恒的星辰

"爱"是陈灿诗歌坚硬的精神内核。作为一名亲身经历过血与火考验的战士，他对军队、对民族、对祖国、对故乡、对诗歌、对在那场战争中牺牲的战友们，都有着常人难以体会的感情。他的诗歌中有大爱与深爱。

对军队的爱。诗人对培养了自己的军队有着无比的热爱之情，心中有着永远不变的军人情怀。诗人如此直抒胸臆："我是一名伤残老兵/在梦中多少次回到队列里/我和你们站在一起/青春焕发，精神抖擞"（《又一个春天开启》）；"虽然我脱下军装已经很多年，但军人的情结一直'穿'在身上脱不下来……脱下了军装，脱不下军队培养成的特质"（后记《拧亮诗的灯盏》）。军人的顽强与忠诚早已随血液进入了诗人的骨髓："那些声音坚硬的内核/依然如轰鸣的雷鸣/震撼着我的情感和灵魂"（《我独自走在怀念里》）；"把灵魂高扬挥舞如旗/至死不肯放弃脚下的忠诚"（《八月挽歌》）……

对祖国的爱。在战士的心中与诗篇中，祖国从来就不是一个虚妄的词："祖国有多辽阔/我的爱就有多稳固与辽阔"（《爱你的样子》）；"当祖国把界碑交给我和战友/我就把脚下的土地当作母亲护佑"（《又一个春天开启》）；"列队，就是一梭子弹/等待祖国一声令下/把自己射出枪膛"（《八月，站在灵魂之上》）；"祖国，我要出鞘"（《一把剑梦想出鞘》）。他们是《这样一群人》："带着战火烘烤过的身躯回到人们中间/他们对俗世显得不大适应/战争中锤炼淬火的灵魂不断承受击打/精神布满伤口找不到那位野战医生/这样一群人啊对脚下的土地/伤痕累累的心和日渐沧桑的脸庞上/永远镌刻着两个字：忠诚。"

对故乡的爱。第五辑"故乡喊我"集中展示了诗人的故乡之恋，这种对故乡的思念之情，因为诗人置身于随时都有可能牺牲的战场，较之于生活在和平环境中的人，表现得尤为炽烈而深沉。"一场激战过后/我听见故乡的炊烟在喊我"（《故乡在喊我》）；"一年又一年啊/把思念的铁磨成了一根针/故乡远远喊一声/便一头扎进童年瘦弱的炊烟里"（《思乡的火车》）；"通往远方的路/是你握在手心里的一根绳子啊/我就是系在绳子另一头/那只永远挣不脱的风筝"（《老屋》）；"那枚我至今仍喜爱着的纽扣/把我同故乡紧扣在一起/一生都无法解开"（《一枚情感的纽扣》）……一种岩浆般的情感，奔涌在这些诗篇的字里行间，漫卷读者的心灵。

"美":战士的美学

陈灿诗歌无疑是属于主旋律的。但它是一种与现代诗歌艺术相结合的主旋律,具有一种刚柔相济、壮美与优美并举的审美品格,呈现出一种迥异于非军旅诗人的"战士美学"。它豪迈、激越、崇高、深刻,又清新、细腻、敏感、低回;人生意志激荡、诗情澎湃,又内心充满悲悯、情感深沉。具体来说,陈灿诗歌,具有如下艺术特点——

时空同构。陈灿诗歌常常借助于联想或幻觉,将同一时间不同空间,或同一空间不同时间的场景对接在一起,构筑历史与现实的联系,追寻时代的精神脉络,营造时空的纵深感,形成艺术张力。例如"他是坐着轮椅来的/坐在轮椅上的士兵拍打着/两条空荡荡的裤管/矫健的步伐只剩下记忆/那年的阅兵式他也曾是/一个英武的排头兵"(《那天,他去看阅兵》),将诗歌主人公在同一个地点(天安门广场)、前后不同的人生际遇(昔年英武接受检阅、今日坐着轮椅观看阅兵)进行连接、比照,表现历史的纵深感。

现场再现。陈灿诗歌擅长再现历史现场,具有强烈的在场感、真实感。如《出征酒》一诗:"把酒瓶盖咬掉,咬掉/口/接住长江接住黄河/举起出征的酒碗/我们豪饮起男儿的烈性。"真实而生动地还原了英雄出征前的热血与豪迈。再如表现浪漫爱情的《你吻过我的额》一诗:"你吻过我的额/在你即将冲向前沿的那一刻/突然转过身来/把一个热血男儿的唇/落在一个女兵的前额。"将一位情窦初开的愣头青大胆而深情的举动,刻画得无比真实,镜头感极强;即令是那些诗意化了的场面,亦真切可感,如在眼前。譬如:"血已经凉了/月光流淌在/士兵的血上/染红了月亮的梦"(《月涌边关梦》)。

战士美学。陈灿诗歌的话语体系属于一种独特的"战士美学",作品中的联想与想象、比喻与象征,等等,都与他的战士身份密切相关。譬如:"你是一条清醒的神经/你是一根清醒的战争之弦"(《战壕》);"一座座坟茔,一颗颗/鲜血浮起的星星"(《呵,老山》);"一只被炸掉的脚掌/……/在离开一条腿/腾空而去的瞬间/像一只鸟/一直在我的记忆中/飞飞飞"(《一只被炸飞的脚掌》);"他的一条腿断了/但断桥没断/还有一座塔/站立在他的身后作为背景/很像他的另一条腿/支撑着一方美景"(《一个伤残士兵的梦》);"军人是一杆/行走的枪"(《行走的枪》)。

　　收录在《士兵花名册》里的诗歌,从制式上说,有长有短,长诗气势磅礴,短诗凝练精悍。前者如《那天他去看阅兵》《跟着红旗进发》《她们要燃烧自己给中国取暖》《涨满热血的河流》《中国海》《一把剑梦想出鞘》等,后者如《烈士墓前》《无名烈士墓》《我独自走在怀念里》《一个士兵留下了什么》《战士是一个动词》《轻轻喊你》等。特别是那些短诗,情感沉郁而勃发,犹如匕首,直击心扉。例如:"三十多年没有相见/今天终于站在你的面前/一忍再忍/我什么也没有说/只对着一堆泥土屈下双膝/只对着石头/轻轻喊了一声/你的名字"(《轻轻喊你》)。

　　陈灿诗歌是血与火书就的生命华章,正如他在诗集后记中所说:"我的诗可以拧出血来,我的诗句都是战友的骨头在支撑着。"他是一名老兵,而"一个老兵与其他人/最明显的区别在于/他有一根骨头/一根倔强的脊梁骨/如一尊裸雕/始终坚挺着"(《老兵》)。他把自己全部的爱与忠诚,都献给了脚下的这片土地。正如中国作家协会名誉副主席、原党组书记金炳华先生在序中所说,"他的诗歌洋溢着强烈的爱国主义和革命英雄主义精神,以及对美好生活的向往与追求,反映了一个'战士诗人'的崇高使命和强烈的责任感。读了他的诗给人以催人奋进、奋发向上的一种力量。"

　　因为稀缺,所以珍贵。

(2017-07-21)

(刊于《浙江作家》2018年第6期、《中国纪检监察报》2018年7月31日)

魏风晋骨李利忠

——李利忠诗集《晒盐》序

"蝉蜕尘嚣,睥睨苍穹。"乍一见李利忠兄诗集《晒盐》,我的脑海中立刻浮现出这样八个字。

是的,利忠兄的神貌气韵,是颇契合这八个字的。其形也,丰仪清古,劲健若蝉;其志也,饮露吟风,居高自远;其行也,任诞放旷,纵酒佯狂;其诗也,革故鼎新,持续蝉蜕。

利忠兄是从魏晋的竹径中走来的。他是一个佯狂的酒徒,酒事苍茫:酒局多,酒量大,喝得再多也是泰然自若,深浅莫测,至少我是从来没看见他醉过的。这个当代刘伶,但有美酒,无夕不饮。喝酒业已成为他每天必修的功课,或朋友约局,更多的日子,他一个人在家中或择一小酒馆,独酌至深夜。寒夜寂寥,诗人的孤独与星辰一起生长;诗人手指间那偶尔燃起的一豆红焰,在黑暗中不断放大,幻化成嵇康火星飞溅的打铁砧,光焰寂灭,那委落一地的烟灰,是他思想的余烬。

放诞的背后是痛楚。诗人的体内澎湃着一腔热血与孤愤,那是一种内心的纠结与搏斗、一种对弱者的悲悯和维护、一种对命运的不甘与反抗、一种对不公现实的揭露与鞭挞。酒是液态的火、流淌的剑,是生命意识的炽烈呈现。《晒盐》

中高亢与低回着这种剑火狂舞的生命意识:"他吞进的不只是夜的寒冽/还有一把断剑上的热血/和一个人的仰天长啸/潇潇雨,犹未歇"(《独酌》)。正是这种炽烈的生命意识,成就了一个有灵魂的诗人,还有这部有灵魂的诗集。

生命意识的燃烧,源于一种对理想的追求。诗人以梦为马,行走在生命的戈壁中。他选择诗歌,以诗歌写作来拯救自己。他说,"可以用诗歌邂逅的地方/都是好地方"(《好地方》)。生命意识的燃烧,还源于一种对纯洁情操的退守:"松开血液中的披挂/撕下身体的伪装/融入这被秋天小心翼翼噙着的湖水/除了天光云影/执拗地拉开与尘世的距离"(《仙山湖》)。以退为守,永葆灵魂的纯洁,正是千百年来中国文人的一曲悲歌。

诗人都是灵魂的独语者,他们常常将自己从身体中拔出,置于灵魂的面前,以自己为镜,进行自我审视。《晒盐》充满着诗人对自我的省察与追问:"呢喃中/一条溪渐趋恍惚/不能明确判断/我是它有爱有良田的部分/还是有着复杂野心或沉闷的部分"(《夜宿临溪山庄》);《晒盐》以一种切肤的身体书写,呈现了一种疼痛而复杂的中年况味:"我这漏风之躯/早已无数次为生活洞穿/甚至不能贮蓄一滴温暖的记忆"(《漏风之躯》)。

生活的千磨万击,不仅磨砺了诗人的梦想,也磨炼了诗人一种生活的智慧、一种豁达的胸怀:"其实错过了也没什么啊/所有都将交臂而过/就像这飞瀑之于悬崖/像流年之于我们"(《流年》)。当然,更有那不绝如缕的希望之光:"当暮晚的帷幕缓缓落下/我相信悲伤的人会有灯/孤飞的鸟会有窝"(《暮晚》)。

俯仰各有态,得酒诗自成。《晒盐》不独是一部放浪形骸、效穷途之哭的幽愤之书,同时也是一部呈现了生活与生命的亮色与温暖的温情之书。它的主题是一种"多棱镜"。正如诗人在《窗外》一诗中所说,"多少年来,当窗外的天空/呈现如洗的蔚蓝/我们的话题就会自然转到/温情、生命、慈悲和爱"。对温情、生命、慈悲和爱的书写,在《晒盐》中占有很大的权重,这是它之所以能够触碰读者心灵最柔软处的情感秘密所在。

《晒盐》对爱的描写温馨而动人:"我的爱人是柔弱的青草/躲在我冬天宽阔的岩石背后/她想要个长大了会闯祸的/长着满头金色卷发的儿子/如果村子疲惫地歇在路上/我的爱人是热情的青草/她想把儿子美丽地顶在头上/温馨地举到风中/在我远走他乡的日子/我的爱人是倔强的青草"(《抒情曲》);《晒盐》铺展着一幅幅美的画卷:"只要打开门/一树烂漫的花/就会放下矜持向我怀里扑来"

（《一树花》）。诗人屐痕处处,将大地之美、生命之美,尽纳于短章片笺之中。

从艺术表现形式上来看,《晒盐》中的诗歌,多为一种灵感迸发式的瞬间呈现、一种生活画面与生命情绪的瞬息闪光。这种以碎片化的感知与表达为特征,在方寸之间,尽显现代生活迅疾、促急、诡谲、复杂、零碎、微妙、陌生、晕眩、奇幻、宏阔之本质的"吉光片羽"式的诗歌,就是这两年流行于诗坛的"截句"。需要指出的是,在"截句"成为今日诗歌"网红"之前,诗人李利忠早已先行了一步。

诗歌是抒情与想象的艺术。《晒盐》中,奇特的想象如繁花铺地,令人惊艳:"谁能想象/眼前一肚子苦水的大海/会吐出这么多细碎的骨头来"(《晒盐》);"把葡萄种到月亮里去/飘零的岛屿/忧郁的乳房/你要把我灼伤并且埋葬"(《葡萄》)。《晒盐》中的许多诗歌,感受敏锐,充满灵性,多呈一种小令式的温婉:"暮春繁弦急管中/越来越多的花朵/将一生交给跃跃欲试的果实/那滤尽纤尘的甜蜜酒窝/那被自己擂响的心跳吓住的光阴/又都交给了谁"(《暮春》)。

《晒盐》是诗人日常生活的全息写真。尽管这部诗集只收录了90首"截句"式短章,不能说太厚,但它典型地体现了"截句"这种诗歌形式的艺术特征,寓丰富与无限于瞬息与碎片之中。生活中的利忠兄,是一位具有急智诗才的诗人,他的诗歌兼具才情与情怀,人文气息浓郁。利忠兄20世纪80年代末即开始写作,是个多面手,现代诗、古诗、楹联、散文等多管齐下,令人敬佩。

追溯利忠兄诗歌艺术的精神源头,魏晋时代的"竹林七贤",在他身上烙上了深刻的印记。他是我的诗人朋友中,最具魏风晋骨的一位。

天空飘来五个字:诗酒李利忠。

（2017-03-04）

（见作者新浪博客 2017-03-04）

"审美主义"的南音
——彭正毅诗集《来回的南音》序

　　彭正毅兄的诗集《来回的南音》具有唐诗的质地、宋词的意境、汉赋的笔法。它是唯美的、安静的、清越的、朴素的,又是婉转的、散淡的、延宕的、大气的。诗集中的大量篇章,均与诗人在南国的行走有关,故名"来回的南音"。这部诗集,既是一部南国地理的烟霞写意,也是一部诗人生命的光阴叙事。"审美主义"是诗集中高频率出现的一个词,它诠释了诗人对自我与世界的观照与呈现方式。在诗人笔下,天地万物列队行进,南国的风物人事、岁月的声色光影,俱以一种流水清音般的节奏和韵律,滑过石头和诗歌的肋骨。诗人把诗歌交给一段时间、交给一种斑驳,在斑驳中捡拾失落的诗性记忆。

　　《来回的南音》是一幅行走的心灵地图。诗人首先把他淳朴、真挚而炽热的情感,献给了生他养他的家乡。那是一座具有两千三百年建县历史的江南古邑,那是一方"人文之盛甲江南"的"理学名区";那是鱼虾跳跃、稻浪翻滚的"鱼米之乡",那是桨声欸乃、烟雨蒙蒙的风景胜地。诗人以一种浸入式的抒写,对位处信江流域、鄱阳湖之滨的家乡,进行了热忱的讴歌。在诗人笔下,家乡美丽的自然风光,是"山水散佚的一幅长卷"(《缓声,慢处,七零河》),是"审美主义"(《黄金埠》)的杰作:"小桥的眉眼/流水的明眸/是宣纸上一滴水墨晕染的无限"

（《乡情》）。因而,诗人心甘情愿地"交出内心的真诚"（《缓声,慢处,七零河》）。

诗人以高度概括力的笔触,呈现了家乡悠久而灿烂的历史文化。在《琵琶湖》一诗中,诗人以"一支桨,欸乃之声,缓慢从江东图画里摇过/摇来,一百年红色根据地,两千年苍茫白云城/五千年氏族古汗国/摇去,两千年五彩长沙王,七百年大明朱元璋/当代干越三百年锦绣与华章"这样短短几行诗句,就将家乡五千年的历史,提纲挈领地勾画了出来;在《东山岭上的谷雨印象》一诗中,诗人这样显影干越文化画卷上的历史风云:"朱熹客座东山书院,楚辞掩卷,颂吟而去/柴中行、胡居仁负笈而来/王十朋、苏轼、姜夔/和理学名区的美誉携诗歌而来/岁月羊角,挂满诗赋、旗帜及古邑千年的梦想而来。"

在诗人笔下,葳蕤着一幅幅家乡民俗风情图:"在这里,你念及小青衣/鹧鸪就香樟上唱戏/念及桂花落,屋顶就飘起好烟缕"（《唱戏的大山底》）,"烟花,尖叫,步步高/一缕银色,出月宫,凌波湖上"（《中秋夜,烧塔》）;绚烂着一场场大地上的花事:"芬芳的江南,刺绣菜花黄"（《菜花绣江南》）,"肯定是桃花的小妹,没赶上春风的选美/就在秋风中走秀/……/在草滩、鹤汀、凫渚/提着小粉裙,款款地走"（《鄱阳湖的蓼子花》）。咸辣鲜香的干越美食文化在诗行中绽放,如《干越郡,行走着温暖的胃》组诗八首;远逝的家乡传奇人物在诗行中复活,如《彭考先,狂想,或别传》一诗中"嬉笑怒骂皆成笑话"的干越版"阿凡提"彭考先。

诗歌是诗人与时光的对峙与和解。《来回的南音》抒写了时光施与诗人的戕害和抚慰。在一种缓缓推进的时光叙事和生命咏叹中,诗人缅怀如风般远逝的古老乡村秩序:"光阴斑驳中,木门吱呀,转过前朝的旧梦"（《过鲁论堂》）,追忆似水流年,重温那"来自童年的荡漾和欸乃"（《谁在渡口》）,呼唤"走失的孤鹜、喊魂声、草绳渡/纷纷归位,包括神仙"（《适中桥驴宴记》）。时光之殇,撕开了诗人生命的肌理,暴露出其鲜血淋漓的皮下组织:"淤积,劳损,失衡,遍布痛点/曹医生感叹:岁月强加的太多"（《推拿》）。在忽其不淹的时光中,我们听到了诗人灵魂深处的喟叹与不甘。

《来回的南音》的诗学之美,有一个重要的来源,就是这种对旧时光的追忆与挽留。诗人在忽焉中年的生命阶段,体验到了一种复杂而深刻的人生况味:"想到胡居仁线装的山水已散佚,日子就老了/某天,发现石碑的耳朵在听赣剧,我也老了"（《唱戏的大山底》）。在渐渐老去的光阴中,他独自舔舐着岁月刻画在生命中的伤痕,他听到了"时间的过往,尽是骨头构建的呐喊"（《东山岭上的谷雨印象》)。他伸出诗歌的双臂,对匆匆流逝的时光,做出了深情的挽留。他渴望回到那缓慢的旧时光中去,像"一只旧陶罐,不吭声/凭持歪门邪道,抵近原始"(《山水之意,在钓源》),只因为那"缓慢的时光,有一半深陷花香"(《栀子花》)。

如果说,对缓慢的旧时光的缱绻,成就了《来回的南音》这部诗集的美学价值,那么,对大地上的苦难的关注与书写,则充分体现了诗人的良知和这部诗集的思想价值。诗人没有一味地将目光投向美好的事物,他善良而敏感的心灵,也准确地捕捉到了来自生活深处的苦难的颤音。诗人"内心的渔火对抗着无边的黑暗"(《渔火》),在《仍然是莲》《过往中的黄金埠》《佛顶山,一场凭空的水意》等诗篇中,诗人对"无数死过一次的莲:青莲、木莲、水莲、红莲"这些底层乡村女性,"终日端坐/……旗袍一箱,泪流两行"的黄金埠街头的民国寡妇,以及在特大天灾中罹难的乡民,都给予了真挚的同情与悲悯的书写。

《来回的南音》是一部乡土颂歌。它既浓墨重彩地描绘了乡土风物,如《东山岭上的谷雨印象》等诗篇,亦有关于家乡历史的地方志叙事,如《过往中的黄金埠》《康郎山,听无风三尺浪》等。《来回的南音》更是一部母亲史诗、一部母亲颂歌——这里的"母亲",不仅指涉比喻义,也实指生养诗人的母亲。诗歌《止于八十七年,可不可以将母亲送回》以令人动容的人子之心,深情地回溯了母亲"已将风雨、炼狱、险隘、波澜、宁静等词语全部书写/已从容完成/从卑微、渺小、壮大、衰朽到归殡的生命哲学命题"的一生,一步步剥弃岁月对母亲容颜的蚀层,最终还复母亲一副"俏丽的小女孩"面容,新颖独特,真挚动人。

旅行是灵魂的行走。《来回的南音》刻录了诗人近年来的串串履痕。诗人的活动以家乡为圆心,像一圈圈涟漪,向着世界不断拓展:家乡的东山岭、琵琶湖,梅山、梅岭、梅港、梅溪、康郎山、忠臣庙、黄金埠、禾斛岭……上饶的灵山、三清山,鄱阳、万年、婺源、铅山、广丰、横峰、玉山……省内的南昌、东乡……省外的福建厦门、泉州,安徽安庆,浙江义乌,湖北武汉,甘肃西海……诗人一路观景,徜徉于山水之间,他"自选方向,记得住山水诗画的速度/载着岁月的辎重,累了,就歇一下"(《去义乌》)。《青云谱》《婺源轶事》《我是你梵音中的一声桨吟》等大量诗篇,满纸都是旖旎风光,满纸都是奇异风物。

诗人把浩荡的抒情,献给了履痕所至的山山水水。在《在安义,我诗歌的妹妹》一诗中,诗人这样咏叹:"啊,我诗歌的妹妹,如果,有十万只白鹭/正过境安义,欢鸣高歌,那一定是我大醉的诗意/十万抒情。"在南昌青云谱,诗人感受到一种独与天地共徘徊的"江右山水的精神都在这里"(《青云谱》)。风景是心灵的教科书,诗人登高,山峰让他领悟:"登高是一种美学。看得见/神灵近在草屋,朴素/茱萸,上邪,鲜红药用,竟止住时光的痛"(《遍插茱萸》);诗人谒庙,神灵予他启迪:"把日子当莲子,把烟火与水意/当道场和轮回。淤泥间,穷且益坚,亭亭净植"(《杨金高》)。

《来回的南音》也是一部日常生活图志。诗人擅长从庸常的日子中打捞诗意,对生活进行诗意化书写。这部诗集,既有《菜根楼》《适中桥驴宴记》等对朋友聚会场面的描写,又有《装了导航》《过石口,听课》《归途,风雪横飞》等对日常生活的呈现,更有《缓声,慢处,七零河》《过鲁论堂》《鄱阳湖的蓼子花》等对自然风光与乡村民俗的勾勒。在诗人笔下,这些生活镜头,无不具有醉人的芬芳:"老渔翁,喊黄昏,收桨,晒鱼,清点漏网的光阴"(《缓声,慢处,七零河》);"农历十月二十,村头,村尾,村小学/无处不在鼓乐、鸣炮、烧饭。老窖醇厚的/内部,赶来各路神仙/来不及惊叹,艳阳高照,福祉上升"(《过鲁论堂》)。

诗人青年时代有过一段难忘的军旅生涯。思念战友、追怀军营生活,是《来回的南音》一个重要的内容组成部分。在《一连的石头》《我的炮一连》等诗歌中,诗人对那段魂牵梦萦的青春岁月进行了深情的回忆和抒写:"青春时段的全部绿色/曾在我的炮一连集合/立正,稍息,齐步走/包括肉体、血火、众多的远方和命""我的炮一连,是一部永远前进的军事著作/相信,硬骨挥写的远方,是壮阔的留白/铿锵的留白,口令的留白/将再一次集合,春风的脸,山高水长的队列"(《我的炮一连》)。"70位战友,70块流散四方的石头/风光的,落魄的石头,已退却青涩和棱角的石头"(《一连的石头》),诗人对战友的款款深情,令人动容。

《来回的南音》展露了一位纯粹诗人的淡泊情怀。在山水的宁静中,在烟火生活低处,诗人怀瑾握瑜,守卫着内心的纯净。"向退却的隐忍与宁静致敬"(《退却》),是诗人的道德律令和人生信条,他"蓄谋已久,想拥有/一条只属于个人的河流/拥有源头、河床、走向及两岸的风物"(《一个人的河流》)。他这样言说心志:"有人想跻身庙堂,祈求明天的路,平步青云/我却在此问遍生态,山肴,野蔌/无限放大山中淳朴/享用这奢侈的楼上山水,这干净的稼穑之美"(《夜宴,山外青山》);"我依旧喜欢晴空一鹤,四围稻香,百里烟火/喜欢把锦绣挂起来/在你面前,晾晒,披风,做唯美秀"(《我是你梵音中的一声桨吟》)。

　　《来回的南音》是"审美主义"催生的一部诗歌文本,以其个性独具的词语艺术、行文风格和审美特征,与其他诗人诗作区别开来,在江南诗歌中,具有较高的辨识度。"来回的南音"五个字,非常契合诗集的内容特点与艺术特色。从内容上说:(一)"南音"是主要流行于福建泉州一带的中国传统古乐,而诗人曾经的军旅生活就在泉州展开,诗集中的部分诗歌,书写的正是诗人退伍后对军旅生活的回忆、记述的正是诗人在家乡与泉州之间的奔走;(二)"南音"之"南",也可理解为"南方"之"南"、"江南"之"南",诗人的故乡就在鄱阳湖之滨,属于南方、江南,诗集中的大部分诗歌,书写的正是诗人在南方、江南的行迹。

　　从艺术性上说,"来回的南音"五个字不仅画龙点睛,提炼了整部诗集的诗意,更从以下三个方面,揭示了这部诗集的艺术气韵:(一)"南音"是中国现存最古老的乐种之一,其特点是古朴,一如诗人古朴的情怀与诗集古朴的艺术特质;(二)"南音"是弦管,演奏上仍保持了唐宋时期的特色,并不以"与时俱进"为标榜,与诗人退守璞真的人生态度暗合;(三)"南音"用泉州闽南语演唱,地域色彩强烈,一如本部诗集所呈现出的强烈的地域性和乡土性。在现代主义、后现代主义创作手法一统诗歌江湖的今天,这部诗集以其浓郁的古典主义诗歌审美特质,为读者带来了一股清迈的"南音"。

　　《来回的南音》的"审美主义",主要体现为以下几个方面:(一)自然山水的人格化。诗人寻觅到了一条自我心灵通往自然山水的秘密通道,正如诗歌《应天寺》所言,"第一次去,是肉身/第二次去,是诗画/第三次去,可能,是梵音/但一定是肉身走遍梅山、梅岭、梅港、梅溪/一定是肉身将自己放进梅丛与诗画之后",深度浸入,便获通灵。(二)描写风光,擅用白描。(三)叙事强大,融情于叙,展示了叙事在抒情中的艺术魅力。(四)语言风格散淡、温婉、清丽、空灵、纯净、雅致,诗意袅袅。(五)句式文白夹杂,古意盎然。(六)时间的长度与空间的广度相融合,艺术格局开张。

　　然而,笔者认为,《来回的南音》最独特的诗歌美学,还有如下两点:一是诗中多使用双音节、三音节、四音节、五音节短句,语气凝练、急促、跳跃、轻俏,在词语组合方式上,迥异于其他诗人诗作。二是善用铺陈,类似汉赋,开张大气,雄风浩荡。如《大青山,你可以,冠冕堂皇》等诗篇,极尽铺陈之能事:"敕令闪电,掀开岁月沉香的帷幔/展现蛰伏的清泉、金猫、云豹、穿山甲、猫头鹰/隐秘的白鹭、画眉、獐、麂子、野猪,飞斑走兔/深陷山涧的钟声、庙宇的法事及古老的生物链"——自然,铺陈是把双刃剑,过多地使用铺陈,会在一定程度上给诗歌带来表面化罗列和缺少变化的弊端。这是值得诗人警醒的。

（2017-03-21）

（收入《来回的南音》,宁夏人民出版社）

以草为弦,弹奏人生乐章

——沈文军《草帽上的江湖》序

　　初识诗人沈文军,是在《浙江诗人》举办的一次千岛湖采风活动中。用他一首诗歌的题目来概括他,他"是一个有帽子的人"。沈文军非但"是一个有帽子的人",而且是个名副其实的"帽子王"。他做的帽子,销往了世界各地。帽子就是他的背景、他的生活、他的梦想、他的使命、他的呼吸、他的生命,帽子串起了他在世界上的一切。这两年,他在收获了商业上的成功后,早年的文学梦又在心底复活了,他再次拿起了那支因经商而弃置多年的诗笔,非但创作呈井喷态势,而且写出了属于他自己的一片独特的"帽子上的江湖"。

　　诗集《草帽上的江湖》是沈文军近两年的创作成果,也是他的处女诗集。集子中200多首诗歌我都读了,总体内容和艺术特点,可以用"草帽""江湖""故乡"三个关键词进行概括。先说"江湖"。从这部诗集的艺术特点上来看,"江湖"这个词不仅具有比喻义,更揭示了沈文军诗歌风格特点之一:男人、硬朗。"江湖"是男人的世界,草莽、硬朗、质朴、阳刚。沈文军的诗歌,特别是这部诗集第一辑"闯江湖"所收录的诗歌,都体现了这样一种强烈的"江湖"特质,是真正属于男人的诗歌。

　　如果是宋代,我定是梁山好汉

　　今天,我来闯江湖
　　江,是三点水的江
　　湖,是三点水的湖
　　都是水的属性
　　……
　　闯江湖,我有三头六臂
　　有尚方宝剑,有十八般武艺
　　……
　　我进入深邃的,崇尚的
　　伟大的江湖
　　无可阻挡——
　　这是我毕生最大的荣光:江湖

——《闯江湖》

　　摘录的这些诗句,不仅写出了诗人闯荡江湖、搏击商海的人生豪情,更典型地体现了诗人骨子里的男人性格,以及他的诗歌中的一种强烈而鲜明的男性化主体人格。换句话说,沈文军诗歌的主体性极其鲜明,他的诗歌中,站立着一个形象鲜明的男性抒情主人公。这一特点,在他的《在龙泉陈家村刀枪陈列室》等诗歌中,都得到了鲜明的体现。

　　诗集《草帽上的江湖》的第二个也是更为中心的关键词是:"草帽"。诗人说:"我的草帽是一座寺庙""草帽里确实有我的灵魂""我把草帽当情人"。作为一名草帽业经营者,沈文军将自己对草帽的爱,都倾注到了他笔下近百首写草帽和与草帽有关的诗作中。"将一根一根鲜亮的小草/手指弹钢琴似的,编织成/草帽,运销世界各地/艺术般的畅销"(《夜深,前世,今生和后世接连而来》);"当麦草被编织成草帽/当草帽闪耀在艺术的殿堂/当欢呼声赞美声潮水般涌来/麦草兴奋地发出笑声/像盛开的花朵那样灿烂、自傲"(《草帽里》)……一种事业的沉浸感、成就感、自豪感,从这些诗歌中喷薄而出。这是一个独特的草帽王国,一曲独特的事业赞歌,华美丰赡,蔚为大观。仅仅把这近百首"草帽歌"的题目列举出来,就足以构成一座令人目炫的艺术丛林——事实上我也确实这样做了,当我抑制不住地将这近百个"草帽歌"的题目全部找出并排列在一起时,我的心感受到了一阵不小的震动。仅是这些诗题,排在一起,篇幅居然有近千字之多。考虑到版面的美观,思虑再三后,我只好忍痛删除。

　　美妙的音乐传来
　　手指在钢琴上敏捷弹奏
　　似行云流水
　　似高山咆哮

　　是我编织草帽
　　用泥土里廉价的草
　　融入古老手法
　　草帽夺目而出
　　成为艺术品
　　成为精美,时尚的潮流风标

　　我在草帽上
　　编织一首歌。是我带着草帽
　　满世界奔跑

——《手指弹钢琴似的》

　　草帽在沈文军笔下,是心的故乡、灵的庙宇、电的闪烁、弦的铮鸣、鹰的飞腾、草的梦呓、手的魔术、爱的星辰;是生活的体温、待嫁的女儿、T台的掌声、潮流的风向标,是大树,是花圃,是窗户,是山水,是春风,是笑脸,是幸福,是情怀,是江湖,是约定,是秋月,是酒杯,是雕塑,是大海,是秘密,是窗口,是歌唱……沈文军是把草帽事业视为一种极享受的人生行为艺术的,这是一种不凡的经商境界、事业境界和人生境界。他浓墨重彩的草帽之爱,感动人心。这是一个以草为弦,弹奏人生乐章的人。从这一点来说,他最终回归文学创作,实乃一种必然,只不过时间早晚而已。

诗集《草帽上的江湖》第三个关键词是"故乡",洋溢着诗人对故乡的赤诚之爱。第三辑"去故乡散步"就集中抒发了诗人这种缱绻的故乡之恋。在诗歌《故乡》中,诗人如是说:"我的心树起了一面旗帜:故乡";在组诗《草帽的苦与乐》中,诗人这样吟唱:"我是故乡的一顶草帽/无论我走到哪里/草帽里/都弥漫着故乡的幸福和骄傲。"山清水秀的故乡,安眠着诗人逝去的亲人,留下了诗人难忘的童年与少年往事:"父亲拿出锄头,母亲递上镰刀/走上田野,将金灿灿的稻穗收割/外婆在编草帽/帽领处系上了彩虹"(《初夏,弹起三弦》)。"故乡是草帽的心脏/每一次心跳/都跳出时尚和漂亮//草帽的心跳/是故乡的怀念和歌唱"(《故乡是草帽的心脏》)。"一顶草帽总是带在身边/戴上它/就能看到金清江的水/披云山的烽火台/文笔塔上的云/古城墙边的草木//乡愁啊/是一根根绿色的草/是老婆婆拧着草绳的灯火/是在草帽上编织的手/离家多年/我把草帽当故乡"(《我把草帽当故乡》)。故乡的金清江、披云山、山后鲍、盖门塘、梅溪、金闸村、水桶岙、五龙山、白塔村、坑潘村、岭根村、铜门岛、螺溪、乌龙岙、石屏山、石屏河、文笔塔,一切的一切,都在诗人的"草帽上飘扬"(《画草帽》)。

诗人对故乡的爱无疑是炽烈而感人的。"看着大樟树/就想大喊一声父亲"(《大樟树》);"我的行囊很重,背负离乡的故事/故乡就长在云里"(《披云山》)。诗人说:"门外,我是游子/门里,我是儿子"(《门》),即使身在异乡,"我依然热爱泥土,依然喜欢走过的路,抚摸过的石头,仰望过的天空"(《依然》)。"沉默的老屋,像在思索/是否快递遥寄故乡,这么多的海鲜"(《在龙门岛海鲜楼喝酒》)。有时想念极了,诗人就"坐在电脑前,我学画画/鼠标点击着故乡的金清江/……/我要故乡的金清江水/一泻千里,江山秀丽"(《逆流》),在渺渺神思中,"回到故乡,像儿时,在文笔塔下/拿起笔,将心中的桃花再一次赞颂"(《复活,是春天以后的事》),或者长歌当哭,远望当归,"今晚我醉了,远在外乡/又大哭一场"(《凝香的故乡》)。此外在《风吹麦浪》《晨曦的海堤》《大樟树》《清明》《孤傲在梅花中绽放》《老屋》《值得怀念的一条路》《家住温岭》等诗歌中,那些消逝的乡村人事与物事,那已远去的童年与少年时光,在诗人质朴而深情的文字中,也都一一复活过来。

沈文军的诗歌,题材广阔,风格不一。多直抒胸臆,如它的近百首"草帽歌";也有借景抒情的,如《春天,疯狂的油菜花》《大街上一场暴风雨袭来》,还有幽默风趣的,如《到三门,遇见海》。有写日常生活的,如《跑步》《我和哈里一起散步》《在阳光中下棋》《朋友越来越多》《在名悦食府喝酒》《关于手(组诗)》《下班走路回家》《上班路上》《上班中》;也有写生活况味和生活哲理的,如《我和怀疑是邻居》《春天的丑柑,我看到美》《握手》;还有写生活暗流的,如《野菊花不是爱》。有记述游踪的,如《中洲,夜宿茶宿有记》《灵江源上的生命树》《灵江源的瀑布》《灵江源的风》《玻璃天桥,一直走》《在高姥山,与晨雾聊天》《在高姥山,我们谈论高度》《转机墨西哥城,听见音乐》《在石塘》《括苍山重重压来》《桃花源里看梨花(组诗八首)》《幸福》《希望》《摆渡》《神仙居》《在美国遥望祖国》;有写无厘头幻想的,如《幻想》;甚至还有写诡异梦境的,如《夜深,前世,今生和后世接连而来》《神仙居》。等等。

沈文军的诗歌,语言质朴、硬朗、浅近、明晰,多白描,并以生活化的联想和想象见长。他总是能自由而自然地以"草帽"为出发点,向着四面八方充分发散自己的联想和想象思维,将现实与历史、眼前与远方勾连在一起,譬如"前门是帽顶/帽沿是后门/……/站在高高的帽顶上/遥看世事风云"(《我家住在草帽里》)等等,建立起了一套他独有而独特的"草帽"诗歌意象群。从以"草帽"为书写主题这一点来说,他应该算得上是中国"草帽诗"第一人。

沈文军诗歌多短章、短句,像下面这首运用铺陈手法的不多,我个人比较喜欢这种风格大气的作品——

> 堰塞湖,冰川湖,喀斯特湖,火山湖,河湖,风湖,海湖……
> 对湖泊,我的兴致犹如枫叶般火红
>
> 留兰湖,秋罗湖,连蕊湖,玉荷湖香果湖,紫堇湖,醉蝶湖……
> 像一串串珍珠
>
> 将高姥山涮成神奇,涮成富饶
> 景色美丽
>
> 湖,是高姥山的眼睛
> 是高姥山的风情

玉竹,白术,玄参和十万亩杜鹃

在眼睛里睁开

眼睛外,红军洞,娘娘庙和孔府家庙的古朴雄伟耸立

湖,似高姥山的香草沁人心脾

——《湖》

当然,诗集《草帽上的江湖》并非完美无缺,有些诗歌在某种程度上也存在着坚硬有余而温润不足、直白有余而蕴藉不足的缺点。生活中的沈文军虚怀若谷,这是一个人得以持续进步的品德保证和创作动力。从这个意义上说,沈文军的诗歌创作,有着巨大的发展前景,值得我们期许。最后让我引用诗人《顺着你的藤爬》这首诗中的几行诗句,作为对沈文军兄的祝愿——

世界阳光灿烂

我顺着你的藤开始爬山

山有多高,坡有多险

我不知道

我只认定你的藤爬,用力地爬

是为序。

(2019-05-18)

(收入《草帽上的江湖》,中国文联出版社)

《天瑞地安》:地域文化的诗性书写

林新荣诗集《天瑞地安》新近再版了。他的诗歌,以前我读过一些,也为他的诗歌做过评点。这部诗集,与他先前出版的《羞涩的厚土》《涉水之痕》《侧面》《时间在这时候慢下来》等诗集相比较,书写对象自然是不同的,但其艺术追求与艺术精神却是一脉相承的。

林新荣的诗歌书写,是一种地域文化、地域精神、地域情怀与地域情感的诗性书写。诗人生在瑞安、长在瑞安、工作在瑞安、生活在瑞安,一直没有离开过瑞安这块土地。作为一名故乡的坚守者和厮守者,他的诗歌,和当代中国很多诗人的诗歌有着不同,那就是他的诗歌基本上没有"乡愁",但"乡恋"更深。他深爱着自己的故乡,深深地植根于瑞安这块土地,将瑞安作为自己的诗歌创作根据地,深刻挖掘瑞安的地域文化,诗意地展现瑞安的山川风貌、人文风情、民俗风尚和精神风格,描绘瑞安的自然画卷与人文画卷。这部《天瑞地安》,辑一主要书写故乡的自然山水,辑二主要书写故乡的民俗风情,辑三主要书写故乡的先贤人物,是诗人献给故乡的一曲赞歌。诗人也最终借由瑞安这一诗歌创作根据地,开疆拓土,走出了瑞安和温州,走向了浙江和全国。

林新荣本质上是一位"自然诗人"。首先,他大量的诗歌作品,都是以自然为书写主题的。我以前读到的他的大部分诗歌,都是关涉自然万物的。即令是这部收录112首诗作的《天瑞地安》,直接与自然相关的诗作也有71篇,占比超过63%。如果再加上辑二最后辑录的9首与自然有关的诗,诗集书写自然的诗歌,占比超过71%。也可以这样说,正是缘于自然辞典中的海量语汇,砌起了林新荣的诗歌艺术大厦。其次,他的诗歌创作是"道法自然"的,呈现出一种"天然去雕饰"的创作风格,很自然,不刻意;很真实,不做作;很轻盈,不沉重;很率直,不虚伪;很流畅,不拧巴;很显豁,不晦涩。最后,林新荣诗歌体现了自然精神对人类精神的净化与疗治作用。

林新荣不仅从自然万物中获取了丰富的创作素材,更从自然万物中汲取了巨大的精神能量。这种精神能量主要表现为以下三个方面:一是万物平等的世界观。所以他能够蹲下身来,友爱自然万物,与一草一木相遇都能成诗。二是真实不伪的创作观。大自然是毫不掩饰自己的,它喜而为阳光,躁而为风浪,悲而为雨雪,怒而为雷电,哀而为墨云,不遮不掩,不矫不饰。林新荣的诗歌,也体现了这样一种真实不伪、直抒胸臆的艺术追求。三是宁静、安谧的创作定力。所以他能够坚守故乡,坚守创作。他的诗歌中有一种安静之气。这种"静气",就是自然精神对他的赐予。

林新荣诗歌艺术风格偏重于"新古典主义诗歌"。他的诗歌创作以古典文化精神与古典艺术原则为根基,又嫁接了现代精神与现代艺术。他推崇平衡和适度,反对放纵和极端。因此他的诗歌,从形式上看多为短小精悍的篇章,体现了一种简约、节制之美。他追求和谐,既表现为在诗歌外部,追求诗人与自然的和谐、诗人与社会的和谐、诗人与自己的和谐,又表现为他的诗歌内部小与大的和谐、轻与重的和谐、浅与深的和谐、近和远的和谐、简约和丰赡的和谐、朴素与华美的和谐、缓慢与迅疾的和谐、从容与敏捷的和谐。

林新荣诗歌,从外部看,呈现小、轻、浅、近、简约、朴素、缓慢、从容的特点,掘而察之,又能见出大、重、深、远、丰赡、华美、迅疾和敏捷。他的诗歌,追求一种"澄明"之境,一种外秀内刚、外静内动的融合之美,一种自由舒张与严谨凝聚相统一的艺术张力。诗歌语言简约、精细、准确、明朗。气定神闲,静气洋溢;恰如其分,自然天成。而以上这些,都是"新古典主义诗歌"鲜明的艺术特点。因此,从这一意义上说,林新荣诗歌风格,是有着强烈的"新古典主义"艺术倾向的。当然,林新荣诗歌的"新古典主义",不是一种纯正的寓现代精神于古典题

材的"新古典主义",而更多地体现为对古典文化精神与古典艺术原则的承
继上。

（2019-05-26）

（刊于《瑞安日报》2019年5月29日）

《混世记》:日常生活的诗学呈现

对于很多诗人来说,诗歌即拯救。诗人达达(本名詹黎平)的人生亦复如此。多次在不同场合听他说起,在遇见诗歌之前,他曾有过长达十年的梦游状态,整日浑浑噩噩,是诗歌拯救了他。

自从投入诗歌创作后,达达如同获得了重生。人生目标明确,创作呈井喷状,作品遍地开花,频频发表,并屡屡斩获各种奖项,被诗友们谑称为"发表专业户"和"获奖专业户"。在短短几年内,他接连出版了《箱子里点灯》《生活史》《月夜的模拟》《生活史补遗》《混世记》五部诗集,令人钦羡。

由长江文艺出版社出版的诗集《混世记》共分"'说出':梦见记;'岁月':年代记;'思考':老虎记;'照亮':灯火记;'透视':故人记;'观察':下雪记;'在场':行走记"七辑。"混世"有多重意义,既可理解为混沌的人世,也可理解为诗人的自谦之词:在人世苟且偷生。从诗人的本意看来,词意似更偏重于前者。诗人在《跋:诗如光束,照亮混世》中的一番说辞似可佐证这一判断:"一首优秀的诗作,就是对世界真实的局部呈现。所谓的呈现也就是海德格尔指认的澄明,是存在的袒露,是心灵状态的显灵。""我总想探明这个混沌之世的真实""我试图写出一些足够聚光的诗作,如探照灯般,照亮混世。"

达达的诗歌建立了一套稳固的诗学体系,形成了一个稳固的内心结构,体现出一种日常生活的诗意建构和美学建构。正如他在诗歌《说出》中所言,"说出你所看见听见及梦见的一切/不必说出你从未看见听见和梦见的一切容易",他的诗歌,重视对日常生活的关注与表达,很少有虚幻的想象,而更多地指向身边的日常生活,从庸常中见出不凡,于平凡中提炼诗意,揭示日常生活内部所蕴藏的各种生命意象与情感症候,重构日常生活的完整性以及灵肉一体、身心和谐、天人合一、物我相融的统一性。在与时光的相遇中,体验世俗生活的琐碎与丰富、平淡与诗意,表现芸芸众生的生存状态与生命形态,品咂似水流年中的人生况味,在所指与能指之间,妥帖安排日常万事万物在心灵中的秩序。这是一种生活诗歌,更是一种人本主义诗歌。

达达的诗歌种类很全,短诗、中诗、长诗与组诗皆备。《混世记》一个重要的书写题材,是乡村生活。诗人以一副寓深情于冲淡的笔墨,对乡村景、物、人、事与童年记忆,进行了近乎原生态的描写与呈现。诗人伫立在钢筋水泥的丛林中、车水马龙的城市街头,将缱绻的目光投向人生最初的来路,追怀遗落在乡村的旧时光,抒发一个现代乡愁患者对乡土的深情回望。他的诗歌,是一部诗歌版的乡村风物录。在诗人笔下,活色生香的乡村生活、活色生香的童年往事,如一幕幕乡村电影,从岁月深处浮现出来,带给有着类似经历的读者以重回故乡、重回童年的悸动与温暖、怅惘或感叹:

"少时,乡间过年常有各种市集/礼堂里草根班子演戏,锣鼓敲敲打打/操场上,支起一块银幕放映露天电影,一片吹打喊杀/各种集会皆人山人海,欢腾热烈/我们一班小屁孩在人缝里泥鳅般钻进钻出/拖着两条鼻涕喜乐无双/记忆中至今山呼海啸声不绝"。这首追忆童年乡村生活图景的《故乡记》,毋宁说是一幅逝去的乡村民俗风情图。

对于乡村,诗人是有着一种宗教般的深沉情愫的。诗人说,在乡村,"鸡鸣声中尚有另一个人间未被发现"(《鸡叫三遍》);"被雪盖住的青菜依然是青色的/一场雪再怎么大也染不白一棵青菜"(《还有一些雪落在青菜上》);"所有活着的事物中/唯有那一畦绿色的萝卜和青菜/最令人动容"(《从界首到梓桐路过洋田村的漫时光》);"这样的日子多让人踏实/岁月也这样一年一年延续下去"(《组诗:地瓜,粗粝质朴的岁月篇章》)……青菜、萝卜、地瓜,这些低贱、朴素而美好的蔬菜和食物,不仅养育了诗人的童年,更在岁月的流逝中,成了诗人生命中的精神图腾。《组诗:地瓜,粗粝质朴的岁月篇章》浓墨重彩地书写了在贫寒年代里,粗粝的地瓜与生活的息息相关,以及诗人的一片感恩之情。诗人对"那个纯真朴素内心沉静年代"(《纯真年代》)充满缅怀:《行窃记》的调皮、《打酱油》的喜悦、《记住一段流水》的懵懂、《喊风》的童真、《借火》的单纯与美好、《一盏煤油灯》"最温馨的气息",乡村的鸡鸣、菜地、木脚桥、雪景,更不用说,那时还沐浴着正当盛年的父母双亲的深爱……

在诗人心目中,那时岁月静好,那时天真无忧,那时乡村的一切人事与物事,都是亲切而美好的。然而,在时光大潮无情地冲击下,如今的乡村衰落了、沦陷了:"走这条路的人越来越少/村民越来越少"(《从界首到梓桐路过洋田村的漫时光》);"静谧的乡村越来越人烟稀少了/已没有人在黎明时分赶着一头老牛前往沙洲吃草"(《烟火》);"如今我越来越相信/时间是口深井的说法/我们从底层一点一点往上爬/滞留在下面的黑暗和积尘越来越多/我浮浅的目光已不能轻易触及/故乡这块人生的初始之地/直到时光深井轰然倒塌"(《深井》)。这不是诗人一个人的乡愁,这是中国当代所有人共同的乡愁。

达达的诗歌很少华丽的辞藻和炽热的抒情,呈现出一种质朴澄澈、冷静温和的艺术形态。然而,这并不意味着诗人选择的是一种"零度抒情",恰恰相反,在冷静温和的背后,是诗人生命之火的熊熊燃烧。辑四"'照亮':灯火记",就先后以灯火、地火、烟火、柴火、欲火、借火、走火、焰火、烽火、烧火、烤火、炉火、山火、天火、枪火为题,将"火"作为一个重要的诗歌意象展开书写,曲折而深刻地表达了诗人内心对生活的热情与爱。诗人不独将这种热情与爱献给了生身的小山村,亦给予了有着"天下第一秀水"之誉的千岛湖:"我努力按住那些跳荡不已的形容词/小心不让它们掉入湖中"(《穿越千岛湖》)。110行的长诗《水工厂》,更是以一种饱蘸情感的笔调,描绘了千岛湖独有的风物与风情,将一个神秘的水制造王国揭秘在读者眼前。这是一首水的颂歌,更是一首唱给故乡的恋曲。

《混世记》第二大书写题材是城镇生活。如写县城谋杀案的《命案》,写城镇风情的《组诗:骑龙巷漫记》,写家庭生活的《夫妻雀》,写城镇酒馆的《亮哥餐馆》,等等。"一家名叫亮哥的小餐馆,让我回想起这些年经过的地方/总有一些年代外部的灯火/驱逐了人生内在的黑暗"(《亮哥餐馆》)。达达是一个世俗生活的热爱者,尽管他将更多的目光投向了乡村,投向了童年,但对成年至今所置身的城镇生活,他同样充满了眷恋与感恩。

诗人笔下的生活是原生态的:耍奸、滑头的木匠,"如此普通/隐藏在生活里/仿佛是生活本身""是无数个/苦难/但内心坚强不屈/的中国女人"之代表的刘丽梅,"能喝一斤高度白酒、说话干脆爽气"的陈兰燕,"当年的智障者"如今"身边跟着一个丰饶的女人""摇摇摆摆从新安大街上走过来"的邱卫东,"一个把业余时间都用来写诗的女人"郭小姐,不爱素食不爱素妆的"一个普通女人"爱素,"敌不过时光的风蚀/走向了衰老和没落"的老痞子,卖狗皮膏药的江湖艺人,"头发已白/像秋天芒花一样白"的哑巴理发师,无法抵御"那不可逆的神秘命运"的小和尚,"身体依然健壮""表情依然单纯"、年过半百的智障者……一个个浑身粘满生活尘屑的乡村与城镇小人物,在诗人几近白描的勾勒下,栩栩如生地出现在读者面前。

《混世记》收录了诗人很多长诗。《1965》采用编年体的形式,叙述了诗人的生命成长历程:顽劣的童年、贫寒的家庭、动乱的时代、求学的经历、社会的变迁、工作的记忆、迷乱的青春、婚恋的责任、为人父的喜悦、南下的过往、诗歌之恋……每一章诗歌最后,都回溯一下1965年,将自己生命的成长与自己诞生的1965年相勾连。它是诗人的个人成长史,从中也折射出了民族的命运史。《电子工厂,或二十九路军》叙述的是工厂故事,真切而生动地再现了诗人迷乱而疼痛的青春,它是诗人的青春成长记,也是一曲国营工厂在时代大潮冲击下由盛而衰的挽歌,同样折射出了半个世纪以来中国社会的巨变。此外还有大量采风作品,如《组诗:台风博物馆》《组诗:啤酒博物馆》《枫树岭小札》《中洲诗札》《崇仁,崇仁》《铜铃山遐想》《组诗:七片树叶》《石塘组诗》《组诗:鸣鹤古镇》《大别山诗札》《组诗:我佛慈悲——天台寒山湖吟诗》《一个人的西湖》等,这些湖山组章,也大多都是长诗。

忧伤是达达的诗歌的生命底色。诗人说:"一想到漫山遍野都是桃花的样子/必须承认,我的内心曾无比忧伤"(《桃花》);"大海,大海! 我持续一生的忧伤广袤无边"(《大海,大海》)。岁月的流逝,在诗人心底刻下忧伤的印痕:"从没想过/这样美的日子随着长大就一去不复返"(《组诗,那时年少》);"我见识过/时间生有一张黑洞似的大嘴/所有的过眼云烟都会被它一一吞没"(《不能停歇的蝴蝶》);"时间是那么旷远、高傲、孤绝/无论是谁,走过去了都不回退"(《一个远去的背影》);"人生多么短暂/可供我们挥霍的欢乐极其有限"(《油纸伞》)。

　　逝者如斯，诗人心中充满无奈的感喟："人生是一个巨大的黑洞/所有的理想经过岁月的搅拌在未来都会面目皆非"（《人生所寄》）；"你竟然束手无策，任由岁月在你身上做记号摆弄花样/仿佛你是岁月的试验品//是好是歹是圆是方都必须由岁月鉴定"（《老年斑》）；"至少有二十多年未见过的发小/像一条鲢鱼又从记忆中被打捞上来/我有理由相信/刚刚遇见的就是时光本人"。必须指出的是，诗人的绵绵忧伤里，有着一抹圣洁的悲悯和亮丽的温情："夜里的树是神/守护着我们的灵魂"（《夜里的树》），所以，"不要在夜里伤害一棵树"（《不要》）。

　　忧伤还源自人生的孤独和人世的苦难："我想我和美人鱼一样/彼此都有着不为人知的落寞和孤独"（《美人鱼》）；"他们喝下火烧农药倒在初秋的山沟里/他们用死来封死——死/看上去多像是一条生路啊/从此他们不用再死"（《他们从此不用再死》）。《混世记》所收录的诗歌，在忧伤的生命底色上，亦不乏深刻的反思和犀利的批判，譬如："每一颗子弹的射出都带有原罪/它夺走了上帝赋予的生命/绞杀苍生"（《枪火》）；"而我们人类啊，何时才能真正醒悟/那所有的洪荒都起因于我们那颗/永不满足的贪婪之心"（《洪水猛兽》）；"翠绿的山坡/露出了黄土的内脏/多么丑陋！"（《浅山》）；"毛坦厂不是厂而是一个正在做的梦"（《毛坦厂》）。再如，诗歌《老虎，老虎》通过一出动物园老虎吃人的悲剧，警示人类在自然强力面前，不可自大到忘乎所以。

　　达达的诗歌，起步于日常性，却并没有止步于日常性。或者也可以说，他不是一个一般意义上的日常生活书写者。他的诗歌，在日常性的背后，有着一种生活哲学的魅影在游荡。诗人能准确地捕捉心海微澜，娓娓讲述他在生活中际遇的一切以及感想。他的诗歌，大多初看起来平铺直叙，然而细细品咂，就能品出诗歌背后的生活哲学与艺术堂奥，这正是他的诗歌看似平淡无奇，却又总让人觉得有一种神秘的元素寓于其中的秘密所在，也是他的作品能遍地开花的秘密所在。难能可贵的是，达达的诗歌虽然深深植根于现实大地，属于一种较为传统的现实主义诗歌，诗人却并没有忘却对天空的仰望："我把目光投向天空/它那么广袤，高远，博大精深/我已不存在/我只是一粒在阳光里上下飞舞的微尘"（《天空》）。

　　达达是一位始终葆有着一颗童心的诗人，率直、纯真、敏感、细腻，对心灵掠过的每一个小情绪都能及时而精准地捕捉，并将它们转化为诗行，如《早晨，我偷看了人间的屋顶》一诗；手法多白描，对日常生活进行写真般的勾勒；真实不讳,有时会写出其他诗人都会潜意识回避的真实,如揭父亲隐私的《出汗记》一诗;对比行文:或今昔对比,如《晚安》一诗,或生死对比,如《空旷》一诗;拟人化,如《爬山虎》一诗:"这些乡间的穷朋友/什么时候已混进了城/从爬山虎变成爬墙虎/密密匝匝把一座老宅院/包裹得严严实实";每一首诗歌基本上都会有几个金句;大多卒章显志,到结尾时揭示诗意;以现实主义书写为主,但也有少量诗歌,呈现了一定想象异质,如《天火》一诗:"那个在云层里悄悄移动的月亮也是一团天火/……/圆月从云里钻出来/大地、河流、山川仿佛被烧过一样/一片灰烬般的惨白"。《穿墙术》:"但我无师自通练成的穿墙术已让我/穿过了时间这堵空墙/从童年到现在/在岁月的夹墙里,我已穿过了半个身子"。

达达的诗歌以一种进入生活深处和生命深处的本真而质朴的书写,直抵存在的真相。他的诗行中有时光悄然行走的跫音,有时针缓移的抖颤,带给读者一种如溪水漫过春野,虽无大波澜却沁人心脾的阅读感受。达达的诗歌的优点是明显的:它深深植根于现实大地,擅长从庸常的生活中发现和提炼诗意。达达的诗歌的缺点也是明显的:一是长于写实,短于想象,太实,欠空灵;二是长于短诗,短于长诗,短诗比较精粹,长诗诗意稀薄。相信诗人在意识到自己的短处后,会慢慢做出调整,以臻更高的诗歌艺术之境!

（2019-01-03）

（刊于《千岛湖》2019年第4期）

在诗酒中参禅
——许春波诗集《去一个地方》序

　　诗人许春波兄,是一个祖籍山东、长于内蒙古、居于杭州的虬髯汉子。酒量奇大,每次在酒桌上遇见他,我都要事先举好白旗。更令人惊讶的是,这么一个彪形大汉,心思竟无比地细腻,每当二十四节气来临,从来都不会忘记给朋友们发一条祝福短信。脾气又温和得出奇,在家里是个模范丈夫和模范老爸,每天晚上都要向妻女征询第二天的菜谱,每天天不亮就起床,为妻子和两个宝贝女儿烧好早饭再去上班;在单位是个暖心老总,掌控着一个偌大的杭州文化商城,对待员工却无比地温和、体恤。他的这种细密、温良的脾性,与他彪悍的外形所形成的巨大反差,每每让人称奇。

　　诗、酒、禅,是春波兄日常生活的"三字经"。在诗酒中参禅,追求一种禅意人生,以禅意来过滤烟尘生活中的俗气和戾气,以诗酒来柔化性情和丰盈灵魂,修炼内心的良善与从容,是他为人处世和诗歌创作的圭臬。诗集《去一个地方》是春波兄诗歌作品的又一结集。这部收录了147首诗歌的新诗集,以缤纷的诗思、丰富的想象、华赡的意象和深刻的参悟,回答了诗集名中的"去一个地方"到底是去怎样一个地方——这个地方,是精神的天宇、禅的居所。整部诗集,文字干净、禅思袅逸、风格平和、节奏舒缓。初看疑似平淡,细读大有嚼头,是一种需要静心深研的诗歌,一如他心中和笔下的禅。

　　春波兄的诗歌是良善之诗。惯于早起的人,多是良善的。"一个人在清晨行走,脚步是晶莹的"(《一个人在清晨行走》)。在许春波的诗歌中,"清晨"这个词出现的频率相当高:"一个个清晨被我惊动"(《起床之后》)……诗人为爱而早起、为诗歌而早起、为工作而早起,心中充满喜乐。诗人以一种安详平和的目光,打量着光阴的流转,记录春夏秋冬的留痕。他的诗歌紧贴大地,随季节而律动。诗人以一颗宁静而虔诚的心,参悟万物的禅,如《雨之禅》《酒之禅》《书之禅》等。诗人满怀悲悯,关注"路边的早点铺"所展示的民生。诗人对故乡充满怀念,"北方,也有一场春雪/我用回忆呼吸"(《收费站》),缱绻之情,挥之不去。

　　春波兄的诗歌中,有酒,有禅。他说,"一些地方,只有酒能走过"(《有酒在,日子清晰可靠》)。他在酒中执着地行走,哪怕"时间一直很硬,右鞋底被磨出洞"(《带路》)。他说,"逃到南方后,只能寻佛指路"(《悟》),在虔敬的参禅中,寻找生命"本来的样子"(《九九最后一天》)。他的诗歌也不乏绮丽的想象和充盈的诗意。他用柔软而温情的文字,"来抵御来过的和珍惜过的真实"(《用文字抵御夏天》)。必须指出的是,春波兄的诗歌面貌,并非单纯呈现出一种温和的面貌,他的很多诗歌,譬如近作《秋风》,就以一种浑朴的意象、苍凉的格调、悲雄的造境和辽阔的时空而出彩,充分彰显了春波兄诗歌的丰富性。

　　诗集《去一个地方》即将付梓,我遵春波兄所嘱,赘言几句,权代祝贺!

(2017-10-12)

(收入《去一个地方》,浙江工商大学出版社)

《从你眼里》:江南的沉睡与忧伤

　　浙江绍兴女诗人若溪诗集《从你眼里》是一部典型的江南诗歌文本,呈现出一种浓郁的江南特质和精神脉息。江南水乡秀美、氤氲的自然风物,江南古城悠远、绵厚的历史人文,江南诗歌纤弱、婉曲的审美特点,江南诗歌唯美、诗意的艺术精神,都在这部诗集中得到了充分的呈现。它是中国传统江南诗歌在新时代的余绪,体现了一位女诗人对传统江南文化的迷恋和传承。

　　江南风物与人文,构成了女诗人全部的诗歌世界。"你所有的沉睡,就是江南的沉睡/我所有的忧伤,就是葡萄的忧伤",《从你眼里》中的这两句诗,充分展示了若溪诗歌醇酽、忧郁的诗歌风情;而《这是一场虚构的美》中的这一句——"身子里还流淌着一条河"(《这是一场虚构的美》),则揭示了若溪诗歌中的情感秘密。正如女诗人自己所说:"我是个兼职的侦探/喜欢刺探云朵和雨水的秘密/和云朵之下,海水的分量"(《六月,涉水而来》),这位"古越国被废黜的公主"(诗人蒋立波语),带着为江南文化、为春天和美"复仇"的使命,在江南迷蒙的绿雾和波光中出没,将一条千秋越水,练成手腕上一条翻飞的白练——

　　"我站在江南的路口,想把秋水望穿"(《秋天像秋千一样》)。《从你眼里》迷离着一片江南水世界:雨水、鉴湖、富春江、西小河、筠溪、新安江、秦淮河、黄酒、桃花、河埠头、乌篷船……这些丰沛的江南之水，浸润着女诗人柔情的心胸："三味书屋的河埠头/到沈氏园的春波桥下/中间，只隔一段水的距离乌篷船每天丈量着欸乃一声，像是叹息"（《一段水的距离》）；"今夜/一个被鉴湖水洗礼长大的江南女子/只想为你而醉，为你两颊飞红/千年醋睡"（《黄酒》）……在古典江南的桨声灯影里，女诗人如一只酩酊的兰舟，沉睡不醒。

若溪的诗歌情感细腻、浓郁，语言沉静、简约，意象温润、典雅，风格阴柔、澄明，体现了一种典型的江南文化审美特质："怀抱竖琴的蟋蟀从《诗经》里走来/书卷、青瓷和绿萝的掌心，慢慢舒展""整条街都在怀旧，怀旧是一种病/沉溺于未知的过往，我病得不轻"（《时光书吧》）；"秦淮女子轻轻一推，就推开一条水街/格子木窗，与女子一般雅致/流水在这里打转，有些许星子//江南贡院的书生，枕着波光/整晚醉在梦里水乡，多情的诗人/更在白鹭洲头，写下桃花诗意"（《秦淮河的柔波里》）……诸如此类的诗句，不仅绽放了"汉字绝世的优雅"，更表征了烟雨江南早已融入女诗人的生命血脉。

若溪的诗歌自然也不乏直击人心的力量。譬如《秋深了——给父亲》，就是一首感人肺腑的爱之短章："你在楼下喊/我闭着窗、掩着书/你好不容易爬上六楼/放下亲手种植的蔬菜/说了句：我走了//我站在门口，望着你微弓的背影/像紧握一片秋叶，一样紧握你/而你全然不觉。"爱是人间最动人、最伟大的艺术。因为爱，所以若溪"多想抚摸一下天鹅的额头再死去/多想与一棵树埋进春天的泥土里"（《仰望星空的小妇人》）；因为爱，所以她会为一只停留在窗台上的鸟而感动："一只鸟停在我的窗台顾自梳理着沾湿的羽毛像阳光一样，渐渐变得丰满"（《从窗台飞向》）。

若溪的诗歌既有对原色生活的摹状，譬如《那时，她可是身材苗条的俏姑娘》《她的屋里一片雪白》《有一个我知道的人来了又去了》等篇章，直陈生活的真实，呈现生活的况味；亦有对心灵困境的书写，譬如《只有心会寂寞》等篇章，抒发诗人对孤独这一诗歌良心的拥抱。既有对人生的诘问与反思，譬如《突然喊不出话》《让过去回来》《仰望星空的小妇人》《无罪辩护》《两个我》等篇章；亦有对现实的质疑和鞭挞，譬如《暮色之末》《一朵花的诗意》《生活原色》等篇章。

在消费主义盛行的时代，诗歌永远是一种孤绝的精神高地。若溪诗的歌体现了对这种精神高地的坚守。她说："我的身体，只献给艺术和爱情"（《触摸不到的爱人》）。这是一位女诗人面向世界的宣言。若溪诗歌的坚守，表现为"守"

和"退"两种形式。一方面,她"一直坚守着内心独立的河流";另一方面,她以退为进,"不断地,在梦里打马回乡"(《断章》);"卸下潮湿的江南,去远方"(《去远方》);退到"深夜,就着书和音乐/我的灵魂徐徐着落,像一朵晒干的/野菊花,在水中苏醒过来"(《我的灵魂在天上飘》)。

正如诗人在《催眠》一诗中所说:"我的江南,多么弱不禁风。"中国传统的江南诗歌发展到今天,业已形成一套自足与自闭的独特审美体系。"很江南"的另一面往往是"很局限"。今日江南诗歌的普遍局限,首先表现为现代精神的缺失,急需引入一些现代思想资源。其次表现为深度不够、挖掘不深,艺术价值丰饶而思想价值瘠薄,表现为一种"漂浮的诗意"(《突然喊不出话》)。再次是独特性不够,同质化现象比较严重。最后是风格的单一化,急需在诗中注入一些"异质"。若溪的诗歌在一定程度上也存在着此类问题。

若溪诗歌的魅力源于江南诗歌的魅力,若溪诗歌的局限也反映了江南诗歌的局限。打破传统江南诗歌的拘囿,实现江南诗歌的突围,将江南精神与时代精神相结合,将诗歌精神与现代精神相结合,是时代赋予江南诗歌的神圣使命。地域只是诗人创作的主根和源头,不是诗人一生赖以依靠的顽固不变的文化形态与主观意识。时代已深刻地改变了江南,时代也需要新的江南之诗。正如若溪在诗歌《她的屋里一片雪白》中所说,诗歌,就是要"为另一种可能再造一种可能"。

(2016-10-12)

(刊于《浙江作家》2017年第5期、入选《余干当代作家作品选粹》)

草木中卧着一柄书生之剑

——吕煊诗歌印象

　　吕煊诗歌,在出世与入世方面做到了很好的平衡。这是吕煊诗歌的第一大特点。当代诗歌,多有对现实强力介入的现实主义诗歌,也有一些对现实"挥手自兹去"的隐逸诗歌。这两类诗歌中,现实主义诗歌也偶有出世的冲动,隐逸诗歌也伴随入世的眷恋,出世与入世纠葛错杂,但就出世与入世的权重来看,鲜见如吕煊诗歌般势均力敌者。出世之心,入世之情,在他的诗歌中,纠缠在一起,难分轩轾。吕煊诗歌的第二大特点是,他的诗歌多关涉大自然,跳动着一颗自然之心,氤氲着一股草木之气,情感绵柔、敦厚,意境淡远、雄阔,辞藻温婉、清丽,风格纯粹、安静。他的诗歌,草木中卧着一柄书生之剑,柔婉中带着硬朗之气;又如早春初生之水,柔媚中见出寒瘦。

　　"我在桃花的低微处看见了自己"(《我在桃花的低微处看见了自己》)这句诗,可视为探寻吕煊诗歌艺术世界的一个秘密入口。桃花兼有出世与入世两重属性。桃花是出世的,陶渊明的"桃花源"就是对现实世界的出离;桃花又是入世的,入的是红尘劫,黛玉葬花,葬的就是桃花。这句诗,不仅表露了吕煊选择的处世姿态——安于"桃花的低微处",更泄露了他在出世与入世之间徘徊往复的纠结心态。吕煊诗歌,多书写山水中的自然景观和人文景观,如《读舟山岩宕的另一种隐喻》《山中遇古寺》等诗,与古代士大夫寄情山水,陶然忘机,如出一辙。

我们先来看一看吕煊诗歌的出世之心。他这部分内容的诗歌,要点就是三个词:纵酒、嗜茶、渴望归隐。

喝酒是吕煊日常生活的一项重要内容,也是他的诗歌的一个重要题材。诗人有大量描写喝酒的诗篇,譬如《冬日在杭州想与东坡饮酒》《微醺》等。他说:"酒,是一种温柔的毒/她有词语的温度和韧性/在男人的岁月里生长/我们却总忘记醒来"(《醒着爱你一回》);"阴柔的土烧,像花朵浮在水面""一滴酒的能量足以掀翻整个江湖""醉是一种情谊,是一个男人/对另一个男人的赞许"(《在双龙洞喝新土烧》);"诗人是需要烈酒才会像狼一样嚎叫"(《面目》);"沿着历史纵横的纹理,深入骨髓的/是一种让男人沉迷的酱香"(《定风波》);"饮酒,便是重整山河的源头""我喜欢在夜里与酒相戏,将错误的人生扳回一局"(《夜,是虚空的迷香》);"酒此刻像弟兄""悲凉的人间/唯有握着酒杯温暖自己"(《夜·流香》);"握着酒杯亦是一种温暖"(《雨夜之叙述》)……酒,是入世的火焰,更是出世的翅膀。透过诗人对酒的宣言,我们可以看出诗人对现实的出离和超越。

喝茶,是吕煊日常生活的另一项重要内容,也是他的诗歌的另一个重要题材。诗人说,"一片绿茶,藏住整个春天",他写有大量描写喝茶的诗篇。"在春天里",他"对一片新茶保持敬畏",经常从庸碌的现实生活中逃离出来,享受一种闲适的慢生活之美,享受一种"从容,不喜不悲的喧哗"(《春天里对一片新茶保持敬畏》)。并如他在《冬日在杭州想与东坡饮酒》《夜宿文成梦与伯温语》等诗歌所描绘的那样,在闲适中冥想,在闲适中做人生的逍遥游。

　　诗经里的一匹小鹿　循着青草湿露的气息
　　休憩的树荫下　一群喝茶的男人
　　踩着鹿蹄的轻声部分　饮下人世的苍茫
　　茶的味道有些复杂　警世的比例占得多一些
　　闻茶　泡茶　喝茶　琥珀色的茶水洗涤岁月的轻微
　　宁静的湖面装下人间的风雨
　　星辰移位　隐士戴着草帽消失在丛林
　　钢筋的楼宇吞没平原的清风

像剑客手里的空鞘　尘土雕琢缓慢的轮回

喝茶　借助外力抵御俗世黑墙的围剿

一片枯枝逸出尘微最低的生活

鹿鸣悠扬的歌唱在血液里传得更远

——《鹿鸣茶舍饮茶》

　　这首诗歌所描绘的树下茶饮图,与魏晋七贤竹林啸聚图多么相似。事实上确也如此,吕煊诗歌深受中国古代诗歌传统的影响,他的精神谱系,仍然属于一种具有家国情怀与叛逆精神的中国传统知识分子的精神谱系,他的诗写,本质上是一种具有士大夫特质的诗写。因此,他热爱和眷恋现实生活,也常有逃离现实的冲动与恍惚:"我很想再做一天的佛,在康桥水郡/让归隐换成另外的黄昏/一阵阵田园的蛙声正穿过门厅"(《普明禅寺·休憩》);"累了/就要学会躺下"(《铜铃山的虚构与真实》);"退守一方,文成是绝佳的归隐之地/心痛的地方,文字里渗透着荒凉"(《夜宿文成梦与伯温语》);"今天我想做一个下午的闲人/在牛头山,一座有雨的山"(《牛头山听雨》);"漫不经心/怀念远久的心事"(《阿吉禄茶书院喝茶》);"我想让时光慢下来,再慢一点"(《卖车》)……不过他的这种归隐之思,显然是一种中国古典式的对生活的诗意出离,而非西方现代主义性质的对生活的颓废弃绝。

　　诗人的出世之心,源于下面这些动因:"生活是最大的垃圾桶"(《大海,曾给了我无比的宽广》);"大道如简,心若存欲,便有计谋缠身/心若无羁,谋略如衣不穿也罢"(《夜宿文成梦与伯温语》);"有些爱在相处中渐渐磨灭"(《葳蕤》);"三十年的厚度,回头张望/有多少辽阔就有多少的苍茫"(《丁酉年端午赴合肥访友》);"人到中年,窗只有开在文字里/沉沦在冥想中"(《窗》);"合上书页,打开天窗/中年的风霜悄悄接近黎明"(《中年读史》);"秋深了/盘点日子的年铺里/喜悦和悲伤各占一席/人到中年,心中无喜亦无悲/年铺里做一回看客,有些清闲"(《大陈的秋》);"英雄都会老去,老在虚空的战役里/我每天都在目睹自己的离开"(《虚幻里的另一种可能》)……这是诗人从生活中体验到的人生况味,也是诗人从生活中所体悟到的人生哲学。

　　我们再来读一读诗人的这首《蝉,是七月天空挂下的一点黑》——

七月,是谁撬开地心将火焰和蝉声偷运。

几万亿年的冰窖冷藏,透明的火焰只剩下洁白。

那些依附光亮生存的嘶哑,

剥落、消失,不曾留下痕迹。

七月,每一丁点的亮光都可以让地球选择重生。

心脏,越来越接近火焰,

远处的冰山正慢慢迈开松动的手脚。

露出尾巴的乌龟等待雷鸣的救赎,

山谷的丛林,绿叶开始飞离枝头,

那一声不舍的叹息贴近尘埃的低微。

让一切都学会停止吧!

蝉翼逆流超速拍打,竭尽血脉的歌唱,

仍狙击不了隐退的秒针逐渐熔化。

静止中静止,河流往天上倒灌彩虹。

烈火钻出脑袋,黑暗诞生孪生兄弟。

蝉,是七月天空挂下的一点黑。

　　这是一只生活蝉,这也是一首生活禅。这只曾与地心的火焰共生的蝉,这只曾经"蝉翼逆流超速拍打,竭尽血脉的歌唱"的蝉,经过"几万亿年的冰窖冷藏"和时光的"偷运",如今,"透明的火焰只剩下洁白/那些依附光亮生存的嘶哑/剥落、消失,不曾留下痕迹",最终成为"七月天空挂下的一点黑"。诗人在这首诗中,借一只暗哑于七月流火中的蝉,抒发了自己的悲愤与不甘,以及"那一声不舍的叹息贴近尘埃的低微"的隐痛与无奈。

　　然而,作为一名具有浓烈中国传统士大夫情怀的诗人,吕煊的书生意气中,是藏有一柄拒绝红尘锈蚀的东方之剑的。在出世之心的另一面,吕煊更有着一种入世之情。他的这种入世之情,也可以用三个词来概括,那就是硬朗、悲悯、爱。

　　吕煊是南宋著名思想家、文学家陈亮的同乡,龙川先生遗落在永康大地上的金石之声,对吕煊精神世界的育成,不可能不产生某种影响。从这首《陈亮的书简落在了龙山》中,我们可以读出吕煊对先贤的仰慕和追怀。"一处叫龙山的江南小镇,先生姓陈名亮,他将书简轻轻落在了此地","一生贯穿九次抗争,九朵花,九种命运的开启/深陷其中,来过的都是生命的绝唱/兰花无为的清香,似先生的书简,已深入人间"。这种生命的刚硬,转化为文字,便使得吕煊的诗歌,具有了硬朗的气质:"曾经以命相搏的田地逐渐被野草围剿/……/村子里的房子越盖越大,村民却越来越少/一批壮年的汉子不幸倒在进城打工的路上/有些是肺癌有些是车祸有些是被机器吞噬/很多新盖的房子,主人却永远也回不来了/孤独拉长的村庄,寂寞填不满空空荡荡的小巷",这首《乡村,撑起驼背母亲的脊梁》,是对现实的温柔悲悯,更是对现实的刚硬批判。

吕煊心中是有大悲悯的。这是一种高贵的情怀与情感。在《除草人》一诗中,他对那些"刚刚在春天里露头""即将被利器铲除的杂草/心生惭愧",为"除草人的机器发动不起来/……/我知道这些杂草,今天得救了"而欢呼;在《叉开双脚》一诗中,他对在"无休止地颤动"的列车上,"为了站稳"而"叉开双脚","必须让支撑岁月的双脚叉开/才不至于在生活里真实地摔倒"的中年女乘客,给予了深深的同情。他说:"生活,你一定要善待习惯叉开双脚的女人",因为"她们叉开是为了更好地奔波/她们除了奔波就是奔波。"

吕煊的批判与悲悯,无疑源于心中深沉的爱。他爱亲人,譬如他的《乡村,撑起驼背母亲的脊梁》,就抒发了一个人子对慈母的无限思念与感恩之情:"母亲,飞驰的列车穿过绿油油的田野/车窗外晃动的那些模糊的劳动者的背影/让我在奔波的路上又想起还在乡间劳作的你/……/人活着,就要下地/城市的板楼里,你总找不到自己的位置/村子里越来越少的你的老姐们/母亲,我知道你想跟着她们一样在乡村里老去/……/是众多母亲们的伟大坚守/我们的乡村还有田园的模样"。他爱自然,"她是我的睡美人/我醒着的时候等着她回来"(《陬山古村》)。他也爱女人:"爱在/我的舌尖长着温度和韧性,但没有毒/一旦吻上你的青草地/贫瘠的群山也能种出绿意/我也爱你,起起伏伏的江山"(《爱在》);"是这一次模拟战役/让我成功地娶到了/一个我生活中的妻子"(《旧书籍》)。他的这种爱,不但真诚深挚,而且真实不伪,一如他的为人。

兰花破芽,春天的乳房遇风就鼓胀,

去年的花事，

沉淀在熟悉的暗香里。

影子深长，套上只留虚空仍在回望，

有些爱在相处中渐渐磨灭。

爱不言弃，我依然选择热爱世间的女子，

反复付出的春风又恰到好处地回收，

那些戏剧性的场景，总让我沉沦，

打磨细节从骨头里拔出坚硬的真理，

人间的美好都必须经历一些风雨。

我无所谓，深入骨髓的诗歌，

带领词语从肉体的内部穿刺而出，

背叛的流言，早已被我拔根。

他们找到的证据，其实都是我剔除的部分。

学习像一株兰花，不求葳蕤，但心存敬畏。

——《葳蕤》

"爱不言弃"，尽管"有些爱在相处中渐渐磨灭"，诗人"依然选择热爱世间的女子"。这是吕煊对爱的宣言，也是他对生活的宣言。罗曼·罗兰说过，"世上只有一种英雄主义，就是在认清生活的真相之后，依然热爱生活"。吕煊诗歌的积极意义，正在于他有出世之心，更有入世之情，他对生活有着一种炽热的爱。

从诗歌艺术方面来观照，吕煊诗歌，除本文首段提及的特色之外，还有这样一些特点：一是善于从日常生活中发现和提炼诗意，譬如《膏药》《用地铁穿越杭城》《阿吉禄茶书院喝茶》《早安随记》《去良渚过杜甫村》《解放街，不仅仅是一条街的记忆》《解放街170号》等诗。二是善于总结生活智慧，譬如："入锅的汤圆，煮熟是早晚的事/明天的太阳可以晒干今天的雨水""你曾经来过/那些记住你的都是你的亲人"(《亲亲家园笔记》)。三是想象奇特，譬如"小寒夜雨寻鼓/雨若把天空当成俗世的鼓面/它奉献给地心的又会是什么语录"(《小寒夜雨寻鼓》)；"阳光，是一首充满语病的诗"(《阳光的多种情绪》)；"樱桃红了/那些烈焰会从我们的骨骼里飞出"(《樱桃》);"孤独的狼群,举着明月开始迁移"(《秋风》),等等。四是多长句,节奏弛缓、从容。五是镂刻细腻、精确。要说有什么不足,以议论入诗过多,应该算一个。因为王夫子早就指出过:"议论入诗,自成背戾。"

(2019-03-21)

(刊于人民交通网 2019-03-22)

青春成长的诗意叙事

——卢山诗集《三十岁》读评

　　人生三十,是一个独特的生命节点。行至此处,体验了一些生活,积攒了一些阅历,沉淀了一些情感,收获了一些体悟。青春在这儿悄悄拐弯,向着不远处的中年前行。由少不更事,进入成家立业阶段。青春在进一步成长,生命在进一步壮大。回忆与展望错杂,青涩与成熟接接。曾经的喜悦与伤痛,前瞻的憧憬与迷茫,奋斗的激情与现实的压力,物质的诱惑与精神的追求,等等,都有可能纠缠在一起,构成一幅五味杂陈的内心图景。青年诗人卢山的《三十岁》,就是一部真实而全息地呈现了这种生存状态与生命形态的诗集。

　　《三十岁》是一部"80后"青春成长记。诗人1987年出生于安徽宿州泗县一个名叫"河平"的小山村,村旁有一条石梁河。这条河不仅哺育了诗人的童年和少年,成为诗人青春的出发地,而且,纵贯着诗人整个的青春历程,成为诗人灵魂永远的皈依所。诗人从石梁河出发,到成都读大学,之后到南京攻读硕士,毕业后来到杭州工作,直至恋爱成家。宿州、成都、南京、杭州,构成了诗人青春成长的四块里程碑。诗人将"二十岁的热气腾腾的成都、江南的燕子矶和望江楼/以及三十岁的宁静的西湖/都一一折叠好放进这封情书"(《云中情书》),封存在自己的青春档案里。

地铁的潮水把他和他仅存的一瓶矿泉水

推上天桥,东方明珠和金茂大厦就迎面扑来

他被撞倒在离他最近的一个垃圾桶旁边

把他也丢掉吧,不可回收的垃圾!

在相机吞吐的咔嚓声中,他握紧矿泉水瓶

像一对漂浮在海洋上的兄弟

他们紧紧相拥,在东方明珠的光芒中相依为命

——《这里禁止悲伤》

在遇见妻子HF之前,诗人漂泊的青春是无处安放的。诗歌《罗马帝国衰亡史》深情地追忆了"埋葬"在成都静安路五号(四川师范大学)的大学时光,"青春的导火索催促花朵爆炸的力量",荷尔蒙在这儿肆无忌惮地释放,然而,转瞬之间,"青春已在千里之外/我带走的只是衰竭与损伤"。"身体里的裂痕/它就要碎了"(《碎》),"我已经厌倦了自己/我节节败退"(《溃败记》)……在时代的重重压力下,诗人的内心苦苦地挣扎,青春孤独而无助,放纵而迷乱,颓废而绝望,迷惘而愤怒,惊悸而酸楚,破碎而忧伤……在《我翻山越岭,在这八月夜晚巨大的宁静》一诗中,诗人说:"我搬运词语石头,用一场磅礴的泪水/清洗这一座锈迹斑斑的青春纪念碑。"诗歌,成为拯救青春的诺亚方舟。这是一个人的青春纪事,也是一代人的青春脉动。

《告别》《毕业记》是诗人书写毕业的两首代表作。诗歌以幽默与反讽的手法,写出了自己与同学尚未做好充足的心理准备,便被投入社会的仓皇:"该死的论文已经提交。体制的红公章/结结实实地盖在青春的大屁股上/交出钥匙!宿管阿姨说明天必须离校/这时候留恋也是一种违纪/408宿舍的大门在暴雨来临之前关闭/我们纷纷提着裤子进入了中年"(《告别》);"把自己装进一个个表格/再盖上体制的公章/最后归还学生证/交出钥匙/还没有来得及说出再见/就已经被宿管阿姨扫地出门/人们说我们已经长大成人"(《毕业记》)。青春是残酷的,残酷青春最伟大的导师是生活;生活磨砺青春意志,引导青春成长。

青春成长的残酷,尤见于涉世之初。"这几年我忽然沦为江河的过客/和车站的主人。在一座座陌生的城市里/交换着方言"(《三十岁〈四〉》)……诗集中

有多首诗歌,写出了诗人初到杭州觅职时的艰难与凄惶:"梧桐树一声叹息吐出一个异乡人/检查户口! 交出暂住证/人们用方言剥光我的衣服"(《马塍路的夏天》);"在三十岁的齿轮里,我也会喊疼/也会一个人在出租房里默默哭泣/我看见骨头和血肉迸溅成春天的花朵"(《三十岁——给父亲》)。这不仅是诗人一个人的经历,这是一代人所共同拥有的经历。《三十岁》鲜明的时代性,正是它的价值所在。

诗人的青春成长,是一种紧贴着大地的生长。诗人将自己情感与思想的根须,深深地扎入了脚下这方疼痛的土地。与其他很多同龄诗人轻舞飞扬的生命形态与诗歌形态不同,卢山的诗歌,现实观照性更强,与脚下的大地、与现实生活胶合得更紧密,情感更沉潜、深重。这是卢山诗歌区别于其他"80后"诗人诗作的特点之一。诗人是一个深情的人,他说,"那么多的亲人,那么多的爱情/足以构成了我的幸福和苦难"(《悬崖——致爱人》),"每一个清晨都值得流泪和热爱"(《三十岁〈一〉》)。他把自己深挚的爱的歌吟,首先献给了故乡和亲人。"石梁河是我故乡的河流/我要用我的一生给她写一封情书"(《我的石梁河》),"我所遇见的每一条河流/都没有像石梁河这样一个好听的名字"(《三十岁〈四〉》)……故乡的亲人,故乡的山川、风俗与生民的人生命运,如涛涌不息的石梁河,日夜流淌在诗人的梦里、心里……

在诗人青春成长的过程中,诗人的父亲是一个不可或缺的人物,他是诗人青春成长的"引路人"。尽管自诗人踏上外出求学和工作的漂泊之路后,父亲一直远在千里之外的故乡,但是父亲却从来没有在诗人的生命中缺席,他无时无刻不在对诗人施与着深刻的影响;即使在父亲离世后,他仍然给诗人以精神的指引。诗人对父亲充满着感恩,在《血债》一诗中,诗人如是说:"在我的增添的每斤肉里长高的每根骨节里/都填满了从父亲那里掠夺来的血肉。"在《我不会给父亲写诗》《父亲》《收获》《三十岁〈二〉》等诗篇中,父亲朴实勤劳的形象、父亲对"我"的爱、父亲芬芳的美德,纤毫毕现于诗人饱蘸情感的笔端。

诗人父亲对诗人的青春所施与的影响,是一种"吃螺丝钉"的硬汉精神。这是一种非常典型的中国式家族男性代际精神传承。在中国传统家庭教育形态中,母亲给予子女偏于爱的温暖,而父亲给予子女的更多的是人生意志的影响。在《三十岁——给父亲》一诗中,诗人这样说:"父亲,这些年你教育我成为一个真正的男人/你说,三十岁的牙齿要比二十岁更加锋利/敢于啃硬骨头吃螺丝钉。

这是你教育我的方式/要让我成为另一个你吗?"父亲这种独特的性别角色教育,无疑血液一样进入了诗人生命的脉管,成为诗人的行动指南:"吃螺丝钉的人练习牙齿/随时准备啃硬骨头"(《表达》);"他夜以继日地吃螺丝钉/练习牙齿,随时准备啃硬骨头"(《婚礼》)。这种教育,既让诗人学会了坚韧与顽强,又让诗人学会了责任与担当。

　　卢山是生活的关注者、体验者和悲悯者,他的诗歌关注现实生活、关注人间苦难,呈现出一种强烈的现实主义创作特质,以及一种强烈的非虚构性质的叙事性——这是卢山诗歌不同于其他"80后"诗人诗作的又一特点。正是在对底层民众苦难命运的深刻悲悯和真实呈现这一基础上,他的诗歌才攀登了人性的高度,获得了其存在的思想价值。

　　诗人以笔为刀,雕刻了一组"苦难者"群像:那是"死于药物中毒"的"药厂职工张小平"(《药厂职工张小平》);"像一个犯了错的孩子""跪在政府大门的路口"的"老年上访者"(《我看见一只蚂蚁眼里的泪水》);"像一个走向刑场的囚犯""贴着地面挪动步子""花白的头发在阳光中闪动"的搬砖头的男人(《搬砖头的男人》);"用小锤敲开混凝土和砖头/从那里取走钢和铁""虫子一样蠕动在偌大的废墟上/远远望去真不像是个人"的老人们(《生活的打击乐》);"指甲里藏着铁锈和血泪"的拆迁工人(《不是弹钢琴的人》)……而更震颤读者心弦的,是诗歌所揭示的人性的腐败:"二爷死了/说这句话的人/像说了句'你吃过了没'一样/面无表情/轻轻松松"(《二爷死了》);"张翠花死了/死了就死了/这个村子没有变化/唯一变化的是这个村子里/张翠花死了"(《张翠花死了》)……

　　卢山诗歌为时代留下了一帧帧灰色调的素描——

　　四面八方的鱼,被黑色的潮水挤在一起。
　　死鱼在水里漂浮,活鱼在水里挣扎。在水草里穿梭的永远是盲人艺术家。
　　假寐的人用旧报纸遮住面孔,一面做梦,一面倾听风声。
　　到了站就翻起白眼浮出水面。

　　　　　　　　　　　　　　　　　　　——《北京地铁》

　　地下十层,更接近地质的核心。安静得像一种老年痴呆症。
　　他蜷缩在一张小床上,把梦做得小心翼翼——有时候世界与他无关。
　　那些被埋在泥土里的软体动物,蛰居与逃避是与生俱来的本领。

从每一座城市的地表向下挖十层,都会跳出一些以吞噬黑暗为生的人。

——《北京青年》

卢山诗歌内容丰富、题材广阔;手法多变、随心赋形。从内容上看,有乡愁,有爱情;有追忆,有展望;有甜蜜,有哀伤;有乡村生活,有城市生活。从艺术上看,诗人有着多副笔墨,传统创作手法与现代、后现代主义创作手法交相辉映。从篇幅上看,有长诗,也有截句。有些诗作,譬如讽喻大拆大建的《噪音颂》、讽刺庸政懒政的《公务员》、血色纪事的《广场上的苹果》等,思考深刻,直击时弊,体现了诗歌对现实生活的干预。

诗人青春的成长还体现在爱情的成长上。从大学毕业前的以"阿诗玛""明信片"为主要意象的情窦初开性的青涩恋情,以及对这种青涩恋情的稚嫩书写(见《悔过书》《黄昏献诗——给TL》《纪念》《生锈的人》等诗),到杭漂之后"两个青年生命中的一次结盟"(《十月十日》),我们惊喜地看到了诗人爱情的迅速成长。在诗人的爱情成长之路上,诗人的妻子HF起着至关重要的作用,她是诗人青春成长的又一引路人,尽管她比诗人年龄小很多。这是诗人的青春成长,也是诗人的爱情成长,更是诗人与妻子HF共同的生命成长。

诗人说,"相见恨晚的人必须相爱/……/在一个时辰完成历史性的重逢/人类史上任何一次功炳千秋的谈判/都比不上这两个青年生命中的一次结盟"。诗人为自己在最美的青春年华、在最美的人间天堂,遇见自己一生的挚爱而备感欣喜和幸福,他将一往情深的爱与爱的赞歌,献给了自己的妻子——

多么美好的遇见啊,当我们风华正茂/从一个陌生人走向另一个陌生人/然后完成一个共同的人生

——《小夜曲——给HF》

现在应该称呼你为妻子了,一个多么神圣的词语/……/一个伟大的奇迹,当两个青年跨越陌生的山水走向彼此/……/荡漾的泥淖与升起的炊烟,将生成一个家庭的二维码/我极力地勾画和想象你不断地蜕化掉一个女孩子的幼稚病/并逐渐建立起一个妻子和母亲的权威//我将无条件臣服于你并为此感到欣慰,爱人/多么壮丽的景观啊,这一生我们成了彼此的亲人

——《深夜致妻子》

诗人在这些诗篇中,真实而生动地记录了爱情的甜蜜、新婚的幸福:"在马塍路口,你把手放进我的裤兜/贴着我三十岁颤抖的肌肤/这娴熟的动作显示出一种伟大的默契"(《十月十日》);"在公交车站,我们等一辆回家的车/在车辆到来之前/我们相拥坐着"(《浮生一日》);"从灵隐寺到雷峰塔,我们双手紧扣/仿佛这是寒冬里唯一的温度"(《山林的气息》);"在马塍路的房子里洗衣服,拖地板,写几个字/等待妻子下班回家开门的那一声惊喜/这近乎一种伟大的默契"(《下雨记》)……这些爱情诗篇,情感炽热,生活气息浓郁。此外,诗人还真切地书写了自己远行时对妻子的刻骨思念(《寄远》)、胡思乱想自树假想敌的嫉妒心理(《南京来信》),以及妻子行车遭遇小事故时的悉心安抚(《七夕,给慧芳的诗》),等等。在甜蜜的爱情和幸福的婚姻生活中,诗人学会了感恩与珍重、呵护与体恤、责任与担当。

诗人的青春成长,自然也包括诗歌艺术的成长。诗人是一位虔诚的缪斯信徒,在《我的幸福》一诗中,他如此宣告:"我的幸福来自/陷入文字的一场爱恋/……/在心爱的白纸上建造房屋。"然而,正如诗人在《数数枇杷》《春天的独角兽》《暗涌》《诗人》《清明节寄北》等诗歌中所抒写的那样,诗歌创作是一项极度孤独的事业。自开启诗歌创作生涯以来,诗人忍受着"巨大的孤独",对诗歌艺术矻矻以求,勇猛精进,诗歌的艺术性与思想性不断变得成熟起来。

车过富春江,没有来得及和郁达夫打招呼

就直奔金鑫宾馆,在面朝青山的窗前

我打开你瘦弱的骨架,一页一页翻越你的衰老

这迷人又动听的肉体是一片冬日树林

没有比这些脱落的黄昏更美好的事物了

晚风里,我们点灯,喝黄酒,说起旧情人

等桐君山上的几个词语被熬制成了星辰

你转过头,放好琴,走下舞台

请你站住,老头儿,为桐庐唱首歌吧

我想把你从万宝路的烟火中拉起来

再递给你富春江这把琴弦,我的科恩

再唱一首歌吧,这些山水依然值得热爱

那走在路上的女人也足够丰满

即使把嗓音压在富春江的一根芦苇里

云朵和石头也会感受到词语的震颤

此时,月亮又从你的小便中升起

你推开门,走向莽莽苍苍的群山

——《在桐庐,读莱昂纳德·科恩》

这是诗人的一首近作。诗歌融合了口语诗、意象诗、叙事诗和抒情诗等诸多诗类的特点,艺术手法娴熟,诗歌形象饱满,比较全面地展示了诗人的艺术传承、审美追求、语言质地、思维品性、结构特点和精神气象,可视为诗人的一首代表作。诗人与山水对话、与大师对话、与自己对话,思绪翩跹,想象奇诡,喻指显豁,叙述婉转,语言晓畅,节奏舒缓,意境开阔,行文幽默,肌理清晰,结构稳固,情感缱绻,气质硬朗,显示了东西方诗歌对诗人创作的双重影响。

作为一名处于成长期的青年诗人,卢山诗歌自然也存在着某些不足之处,个性还不是太鲜明、辨识度还不是太高,等等。正如诗人自己在《诗的社会学》一诗中所说:"写一首诗/就是慢下来做个手术。"诗歌是对青春的一场救赎,也是对生命施与的一场救治手术,它不仅呼唤技术,更呼唤耐心和信心。对青年诗人卢山,我们充满着期待,因为——"店老板说,你只需按下那个绿色的按钮/就能打印出一个色彩斑斓的春天"(《春天的打印机》)。

(2018-03-14)

(见作者新浪博客 2018-03-14)

虚无时代的精神漂泊者

——评尤佑诗集《我的巴别塔》

"巴别塔"是通往天堂的高塔。诗人尤佑以"我的巴别塔"命名新诗集,显然是有意为之,表达了自己攀登诗歌艺术高塔、攀登精神高塔的人生追求。这一命名,不仅使得诗集呈现出浓郁的西方诗歌特质,更使得诗集具有了形而上层面的哲学意味和意义。

"巴别塔"这一词语具有强烈的暗示。循着这一线索,我们可以发现尤佑诗歌创作的两大脉络:一是西方现代主义诗歌创作技巧的深刻影响;二是对精神高地的神往与朝圣。与此同时,我们也不能忽略"巴别塔"前面的限定词"我的",这是一种文化身份的设定或限制。现实中的诗人尤佑具有三重文化身份:中国文化传薪者、漂泊者、诗者。这三重身份,决定了他的诗写不可能绝缘于中国诗歌艺术传统,又使得他的诗写深深烙印着一种强烈的漂泊意识。时代注定了他的诗写,必定是东西文化合力作用的结果。而结合的谐和度如何,则直接影响着他诗写的成功与失败,决定着他诗歌作品的质量高下。

植根于中国诗歌艺术传统的风雅颂

尤佑首先是一位中国文化传薪者。《我的巴别塔》的艺术之根和精神之根,是深植于中华传统文化和中国诗歌创作传统的。他的诗歌,是《诗经》风雅颂在当代生活中的薪火相传。诗人承继了中国古典诗歌现实主义创作传统,关注现实生活,关注大地上的蝼蚁生灵,关注人世的悲欢离合。在《从城中去西项村的路上》一诗中,诗人把生活比作"绿箭牌"口香糖,"丢不掉,抹不去"。他用饱蘸情感的笔触,呈现乡村社会的世态百相(如《为大舅诵经》《这个冬天的死亡纪事》等),悲悯那些被生活遗弃的子民(如《蟑螂,或猫》等),歌赞诗友间的真挚情谊(如《彩虹——与查杰慧、叶心饮酒后》《我们所有人的路》等),呈现庸常生活中的诗意。譬如《始于1921》一诗:"星期天的早晨,我穿着睡衣/坐在五芳斋的玻璃窗前/点了一份粽子配豆花/如果不是见到'始于1921'/我大概吃不出马家浜的丰盈与富足……"就是一首极富历史感的诗意生活图景。

　　尤佑的很多诗歌,都具有一种古雅情怀:"居士就坐之地,就在河水盈盈的南野/……/只有他静静地坐在人群里,像隶书/……/只有他,无山无水/……/他守着不会长的午后,勾画了了"(《隶书》)。这种情怀,更多地源于中国传统文化、传统诗歌中的山水精神。诗人膜拜大自然、向往大自然,《我的巴别塔》中有大量诗篇,抒写了诗人的山水之恋。诗人如此讴歌:"在我们所经之地,山水藏着灵魂"(《恍若有光》);"自然就是伟大艺术的缔造者/他的每一幅作品都让人惊羡/而人类只能捉襟见肘着临摹局部"(《晨雾间》)。所以他屐痕处处,际遇自然的神迹,写下了诸如《雪山映在蓝汪汪的水潭中》《神的衣裳是你的心愿》《码头遗址》《过武夷山》《和你在沱江漫步》《九寨蓝的海子》等大量记游诗篇。

　　诗人谛听大自然嬗变的声音,与万物对话,用目光和心灵收割大地上的诗情画意。他"为一颗醒来的雨的抵达而窃喜"(《是夜,有些雨滴醒着》),为听到"立春的消息"而欢欣鼓舞:"我擎着耳朵,听/在冷风里,在遥远的南国/在得意的马蹄和鸟的巢穴中那些鼓胀的叶脉苏醒/热血奔涌且升腾/整片树林颠簸起来/树根爬到地上抖动/树叶被翻成白色并挣扎着/泥土正在喷出鼻息/我的耳根长出青草/她告诉我她的名字叫苜蓿"(《春声》)。他《看山》:"一个人望着一座山/出神。菊花与酒两情相悦/香醇到可以钻心/一会儿低头看看蝼蚁,一会儿举目看苍云/找些适合吟诵的诗/一唱一和的心与山花瞬时绽放";他与花草耳语,刺探《为什么花儿开着开着就谢了》的秘密;他被《芳草坡上收青稞的女人》美丽的姿势所打动,领悟到"在秋日原野上/我知道拾遗和句读的珍贵"(《句读》)。

河流是一封绢丝情书,白鹭立在桥头
湿滑的青石路的斑纹里藏有微事物的光芒

一场突如其来的暴雨袭击我们
我们在廊檐下,看流水涟涟

21根琴弦的心动。美人静缓
来自水面的消息,恰如采莲归来

无语的铅笔,画出黄昏的屋顶
睡眠橡皮,随晨光擦拭枕边残梦

微风吹过鼻梁,纷落的暮色是严肃的往事
烈焰红唇,彩云艳遇古木横秋的西塘

——《西塘旧事》

这首短诗,可说是一首21世纪的"宋词",其呈现的美学特征毋庸赘言。诗歌典型地表征了尤佑诗歌对中国诗歌艺术传统的承继。这种承继,是一种开放性、突破性的承继:它以中国诗歌艺术传统为基础,于其中浇筑西方现代主义诗歌艺术特质,即主体审美特质是属于中国诗歌艺术传统的,然而并不完全属于中国诗歌艺术传统。诗歌中"微事物的光芒""严肃的往事""烈焰红唇"等语汇的运用,无论是从观照事物的方式,还是从表达的方式上看,都有着与中国诗歌艺术传统迥然不同的西方现代主义诗歌艺术的异质。

尤佑的诗歌对中国诗歌艺术传统的承继,还集中表现为一种传统的中国式家族情感、一种传统的中国式家庭之爱。这种爱,与建筑在基督教信仰之上的西方式博爱显然有着明显的不同。诗人说,"家是唯一的风向/唯有爱和陪伴,才能带来真诚"(《寂静岭》);"即使不在爱的年纪,我们依然会想起爱"(《雪天使》)。因此,在他的笔下,就涌现出了一幅幅温馨感人的家庭生活画面:"晚饭后,母亲在刷碗/妻子陪着儿子练习爬行/我,仰坐在迟暮的夕阳下/看南瓜藤攀岩"(《各司其职》);"你的姓,你的名,从此替代了太阳和月亮/着陆在我的心上,熔铸在我的血液里/谁说不是命定的臣服呢？/遇见你之前,我始终游离在异乡"
(《命定》);"妻子去做孕检/我笑了,在明月公园里候着/在前路上/陌生的孩子朝
我奔来"(《在明月公园》)……

尤佑的诗歌书写家庭之爱的篇章,具有一种打动人心的情感力量和艺术力
量。无论是表现母爱的《桥渡》《我看到我体内的母亲》,还是思念亲人的《古典
主义的姐姐》;无论是描绘爱情的《琥珀》《旅迹》《彼岸》《恋物癖》,还是分享自己
初为人父之喜悦的《找爸爸》《土地的季节》《有光的夜晚》《扑腾》等诗歌,都闪烁
着一种人性的光泽。特别是几首描写乳儿的诗歌,更是将诗人心中的一种慈父
柔情,表现得生无比动、真实可感:"孩子想吃下整个世界/嘴巴建立起与世界的
联系"(《土地的季节》);"我手里抱着我的雏儿,他稚嫩的双腿/像节节田藕,柔
软而坚毅/我知道,这是他丈量世界的标尺/晶亮的眼眸在曦光中绽放异彩/他欢
腾的手势,拍打着生长的节奏/扑腾扑腾扑腾/和所有雏儿一样笨拙/但我相信转
瞬即逝的晨光/必然让他洁白的翅膀现出蓝色的光彩/在飞过天鹅湖面后,日益
庞杂的思绪/终会成为自由的圈套"(《扑腾》)。

　　三十岁前,我的生命是嶙峋的石山
　　它给美丽的姑娘献上杜鹃花,索要爱
　　躺在向阳坡上虚度光阴,写痛苦的诗
　　蹉跎惯了,永远警惕陌生,像走夜路

　　江南润泽,不规划,就会深陷泥沼
　　河水在未至大海前,注入了我的躯体
　　湿气太重,山石糜烂,我把体内的活力
　　凝结成一个孩子,或一盏明灯

　　他站在山峰、塔尖、人生的中途
　　他就在我衰老的怀抱里成长
　　他那么小,那么亮,又那么依附于我
　　让我看到我看不到的童年和父母的青春

三十岁以后,我将因得到爱

而被流放到孤岛上

用衰败的身躯去学会倾力爱一个人

爱更多的人

这首题为《山峰,或灯塔》的诗歌,是诗人对自己生命旅程的一个梳理。它是诗人爱的誓言,深情地抒发了对妻子和幼儿的爱与感恩,以及一位父亲对幼儿的舐犊深情。诗歌最后,诗人的爱在"倾力爱一个人"中发酵,上升到"爱更多的人",爱的境界发生升华。

浓郁的西方现代主义诗歌艺术特质

尤佑的诗歌,在承继中国诗学传统、汲取中国传统诗歌艺术营养的基础上,打通了与西方现代主义诗歌艺术相勾连的脉管,接受了西方现代主义诗歌艺术的哺育。它不再是一种完全意义上的中国传统诗歌,而是一种呈现出浓郁的西方现代主义诗歌特质的诗歌。其人文精神和创作手法,都深受西方现代主义诗歌的影响。《我的巴别塔》中的大部分诗篇,都体现了西方现代主义诗歌精神与诗歌艺术对诗人的双重眷顾。

诗集中收录的268首诗歌,多为灵魂的独语,笼罩着一种忧郁、飘忽的心绪(如《冷风自古忧郁》等诗歌)。诗人以一种强烈的现代主义耻辱感和孤独感,指陈"一个虚无的时代"(《石头,或一个虚无的时代》),真实裸呈自己的中年生存状态,历数现实生活中的种种变异和荒诞,揭示生活的真相,反映现代人的生存困境和心理困境,暴露和鞭挞生活中的种种丑行,反思历史与现实,在荒诞中呈现虚无、在困境中展示沉重。

诗人说,"我的诗歌缺少爱的语境/反复练习的都是耻辱"(《练习耻辱》);"阳光下,我罪孽深重"(《阳光下,我罪孽深重》)。这种深刻的耻辱感,加剧了诗人灵魂的孤寂。在《用一首歌融入世间的欢乐》一诗中,他的灵魂如此喃喃独语:"在众人欢腾的打谷场上,我躲在草垛后哭泣/千人欢唱,谁愿意和悲伤者同行呢?"在《一切都是孤独》一诗中,他说,"一切都是孤独";在《午后林间》一诗中,他说,"我刚走过人群,把话都说完了"。他如此书写自己的孤独:《多数时刻,你只是一个人》;他如此诘问生活:"谁能不忧郁?"(《谁能不忧郁》)。

尤佑的诗歌,真实地表现了一个中年人在"凌乱的中年"(《梅雨将至》)所遭逢的生活空间的逼仄:"生活隐匿的颠簸消耗着精力/他像一个老气横秋的气象播报员/唱着气短的歌谣"(《呼吸练习》);"习惯提着脑袋奔跑的日子了/心儿拖着沉重的肉身,不停地喘息/像列车轰鸣"(《磁悬浮列车》)。在生活面前,诗人深感"在母亲眼里/你命里所有的困苦和挣扎/都是针对她的/平实的日子顿时苍凉起来"(《跌入大海的苍鹭》)。他由此洞悉了人生的真相:"我试着全心全意地爱,却陡然发现/在畸形的碉堡里的人,尚未体验过爱"(《瓦解》),由此萌生遗世独立之心:"就想扮成旧物/找一块废弃的坡地,随花瓣躺下"(《坡上梅,听梵音》)——

> 我热衷于和蚂蚁一起居住的生活,它们密匝匝地
> 聚拢在书架上,涌进我的心,流成一条黝黑的地下河
>
> 我向往秘密,人心浮沉的力量
> 一群恶魔随风而来,地面上残留的黑暗的洞穴
>
> 打着远离蛮荒的旗帜,河流上升腾的迷雾并非氤氲
> 绝育的种子深藏地下,难见天日
>
> 真理已被剽窃,沉睡的蚂蚁涌入无止境的黑暗
> 野火在蔓延,梦里的一切都了无生气
>
> 唯有这蚂蚁的洞穴,全是上帝之光
> 偶尔,人世间的饥饿,疼痛的黑暗,转瞬即逝
>
> ——《穴居》

正如《穴居》这首诗歌所揭示的,尤佑的诗歌,真实地再现了现代人的生存困境和心理困境,反映了现代人的出路迷失和精神迷茫:"在精神世界里,雾霾重重"(《风铃》);"怀抱着出走的愿望,又迫于生计折返"(《悬天决》)。这种精神的迷茫发展到极致,便是生命的自戕,如《彩排》一诗所书写的青年的自杀。当

然,尤佑的诗歌表现现代人精神世界的迷失,更多的是通过书写身体的支离破碎来达成的,譬如:"身体一旦醒来,四下苍茫,/我本就是一座漂移的孤岛"(《漂移岛》);"我嗅出了玻璃裂纹和自身疼痛的体味"(《破碎》);"所有关节螺丝麻木/锈迹里的亡失疯长/我还是耗尽心力,保持优雅/拎着头颅上的发梢,在云端漂浮"(《倒影》)。

尤佑的诗歌的现代特质,还体现为一种洞察力和反思力上。他的诗歌,如《周六遇见杀手》《跌入一口荒诞主义的井》《悲欣无界》《长日已尽》等篇章,对"笑着笑着就哭了/哭着哭着就笑了"(《悲欣无界》)的生活的荒诞,对"只适合某种演出式的虚设"(《长日已尽》)的人生的虚无,都做了毫无伪饰的描写和揭示。与此同时,在《龙套王》《在霾中,想起1958年的黄金市》《死亡会不会饱和》等一批诗歌中,诗人对自己、对历史与现实,也进行了深刻的反思:"多数时刻,我们等同于道具"(《龙套王》);"战争、权谋、盘剥、夭亡……/非正常死亡把历史填成一个胖子/民间故事里,阴魂堆积/河道里泛着层层尸骸//腐朽的泥,过之无不及"(《死亡会不会饱和》)。

怀疑与批判精神,从来就是现代主义诗歌的一大思想遗产。尤佑的诗歌也弘扬了这一现代主义诗歌传统。他以笔作剑,质疑伪善、揭露荒谬、讽喻现实、还原真相。他揭露现实生活中的《强盗逻辑》,抨击那些"真善美的绝缘体"(《瞧,这些真善美的绝缘体》),质疑"光辉的事物背后的阴影"(《十字架上没有星光》)。他犀利地直陈"塔群宾馆的宏伟气势/掩盖不了时代的荒谬"(《虚构》)。他不无讽刺地指出,"我们的想象力,就是要把城市阉割成无性别之后/再把乡村整容出剧场的模样"(《石树上的熊》)。他从"拆迁中的紫阳街/……/刹那,它被高楼覆盖"(《覆盖之必要》)中,看见"城市的房子/以及富人的自信心迅速扩张/它吸附了天空的雨滴,或/穷人的眼泪"(《建筑大师》)……

尤佑的诗歌中,也有着不少直接书写西方现代主义文学大师的篇章,如《博尔赫斯的镜子》《黑塞的园圃里没有凌霄》《诗语迷宫说》《午后,和弗里达谈自画像》《三联生活周刊2016年第43期》等。在《午后,和弗里达谈自画像》一诗中,诗人对墨西哥传奇女艺术家弗里达·卡罗的人生进行了简括而精准的素描:"隐居在没有绿树红花的荒漠/失眠和疯癫是人间常态/弗里达的亡灵藏在坏女人的小说里/她说,母蟑螂吃掉了公蟑螂//你看,清晨的那些美/多么无知,多么罪恶/浮泛的眼眸里,藏匿着没有真相的真相/莽莽原野是一座孤独的坟茔/在午后,她用残缺与荒诞/画下了一幅又一幅未知的自画像";在《三联生活周刊2016年第43期》中,诗人这样品评诺贝尔奖得主、诗人鲍勃·迪伦:"许多人盯着他年轻的样子/却听不到他的灵魂"。

漂泊中的乡愁与在异乡的安身立命

漂泊,是肉身对故乡的离弃,又是灵魂向着故乡的皈依。尤佑是一位漂泊者,他的诗歌,浸透着一种如《离弦的箭》般的漂泊意识。《我的巴别塔》中,有不少乡愁诗,抒写诗人思念故乡、怀想亲人的情感。诗人说,"我们从未走出父辈的弹丸之地"(《我们从未走出父辈的弹丸之地》),他怀念生养自己的故土,以及那块土地上的亲人:"村庄仰卧于山坡。炊烟升起,/阡陌,或田垄露出破绽。远行者/找到故乡的地图"(《自然画师》);"我说,妈妈啊！山里的黛色是不是更凝重了/松林间的骨头冷得打战/我不得不想起煤油灯和屋檐下的冰凌/以及,你缝棉衣的松针/那年我七岁/披了件衣裳出门,至今没有回去/只是提了提心念"(《黑夜是件衣裳》);"我看见那些低矮的树上/结出了杏儿、梨儿、桃儿/她们是我的姑姑/壮硕的李子则是我父亲/后来在梦里,奶奶告诉我/活着的躯体贫瘠/死后却养活了一代人"(《潮湿的秘事》)。

诗人的乡愁中,有着不动声色的疼痛:"我远离故土和母亲的炉台/只随身带着难以忘却的容颜"(《春花已尽》);"在窗框里,他把自己枯坐成一根瘦柴/他有些想念那些的杉木和预想的棺椁"(《杉木》)。随着工业文明向农耕文明的逼近、城市文明对乡村文明的蚕食,"虚构的家谱和庙宇/如今都已沦陷"(《黄昏之别》),"我们早已是故乡的异乡人"(《乡道》)。所以,诗人只有"躲开一切/写下隐晦哀伤的情歌"(《长句》),"做乡村最后的歌者"(《火车》)。漂泊的最终归宿,是将对故乡的思念,转化为在第二故乡的安身立命:"我们都是小青菜/廉价的自尊易于生长"(《我们都爱小青菜》);"火车,你好/许久不见故乡,我打算做成另外一个人/思索着梨树嫁接后的生活/安静到可以和一个人结婚,然后冒名顶替地/过着幸福生活/你载着多少人的青春梦/往返在那些死了的石子和枕木上"(《火车》)。这是灵魂的无奈,却也是肉体的必然选择。

若不是这流水,这歪歪斜斜的前童古镇

会传出多少将朽将朽的密信

我们化作少年,纸船悄悄入水
等在花桥上的人看白溪不舍昼夜

唯有一根竹杖支撑起爱情的骨头
她望着墙头的茅草,眼睛越小越无光

终究是没能再来。祖宅里的燕子窝空仓破败
她带着她的祖辈在黑色的廊檐下住了150多年

深秋的阳光唰唰作响,老太太藏在棉衣里
她避开镜头,生怕魂魄掉进光影里

流水千转,我们的身体曾经住着火
路过它,焚烧它,断壁颓垣里的骨头成了木炭

少男少女带着七彩,坐在巷口的小马扎上
给马头墙上色,在斑驳光影里,画师偏爱黑白

走过逸飞影院,《理发师》里的暧昧循环往复
人生可以完成很多事,但总有一件不能如愿

在巷陌,流水再次回转。祖祠里的牌位上
写着永生的愿望。在对面的方尺戏台上做戏

死亡显然是件隆重的事。礼炮、鲜花、生前的愿景
随锣鼓声升起,祖先们纷纷起床听戏

《在小地方容易碰到死亡》这首诗歌,就是诗人已然在第二故乡安身立命的证明。

　　《我的巴别塔》所收录的诗歌,多为语言现代、风格简括的抒情正章,然而又有如《羽毛》这样的悠扬小夜曲、如《蒙太奇的我与草原》"埋在土里的,除了历史/还有诸神。风云驰骋的阴山/跑马正在涉水/翻滚着胡人的血,透明的神龛上/叠放着几块石头和旗子//在草原上听风,哭诉/海是碧蓝的沙漠/也是我愿望的远方,更远的/故乡,飘过陌生的云/消散,弥漫,奔腾/一匹虚构的马,穿膛而过"这样雄浑的乐章;既有语言诙谐的《如果研讨会没有吴玄》,又有风格怪诞的《赤橙黄绿青蓝紫的图书馆》;既有抒写短暂放纵的《南方、南方》,又有记述梦境的《昨宵梦小说》,等等。题材广阔,内容丰赡。

　　诗人尤佑在"眼睛里没有花果/也无自己的倒影"(《锁眉》)的虚无时代,依然坚守着自己的理想,朝向精神的"巴别塔"勉力前行。他说:"我已不在乎会不会有鱼前来与我嬉戏/因为眼前的这片湖就是我的心/我绕着你,行走一生"(《夜钓人》)。在漂泊中坚守,在行走中开拓,这是诗人的宿命,也是诗人的使命。自然,尤佑的诗歌,我认为也存在着某些不足之处,譬如整体调性偏向议论,造成诗歌语言略显干涩,欠温润;多为对生活的表面化摹状,挖掘深度不够;令人拍案叫绝、让人回味无穷的作品少;个性不够鲜明、辨识度不是太强。意见未必正确,希望诗人有则改之,无则加勉。

(2017-10-17)

(见作者新浪博客 2017-10-17)

漂泊时代的爱与诗
——陈建平诗集《心路呼吸》序

　　诗人陈建平是一位漂泊者,他从赣鄱徙居钱塘已逾十年。这种极富时代特色的生活经历,在他的诗歌创作中,打下了深刻的精神烙印。《心路呼吸》正是他这一内在心理结构的外在艺术显现,抒写了一种漂泊时代典型的生命体验。过去与当下、梦幻与现实、乡村与城市、传统与现代,构成了他生命记忆和诗歌艺术的两极。这两极互为撕扯、互为诱惑,生成了他灵魂中的爱与痛;或者说它们就像一对翅膀,托举着他沉重的肉身在诗歌中飞翔。

　　《心路呼吸》对诗人自己的灵魂世界和大千世界进行了轮辐式扫描,自然风景、四季物候、青春爱情、故园乡愁、人生履痕、逆旅时光等,都在诗人笔下,得到了浓墨重彩的描绘和呈现。诗人的情感是质朴的、诚挚的、浓烈的、缱绻的,具有一种直击人心的艺术感染力。它是一曲唱给自然、唱给时光、唱给故乡、唱给生命的赞歌。整部诗集如泣如诉,抒情性极强,有回望、有怅惘、有哀伤、有挣扎,更有憧憬、有欣喜、有爱恋、有坚持,流溢着一种情感的温暖。

　　诗人礼赞那"一颗颗籽粒/渐渐饱满、殷实/在阳光的抚摸下/闪出一种金黄的光泽"(《小满》),"麦子熟了,一闪而过的电视画面上,一片金黄/我看见,它们弯着腰,似乎等候/一把镰刀,磨刀霍霍,收割它们"(《芒种贴》)。这是一种丰收的喜悦。这种喜悦,在如今这个面貌模糊、表情虚幻、伦理暧昧、情感歉收的时代,带给我们心灵的,是一种远远超越了田野、超越了农业的鲜明感、真实感、踏实感和幸福感。

《心路呼吸》最直击人心的篇章,当属抒写浩瀚乡愁的这部分诗歌,它们真实而深刻地表现了诗人生命的痛感。那是灵魂深处一种挥之不去的隐痛。诗歌真切地抒发了诗人的故乡之忆、故乡之恋和故乡之忧,展示了时代大潮对故乡的侵蚀与冲击。现实中的故乡令诗人无限怅惘与忧伤:那荒芜的村庄、独守空巢的老人、留守的儿童、破败的老屋、老去的父母……"那么多的思思念念/也终敌不过一个词/敌不过一个/日渐模糊的/村庄"(《回家》)。

诗人的情感无疑是炽烈的。他说,"这个夜晚,月亮点燃了原始的乡愁"(《残缺》);"指尖流年,我三千丈的白发/只是为了千里之外/不老的旧时光/……/一颗心,抱紧自己,像倦鸟归林/从此,我的呼吸只为你"(《礼物》);"我惺忪的眼睛/仍然听到了远方的呼唤"(《云上村庄》);"唯有乡愁/不时唤醒,就要沉睡的灵魂"(《清明》);"今夜,沿着明月/我提着思念回乡"(《中秋的月光》)。这些沉重的诗句,表达了一个游子对故乡的缱绻情愫。

《心路呼吸》对青春爱情的书写,同样动人心弦。"人生有你,阳光灿烂。"诗集里的诸多爱情诗,把青涩爱情中的初见、想念、相守、爽约、冷战、痴恋、分手、怀念等各种或甜蜜或酸楚的微妙的心理活动,描绘得惟妙惟肖:"我的到来/因为你/所有的存在,包括呼吸/都是多余的"(《来你的城》);"曾经美丽的誓言/在午后的雨中/跳一支独舞/纪念来过的伊人"(《处暑》);"你是我心中最柔软的痛"(《你是我心中最柔软的痛》)。

《心路呼吸》中最具美学特质的,是那些描绘江南风物的诗歌。诗人在江南的行旅中,不断邂逅绝美的风景,在自然山水中际遇时光的倒影,感受历史的沧桑:"我涉水而过,慢慢靠近/春天的传奇"(《邂逅,一道风景》);"你的姿势/浸淫一种光阴的味道"(《拱宸桥》);"千年了,你把时光凝固。古老的青春/在江南的封面里/鲜活"(《在乌镇》)。《广济桥》是诗人书写江南风物的一首代表作,诗歌以曼妙的想象和雅致的语汇,将一种销魂蚀骨的江南遗韵,和盘托出——

"你从沧桑中滑下/落成一曲空灵的古筝/斑驳了青石块/流转了烟柳古堤/变更了风姿依旧/一百六十级台阶/是你评弹五百年的音阶/在运河的生命里流淌/千回百转//你的身体开出一朵青苔/我们在时光里对望/多么想和你端起这碗酒/

回到富庶繁华的江南/我们一起倾听/七孔里传来的桨声、船夫号子声/以及你哀怨了千年美丽的乡愁//那些不曾说出的话/原来都说与了你听。踩上去/就会听见,湿漉漉的歌谣"。

　　这类诗篇,书写了诗人对秀美江南的迷恋。江南,对于诗人来说,是漂泊的"此在",它与作为"彼在"的故乡一起,陶铸了诗人的诗歌伦理,也成为疗治诗人乡愁的良方:"单薄的一朵雪花片刻化了/我仿佛听见,一滴泪水掉落的声音/那是我内心欣喜的尖叫"《一朵雪花在飞舞》;"门扉紧闭,斑驳了时光/关不住满园的/万紫千红/朵朵桃花,依旧笑迎/十里春风"(《旧时桃花》)。与乡愁诗相比,这类江南谣曲,更具有积极的现实意义。

　　《心路呼吸》"惊蛰,我看到春天"这一辑,收录的是一组书写二十四节气的诗歌。这组诗歌融状景与抒情为一炉,描绘了诗人心灵与季节的交响,谱写了一曲季节之歌、时光之歌、心灵之歌,在整部诗集中具有比较独特的地位和价值,集中展示了诗人的诗歌结构能力和诗歌艺术表现力。"真正的春天还在路上/……/而我躲在一本书里/思念春天的美好"(《立春》),组诗从"立春"写起,直至"大寒"。它不仅是一部季节嬗变史,更是一部诗人心灵体验史。

　　《心路呼吸》所收录的诗歌,情感质朴、意象明朗、语言清新、内容丰富,是诗人的心灵呼吸和诗路探寻,整体上呈现出一种非常不错的艺术品相。陈建平是一位虔诚而执着的缪斯信徒,尽管写诗时间只有短短的三年,却起点不低。只要以后在体验的独特性、挖掘的深刻性和表达的现代性等方面再进一步,立地深挖,力避表面化,讲究艺术留白,给读者留出想象和再创造的空间,去芜存菁,追求凝练和精粹,就一定能更上一层楼。

　　是为序。

(2017-04-24)

(收入《心路呼吸》,中国大地出版社)

在万物面前低眉顺眼

——评应先云诗集《云的应答》

　　《云的应答》是诗人应先云的首部诗集。尽管她从事诗歌创作只有两年时间,但凭着在诗歌艺术方面的天赋异禀和对诗歌艺术的热爱,她的诗歌无论是在结构形制还是在艺术审美方面,都已初步形成了自己的特色,具有一定的辨识度。甫一写诗,就登堂入室,窥探到诗歌艺术的堂奥,站在了一个比较高的起点上,这是相当不容易的,也是值得祝贺的。

　　我最先读到的应先云诗歌,是一首题曰《祭父》的短诗。那一刻,我被它深深打动了。打动我的不仅是诗人对父亲的深厚感情,更是诗歌最后一节移情入物所表达的对自然万物的博爱情愫:"满坡的荒草在摇晃/这些原本缺少世间疼爱的植物/被我逐一认作亲人"。具有如此情感力量的诗句,我想它带给读者的,就可能不只是心弦震颤,有时恐怕也会令人神思恍惚、脚步踉跄。

　　《云的应答》中最感人的诗篇,无疑当属这类抒写亲情的作品,如《祭父》《良药》《在墓地》《哥哥》《父亲书》《清明,借时光的潮汐疗伤》《起风了——致大哥(组诗)》等。这组诗篇,诗人将失去父亲与哥哥的大悲大恸,通过一系列寻常而生活化的细节,细腻而隐忍地传达了出来,内心波涛汹涌外表却冷静克制,痛彻心扉却不动声色,于无声处听惊雷,其无论是对情感的处理,还是对已逝亲人音容笑貌的艺术呈现,都体现出一种比较老到的艺术功力。

《祭父》一诗,非常巧合地昭示了《云的应答》这部诗集的两大主要题材内容:一是怀想哀悼亲人,抒发骨肉深情;二是书写自然风物,呈现天地之美。当然,诗集除此之外也有一些诗作,或追怀先贤,或抒发自己的中年人生感喟,等等,但数量较少。诗集中两大主要题材内容,若以情感的炽热度和冲击力排列,书写亲情的系列诗篇,显然比书写自然风物的诗篇更具情感力量、更打动人。但若从作品的绝对数量和带给读者的审美愉悦而言,则书写自然风物的系列诗篇,超过书写亲情的诗篇。

《云的应答》可谓一部微型的浙东南自然风物志。在诗人笔下,故乡浙东南的一草一木、一枝一叶,一山一水、一石一鸟,田野山村、清风明月,亭台庙宇、钟鼓梵音,春荣秋衰、季节嬗递,等等,莫不以一种精微而优美的图像呈现于尺幅之上。诗人有着一颗"柔软的心"(《清明,借时光的潮汐疗伤》),她的心胸中装满爱,以一颗柔情似水的母性情怀,拥抱世界,对自然万物充满爱怜和书写的激情。我甚至从她的诗歌中,读出了泛神论和自然拜物教对她所施与的某种隐约的影响。"整个夏天,我坐守一个秘密/和花草相亲相爱"(《在沙溪,我羞于说出渺小的爱》);"这些久未走动的植物,像/一个个远亲等待相认"(《那么多的植物等待相认》)……诸如此类的诗句,正是一种"自然之心"的泛神化与博爱化的曲折呈现。

"爱""柔软""压低",是解读应先云诗歌的三个关键词。诗人不仅自己爱着,她也要求人与人相爱、花木与花木相亲。诗人"遵从爱的流向/打马前往——"(《玫瑰之约》),她的胸膛中,"藏有一颗欢喜心"(《绿萝》)。在诗人眼里,万物有情,与一枚落叶、一声鸟鸣相遇,都是人间一种美好的相遇。除了"爱"与"柔软",应先云诗歌的第三大关键词是"压低"。她的诗歌,带给读者一种强烈的印象——谦卑。在自然万物面前,诗人"低眉顺眼"(《流云》)、"怀揣谦卑"(《在寒山湖,被一圈涟漪击中》)、"满怀谦卑"(《在国清寺》),不断地"将身躯压低"(《野塘》),将头低到尘埃里,从尘埃里开出花来。

应先云诗歌呈现出一种基本风貌:"小"。首先体现为内容的"小":小想象、小联想,小出神、小恍惚,小场景、小剪影,小写意、小哲思。小处着笔,以小见大。以少少许,胜多多许。她的诗歌,多"专注于一小段春色""放大微小的事物"(《在张思,我专注于一小段春色》),以想象为统领、以白描手法进行呈现,下笔空灵轻盈,点到为止,如美人扑蝶,力量恰到好处。场景描写简洁、生动,概括性、表现力很强，往往寥寥几笔，就惟妙惟肖地勾勒出了笔下景物与人物的风神，极富画面感与镜头感，如同一帧帧传神的小写意画——

譬如，她写村庄："风吹过，草木葳蕤/蓬勃的绿高过整个村庄"（《风吹过》）；她写大雪："一场雪驾着一辆马车/从冬夜而来"（《一场雪，驾着马车疾驰而来》）；她写祈祷："净手/点三炷香/屈身//烛火摇曳/钟声响起/神灵由远及近"（《祈福》）……与此同时，她的诗歌，也不乏思想的沉淀，如："尘埃上。瓦砾翻身/芒刺迷途，被紧拴灵魂"（《陀螺》）；"漆黑的夜用一场雪取暖"（《一场雪，驾着马车疾驰而来》）；"令我真正动容的/是她与生俱来的机警/这，往往是初涉世者的软肋"（《白鹭》）……

应先云诗歌风貌的"小"，其次体现在结构制式上。她的诗歌，大多制式短小，结构规整，常为两行一小节，整首诗由数个小节构成，造语节制、洗练，内在韵律弛缓、明晰。诗歌品相精致而微，如词中小令，温婉可人。当然，她也有一些小组诗，如《那么多的植物等待相认》《西塘行》《在张思行走》《走近寒山湖》《流逝的岁月》《足音》《在皋亭山》等，由于突破了这种结构制式的限制，从而获得了一种较为雄大的精神气象。

从艺术特色上看，应先云诗歌节制、简洁、细腻、轻盈、干净、优美、恬静、温婉，表现为一种"夜莺玫瑰式的吟唱"。譬如："我在码头驻足远眺/默守内心的宁静"（《渡口》）；"梵音自庙宇流淌/内心的暗尘被逐次剥离"（《在国清寺》）；"延恩寺经幡飘动/坐禅入定/掏空体内的凡尘俗念//夜宿古洲庄园/蛙声似潮/月色下，携一身芳香入眠"（《在涌泉》）；"在心与心的缝隙/埋下一颗花的种子//每天为它/松土、浇水//执着下去/便听到花开的声音"（《初秋，我埋下一颗花的种子》）……这些诗句，无不表现了诗人内心的纯粹与安详。

应先云诗歌，总体上无疑是圆融、谐和的。但圆融、谐和的另一面，往往伴生着诗人的艺术心灵与大千世界的对峙强度较弱。而缺乏对峙或者对峙不够，必然带来诗歌艺术张力的疲软。此外，她的诗歌也存在着一些欠缺之处，譬如书写主题与表现手法相对单一，对内心的开掘欠深，等等。相信随着诗歌创作经验的不断丰富，这些不足都会在不远的将来被诗人一一克服！

（2018-01-07）

（见作者新浪博客2018-01-07）

纯真心怀的婉丽抒写

——序王小青诗集《年华独舞》

　　时光清雅,约花入诗;韶华深处,清风霓裳。女诗人王小青诗集《年华独舞》,以一种幽兰曳谷的风姿,翩跹起一支锦绣年华中的灵魂独舞,将心底的浅吟低唱,流泻成一阕委婉缱绻的性灵清词。诗集共分时光清浅、浮世清欢、雨季清莲、别样烟火、花香径远、絮语轻逼、指尖烟云和古韵氤氲八辑,其中前七辑为现代诗,后一辑为古体诗。其诗也,文字清丽脱俗,意境清幽古雅,情怀婉约纯真,风格婉丽纯粹。

　　诗集从内容上看,大体分为三类——

　　第一类是歌吟秀美江南的。在诗人笔下,无论是西湖,还是大运河,抑或是其他江南小镇,无不如一幅清幽淡远、气韵生动的水墨图卷。譬如,诗人把西湖比作"盛装的新娘",折服于"她清丽的容颜如此娇美/足以让岁月驻足不前"(《岁月温柔》)。譬如诗人如此倾诉自己对江南的缱绻情愫:"这般如诗如画的美景/是我心心念念的江南"(《浅笑不语》);"沉醉于江南的烟云/倾尽一生眷恋柔情"(《花开的诺言》);"怀拥碧波/用锦年的记录/轻唤江南古韵与渐远的才情/梦里山水交融的气质与磅礴"(《跫音渐近》)。诗歌《樟溪情怀》堪称诗人这类题材诗歌的代表作,在这首意境古雅清奇、情怀古典温丽的诗歌中,古街巷的沧桑与安谧、旧时光的缠绵与温馨,借由一种如水般洁净的文字,得到了细腻而传神的呈现。

第二类是记录日常生活的。诗人追求一种暗香盈袖的生活,并且善于发现和提炼庸常生活中的诗意。诗人"就着一枕落花/静静体味生命的愉悦与满足"(《浅笑不语》)。在诗人笔下,日常起居、旅游远足、游泳休闲、阅读写作、党派活动等,无不充满一种美好而温暖的诗意。诗人热爱那《下午茶的时光》,热爱那"拾起一弯浅笑/领略这一程山水的美丽"(《一弯浅笑》)的旅行,更虔诚地热爱着阅读与写作,她说:"最高的享受是在书架前阅读华章"(《花落成诗》);"时光清浅/阅读是最好的慰藉/文字是深藏的情结"(《这样一个雨季》);"我的快乐/那是精神的快乐/是诗词歌赋/琴棋书画游走天下"(《破茧成蝶》);"梦里回到唐朝/唯有文字/如一袭不老的芳华/给予我一生中/最温柔的暖香"(《暖香》)……

第三类是抒写锦绣心怀的。诗人说,"我是精神与生活双重洁癖的女人"(《纯粹》)。在生活的滚滚浊流中,她固执地坚守着自己的纯真:"走过八千里云月/穿透十万次风雨/我仍是清清净净的莲花"(《时光低语》);"婉丽地体现着不可亵渎的纯粹"(《跫音渐近》);"月下遗世独立/清香袅绕/只为　只为/素颜青衣的你/娉婷"(《为你娉婷》)。诗人最大的渴望,是"做一个精致的女子/将美修饰在日常的习性里/妥帖地爱着自己/不辜负生命中分秒的光阴盛放"(《岁月的风韵》)。诗人崇尚宁静,她说:"人生最好的境界是宁静"(《自我救赎》);"我只愿做一个安于世俗之外/悠闲清雅的女人/沉浸于音乐与美丽的诗行/纵使老去/依旧有暗香浮动的情怀"(《时光清雅》);"像山谷的百合花/静悄悄地幽幽绽放"(《冷香》)……

《年华独舞》最大的特点是情怀的纯真,"清浅面对尘世/如此脱俗清丽"(《临窗》)。诗人深爱着这个世界,她说:"因了这婆娑世界/心里一再泛起涟漪"(《光影西驰》);"只因深情/故陷深井"(《时光令人老》)。因了这真情,"温柔了岁月/柔软了心思"(《岁月温柔》)。诗人的深情,或体现为对诗意江南"守你千载"的情愫;或体现在对被迫害致死的父亲的追缅、对坎坷一生的母亲的感恩、对负笈异国的儿子的思念;或体现为对昔日学校与老师的怀想、对现实生活中的朋友的友爱;或体现为对爱的期许与执着;或体现为对旧时光的回望和对慢生活的向往。

《年华独舞》也充满了对生活的感喟,浸透着一种深刻的孤独意识。"我虔诚向往的古堰画乡/归来已身心疲惫不堪"(《带泪的梨花》),诗人因而痛切地体认到"这个世界/我与你不熟"(《凋零》)。年华里的寂寞惆怅、内心的无奈与苍凉,凝结成笔端如盐粒般晶莹的"文字与忧伤"(《喃喃》)。诗人说"孤独是一朵凋零的花"(《凋零》),自己就像"一棵寂寞的花树"(《守望》),"即使如花美艳/终也抵不过似水流年"(《夜未央》)。在销魂蚀骨的孤独中,诗人顿悟到"人生就是自我对孤独的一场救赎(《自我救赎》),所以她"轻提裙摆暗香盈袖/携着时光的星辉/踏着春风美妙的旋律/走进花尘烟雨里/凌波漫步于有诗意的花海/在清风霓裳里为年华独舞"(《岁月的风韵》)。

《年华独舞》以一种传统的东方古典主义诗歌美学,抒写了诗人在时光中的生命独舞,本乎内心,发乎真情,是一部生命形态鲜活的诗歌文本。

是为序。

（2017-11-27）

（刊于《温州文学》2018年第1期;收入《年华独舞》,团结出版社出版）

浙诗小酒群同题诗评点(四期)

同题一:期待

◎达　达|期　待

我得记下早晨沙沙的中雨声
这阵雨声随着岁月流逝
很快就会被人忘记

我得记下黎明前的黑暗里
一辆垃圾车在南山大街发出的沉闷敲击声
这个敲击声随着天明
很快就会被在日光中行走的人忘记

我得记下早晨一壶开水坐在煤气炉上烧开时的噗噗响声
噗噗噗的响声随着这一天的生活展开,很快

就会被制造这个响声的人忘记

当我记下这种种声音
是否就能永远留住了它们?
时间是否会因此驻步?
生活是否会因此更美好?
写下它们的人是否会因此而不朽?

评点——

达达的诗歌,朴实、平易、温和、及物,呈现出一种温暖的生活气息。诗人以持续不衰的关注力,观照日常生活,发现波澜不惊的日子深处潜涌的诗意。他近期的诗歌,多以"时光"为主题,书写时光流经心田的印痕,追忆消逝的童年和村庄,弥漫着一种淡淡的怅惘和忧伤。这首《期待》,同样是一曲关于时光的乐章。"声音"与"忘记"在诗中构成一组不可调和的矛盾:"声音"顽强地要留下刻痕,而"忘记"却蛮横地抹去一切印记,由此形成了诗歌的艺术张力。全诗不着一"期待",读者却能于字里行间,读出诗人挽留岁月、留住回忆的美好心愿以及对未来的美好期盼,这是这首诗构思上的高妙之处。当然,诗歌中个别用词也值得推敲,如前三节中的"早晨""黎明前""早晨",特别是两个"早晨",可否另择他词表述? 逻辑上也有点小小的混乱,如果将第一节与第二节对调一下,由"黎明前"而至"早晨",是否更合理一些?

◎詹明欧 | 期　待

这一夜,她热烈的桃花盛开,
让习惯了主动出击、发号施令的
帝王,手足无措,频频后退。
他扬起钓竿朝河面抛出弧线询问后,
在风吹草动,浮标沉浮之间,
具备了静坐者足够的耐心。

直到她说:活人频频获得荣耀,
与死人连续获得勋章相比,
她更看重后者。
灯光才在她裸露的乳房投下阴影,
并在雪白的后背上流淌。

光影重叠的船从她河埠里起航。
这几小时的双人车旅行,
沿途柳树、桃树、水杉、枫树,
大胆地与风发生了恋情,
整夜窃窃私语到天明。

评点——

詹明欧这首《期待》,老辣、大胆、绮丽、精准,给人想象的空间很大,是一首精彩的描写性爱的诗篇,内容上无过度阐释的必要。从艺术表达上看,多种比喻手法和双关的修辞运用,真切生动的场景再现,摇曳生姿的幻觉描写,言此意彼、令人浮想联翩的风骚遣词,充分表现了性爱之美、人性之美和诗人的生命期待。阅读上稍有难度的是第二节中的"直到她说:活人频频获得荣耀,与死人连续获得勋章相比,她更看重后者。"这一句,字面上的意思不是太难懂,但"勋章"究竟指称什么,不同的读者自会做出不同的回答。

◎张 寒|期 待

班级里,那个唯一
报三千米的男孩,跑在最前面
少男少女们挥舞手臂
涨红着脸,高喊加油
两圈,四圈,六圈
渐渐地,他落到了最后
啦啦队的呼声,由高到低

终于凝滞了。有人

低声抱怨起来

这个平日从不听课

从不交作业,从不与人交谈

似乎不存在的男孩,像一团谜

独自走到了终点

评点——

　　张寒这首《期待》取材于他所熟悉的教育领域。诗歌用平实的语言,以及零度叙事的手法,讲述了一个"差生"参加田径运动会的故事。故事中的男孩是值得钦佩的:他积极参加运动会,他是愿意融入集体的;他敢于独自报名参加三千米长跑,他是勇敢的;他一度跑在了队伍的最前列,他是敢于表现自己的;他虽然"落到了最后",却依然"独自走到了终点",他是坚韧顽强、不轻言放弃的。然而正是这样一个值得肯定和表扬的男孩,在他"落到了最后"时却受到了冷遇,深层原因是因为他是一位"平日从不听课/从不交作业,从不与人交谈"的"差生"。诗歌揭示了两大社会问题:其一,成王败寇,热捧成功,不能容忍失败的深层社会文化心理的荼毒;其二,不能公平对待所谓"差生"的应试教育体制的戕害。这使我不由自主地想起了鲁迅的名句:"中国一向就少有敢于失败的英雄,少有韧性的反抗,少有敢于单身鏖战的武人,少有敢于扶哭叛徒的吊客,见胜兆则纷纷聚集,见败兆则纷纷逃亡!"诗歌题近旨远,引人深思。它虽然没有直接将诗人的"期待"揭示出来,但聪明的读者自然明了,那就是对社会公平与教育公平的呼唤与期待。

◎再回首|期　待

北方的大地,听说已很肃杀

在南方的我很是庆幸

那满眼的秋色,充斥着温暖

不经意地汇入车流,很匆忙

除了马达的轰鸣,有些底气

城市的节奏,在车轮上翻滚

走过山山水水,期待下一站
会有怎样的惊喜,和我拥抱
让自己,能够整理一下心思

不想用甜言蜜语欺骗自己
或许燃一根烟可以焚烧过去
幻化成一脸的轻松和自在

站在繁华的街头,风很妩媚
撩拨着城市的心弦,然后
把那金黄,一片片剥落……

评点——

再回首这首诗,书写的是南方的秋天。诗歌融景、情、思于一炉,描写了南方的秋色与自己置身于金色秋天中的心理活动。诗歌采用比较规整的三行一节的制式,有效地避免了情感的一泻无遗,体现了诗人在行文上的节制和对诗意的提炼。诗歌中,对比手法运用得比较成功,营造了诗歌的内在张力:一是北方与南方的对比,以北方的肃杀反衬南方的温暖;二是现实中马达轰鸣、车轮滚滚的匆忙生活与遐思中的点燃香烟、轻松自在的悠闲生活的对比,表达了诗人对慢生活的期待;三是大视域背景与个人内心小感受的对比,呈现了诗人对生活与生命沉实的思考。不足之处在于,诗歌语言略显陈旧,诗性与新鲜感不够强;描写比较粗疏和浅表化,雕镂欠细腻、深刻;诗歌肌理也有点模糊,内在逻辑不够明晰。

◎古　雨|期　待

太过温柔。凉凉的月色
照着老乞丐从容和缓的面容

更深露重里,那双干瘪的手

触摸到条条肋骨

却还触摸不到天堂

天堂。那年他的母亲给他织过一件衣裳

后来亲人都入土种成了树

他神经里有匹野马脱了缰

春雨秋露里流浪,安抚下了马的癫狂

树木花草,连风都嘲笑他

当人们的嘲笑都是风

他在残羹冷炙中,安居了灵魂

现在,他多么期待天亮

黎明的光可以穿透昨晚周身彻骨的疼痛

公园里清脆的鸟叫声,一针一针

刺死癌变的细胞

老乞丐更期待春暖花开

那时,满山野花烂漫换下这身褴褛衣衫

躺进温暖大地的怀抱

该是多么幸福的一件事儿

评点——

古雨的这首诗虚拟了一个乞丐对春天的期待。这是一种极致的虚构。没有谁比一个冻馁的乞丐更期待春暖花开。诗歌建基于这一生活逻辑之上,将老乞丐的过去(母亲和亲人都逝去后开始流浪),现在(更深露重里,衣衫褴褛,冻馁在街头)和对未来的期待(期待春暖花开,躺进温暖大地的怀抱),编织成一幅最边缘角落社会生活的图卷,写出了命运的严酷与生命的孤独。诗歌的情感是悲悯的、温情的,这是一种高贵的诗歌情怀与诗歌精神。但从艺术表现手法上看,整首诗的纹理还是显得有点生硬、违和,譬如"公园里清脆的鸟叫声,一针一针/刺死癌变的细胞",鸟鸣是婉转的,针是尖锐的,这一暗喻,本体与喻体二者特征的差异性较大;又如"从容和缓的面容""在残羹冷炙中,安居了灵魂",可能并非老乞丐真实的生命状态与心理状态吧。

同题二:浩荡

◎东方浩|浩　荡

这些白厉厉的光线是秋天的亮
铺满整个空间
而天是深蓝的

我在高楼的窗前肃立
看城市参差的屋顶
道路多么直　或连续或折断

更远处的山　不高但起伏着绿
众多的河流是另一种道路
泛映着另一种亮光

当我仰望天空真的空旷了
没有大雁没有鸟鸣
只有风推动几片破碎的云

如果九月的时光　就是一部书
这巨大的纸张上　会镌刻什么样的文字呢
我闭上双眼　只用手指识读细小的空洞

评点——

东方浩的这首《浩荡》,内在节奏感极强:全诗五小节诗歌,情感的律动和着笔的轻重,按强-弱-强-弱-强的节奏均匀地起伏。首尾两节,在结构上起着总起和归结作用,体现了一种诗境的完整、自足和圆融。首节大写意地描绘了秋天的景象:白光浩荡,天空蔚蓝;末节自我拷问,将九月的时光比作一部书,将浩荡的白光比作巨大的纸张。书与纸张之喻,流溢着一种书生本色、一种雅洁的人文襟怀。中间三节,视线由近推远、由低至高,表现了秋天的辽阔和纵深。诗歌在这一辽旷的背景中,凸显"泛映着另一种亮光"的"众多的河流"。这些河流,不仅是以想象濡染的实景,是诗人眼中的"另一条道路",而读者也完全可以将其理解为纯想象意义的岁月之河、时光之河。当然,在这首诗歌中,它们更是美学之河,以一种奇异的亮光,亮丽了灰暗的群楼与"没有大雁没有鸟鸣/只有风推动几片破碎的云"的"空旷的"天空。初读这首诗时,似觉平淡,再读时,嚼出了味道。大味必淡,诗歌亦然。

◎周小波 | 推开心窗和秋风一路浩荡

站在被华灯抹亮的窗口,发呆
有碎片自上而下,驾驭风
像幽灵的白舞鞋踮起脚尖寻觅
即使是奔向毁灭的自由
此刻,我也想飞
摆脱脚踝世俗的羁绊
摆脱语言无聊的擦枪走火

夜幕中细腰的星辰
像是一个无法触摸到的女人
如梦飞翔,可秋风却像个空抽屉
在有无之间摩擦
偶尔擦亮了词语熟透的句子
思绪便有了桃花,长满了心乐的岛屿
把有颜色的细胞一个个唤醒

倘若此时灵魂长出了翅膀,那就飞吧
推开心窗和秋风一路浩荡

评点——
　　周小波老师是个大阖大张的诗人,他的诗歌,基本上是他这种性情的外显
化。这首《推开心窗和秋风一路浩荡》,其诗核就是一个"飞"字,让灵魂插上翅
膀,冯虚御风,"与秋风一路浩荡"。老庄哲学与现代自由精神的完美结合,造就
了这首诗歌。浩荡的不仅是秋风,浩荡的更是诗人追求自由的灵魂。"即使是奔
向毁灭的自由/此刻,我也想飞",表达了诗人摆脱桎梏、奔向自由的决绝。诗人
对羁绊和无聊充满厌弃,因而一旦被眼前之景擦亮了词语,思绪便如桃花盛开,
"有颜色的细胞",被"一个个唤醒"。神秘、情色和放旷,是周小波老师诗歌的三
大艺术基因密码,也是形成他的诗歌独特魅力的三大利器。他的大量诗篇,都
有着对这三大艺术基因密码的精彩呈现。这首诗也不例外。"幽灵的白舞鞋"
"细腰的星辰""无法触摸到的女人""飞"便是分别对应神秘、情色和放旷的一组
诗歌意象。从结构上看,这首诗以"窗口"起、以"心窗"终,并且在结句中明确点
题,亦可完整见出诗人的运思。

　　◎冰　水|秋声浩荡

会有一小簇雨落在郊野,
会有大雁掠飞江南。

秋天的藤萝抽出新叶,
虫鸟幽居。草木回到泥土。

迟滞的河流,被一群雄狮赞美。
光的残片闯入乌鸦体内。

我希望能为秋风颂德。
那些未知的发声,已经篡改。

如果给秋天一只容器，
秋声就可以找到逃亡的路线。

从未知的某处。声音学的九月，
一只夜行鸟，矗立在时间的窗口。

评点——

冰水诗歌是一种免检产品，其质量一如既往地稳定。《秋声浩荡》展现在读者眼前的，是一幅辽阔而静默的秋景图，一种略带怅惘却依然不失希望的心绪。全诗紧扣秋天的特点，融景、情、思为一炉，远景、全景、中景、近景和特写相结合，抒写秋季的"声音学"，以静默表现浩荡。雨落郊野、雁飞江南，诗歌一开篇就将读者带入了一个辽阔的境界中。前三节诗歌，对秋景进行形而下的描写：雨，不再如夏雨般暴烈如注；气温下降，大雁开始南飞；虫鸟幽居，不再聒噪；草木凋零，回到泥土；河流迟滞，不再喧腾；秋光晦暗，残片漂浮。除了浩荡的秋风——这沿着"迟滞的河流"奔腾的"雄狮"，茫茫大千世界，一切声音都由高亢转入低微、暗哑。大自然开始敛藏起自己的行迹。后三节诗歌，转为对"秋德"的形而上的思索。诗歌以"大雁掠飞江南"始，以"夜行鸟，矗立在时间的窗口"终，中间杂以"乌鸦"。全诗结构匀称、首尾相顾，运思回环。不可忽视的是，"秋天的藤萝抽出新叶"这一细节描写，一灯如豆，点燃了灰暗的背景、照亮了幽暗的心绪。秋风浩荡，万物各安其所。秋天是静默的、包容的。谁能从静默中读懂浩荡，谁便深入了诗人的心灵。

◎王伟卫|浩荡的多种形式

车辆在穿越皮家沟的高速上停滞

消耗的耐心，密密麻麻
我的乡亲不关注这种浩荡
隔离网下，继续轻轻将去叶片上的蚜虫
这种吸食秋天的浩荡，令人不安

喃喃一句：还得打一遍药

仿佛一个仪式的开始

一群麻雀东张西望地飞进稻田

面对这场浩荡的入侵，稻穗低头

我的乡亲抬起嗓子，吆喝

静止的天空，重新急促地组合

天空的浩荡，多像孩子摔碎的玩具

而纯正的浩荡，就是乡亲的吆喝

连着尘世的粮仓

评点——

王伟卫这首诗是"反浩荡"的，在本次小酒群众多同题诗作中显得别具一格，它从凌虚高蹈中敛起双翅，栖落于坚实的大地之上，朴实、及物，生活气息浓郁。诗歌列举了四种"浩荡"：一是高速公路上浩浩荡荡的车队，二是隔离网下菜地里浩浩荡荡的蚜虫，三是稻田里浩浩荡荡的麻雀，四是浩浩荡荡的天空。诗歌书写的是诗人一次在高速公路上遭遇堵车时的所见所想：高速公路上汽车的长龙逶迤浩荡，然而隔离网下的"我的乡亲"对此并无关注的兴趣，他们关注的是菜地里虫害成灾、稻田里麻雀成群。他们专注地"继续轻轻捋去叶片上的蚜虫/这种吸食秋天的浩荡，令人不安"，他们对着麻雀高声吆喝、驱赶，惊得它们扑棱棱乱飞而起（"静止的天空，重新急促地组合"）。最后在诗人眼里，天空的浩荡就像"孩子摔碎的玩具"，而真正的浩荡，是乡亲们对麻雀的断喝以及他们对丰收的期望。生动的细节、新颖的比喻、鲜明的对比，充分表明诗人选择的是一种关注民生疾苦的现实主义诗写姿态，这是难能可贵的。

◎应先云|月光浩荡

天空浩大，器皿被虚无隔离

月色贴着月色，星星挨着星星

她走下星空,擦拭人间浮尘
光亮里透出河流、山川与湖泊

桂花和迷迭香同时开了
月光将很快淹没这些痕迹

我卧在阳台上仰望
所见除了银白,还是银白

无论怎么看,她都不像一个局外人
最黑暗的地方仍有光华

评点——

应先云的诗歌,大多制式短小,结构规整,常为两行一小节,整首诗由数个小节构成,犹如小令,节制、洗练,眉目清晰。这样的诗人,她的内心是沉静的、安详的、洁敛的、有秩序的。这是我对应先云诗歌的一个总体印象。这首《月光浩荡》,同样呈现了她的诗歌的这些美学特征。这是一首漂浮着桂花和迷迭香的诗歌,具有如下特点:其一,"无"与"有"的妥帖处理,将浩荡的虚无化为可感之月色;其二,"我"的直接介入,主体与客体交融在一起,以"我"之眼,观月色之浩荡、皎洁;其三,结句精彩,最后一句,宕开一笔,将诗意与诗思推向了一个哲理的高度,留下余味;其四,用词洗练,风格明丽温婉,无拖泥带水之浑浊,有干脆利落之清澈。整首诗歌,如一挂瀑布自天而下,拖拽着读者的目光由高空转向地面,最后定格于远处那一片"最黑暗"却"仍有光华"之地。当然,最后一句显然不是写实,而是诗人的想象之景,但这一想象,将诗意向诗外作了牵引、拉伸。此外,这首诗歌以想象统领、以白描呈现,下笔空灵轻盈,点到为止,如美人扑蝶,力量恰到好处。

同题三:秋风

◎林夕杰|秋风辞

你一转身世界就凉了
无言的月光再度黏合起瓦砾

故乡是一种善念。我的前半生
在反复拨亮一盏煤油灯

牛角长出托词,不谈理想
那种羞愧不亚于互扇耳光

低垂的稻谷是否该收起
锋芒? 岁月依旧静默

我接过旧钥匙
走向一道陌生的门

评点——

林夕杰的《秋风辞》,以一种干脆利落的行文,表达了回望旧时光的缱绻情愫。起首句中的一个"凉"字,奠定了本诗的基本调性,既点出了季节的特征,又揭示了诗人的悲凉心绪。紧接着第二句中的"无言的月光",将这种悲凉进一步前推,并与"瓦砾"这一代表故乡、代表旧时光的意象"黏合"在一起。至此,本诗的核心部分基本完成。自第二节开始,诗歌直接将抒写的场景拽回到童年的"故乡",明确点题。通过对"煤油灯""牛角""稻谷"等诸多旧时乡村事物的触摸,抒发了怀想故乡、追忆童年的无言怅惘。结句中的"旧钥匙"与"陌生的门",真实地反映了现代人的生存困境和心理困境。从整体上看,这首诗呈现的情感特征和美学特质都是怀旧的,是一种对旧乡村、旧时光的无限悼缅和满腔惆怅。这种情绪是个人的,也是公众的。特别是"故乡是一种善念"这一警句,能引发读者的广泛共鸣。

◎阿 罗|秋 风

秋在哪里,秋在田园
秋风吹来,秋风薄凉
他是冬的使者
告诉我们冷热是一种病
——有病总会好起来的
好起来之后多看看天空的书

秋在哪里,秋在森林
秋风吹来,秋风手起刀落
一片片叶子,一个个删帖
不折不挠,未来还有更大的一场死亡要去战胜
他有万千星辉万千棵树
率百兽一起呐喊、奔跑

秋在哪里,秋在城市
秋风吹来,秋风无处可逃
一条条街道,一次次追查
高楼和高楼不离不弃
灯火和灯火互相辉映
而他有一场雨遗忘在
肝脏的高山血液的大海
动作迟缓的人有一颗孤独的心

评点——

　　阿罗是个不按常理出牌的诗人。他的这种行事风格与行文风格,从这首
《秋风》诗中,亦可窥见一斑。乍读这首诗,感觉好像诗歌创作的几大忌都跑来

这儿集中了：一是无推进的并列式结构模式；二是排比、反复、复沓等传统修辞手法的运用；三是一唱三叹、幼稚童谣式的起首。但阿罗就是阿罗，他是高手的代名词。这首诗歌，每一节都从第三句开始，酝酿着一个惊天逆转，造语新颖，意象新奇，出人意料，其艺术效果类同于"一瓣两瓣三四瓣，五瓣六瓣七八瓣，九瓣十瓣十一瓣，飞入草丛都不见"。越过泥泞的前两行，我们就开始步入瑰丽的原始森林。这是阿罗式的智慧、狡黠与幽默，这是悬崖上的词语之舞。

◎许春波I秋　风

说破了吧，你说的地方
风确实茂盛，还有淬火的长刀

落叶倒在地上，叠成埋骨的塔
风还没有起，就已穿过手心，关隘

一早能听见酒的声音
松了一口气，天阴着，仿佛风来

这是有关联的，也有着固定的距离
有风，天必须阴着

其实，差距已经看不清了
风来和没来，都是历史

置身一个朝代之外，繁华就是虚无
下起的雨，浇灌不了没有出生地的秋风

影子上挂满影子，飘在凉的黎明
我伸出双手，替你收割

用声叹息结尾,不知道
风还会不会在大漠,接着长起

我听见几滴风在说话
议论着,叶子的泛黄苍老

以及灰烬

评点——

许春波的这首《秋风》,雄浑、凝重、黏稠、阴郁,遣词干脆、有力、武断、霸气,有一种充沛的气势在诗歌中运行,呈现出一种历史的纵深感和命运的苍凉感。在读惯了他静定妙绝、通达随顺的禅诗之后,这首浩荡雄奇的诗歌给了我一种惊艳的感觉。诗歌一起首就设定了一个倾诉对象——"你"。这一对象,可能是一个他者,也可能就是另一个自己,是诗人在进行自我对话,是诗人灵魂的独语。在诗人笔下,秋风如"淬火的长刀",无比冷酷、无比锋利,它收割大地上的一切;秋风如"没有出生地"的浪子,它游荡在天地之间,到处堆起落叶——这一"埋骨的塔"。甚至,它尚未到达,就已穿透人们的掌心与大地上的关隘。整首诗歌联想丰富、比喻新奇、意象浑朴、造境悲雄。古老的秋风,在由远方与出生地、想象与生活、历史与现实、繁华与虚无等多组既相互关联又互为对峙的关系中满血复活,构筑起一种辽旷纵深的艺术时空。诗歌以雄奇始,以凋落终,浸透着一种苍凉的生命意识。而"长刀""埋骨的塔""关隘""大漠"等意象的铺设,更使得诗歌具有了一种慷慨悲凉的古边塞诗之格调。

◎涂国文|秋风起

秋风起。银杏枝头的唱针咬住了音乐的嘴唇
古老的苍穹,一张旧唱片在吱吱旋转

阡陌纵横。芦花、红枫、丹桂、菊瓣和白云
被一齐卡在了喑哑的嗓眼里

我用七坛美酒，在河岸上布下天罡北斗阵
将从稻谷中归来的人，绊倒在虚假的喜悦里

秋风扫过郊外的墓园，触碰到坚硬的墓碑
月光脆裂，大地上阑干着遗言的巨冰

一张渔网，从神秘的高空兜头撒下
莼羹、鲈脍、菰菜。归思兮，起于洛水之滨

评点——

涂国文是一个具有古典情怀的诗人。融古典情怀与现代精神于一炉，是他诗歌创作的一贯追求和基本的美学特征。与此同时，他的诗歌亦常常使用春秋笔法，暗藏机杼，曲折迂回地表达自己对世事的臧否，隐含着一种思想的锋芒。《秋风起》就是这样的一首诗歌。诗歌在对秋风进行了辽旷而唯美的描写之后，将批判的梭镖，掷向那巨大的虚妄与谎言。在诗人笔下，苍穹是古老的，唱片是旧的，秋天的嗓眼是喑哑的，那收获的喜悦是虚假的、可疑的、不可靠的，秋天的郊外到处是矗立的墓碑、脆裂的巨冰和阑干的遗言。这是一个被繁华所包裹着的寂寥世界，诗人窥见了它的真相，因而萌生归隐之心，一如西晋张季鹰，从洛水之滨，归隐到僻静江南；从喧嚣尘世，退隐到幽谧内心。最后一节中的"渔网"，到底是秋风之网、阳光之网，抑或是生活之网，甚至是文字狱之网，诗歌没有明说，留给读者去思索。

◎陈鱼观|秋风辞

听说你瘦了，瘦成了秋天。
如果再瘦去一些，我就能将你抱起
放到蒲公英上面飞。
白色绒毛织成的裙子拂过水面，
波心荡，无声的冷月。

等瘦作一滴水,我就陪你去西汉,

那里有黄金的房子,年轻如痴的彻儿

击筑而歌:"兰有秀兮菊有芳,

怀佳人兮不能忘……"

可你选择信任秋天,

夜读书生还没来得及

吹灭蜡烛,你就已与秋天一起离岸,

皱纹结绳,错乱的脚印。

不知你后来的模样是否继续向瘦?

安魂曲只有一个声部,

黄叶纷飞,不相见的知音。

评点——

陈鱼观的这首《秋风辞》,构思极其巧妙。诗歌避开天地间实际的"悲哉,秋之为气也"(宋玉《九辩》),将取材的镖头移向纸面,移向汉武帝刘彻的《秋风辞》,直接面对古代经典,生发联想与想象,营造古典诗意,自铸现代宏辞;采用化用与引用,以刘彻的典故,勾兑出自己的诗歌美酒。整首诗运用拟人化手法,将秋风比作一个女子。这个女性化的"你",我们可以视之为刘彻的宫女,亦可视为诗人陈鱼观属意的某位现实中的女子。"瘦",是这首诗的诗核,呈现了秋风起时大地的山寒水瘦与人心的憔悴。诗歌中,"佳人"与"书生"之人设,梦幻与现实之纠缠难分,表现的无疑是现代人心灵深处的爱情迷幻。诗歌中诸如"听说你瘦了,瘦成了秋天。/如果再瘦去一些,我就能将你抱起/放到蒲公英上面飞。""等瘦作一滴水,我就陪你去西汉,/那里有黄金的房子,年轻如痴的彻儿"此类诗句,想象奇异,思接千载,视通万里,唯美浪漫,空灵隽永,令人惊艳,读罢使人齿颊生香。

同题四:蝉

◎冰 水|鸣 蝉

鸣蝉叫破夏天,雨水还是没有落下来。

我把稻米、铁器搬进屋。这些厚实之物
或可带来清凉。

空气中聚集着黑雨滴，
我想，"它们是孤独的。"而我，
是不是也仅是这人世的一滴？

关上暗黑门窗，
我把鸣蝉当作夏天最后一只昆虫。
听任草丛、树梢、荷塘那些喧闹。那些
与我无法分开的彼此。

像等待因果——
这一刻会有一场雨，
落下来。窗前那棵失水已久的老槐树，
又鲜活了。

评点——

冰水诗歌，大多构思精微，书写冷静、节制而精准，利落干净，绝少枝蔓和可有可无之字。与此同时，她的诗歌亦常见自我诘问式的哲学追索，并伴有绵厚温暖的俗世气息。从精神气质而言，冰水的诗歌是出尘的，如同从地面升腾而起的云朵，高蹈而洁净。然而从内心的观照方式而言，她的诗歌又是及物的，对俗世生活频频投以眷顾的目光。这首《鸣蝉》全面地展示了冰水诗歌的艺术特点。诗歌以蝉鸣所宣示的溽热与希望中的雨水降临为经纬，抒写了诗人对一场雨的期盼。它是自我诘问的："而我/是不是也仅是这人世的一滴？"它更是温情及物的："我把稻米、铁器搬进屋。""窗前那棵失水已久的老槐树，/又鲜活了"。

◎天　界｜蝉

一个含着蝉死去的人，

正和神进行密语。

他就是神。
矮橘寄养过他的肉体。
他在灰色山坡上，
收起翅膀。

时间欢乐而沸腾，
到处奔跑着夏天的孩子。

他是伟大而荣耀的先知。
每一声歌唱，传递给人间生命的真理。
引来鹤的叫声。

直到有一天，
大风运走黑夜，搬来白色露珠。
他完成使命的肉体，
从矮橘上，

一个翻身，填补了大地一个窟窿。——
一个含着蝉死去的人，
蝉替他完成了另一生。

评点——

　　天界的诗歌，具有一种神秘性，或者也可称之为"亚神性写作"。这种"亚神性"，与信徒朝觐灵山的那种神性有着本质的不同。准确地说，天界诗歌创作的"亚神性"，表现为一种"神话性"与"神秘性"的合一。首先，它带有强烈的神话色彩，有着浪漫主义与超现实主义媾和的玄幻特质。其次，它具有一种幽暗的神秘性，是诗人在心灵的密室与站立于云端的神进行的心学交流，它已超出俗世层面，而进入到了一种准宗教层面。从艺术表现手法上看，他的诗歌，无论是整体构思还是诗境的营造,大多想象奇特、出人意料,几无俗篇、俗句。这首《蝉》诗,非典型地呈现了天界诗歌创作的鲜明个性。

◎周小波│蝉

带酒味的汗,身体像漏了的酒瓶
昨晚的五粮液
却嗅出了地瓜烧的汗味
畸形变态的夏天,切割着烫手的时间
没有一丝台风的海鲜味,衔来凉意
蝉鸣成了这个夏夜精致的皱纹
在天空墨色的额头,用针尖般的声音刻画

所有的风已被西伯利亚借用
所有带雨的云像长了翅膀的蘑菇飞离
汗水汹涌,有大海的咸涩落入眼中
净身般的中年,是一只空杯子
注满了酒才看到的人生,悲怆而多疑
用不着忧伤而拖泥带水
蝉只活一年,没有老便会死去
知足吧,乐观主义者说我们还会活很久

玉山腔在夜色中不紧不慢地踌躇
捏着夏天的脖子,假声斜出
蝉却抱着大树的乳房召唤女友来一场约会
腹膜每秒一万次的抖动,只是为了擦出爱的火花
41度的夏天,性已完全成熟
声音沙哑,生命紧凑
弹回来的声音穿越着方言的漏洞

评点——

我素喜小波老师的诗歌。他的诗歌,独具一种融叙事的魅力、性情的魅力和性的魅力三者为一炉的个性魅力。小波老师的诗歌,叙事性都很强,体现了诗人对抒情的超越。读他的诗歌,常能体验一种笑看人生沿经络爬行的快意。与此同时,他的诗歌中都有一个强大的"我",主体性很强,客体常常被主体所浸染、所改造、所淹没,是生命的外显和生命能量的尽情释放。他的诗是人诗合一的。性在他的诗歌中,已然成为一种必备的修辞手法,而不再单单是内容。他的诗歌是开放的、恣意的、令人难以捉摸的。而基于比喻之上的种种奇诡的联想与想象,更使得他的诗歌具有一种摄人心魄的艺术魔力。

◎陈鱼观 | 蝉

修不成正果,就修一种妄想,
蝉的爱情从来都是生命的祭礼。

每秒钟一万次的呼喊——
掀起一阵暴风骤雨,无休止的怨叹。
从狂躁到悲鸣,蝉的雄性体液
涂写着午后的墓志铭。

用一棵棵树排起的竖琴
缀满了褐色的无名弦。
死亡是一张入场券,
每天有无数场音乐会在向蝉告别。
同一种声音和旋律,穿过急促的间隔符,
一片落叶,秋天的寿衣。

如果妄想不能继续下去,
就结一个蛹,泥土是绝美的晚餐。

评点——

蝉是自然界最悲壮的昆虫之一。为了繁衍下一代,雄蝉在与雌蝉交配后,会被雌蝉吃掉,而雌蝉亦会在产卵后死去。这种以生命献祭爱情、献祭后代的惨烈,触发了诗人陈鱼观的灵感,于是便有了《蝉》这首诗。诗歌从"爱情"这一角度切入,无疑是自出机杼的。整首诗呈现出一种低沉、黯然的情感底色,抒写了诗人对雄蝉悲剧命运的深刻体认。而"祭礼""墓志铭""死亡""寿衣"等词语的铺排,则进一步加深了诗歌的悲剧氛围,引发读者对生命进行哲学思考,具有一种动人心弦的情感力量。从艺术表达上看,诗歌想象奇特,节奏拿捏到位,不疾不徐,一如既往地体现了鱼观兄诗歌准确、凝练、老辣、干净的语言风格。

◎知 秋 | 秋 蝉

更喜欢入秋枝条上的一只蝉
鸣叫声随着莲蓬收紧
逐日读懂秋日慢慢丰满

一只入秋的蝉
并非刻意去改变一片叶子的形状
来掩盖自己逐渐脱落的翅翼
而是为了更好地获取一片宁静

一只入秋的蝉
虽然,最终无法逃避秋雨绵绵
在潮湿的泥土里埋葬自己
而是化成一条虫
在被沉寂、晦暗、烦琐撕扯的黑暗中
为一道光请命

正如在柳条抽芽之时
我事先将一对羽翼雕刻在竹片上面

在进入秋寒之时

可以掩盖老屋因为空瘦出现的疼痛

满足一口井的诉求

让一堵墙在来年开春之际爬满藤蔓

评点——

　　第一次读知秋先生的诗。一切诗歌,都烙印着诗人的身份密码。我在读这首诗时,仿佛看见字里行间叠映着一个正俯首凝神劳作的竹雕艺术家的形象。诗歌的第一、二节特别是最后一节,依稀可辨诗人的这种业余身份。从这一点来看,《秋蝉》的观照视角是独特而显豁的。从诗艺上看,诗歌能紧扣"秋"之诗核,展开想象和书写,表现秋蝉的特点。有几个诗句,如"鸣叫声随着莲蓬收紧""为一道光请命""掩盖老屋因为空瘦出现的疼痛"等,用词清新,颇见功力。不足之处有二:其一,整体上构思较平,未能充分展开联想与想象,多意料之中而少意料之外;其二,虚词的过度使用,使得整首诗的表达略显拖沓、结构略显松弛。

(2017-08-25 至 2017-12-25)

(刊于"浙诗小酒群"微信公众号)

张枣诗歌《镜中》的一种读法

◎张　枣｜镜　中

只要想起一生中后悔的事

梅花便落了下来

比如看她游泳到河的另一岸

比如登上一把松木梯子

危险的事固然美丽

不如看她骑马归来

面颊温暖

羞惭。低下头,回答着皇帝

一面镜子永远等候她

让她坐到镜中常坐的地方

望着窗外,只要想起一生中后悔的事

梅花便落满了南山

赏析——

有些诗歌,需要朝浅里读。朝浅里读,心里的疑惑往往会迎刃而解。相反,若只顾朝深处掘,唯恐体会不出诗中的微言大义,则常常会百思不得其解,越陷越深,如坠云里雾里。譬如张枣的这首《镜中》,将其解读得玄而又玄的高论有很多,但大多令人读后依然迷糊。其实这首诗并不晦涩、深奥,反倒十分明朗、浅显。它成功的秘诀,并非因为它表现了什么深刻的主题,有什么深刻的寓意,而在于反复出现的"只要想起一生中后悔的事/梅花便落满了南山"这两句诗。人的一生中,谁都会遭遇"后悔的事",有些"后悔的事"还极有可能是痛彻心扉的。正是诗歌所揭示的这种人类共有的生命体验,才重重地击中了读者心扉,引发读者心灵的深深共鸣。而"梅花落满南山"这一凄美的意象,更是将这种共鸣推向了极致。这是一种由心灵共鸣和凄美意象混浇而成的艺术魅力,所以让人难以抵挡。

在这首诗中,"皇帝"一词对很多读者来说,形成了理解上的"拦路虎"。其实这个"皇帝"是"不在场"的,它只是一种借喻,指代诗歌中的主人公。"她骑马归来/面颊温暖/羞惭。低下头,回答着皇帝",说的是"她"在回答诗歌中主人公的问话时,很"羞惭",低着头,像古代的宫女回答皇帝一样,描写的是"她"回答问话时的神态,而并非指"她"面对着一个真实的皇帝,在回答皇帝的问话。理解了"皇帝"这个词,整首诗的诗意就豁然开朗了:诗人在深深地怀想一位女子,为曾经听任她做游泳、攀梯这类危险的事而后悔不迭,更为她平安归来,在"我"面前为自己的任性又羞又惭,低着头,像回答一位皇帝的问话一样,小声回答着"我"的问话而心生宽慰和怜惜。然而,"我"却最终没能留住"她",镜子仍在,人儿已远,令"我"无限怅惘、追悔莫及。

当然,笔者这种解读,未必与诗人的本义完全吻合。但自古"诗无达诂",只要能自圆其说,未必不是一种有效的阅读方法。因为读者没有义务与作者完全保持一致。

(2019-03-13)

(见作者新浪博客2017-03-17)

潘维《冬至》赏读

◎潘 维｜冬 至

这一日,像舂白的米粒一样坚实,
如冬水酿的酒一般精神。
厅堂里张挂着喜神,
磨面粉的声音不断溢出墙外；
之前,穷亲戚们提筐担盒,充斥道路；
送来汤圆、腌菜、花生、苹果……

我们家族繁茂、绵延,
靠阴德、行善福泽了几代。
冬至日,乃阴阳交会之时：
不许妄言,不许打破碗碟,
媳妇须提前赶回夫家,
依长幼次序,给祖家上香、跪拜。

俗语道："冬至之日不吃饺，

当心耳朵无处找。"

数完九九消寒图八十一天之后，

河水才不会冻僵听觉，

春柳才会殷勤地牵来耕牛。

一年之中最漫长的黑夜，

就这样焐在铜火炉里，把吉气焐旺；

如乡土的地热温暖一瓮银子。

赏析——

在雾失楼台、霾锁帝都的冬至日，诗人潘维的《冬至》一诗，暂时为我们驱散了心头的雾霾，让我们重历一遍世俗生活的坚实、精神、笃定和幸福：亲情喧哗，祖荫绵延，风俗鲜活，阴阳交割，生活就像刚淬过火的铁棒，冷冽的寒气包裹不住内部哧哧冒烟的热源。诗歌以实写虚、避高就低，描绘了一幅吉祥的世俗生活风情图。冬至是祭祀先祖的日子，也是一个新的循环的开始。不被祖先祝福和恩泽的生活是不吉的生活，不为子孙后代造福的人是不祥之人。愿祖先福佑我们！愿我们都做一个吉祥之人！愿新的生活图景降临在我们的生命里！我们不要雾霾中的冬至，我们要诗人诗歌中的冬至！

（2017-08-29）

（刊于《富阳日报》2017年8月31日）

李郁葱《处暑》赏读

◎李郁葱｜处　暑

鼎盛于繁花开遍的时节
它是一个停留,像展翅飞去的蝴蝶
留下虚无,还有空漠中的转折
——它的风暴并不特殊,穿越过人群
和我们熟悉的街道,我们召唤
那来自光阴深处的光:不是一团漆黑
但有着小小的重量,可以
丈量我们如同有些倦怠了的书
在时光的荡漾里,迷离了
那些前程,还有我们走过的路
在今天,它是一种聚合,成为
到来的方向,像小动物,在本能中
找到自己的食物。我们渴望的高度

却变成了孤独：这个夏天的单薄

在边缘中被插入，像是按了下一曲

跳过那些嘈杂的身影；跳过

那些我们不愿意的声音：

找到这欢乐，在时光的按钮里

它解开了我们——

那身体里的衣服，纯粹如动物

有着对热烈时间里的挽留

我们处于这样的时节：

暑气渐消，而光阴遥迢

收获的声音逐节蔓延，往昔

是一种方向，但未来正成为往昔

赏析——

今日处暑。在微信中看见诗人李郁葱贴出的旧作《处暑》，心弦莫名地震颤了一下。这不仅是一首书写节气的诗歌，更是一首抒写中年人生感悟的诗歌。时令抵达处暑，"鼎盛于繁花开遍的时节"，犹如人至盛年。盛极而衰，人生由此开始转折。打量过往，先前很多勉力追求的事物，此时不免都着上了一丝虚无、虚幻与虚妄的色彩。然而，喧嚣归于寂静，却并不意味着人生的寂灭，相反，却是一种新的"聚合，成为到来的方向"，在逐转寂寥的大地上，"收获的声音逐节蔓延"。它犹如飞流直下，化为溪流和江河，奔向波澜壮阔的海洋；又如李叔同在人生盛年遁入空门，由一己之私、之爱走向人类的大慈悲。整首诗歌的情绪与意象，呈一种链条式推进，扎实而繁丽，诗歌节奏高低起伏，"转折""聚合""解开""蔓延"等词语，像"展翅飞去的蝴蝶"，轻点着诗歌情绪的波心。整首诗表达了诗人在转折中眺望光阴遥迢的幽微心绪。

"我有喜悦,要说给天空听!"

——吴伟峰《春天,是仁慈的》简析

◎吴伟峰｜春天,是仁慈的

寒冰,已经在温热的
手心中融化。青翠的风
翻动着流水的影子。
我有喜悦,要说给天空听,
我要说:春天,是仁慈的。

就在这一刻,草木从沉睡中
睁开眼睛。我一下子原谅了自己
——就像珍珠原谅了尘埃。
这柔软的水,流出石头,
遍布虚空。我想到救赎,
那是把自己还给自己。

我要说的,仁慈的春天,

在每一枚返青的叶子中

呼吸。风儿像新娘手中的

剪刀,剪裁出她的嫁妆。

而鸟巢里光亮的鸣叫,

叫醒了溪水中的一条鱼。

很多东西都游动了起来——

水里的,土里的,天空里的。

还有,是藏在仁慈的心里的。

赏析——

《春天,是仁慈的》这首诗诗意十分显豁,相信每一位读者在读过之后,都会如同诗人所说:"我有喜悦,要说给天空听!"

是的,春天来了,一切都苏醒了。那原本沉睡的大地,绸缎一样,在我们面前重新抖动起来了,生动起来了,鲜活起来了。

春天是一场救赎——

诗人说:"我一下子原谅了自己/——就像珍珠原谅了尘埃/……/我想到救赎/那是把自己还给自己。"尽管严寒曾一度冰冻了热血,尽管尘埃曾一度掩埋了珍珠,但那又怎样?春天来了,一切被冰冻的,都将在春阳的照耀下复苏;一切被掩埋的,都将在春风中破土。我们的生命,必将重新放射出璀璨的光华!

我们原谅严寒,感谢严寒!

一起动起来吧!包括远方的风暴,包括我们内心的潮汐。因为春天来了!纵使我们生命的河流奔腾成患,也可以得到春天的原谅。因为春天是仁慈的!

(2017-03-09)

(刊于《富阳日报》2017年3月11日)

宫白云《白露》赏读

◎宫白云｜白露

田野和草木,回到最初的一滴露,
饱满的白在醒来的阳光里
最终枯萎。

秋风递出的箴言,
无需阐释,它涌出的只会是可信赖的东西,
大地的故事在每个瞬间
都起身与它会面。

柔和的金黄闪现在薄暮里,
四周的生命
仿佛都经过了爱。

黑夜从很远的地方带来凉意，

一些晤谈，梦，甚至爱

渐欲霜白。

赏析——

如果允许我将诗人分类，我会将诗人大体分为这样两种：金石类、草木类。金石类诗人奇崛慷慨，草木类诗人平易俊逸。宫白云无疑属于第二类诗人，她的诗歌有着一颗天然的草木之心，有着一种本乎自然的神秘灵性。她将自己视为自然的一分子，是自然中的一株灵性植物。她的一颗玲珑诗心与自然万物暗通款曲。她不但诗歌产量大，而且每一首都流溢出一种俊逸的诗意。

《白露》是一首书写节气的短制，诗意明朗，没必要过多诠释，略作提示：第一节，"饱满的白在醒来的阳光里/最终枯萎"，既承题，又反"朝露待日晞"朝露对阳光的主动之"待"，指陈它"饱满的白"被阳光晒干、"枯萎"的被动与无奈。第二节，"可信赖的东西"，无疑指的是丰收。第三节，"柔和的金黄"描写的是丰收的景色，譬如金色的稻浪之类。第四节，诗歌回到节气本身——白露来临，秋风微凉，梦与爱，亦渐霜白，再次扣题，又流露出一丝岁月流逝的淡淡伤感。

（2018-09-08）

（刊于《富阳日报》9月28日）

林新荣诗六首赏读

◎林新荣｜秋　境

白云悠远处枫叶火燎燎地
灼痛四潭青幽的秋波

抬头
竟有一群雁向南方
急促促地掠去
（有一女孩和一男孩这样紧盯着不放）

赏读——

一首意境优美的小令、一幅意蕴隽永的简笔写意画。白云、红枫、清潭、归雁、抬头凝望的女孩与男孩，几个简洁的意象，将秋境的辽旷与淡远，作了传神的勾勒，流溢着一种淡淡的怅惘心绪。"火燎燎""急促促"，以动写静，并与安静望天的男孩女孩形成对照，营造了诗歌的张力。

◎林新荣｜白菜

这是一种气节。

故白菜常和隐士
结缘

古人说
"不独老萍知此味
先人三代咬其根"
这时,白菜就成了一种象征
一种文化

但经常在农家桌上出现的
白菜
是没有这些想法的
这些,质朴的
在埂上
一排一排
纯净
盈实
在月下
在风雨
与妹妹相映成趣

所以被端上餐桌时
羞羞答答
一副无辜的样子

这时候,碧绿的白菜

丰腴的白菜

一种光泽射出来

对我说

"三哥

其实,我

也是一种鲜美的花啊!"

赏读——

这首诗写得飘逸、潇洒、幽默、风趣。起首几句,将白菜与隐士联系在一起,揭示白菜所隐喻的中国传统文化中的隐士气节、寒士操守与生活哲学。最后两节,采用拟人化的手法,赞美白菜其实是开在生活中的另一种"鲜美的花"。"与妹妹相映成趣""羞羞答答""对我说'三哥/其实,我/也是一种鲜美的花啊!'"鲜亮的修辞,令人忍俊不禁,完成了让白菜由文化的高台走入世俗化生活的嬗变。如此书写白菜,确实自出机杼。

◎林新荣 | 题天鹅湖

鸟鸣是必须的

旗袍也是必须的

此刻,有人播种下爱情

播种下诗

小小的湖却播下天鹅

赏读——

鸟鸣、旗袍、爱情、诗歌。天鹅湖,自然之湖,风韵之湖,爱情之湖,诗歌之湖。总结为一句话:美丽之湖。最出彩的是最后一句,"小小的湖却播下天鹅",静态的湖动态化了,动态的天鹅静态化了;被动的湖主动化了,主动的天鹅被动化了。将关系小小地进行了一个逆转,生出无限妙趣。

◎林新荣｜橘香深处的邂逅

这路，仿佛为我们而设
为这一段橘花而设
风一点点吹过来
即使一点不吹
也已把你的魂魄浸软
浸酥　浸空

这些花，仿佛来自月光的
某一处。软软的五瓣
有月光的气息和湿度
上弦月和下弦月，合并成一柄绿叶

一柄绿叶
也是有灵魂的
要不，花香怎能飞起来

一个人走着，走着，就不见了
两个人走着，走着，就成一个人了
无数个人走着，走着……
就被花香湮没了

赏读——

诗歌所描写的橘香是摄魂夺魄的。微风习习，橘香浮动，"即使一点不吹/
也已把你的魂魄浸软/浸酥　浸空"。特别是最后一节，将橘香的馥郁推到了一
个极致："无数个人走着，走着……/就被花香湮没了"。诗歌如层层浪涛，一浪
推动一浪，一浪高过一浪，生动地呈现了诗歌的内在节律与结构之美。"上弦月
和下弦月，合并成一柄绿叶"一句，为整首诗歌诗意的腾飞做了关键性的铺垫和
有力的托举，而"一柄绿叶/也是有灵魂的/要不，花香怎能飞起来"则对全诗进行

了点睛。全诗对橘香进行了浓墨重彩的抒写,感受细腻,想象瑰丽,节奏舒缓,语言温婉,意境优美,令人陶醉。

◎林新荣｜三月廿六访临海延恩寺

它幽寂的面容在井水中
呈现
它的苦难也必被泉水
涤尽
真静
大道的两边
布满松柏
更大的风
必将在月色下掏空

……真静!

赏读——
诗歌以高度简洁而凝练的语言,勾勒了延恩寺的空寂。"静"是这首诗的诗核。幽井与冷泉,过滤和涤尽了尘世的一切喧嚣与苦难;安静的月色,亦必将掏空浩荡的大风。诗歌前半部分以静写静,后半部分以动衬静,结构上呈现出一种层次感。古寺、老井、幽泉、山道、松柏、大风、月色,交织成一片充满禅意的意境。

◎林新荣｜远去的院落

多想成为你手中的那根线
被你温柔地牵出
一筐洁白的棉,抑或圆圆的棉桃
——只要笑,就露出洁白的牙

傍晚的树荫下

一个院落：黑狗、鸡、两个少女

过年的腊肉还挂在屋檐下

它们都是听着沙沙的纺线声

长大的

——包括屋檐下的一窝燕子

哦，噢，雷声过后就是野性的暴雨

但是现在她们是如此恬静！

赏读——

这是一首令人读后顿生淡淡惆怅的诗歌。远去的院落，像一筐洁白的棉花，诗人的思念，恰似那从棉团中抽出的纱线，绵绵不绝。诗歌一开篇，通过棉纱这一意象，呈现了时间的距离，暗示了岁月的流逝，揭示了回忆的主题。在诗歌中，童年往事如棉花般温暖、柔软、蓬松、光明，如笑声般真切、可感。那坐在院落中纺纱的，一定是诗人的母亲。院落、树荫，黑狗、鸡群，屋檐、腊肉、燕子，"我"、两个姐姐、纺纱的母亲，一起织成一幅温情与温馨的童年乡村风情图。最后一句"但是现在她们是如此恬静"，呈现的是童年时光的场景，重重锤击的却是今日已届中年的诗人的心田。无法挽留的时光，让诗人和读者空留满腔惆怅。

（2017-11-07）

（收入《与时光喝茶》，九州出版社）

日常叙述的光芒：诗歌赏读五则

张小末诗歌

　　张小末诗歌流溢着日常叙述的光芒，她深爱着这个米饭香甜的人间。她的诗歌，跃动着一种俗世欢愉。自然万物，日常生活，都以一种明媚的温馨，涌现于她的笔端。她的诗歌是不动声色的，不经意间就打动了你，譬如"人间烟火，多美好的傍晚。我想要的爱/他在回来的路上"（《傍晚》），"但还有爱啊/正在悄悄赶来/那窗外的合欢/每年都开出新鲜的花"（《个人史》）……读着这样的诗句，我们的心弦是无法不被震颤的。与此同时，她的诗歌有意远离宏大叙事，敏锐地捕捉庸常生活中小小的感动、小小的欢愉、小小的孤独、小小的感伤、小小的灵魂出窍、小小的人生感悟，并将它们真切而鲜亮地呈现出来。她的诗歌，是小的、轻的，然而又是深刻的、意味深长的，像"我爱上这世界的光，是因为曾与诸多黑夜/擦肩而过"（《阳光照我》），这样的体悟，不仅展示了诗人的心路历程，更浓缩着一种深刻的人生哲学。她的诗歌中也有一点小小的羞涩的情色，譬如《春天》《樱桃》《个人史》等，既揭示了女性微妙的心理，又增添了人性的温度。从艺术手法上看，她的诗歌，削去了一切冗余的成分，遣词利落、意象明朗、节奏舒缓、风格温婉,有明月清风从字里行间经行,如春天的白玉兰,明媚夺目。

马永平诗歌

大诗无华。马永平的诗歌,是一种会让人灵魂战栗的诗歌。它完全取材于原生态的生活,毫不伪饰地坦露真实的灵魂,以一种冷峻中包裹着炽热,在凉薄尘世深情活着的生命姿态,一种经历了无数次生死轮回,阅尽人世沧桑才会有的顺天知命、云淡风轻的大境界,一种洗尽铅华、大巧若拙的本真叙事与零度抒情,一种款曲深情、明白晓畅的质朴文字,直抵人心深处。他的诗歌中,屹立着一个沧桑、孤清、挚情、童真的诗人形象:一方面,在冰冷而坚硬的生活面前,他以一副硬汉的铮铮铁骨,与之坚韧地对峙;另一方面,在自然万物前,他又表现出一种柔软和童真的本性。他的诗歌,同时展示了命运的冷酷和温情。

施瑞涛诗歌

施瑞涛的"内心里,流放着一只蝴蝶",他的诗歌中,飞翔着一对沉重的翅膀,这对翅膀,我命名为"施瑞涛诗歌的相对论"。他的诗歌,是借由一组组构成相对关系的翅膀而翔舞的:一是诗核之坚与诗思之逸。如《风雪之轻》由"幼齿"这一诗核、《消失的霉斑》由"钉子"这一诗核生发,由此及彼,诗思遄飞。二是"此在"之暗与"彼在"之明。他的诗歌,生与死、光明与黑暗、绝望与希望这样矛盾着的双方,常常是联翩出场的。如《玻璃》中"我"最终"绕过玻璃,呼吸外面新鲜的空气",而蝴蝶仍在玻璃后面挣扎;又如《刻墓碑匠》中刻墓碑匠"专注于别人的死亡",而"世界的某个角落"正传出"一声新生儿的啼哭"。三是现实之重与幻想之轻。如《诗群的黄昏》状写的枯坐之黑暗与思绪的"野马"之"脱缰",等等。

王学斌诗歌

王学斌是一个不动声色的生活观察者,又是一个内心藏着丘壑的灵魂独语者。他在以一种儒佛兼具的目光静观现实万象、探触历史秘境的同时,以一种洁雅简朴的文字,刻画灵魂世界、描绘岁月光华,在疏离与深入之间,呈现出一种通透与飘逸。

沈晔冰诗歌

　　沈晔冰的诗歌质朴、率真、轻巧、跳脱。她将心中的一片缱绻之爱,通过一个个具体、生动、富有意味的生活细节或繁复、丰饶的自然物象,自然而真切地呈现于笔端。其对往事的追怀与对爱的书写,既飘萦着一种淡淡的怅惘愁绪,又沉淀着一种坚定而执着的情愫。

(2017-11-03)

(刊于《浙江诗人》2019年第1期、浙江诗人微信公众平台等)

一些在陷落，一些在上升

——若水组诗《一直持续的塌陷》简评

诗人若水发表在《齐鲁文学》(2017年春之卷)上的《一直持续的塌陷(组诗)》，整体上是象征主义的。"塌陷"这个中心词，零度指陈了一种时代的真相：一切都在陷落。在这一组诗中，与"塌陷"同属一个词语系统的，还有"陷落""落下去""淹没""深陷""熄灭""死亡""失重"等。这本身就意味着，世界的塌陷，并不止于一地一时，而是全方位地持续沉落。

词语是世界的秘密。世界的沉落、价值体系的崩塌、道德的沦丧，已演变为一场人类的大灾难。"岛礁淹没/海浪一次次淹没了自己，和我们/一直持续的恐惧"(《我一直沉默在无处不在的陷落中》)，"熄灭的是火，是花的容/熄灭的是招展"(《红珊瑚》)，"船死在了海洋，渡口/留下它的全部悲怆"(《渡口》)，"孤独的船/载着漂泊的人生……没有到达的岸……方向不明"(《孤独的船》)，连"山顶上此时响起的寺庙钟声"，也"缓慢地落下来/像失重的尘埃"(《珠游溪暮色》)……

与"塌陷"相对应的，是"沉默"。沉默是无奈、软弱和悲哀，沉默是无助、痛苦和煎熬，沉默是孤寂、冷漠和无情，沉默是抗议、忍耐和等待。与"沉默"同属一个词语系统的，诗歌中还有"恐惧""感伤""迷糊""孤独""寂寞""无言""虚无"

"击伤""慌慌""悲怆""揪心""静默""恍惚""悲哀""矮下来",等等。"在无处不在的陷落中","我一直沉默"《我一直沉默在无处不在的陷落中》。这种面对世界的塌陷所表现出来的悲哀感、无力感,不只是诗人的个体心理反应,更是所有人普遍的心理反应。

组诗中的六首诗都与水有关:海——海中有不断涌来的风浪、被一万次击穿的礁石、感伤的航程和熄灭了火焰的病珊瑚;河流——河流中有方向不明、永难靠岸的孤独的船;溪——溪水薄纱蒙面。此外,还有岛、渡口、海湾等。这一片迷离的水,这"一望无际的白",像极了精神世界中一场迷茫的雪。理想的"白马"深陷于其中,"折戟沉沙"。整首组诗题旨非常显豁:我们都置身于时代的巨流中,在一片迷茫的水域中,孤独而茫然地漂泊着。诗歌生命意识与时代意识相交织,怅惘、低沉、静默、哀伤,直击心扉。

"生命投身于大海/一千多年了,还在燃烧的火"(《红珊瑚》)。火焰的方向是上升的,即使被熄灭,它燃烧的灵魂也不会死亡,记忆会在"石头的痛"中永远醒着。如同那个"在橘黄色夕阳里"转身的孩子,海洋中毁灭的诱惑,怕是终归无法敌过半岛上希望的呼唤(《渡口》);又如那个"在河边独自静立"的曼妙姑娘,身体里却有着无数波涛(《珠游溪暮色》)。"海鸟也逐渐多了起来/他们在低空的暖阳里/快乐地飞上飞下"(《海湾》)。

世界在陷落。然而在陷落的背后,火焰正在上升。

（2017-03-22）

（见作者博客2017-03-22）

中国诗歌已进入"新诗经时代"

—— 在百年新诗纪念活动暨《圭臬》诗刊2016卷发布会上的发言

遵主持人要求,就如下几个问题谈一谈我的观点。

一、"新诗经"时代:我看中国新诗百年史

中国最早的一部诗集《诗经》已经诞生3000多年了,中国新诗(自由诗)才只有百年历史。初看起来,中国新诗是无法与中国古体诗相提并论的,其真实情况当然也是如此。只有百年历史的中国新诗所取得的艺术成就,怎可与具有3000多年历史的中国古体诗相比肩。但这并不意味着中国新诗在中国古体诗面前就应当自惭形秽。

恰恰相反,与中国古体诗相比,中国新诗无论是在题材的丰富性、艺术表现手法的多样性方面,还是创作的开放性和创作的自由度方面,都有了长足的进步。甚至,中国新诗相对于中国古体诗来说,本身就是一场伟大的变革。这种变革,源自新诗的现代精神。3000多年前的中国古体诗,充盈的是一种农耕精神,是一种蒙受农耕文明的明月照拂、总体呈现阴柔特性的诗歌,它的诗歌精神,主要指向的是外部世界,它所主要体现的是人与自然的和谐,主要追求的是"天人合一"。

百年前从西方引入中国的新诗,终结了中国诗歌浅吟低唱的悠久历史,它为中国诗歌注入了一种强劲的现代精神。这种现代精神,正是孕育于西方工业

文明的"民主"精神、"科学"精神。"民主"与"科学",是中国古体诗3000多年发展历史中所不具有的。中国诗歌,开始了在太阳照耀下的自由生长,开始呈现出一种斑驳、芜杂、粗粝、野蛮生长的态势,一种阳刚的特质。中国诗歌开始朝向人的内心、朝向幽微人性的深处开掘,开始探索"人与自我"的和谐。

新诗之于中国诗歌,意义类同于钢筋混凝土之于中国建筑。钢筋混凝土的使用,从根本上改变了中国建筑。同理,新诗的引进,也从根本上改变了中国诗歌。因此,新诗被引入中国,实在是一件了不起的大事。百年新诗,发展至今,所取得的艺术成就,大大超过了百年来中国古体诗。顾彬说当代中国诗歌的艺术成就,完全可以跻身于世界优秀诗歌之林,这个判断应该是准确的。

中国古体诗于中国新诗而言,其现实意义和价值,是肥沃的养料,是可供借鉴的创作资源。但属于古体诗的时代,已经永远一去不复返了,因为孕育古体诗的社会基础已经消亡。现在和未来都是属于新诗的时代。

目前的中国诗歌,已经进入了一个"新诗经"时期。我们有这个时代的新"国风"。大量打工诗人、"屌丝"诗人创作的现实主义题材诗歌,都可以归入此列。我们有这个时代的新"大雅"。大量中产阶层诗人的诗酒唱和、悯世伤时、讽喻时政,和西周时代的"大雅"风格非常相近。当然,我们也有这个时代的新"周颂""鲁颂""商颂"。

二、信息化时代,诗歌创作的冲突与融合

信息化时代的到来,为中国诗歌的发展制造了一个悖论:一方面,快速、便捷的网络发表通道,为中国诗歌带来了空前的繁荣。作者只需点一点鼠标,就能将分行排列的文字发表出去,无需通过任何审校,发表率100%。相比于前网络时代"邮寄+三审三校+出版"的纸质媒体的传统发表模式,网络发表无论是便捷度还是通过率,变化可谓十分巨大。同时,由于网络的无远弗届和纸媒的式微,网络作品的传播范围和有效阅读率,也是今日的纸媒所难以想象的。发表渠道的畅通,带来了创作队伍的急遽壮大和创作体量的空前壮观。可能今日中国一年内所产生的诗歌,数量上比前网络时代整十年所产生的诗歌都要多。

另一方面,信息化时代的到来、网络的普及,虽然为中国诗歌带来了空前的繁荣,但这种繁荣只是表象的。它没有托举起真正的诗歌群峰,它吸附的只是一种喧嚣的泡沫。信息化时代的诗歌写作,其主要特征是混乱、冲突、坼裂和对

峙。它体量庞大却泥沙俱下,江湖壮阔却山头林立。它并没有把诗歌精神引向崇高,而是拖入鄙俗;它并没有凝聚起诗歌队伍,而是制造了诗歌地盘上的割据纷争;它并没有促成影响深广的诗歌新流派的诞生,而是催生了诗歌风格上的一地鸡毛。古代有"诗派",今日大约只有"诗圈"。一个微信公众号就是一个"诗圈",一个诗歌论坛就是一座"水泊梁山"。

信息化时代,网络诗歌创作的冲突,不仅表现为诗歌外在的冲突,更表现为诗人内心的冲突。道德体系的崩溃、精神家园的沦陷、价值标准的混乱、未来出路的迷茫,等等,都使得诗人们内心歧路丛生、块垒郁积。"我们都是有病的人。"时代之病,诗人之病,诗歌之病。病在肌肤,病在腠理,病入膏肓。疗救的药方在哪?目前恐怕谁也给不出答案。信息化时代的诗歌写作,有无融合的可能?我的回答是:很难。也许就诗人个体来说,要做到融合不同的创作题材和创作风格并不是太难,但要整体上实现诗人内心的调适、诗人队伍的凝聚、诗歌流派的形成,那是一种难度太大的诗歌工程。

三、中国当代诗歌发展最前沿方向在何处

中国当代诗歌发展最前沿方向在何处?我想这个问题怕是没有人能回答得了的。线性的一维的时代早已过去,中国当代诗歌的发展,面临无数个前方。正如一个站在地球北极点上的人,他的任何朝向都是南方。方向太多就是没有方向,或者说,就是迷失了方向。方向都不知在哪里,遑论"最前沿方向"?没有谁能给中国当代诗歌指点方向。没有方向,就是今日中国诗歌的最大方向。

这就带来了一个新问题。既然谁都有自己的前方,谁都想奔向自己的前方,谁都不肯接受别人为自己指点的前方,谁都不承认权威、服膺权威,就势必引发混乱和迷茫,使得诗坛整体上陷入一种巨大的迷局,谁都找不到出口。事实上,现在的中国诗坛已经这样。诗坛影响力人物很多,但都基本上只是一种"亚权威""次权威",只能在自己的圈子里产生影响,走出自己的势力范围,可能就没人买账。也许今日中国诗歌真的呼唤"丹柯"的出现,举着自己的心脏做火把,带领大家走出迷局,如同当年振臂一呼的北岛一样。但,这位"丹柯"在哪里?

(2016-07-30)

(见作者新浪博客2016-07-30)

方从飞《诚如水入佛岭——兼致吕煊兄》评点

◎方从飞｜诚如水入佛岭——兼致吕煊兄

不要盯着山顶
它未必，就高人一等

不如往下，去看看佛岭水库
它小得要向荒岭借用姓名
一阵风，能吹出满湖的赋比兴
群山环抱。守住小，等于把自己看牢

探究它举步不前的宁静
得仿效竹架码头
坐进水里，品味上善有多平和
草木脱贫，皆因获阳光明媚的真传

且不论,佛岭如何修炼佛心

你想带回的房子,就在对岸雪溪村

评点——

一首短短十二行的小诗,如一座小小的山峦,矗立在我面前,山峦的名字叫"佛岭"。我看见一尊佛从绿树掩映的山峦中现身,向我(也向所有读者)宣谕自然法则、生命哲学、人生智慧以及人间友情。在他脚下,是一片静水流深……诗歌带给读者的,首先是一种思想的启迪:高与大,未必就契合生命的真谛;生活往往在低处,在小处,在别处。"不要盯着山顶/它未必,就高人一等""守住小,等于把自己看牢",诗人从生命阅历中提炼的人生智慧,昭示了一种生活的辩证法。诗歌带给读者的,其次是一种审美的愉悦:哲理的思辨、机巧的联想、氤氲的意象、干净的语言,织就一幅诗禅一体、意境开阔的微型山水图。"它小得要向荒岭借用姓名""草木脱贫,皆因获阳光明媚的真传"等句,用语新奇,意蕴隽永。而最后一句"你想带回的房子,就在对岸雪溪村",不仅暗喻了诗人向往"雪溪"的归棹退隐之心,也揭示了以诗赠友的题旨。

（2019-06-03）

徵

综 / 合 / 评 / 论

《突出重围》:历史叙事中真实的力量

　　顾志坤是一位具有强烈社会责任感和使命感的作家,他的许多作品,如《春晖》《大围涂》《谢晋》《楼高人为峰》《世纪之水》《民心铸丰碑》等,融高强的田野调查能力与深邃的理性思考能力为一体,以一种敏感而深刻的目光,直击生活现场,探触历史真相,审视社会和时代,真实、生动、艺术地记录和呈现重大历史、社会生活事件,反映闪光的人性,塑造时代英雄。长篇历史纪实《突出重围》是作者继独著的长篇历史小说《北撤》之后,与作家郑志勋合著的又一部反映新四军浙东游击纵队北撤史实的长篇作品。这两部作品,构成了表现新四军北撤的文学"姊妹花"。所不同的是,前者以基于虚构创作手法的艺术性见长,而后者则以基于史实稽考的真实性取胜。

　　作品描写的是1945年抗战胜利后,为顾全大局,避免内战,中共中央遵照《双十协定》,决定将新四军从广东、浙江、苏南、皖南、皖中、湖南、湖北、河南(豫北不在内)等地撤出。新四军浙东区党委和浙东游击纵队司令部执行中共中央和华中局命令,组织15000余将士和地方干部,在7天时间内,筹集300多艘船只,分批强渡杭州湾,粉碎了国民党顽固派以7个团10000余兵力在海盐澉浦等地围追堵截,企图把浙东游击纵队消灭在杭州湾两岸,制造第二个"皖南事变"

的罪恶阴谋,突出重围,终在上海青浦重固镇会师,胜利完成北撤任务的历史事实,谱写了一部可歌可泣的英雄史诗,体现了历史叙事中一种可贵的真实的力量。

《突出重围》真实而全景式地展示了一幅波云诡谲、悲烈壮阔的历史图景:从谭启龙、何克希受华中局党的派遣前往浙东,成功开辟抗日根据地,到浙东人民欢庆抗战胜利;从浙东区党委和浙东游击纵队上下已做好在浙东坚持长期艰苦斗争的心理准备,到忽然接到北撤命令,全体将士一时难以理解却坚决贯彻执行,虽然时间仓促、任务紧迫,工作千头万绪,却有条不紊地分头着手进行准备,到一周时间之内在慈溪古窑浦渡口、余姚周巷、上虞丰惠、海宁黄湾、海盐澉浦、嘉兴新篁镇、余姚泗门镇丁大垱、平湖新埭等多个地点先后展开北撤;从部队与敌军在澉浦等地展开殊死搏斗,到成功突出重围,在苏中胜利会师后继续北上,多声部地呈现了一曲令人动容的"北撤"历史壮歌。

《突出重围》真实可信地描绘了一幅服从大局、相忍为国的心理图景:当北撤的命令突然下达时,上至浙东区政委谭启龙、浙东纵队司令员何克希,下至普通士兵,更遑论浙东百姓,开始大伙心里都想不通:"几年来,我们拼命流血,多少同志献出了宝贵的生命,好不容易开辟了根据地,建设成现在这样的规模,多不容易。这是党的决定,谁都知道是正确的,只不过在这样的时候,理智很难战胜惜别的感情。""国民党反动派消极抗日、积极反共,现在鬼子投降了,他们反而要消灭我们抗日有功的部队。"然而,以大局为重的广大指战员们,还是坚决执行党中央、毛主席和华中局的命令,积极投入北撤的准备工作中,表现了人民军队对党的赤胆忠心。

《突出重围》以一种鲜活的历史叙事与英雄叙事策略,塑造了一批真实感人、血肉丰满的革命英雄群像。他们多为年轻的共产党员,年龄在二三十岁,担任着区党委、游击纵队、游击支队或地方政府、党组织领导,也有部分普通战士和普通百姓。他们的名字分别叫:谭启龙、何克希、王仲良、刘亨云、杨思一、张俊升、朱人俊、朱之光、张光、张季伦、陈布衣、罗瑞兴、罗长寿、王文祥、范琪、郑和顺、何顺……为了民族的解放事业,他们或殚精竭虑,运筹帷幄;或身先士卒,为人楷模;或尽心尽责,积劳成疾;或挺身而出,担当重任;或浴血奋战,英勇捐躯……每个人的特点都很鲜明,每个人物形象都很立体,在历史深处,矗立起一座战火纷飞年代的英雄群雕。

《突出重围》真实而生动地展现了人民军队与人民群众的鱼水深情，真实而生动地展示了新四军指战员平等相处、患难与共的亲密关系。譬如作品写到北撤部队在途经梁弄时，原本冷清的街道两侧早已站满了前来送别的人群，见到队伍过来了，大家纷纷涌了过来，有的把热气腾腾的鸡蛋、麦饼塞到战士们的口袋里，有的拉着战士们的手和背包依依不舍，然后，默默地陪着战士们行进。有几个老大娘，竟在街道边焚香点烛，口中不断地喃喃祈祷："保佑三五支队一路顺风。"在游击纵队北撤途中，人民群众自发地行动起来，帮着部队抬伤员、带路、掩埋烈士遗体。年近40岁的何克希司令一边指挥部队的行动，一边还抢着抬伤员，"在这支夜行的队伍中，他似乎又是一名战士，一名担架队员"。

《突出重围》对真实发生的历史事实不回避、不隐恶，表现出一种鲜见的真实力量。譬如作品写道：四明地委特派员刘清扬对组织让他留下来坚持斗争的决定有强烈抵触情绪，不仅放弃接收大陆商场的武器，甚至连电台都不想要，后来在党组织的干预下才勉强把电台留下；五中队队长顾宝善做地方工作的妻子，以及后来成为烈士的罗长寿的父亲罗瑞兴这两个勤勤恳恳为党工作的人却被精简回家了；一农户怕别人告发养新四军的牛带来麻烦，故不愿再养；刚起义过来不久的2旅官兵情绪很不稳定，几乎每天都有人开小差；有些地方干部打退堂鼓，也有一些意志薄弱的地方干部和战士不愿北撤，途中趁乱开小差，甚至发生叛变、哗变，比如7团2营连长褚金城带着两个排去嘉兴投敌，等等。

《突出重围》强大的真实力量，首先源自作者对历史资料的广泛搜罗与精心耙梳，源自作者对历史当事人深入而细致的采访。作者对每一个日期和地点，对每一件事情的来龙去脉与所关涉的人物，都做了认真的考证、厘清和甄别，条分缕析，脉络分明。《突出重围》强大的真实力量，其次源自作品高超的历史叙事和英雄叙事艺术。作者擅长历史叙事和英雄叙事，擅长从宏阔而缥缈的历史烟云中，捕捉那些铿锵的金石之声，投入文字的冷却液中淬火、显影。《突出重围》强大的真实力量，还源自作品对历史当事人的回忆录，以及解密档案资料的大量引用。特别是常常将对同一事件不同当事人的回忆摆在一起，进行比较与综合，更增强了叙事的准确性与真实性。

《突出重围》以丰赡而生动的细节描写，再造历史的血肉，展示人物的内心世界。无论是抗战胜利庆典上穿红着绿的女性，还是部队"在蒙蒙的细雨中迈开轻轻的脚步，悄悄地撤出了上虞城"；无论是"陈布衣的妻子周廉正随军北撤，陈布衣急着回四明山……直到大军过江,宁波解放,周廉正有一天突然出现在他的面前,她的身边还站着一个小姑娘,周廉正告诉他,这就是他们的女儿陈鲁滨",还是"在拿下扇子山主峰时,当通讯员张全生把背在身上的那只沾上了血迹和泥巴的军用酒壶解下来,递给张季伦,说'首长,喝一口吧'时,张季伦瞧了瞧面前这个满身血污的小通讯员,也不说话,拧开酒壶盖,脖子一仰,猛喝一口,说了句:'真香啊'",这些细节都如一颗夜明珠,将人物的内心世界,辉照如昼。

《突出重围》中最感人的细节,还属浙东百姓对游击纵队的深情。譬如作品写到,有的群众出于对共产党、新四军的热爱,出于对革命必然胜利的信念,甘愿蒙受损失,怎么动员也不肯以抗币兑换部队的大米,负责兑换的同志告诉他们,家里藏有抗币,日后顽固派回来了有杀头的危险,他们还是不听。再如:原金萧支队8大队中队副指导员回忆,她走进一家店铺去买糖,"这家铺子总共只有两斤多糖了,我让他留一半零卖,老板说:'留给谁,留给国民党?不。'他一定要把糖全卖给我"。另一位卖苞米的老奶奶,不惜冒着被国民党顽固派报复的生命危险,一定要她付抗币,不收她的大米,并说:"这两角钱的抗币,我要把它放到你们回来时再用。我这辈子用不到,儿子、孙子一定会用上的。"

历史叙事的功能与文本的合法性,就在于以历史昭示未来,提醒人们勿忘历史,知来路,晓去处。而决定其功能与文本合法性大小的,则是叙事中真实性的强弱。长篇历史纪实《突出重围》无疑是一部具有真实力量的佳构,它为自己在时代的文学书写中,赢得了存在的合法性。

（2018-09-21）

（刊于《上虞日报》2019年1月25日）

历劫不磨的文化血脉生生不息
——评陈博君长篇纪实文学《百年印潮涌西泠》

百年名社——杭州西湖孤山上的西泠印社被誉为"天下第一名社",然而西泠印社自结社以来,迄今尚无一部全景式展示其百年历史风云的纪实作品。日前出版的陈博君所著长篇纪实文学《百年印潮涌西泠》,填补了这一空白。作者不仅是一位报告文学作家和文艺评论家,同时也是一位书法家和篆刻家。他的这种艺术家身份,无疑使得其对艺术标准和艺术精神的把握与体认,与只具单一作家身份的作者相比,更准确深刻、切中肯綮。

《百年印潮涌西泠》在叙事艺术上呈现出如下四大显著特点:一是叙事时空的全景式,二是叙事客体的精神史,三是叙事结构的章回体,四是叙事语言的诗意化。

叙事时空的全景式。西泠印社是我国现存历史最悠久的文人社团,同时也是海内外成立最早、成就最高、影响最广的金石篆刻团体。作品采用线性叙事手法,按时代发展顺序,铺设主辅两条叙事线索,以印社从热血创社,到最终登顶中国乃至全世界金石篆刻艺术的最高峰,成为"天下第一名社",影响力遍及全球,并正式入选世界"人类非物质文化遗产代表作名录"的百年命运为主线,以印社先后延聘吴昌硕、马衡、张宗祥、沙孟海、赵朴初、启功、饶宗颐七位泰斗级艺术大师为社长作为辅线,对西泠印社跌宕起伏、波澜壮阔的百年历史,做了全景式描绘,不仅向世人充分展示了中华印学的迷人艺术魅力和伟大的印学成就,更向世人展示了中华文化血脉历劫不磨、生生不息的顽强生命力。

1904年,王福庵、丁辅之、叶为铭、吴石潜等一群忧国忧民的年轻热血文人,怀着对我国传统文化艺术的满腔热爱,为了追求共同的艺术理想,"保存金石,研究印学",在西子湖畔创立西泠印社,开启了一段百年社团的传奇历程。百年来,一代代西泠印人前赴后继,致力于弘扬和传承中华传统艺术。印社历经清末与民国乱世,至新中国成立,浴火重生,成功实现由私而公的华丽转身。之后又经历十年文化浩劫,最终迎来拨乱反正、改革开放,印学研究蔚然成风,学术成果出现井喷,印社大步迈向国际化。体制的调整,为印社的发展注入了强劲的动力,印社进入事业发展的黄金时期,在产业化道路上阔步前行。2009年,印社建起中国历史上第一座印学博物馆。在百年华诞之际,印社重新确立建"天下之社""名家之社""博雅之社"的目标定位,开启了新的征程。

正如作品所说,西泠印社的百年史,"是从无到有、开创辉煌的一百年,是历劫不磨、坚守艺术的一百年,是开拓创新、奋力前行的一百年,在这跌宕起伏的一百年中,一代又一代西泠印社的广大社员们,不断克服各种困难和考验,不断发展壮大,不断开创出一个又一个新的高峰,不仅为弘扬中华文化艺术精粹做出了不懈的努力和巨大的贡献,更向世人展示了中国文人追求艺术的坚定理想和爱国爱家的博大情怀"。

叙事客体的精神史。《百年印潮涌西泠》不唯展示西泠印社的百年发展史,更重在展示西泠印人的百年精神史,重在凸显史实背后的一种"西泠精神"。这种精神,自印社诞生伊始即已孕育,在发展壮大的过程中不断得到强化。具体来说,西泠印人的这种精神,大体包含如下两个方面的内涵:一是爱艺术、爱印社、爱祖国的核心价值观;二是开明、开放、开拓的学术观、艺术观、发展观。

"创社四子"王福庵、丁辅之、叶为铭、吴石潜因共同的艺术理想而结社。创社之初,大家有钱出钱、有力出力,特别是丁辅之,更是大公无私,捐出祖业。为保护国粹、弘扬中华传统文化,几位创始人及历代同人们群力护社、上下一心、殚精竭虑、苦心经营,使印社不断发展壮大,声誉日隆。在祖国遭受日寇铁蹄蹂躏的时候,一大批铁骨铮铮的印社社员,面对侵略者的强权压制和利诱逼迫,皆不为所动,拒绝媚敌,坚守住了中国文人的民族气节。他们以一种勇于担当的民族情怀,用实际行动向世人宣誓了中华印人对祖国、对民族和对中华传统文化的忠诚和热爱。譬如作品写印社一名重要骨干方介堪,当伪军带着日军的要求前来求印时,断然拒绝,宁愿饱受战乱沦陷之苦,也绝不向侵略者及汉奸低头妥协。新中国成立后,爱社如家的西泠印人们,又纷纷献出自己的宝贵藏品,将其无私捐赠给国家。时代激流滔滔,一代又一代西泠印人,对艺术、对印社、对祖国的爱却始终忠贞不渝。

百年来,西泠印人秉持一种谨而不拘的学术态度、海纳百川的博大胸怀、高瞻远瞩的发展眼光、不断创新的进取意识,开明、开放、开拓,从而获得了与时俱进的发展活力。开明带来灵活,开放带来格局,开拓带来生机。印社同道,个个胸襟大度,并未受地域和门派的困囿,"保存金石,研究印学,兼及书画",从而使得印社百年来始终保有一种视接天下的学术视野和辐射全球的精神感召力。在坚持艺术独立性的同时,他们又能审时度势、巧借外力,不断巩固和扩大事业格局,从而使印社永远立于不败之地。譬如创社之初他们争取到钱塘县和杭州府两级政府的批文,获得官府的明确支持;民国期间,又先后得到了来自杭县知事汪曼峰关于印社"属于私产"、浙江警察厅厅长夏超关于印社"产权公有"的训令保护;20世纪50年代,他们又主动融入公私合营的时代洪流。这些都是西泠印人为了应对政局,全力保护印社而采取的灵活变通之举。

叙事结构的章回体。《百年印潮涌西泠》采用传统的章回体小说结构,正文共33章,被作者设置为33个回目,故事波澜曲折,可读性很强,既具纪实的确凿性,又具文学的趣味性;既是一部极具史学价值的纪实文本,更是一部曲折生动的文学文本。兹以作品对印社同人在民国初年、抗日战争和"十年动乱"三个不同历史时期全力"护社"的描述为例。

民国初年:为防有"浙东第一碑""两浙第一碑""东汉第一碑"美誉的三老碑不流出国门,落到日商手中,上海知事沈宝昌与好友姚煜这两位富有民族责任感的仁人君子,联络西泠印社诸仁人,一起发起了赎回汉三老碑的募捐活动,得到了沪浙两地政界、军界及社会贤达们的广泛响应,一曲波澜壮阔的"护碑保卫战"刹那间风卷沪浙两地,终将三老碑赎回,并永久落户在西泠印社,使这一价值连城的国宝得到了最好的保护。

抗日战争时期:面对日本军国主义带来的血雨腥风,西泠印社的诸君离杭躲避战乱,看护印社的重担落在一位在印社里摆小摊卖字画、茶叶的小贩叶秋生身上。叶秋生和家人们尽心竭力地守护着印社,他们将西泠印社的进山道路封死,将孤山伪装成一座乱草丛生、人迹罕至的野岭荒山,整整苦守了八年,使西泠印社躲过了日军的洗劫,使所有的宝物都完好无损地保存了下来。

"十年浩劫"时期:因汉三老石室无法搬动,为了使室内那块稀世珍贵的汉"三老碑"免遭破坏,印社员工颇具智慧地在铁门上张贴毛主席像和毛主席语录;为保护缶庐内那尊日本雕塑家朝仓文夫创作的吴昌硕塑像,印社员工将其铜质的头像取下,藏到解放路书画社的职工淋浴房内……

叙事语言的诗意化。《百年印潮涌西泠》的叙事语言简洁优美、富有诗意。而叙述、议论、抒情三种不同表达方式的水乳交融,更是将这种诗意推上了一种哲学的高度,例如:"美丽的六月雪,恰似经久不衰的中国篆刻艺术,在一代又一代日本金石书画篆刻家中不断传承发展,展现出了超强的生命活力。""一块古碑、一座石室、一份收支清单,无声地记录下了那段生动而感人的往事,仿佛在静静地告诉后世的人们,当年有那么一群热血贲张的仁人志士,曾经为了这个国家的尊严,为了保持一份属于民族的历史荣耀,做出了积极的努力。正是他们的努力,为西泠印社增添了一块沉甸甸的镇社之宝。""以自己的文化修为与艺术特长,为保存国学精神而不遗余力、无私奉献,成为那个特殊时代中西泠印社同仁们献身公益、报效祖国的普遍共识。"

《百年印潮涌西泠》是一曲中华传统文化的赞歌,也是一曲中华民族精神的赞歌。它以西泠印社的百年史,生动地诠释了中华文化血脉历劫不磨、生生不息的秘密所在。

(2018-06-24)

(刊于《浙江文化》2018年第7期、《中山日报》2018年9月30日)

"电力史诗"的创新书写与作家的时代使命

——陈富强《源动力》读评

陈富强是一位知名报告文学作家,他创作的报告文学《和太阳一起奔跑》《中国亮了》《铁塔简史》《地球之光》《保卫电网》等,在中国当代报告文学界和社会上产生过广泛的影响,被誉为"一幅波澜壮阔的中国电力工业画卷,一部气势磅礴的中国电力工业史诗"(王干《是它赋予了中国更多的潜台词》)。长江文艺出版社出版的《源动力》是他的一部新作,收录《从石龙坝说起》《之江东去》《保卫电网》《他在地球上轻轻画了几条线》《疯狂的"绿宝石"》《甲子年说》《美丽乡村的浙江样板》《大地之脉》共八篇作品和一篇后记《源自1896年的光》。这是一部充满创新精神、体式新颖的作品集,我乐意仿效"历史文化散文"这一概念,将它命名为"电力文化散文"。

《源动力》中的八篇作品,《从石龙坝说起》讲述中国百年治水史;《之江东去》重点介绍浙江水电建设的成就;《保卫电网》表现电网员工抗击2008年南方雪灾;《他在地球上轻轻画了几条线》讴歌输电线路专家江小金献身电力的感人事迹;《疯狂的"绿宝石"》表现浙江电网员工阻击强台风的英姿;《甲子年说》综述浙江电力60年的发展历程;《美丽乡村电能替代的浙江样本》主要反映新能源在浙江的实践;《大地之脉》由十六篇散文组成,是一部世界电力的极简史。

整部《源动力》，以一种充满时代精神和艺术感染力的创新性书写，全景式地呈现了中国电力百年沧桑巨变，充分展示了中国特色社会主义建设的伟大成就，体现了一名具有强烈使命感和责任感的当代作家的社会担当与艺术担当。

光与电：电力史诗与电力人赞歌

陈富强在浩瀚的水利史料中力索穷搜，在崇山峻岭间会晤山水，用目光与脚步，丈量和梳理中国百年电力发展史。他秉持一种"全球视角、简史写作"的创作原则，将对中国百年电力发展史特别是当代中国水电建设伟大成就的展示，放置于中国水利发展史与世界水电发展概况这样一个纵横交织的坐标中，从而使得《源动力》获得了一种宏阔的视野，一种时空纵深感，一种恢宏的艺术气象与格局。作品以点带面、以小见大，以浙江电力发展的奇光异彩，见证中国百年电力发展的雄奇史诗和辉煌画卷。

《源动力》首先是一部中国百年电力发展史诗、一部当代中国特别是当代浙江社会主义电力建设事业的发展史诗。作品自1896年丁丙为世经缫丝厂购买自备发电机为缫丝机提供动力，成为浙江有电元年写起，回溯中国电力曲折、艰辛的探索与发展历程，"再现华夏民族治水英雄史诗"，全景式地描绘了中国电力从无到有、从小到大、从弱到强的历史沿革，重点呈现了"科学发展观"实施后中国水电由单纯的工程水电向生态水电、由纯粹的技术工程向社会工程的转变，充分展示了新中国成立后电力建设的辉煌成就，浓墨重彩地描绘了在开拓创新时代精神的鼓舞下，中国电力改革高歌猛进的现实图景，谱写了一曲大气磅礴的光与电的史诗。

作品让事实说话，展示了浙江电力和中国电力缔造的当代传奇："浙江电网已进入以特高压为主要特征的交直流混联大电网时代。其电力装机和电网规模，都走在全国前列。""浙江电网网架之坚强，在G20杭州峰会、世界互联网大会乌镇峰会的保电过程中，获得最权威的验证。"（《源自1896年的光（后记）》）；"自1949年新中国成立60多年来，中国水电建设创造了前所未有的奇迹……新中国成立初，全国水电装机容量仅为36万千瓦，而到2015年年底，中国水电装机容量已达3.19亿千瓦，占全球水电装机容量的四分之一，位居世界第一。"（《从石龙坝说起》）

《源动力》更是一曲电力人的赞歌。文学亦人学。作品以人述史，将笔触指向电力背后的人，探入他们的精神世界，去触摸他们的心跳，感受他们的灵魂，把握他们与水利、电力的血肉联系。它不仅生动地再现了古代中国人民兴修水利的伟大智慧，更翔实而鲜活地记录了百年以来中国电力人，特别是一个甲子以来当代中国电力人的精神风貌。它不仅是一部中国电力的创业史和奋斗史，更是一部中国电力人的创业史和奋斗史；它不仅是一曲气壮山河的中国电力"铁军"的英雄赞歌，更是一部感人至深的献给中华民族伟大精神的致敬书。

作品对人的书写，主要体现为如下三个方面：一是对平凡者的讴歌；二是对高层决策者的刻画；三是先进典型的生动呈现——

《源动力》不唯追溯了民国时期中国电力史上最早的电力营销者、商办耀龙电灯股份有限公司总经理左益轩，真正开启中国水力发电之门、投资兴建石龙坝水电站的晚清云南巨商王炽、王筱斋父子，以自己的专业、依靠自己的大脑和双脚构筑"实业救国"理想大厦的归国工程师税西恒，国民政府资源委员会钱塘江水力发电勘测处主任徐洽时等人筚路蓝缕创办中国水电的劳绩，更将颂歌献给了新中国一代又一代平凡而伟大的电力英雄们。作者常常将笔下人物置于重大的突发性电力事件中去显影，完成对人物精神世界的揭橥和对人物的塑造，书写平凡中的伟大、困境中的豪迈。

《保卫电网》《疯狂的"绿宝石"》两文都是关于突发性气象事件的灾难叙事，也是关于平凡人的平民英雄叙事。前者描述的2008年初浙江电力人抗击南方大雪灾，后者反映的是2009年夏浙江电力人抗击台风"莫拉克"。面对重大的突发性灾情，成千上万普通而平凡的浙江电力人，为保卫国家电网，表现出了钢铁般难以摧折的人生意志，以及"虽然疲惫不堪，却依然有笑声从风雨中传出"（《疯狂的"绿宝石"》）的革命乐观主义精神风貌。在这一平民英雄谱中，有为抢修被雪灾毁坏的电网而放弃春节回家与新婚妻子团聚的电力工人陈裕刚，退掉车票、放弃回山东老家过年的博士研究生小苗，累倒在工作岗位上的新昌儒岙供电所所长吕永喜，一边抗灾一边照顾患绝症妻子的回山镇供电服务班班长杨洪辉，为抗雪灾二十多天未与准女友约会的电力工程师小林，以及东极岛孤独的守岛人蒋海云，等等。

作者将自己内心深处最虔敬的颂歌，献给了这些移山填海的当代中国电力的平民英雄们："那些坚守在电力一线的员工们，他们都很平凡，把自己当作铁塔上的一颗铆钉，输电线路上的一截导线，发电机组里的一枚零件。正因为有了他们的存在,才构成了坚强的浙江电网。""数以万计的电力员工,一代一代,从操纵最原始的设施,到掌控最现代化的装备,驱动浙江电力这艘巨轮,乘风破浪,昂首前行。"(《保卫电网》)

《源动力》在讴歌这些平凡者的同时,经由熟悉的人物浸入特定的历史氛围,真实而全景式地再现了激荡在共和国电力历史天空的政治风云,描写了老一辈无产阶级革命家们高瞻远瞩的政治目光、改天换地的水电抱负,以及对中国电力事业的倾情扶持,立体地塑造了一个国家顶级决策层的群像,将中国电力发展史与共和国高层领导的政治活动史,将中国当代电力风云与中国当代政治风云密切联系起来。活跃在这幅风云激荡的历史画卷中的国家领导人身影,有提出"要把黄河的事情办好"的人民领袖毛泽东,新政府总理周恩来,老一辈无产阶级革命家李富春、薄一波,新政府第一任水利部长傅作义、第一任电力部长刘澜波,水利部副部长钱正英,国务院总理李鹏,曾主政贵州的中共中央总书记胡锦涛……

此外,作品还描绘了诸如国家发展改革委副主任张国宝,中国著名水利工程专家、三峡工程坚决反对者黄万里、李锐,力主三峡工程上马的林一山、潘家铮,创作《国家特别行动:新安江大移民——迟到五十年的报告》的原浙江省民政厅副厅长童禅福,视察和指挥抗击雪灾的国务委员陈至立,先后担任过浙江省省长的葛洪升、柴松岳,浙江省委书记赵洪祝、省长吕祖善、省军区政治部主任郭礼云,提出用水电开发的资金来扩大再生产思路的水利水电规划设计院院长罗西北,乌江水电开发公司董事长张志孝,新安江水电站副总工程师潘圭绶,中国水电顾问集团成都勘测设计院副总工程师唐荣斌,浙江电力公司总经理赵义霓;丽水滩坑水电站副总指挥郭海光等一大批从中央到地方的电力决策人、参与人和见证人群像。

《源动力》在写人上有面有点,既有全景扫描,更有个案呈现。感人至深的《他在地球上轻轻画了几条线》一文,追述了浙江省优秀共产党员江小金同志平凡而伟大的一生。江小金生前系浙江宁波电业局副总工程师,因长期劳累,积劳成疾,于2011年2月医治无效去世,以身殉职,年仅58岁。这位忠于职守、胸怀大局,沉酒事业、忘我奉献,勤于学习、勇于创新、谦和低调、关心属下的浙江电力人,一辈子都在与线路打交道,从一名普通线路工,最终成长为一名电力专家。这个"久违的平民英雄",他"对于新知识的学习永远那么如饥似渴","对于新技术的应用,有一种特殊的爱好与追求","他爬过的山加起来相当于259座珠穆朗玛峰"。他对电力事业有三大贡献:发明树根桩基础,设计同塔多回路铁塔,应用全站仪和GPS定位仪。作者饱含深情地说:"江小金,一名中国输电线路的杰出设计师,忠诚企业的电网英雄,他的名字,已然成为中国优秀产业工人的闪光符号。"这位时代的楷模,虽死犹生。

体例创新:一种新型的综合叙事文本

《源动力》在创作手法上,极大地突破了传统报告文学的写法,迥异于传统意义上的报告文学文本。它融汇了报告文学、散文、小说、诗歌、简史和政论等多种文体的创作方法,自铸伟篇,以一种宝贵的艺术探索精神,开创了一种独特的报告文学的新体例。这种新体例,表现为一种新型的综合叙事文本,姑且称之为"电力文化散文"。《源动力》的体例创新,主要体现在以下四个方面的完美融合上。

一是报告文学与散文的完美融合。《源动力》是一部以散文笔法创作的文学性极强的报告文学集,它以电力文化为内核,对中国百年电力事件进行开凿、联想、生发和梳理,记叙人物、事件,描写自然景物,抒发主观感情,发表议论。整部作品以形传神、以神御形,散而不乱、形神兼美。众所周知,纪实为本、史学为伴,历来就是中国散文创作的一大传统。《源动力》弘扬了这一创作传统,将散文笔法与简史写法融会贯通,创造出一种融文学文本与历史文本为一体的新型报告文学文本。

《大地之脉》就是这样的一个典型文本。全文由十六篇散文短章构成,作者神思飘逸,从上古到当代,从中国到外国,随意裁剪人类水电史篇:一写三峡水利枢纽工程的前世今生,二写土耳其博斯普鲁斯海峡欧亚大桥边的铁塔,三写石龙坝之"龙",四写杭州闸口发电厂的铁轨,五写开国大典天安门上的国旗电钮,六写自己用了二十多年的台灯,七写徐志摩父亲创办的硖石电灯公司,八写福建马尾1879年9月9日夜晚亮起的第一缕电灯光芒,九写爱迪生100年前的预言,十写新安江水电站大坝下的建德,十一写屹立在唐古拉山上的铁塔,十二写西藏的电力,十三写金华双龙洞水电站纪念馆,十四写青藏联网工程建设过程中的线路工人,十五写都江堰,十六写《中国治水史诗》的诞生,文学与历史相交融,史诗性与文学性相辉映。

　　二是报告文学与电力知识科普的完美融合。电力行业是一种专业性极强的行业,而电力知识是一门专业性极强的知识。火电、水电、核电,清洁能源、特高压、智能电网、全球能源互联网,以及那些更为专业的电力知识,对于行业外读者来说,并不是每一个人都了然于胸的。然而,作者凭借着自己多年的电力行业从业经历,凭借着自己对中国电力行业的透彻了解,凭借着自己渊博的水利、水电专业知识,凭借着对电力事业的炽热情感和卓越的文学创作才华,将这部原本极有可能写得枯燥乏味的"中国水电百科全书",写成了一部可读性极强的电力专业知识科学普及读物,并且向读者揭秘了许多"隐藏在行业深处的中国电力发展世纪之谜,让我们知道了许多动人心魄、感人肺腑的领袖与精英为中国亮起来的事业而鞠躬尽瘁的故事"(蒋巍《以电的速度,光的形象》)。

　　三是宏大叙事与微观叙事的完美融合。《源动力》具有强烈的政论色彩,作品高屋建瓴,以一种介入国计民生的胆识、气魄和实力,站在国家政治、经济的高度上,描绘和剖析中国电力的百年巨变,"以宏大的叙事结构、翔实的独家史料,对百年中国电力诸多重大事件进行了视角独特的叙述"(王干语)。它不仅是关于中国水利、水电史的宏大叙事,如对四千年前的大禹治水、古代浙江丽水通济堰、钱塘江海塘、新安江歙县渔梁坝,近代石龙坝水电站等的宏大描述,更是关于当代中国水利、水电史的宏大叙事,当代的新安江水电站、新安江库区移民,刘家峡水电站,溪洛渡水电站,三门峡水电站,葛洲坝水电站,富春江水电站,丽水滩坑水电站,丹江口水电站,安吉天荒坪抽水蓄能电站,天台桐柏抽水蓄能电站,三峡水利枢纽工程、三峡库区移民,以及如金华双龙水电站等在全国遍地开花的小型水电站工程,在作品中,都有气势恢宏的书写。

　　与此同时,作品中所有的宏大叙事,都是建基于对一个个具体的电力人、具体的水电工程的微观叙事之上的。以小见大、以点窥面、以微观透视宏观、于细微处见精神,是这部作品的一个显著特点。

　　四是严谨与诗意的完美融合。《源动力》磅礴着一种诗意。作品频频运用象征与比喻手法,赋予铁塔与电路以象征和喻指意义。它是一部诗化的报告文学、一部诗化的"电力文化散文"。诗人出身的作者,将一位诗人对生活独有的敏感与激情、对世界独特的感受与体认、对语言独有的颖悟力与驾驭力,带入了这部作品中,从而使得整部作品诗情充沛、诗意飘荡、诗境峻洁,充满着质感与魅力。例如:"铁塔的背景是唐古拉山脉,雪山屹立,宽广的天空一如我在昆仑山口看到的一样,湛蓝得让人心醉。塔身伟岸,至塔尖,向两端水平伸出一双巨臂。在我的眼中,这基铁塔,就是一位硬汉,它伸出的双臂,分明就是要拥抱巍峨的唐古拉山。它的气度,颇有一些神话巨人的色彩,令人倾倒"(《大地之脉》)。

这部作品的情感是炽热的、文字是诗意的,然而,其叙述风格却是内敛、冷静、客观而严谨的。作品的严谨,主要体现在如下三个方面。其一,让数据开口。如《从石龙坝说起》对新中国成立60多年来中国水电建设所取得的辉煌成就的介绍、《保卫电网》对2008年雪灾浙江电网受损程度的介绍,等等,全部都是以翔实的数据说话。其二,观点辩证,持论公允。如"尽管(三门峡)水电站建成后发挥的效能事与愿违,但傅作义为此做出的努力依旧赢得了人们的尊重"(《从石龙坝说起》),等等。其三,只作客观叙述,不妄下结论。比如对待三峡工程功罪成败的争议,作者并不做倾向性评论,只做一个客观的叙述者。

拯救家园:作家的良知与使命

《源动力》无疑是一部气势磅礴、格局恢宏的新型报告文学,一部史诗性的"电力文化散文"。作者站在拯救人类家园的认识高度,秉持一颗对中国电力事业的挚爱之心,以一位作家的良知与情怀、一种强烈的责任感与使命感、一种对电力科学与电力文学的专注精神与专业精神、一种独异的文学禀赋和沉潜的写作姿态,深入祖国电力建设的第一线,感受时代风貌、激发创作灵感,或进行现场采访,或开展田野调查,或联系高端访问,或查阅浩瀚的资料,及时而真实地记录和反映时代的巨变,书写了一部中国百年电力史诗和新中国电力发展的新传奇。

投身时代洪流,深入火热生活,肩负时代使命,反映时代风貌——这就是陈富强的《源动力》给予我们的宝贵启示。

(2017-06-20)

(刊于《东海岸》2017年第3期、《脊梁》2017年第4期、

《当代电力文化》2017年第6期)

《遍看繁花》：知音的妖娆模样

　　陈曼冬的诗评集《遍看繁花》终于出版了。我说"终于"，是期盼已久的意思。这部集子是作者自2015年3月开始，在长达一年半的时间里，为杭州电台"我们读诗"节目开设的"曼冬荐诗"专栏文字结集。"我们读诗"如今已成杭州城市文化的一张金名片。每晚九时整，电台主持人一声"万物生长，我们读诗"响起后，诗歌的声音便在乐音的伴奏下，随电波飘荡在杭州的夜空。与此同时，随着"叮当"一声，"曼冬荐诗"也准时推送到所有微信订户眼前。

　　《遍看繁花》共收录作者所撰500多篇诗评的五分之一篇章。连续500多天，每天推荐一首诗、撰写一篇诗评，这对于任何一个人来说，都是一件压力很大的事情，更何况作者是个不折不扣的大忙人，她不仅担任着杭州市作协和网协的双料秘书长，还打理着市文联办公室的一些事务，忙碌的程度可想而知。然而作者凭着对诗歌的一腔赤忱情愫，不仅坚持了一日一荐、一诗一评，而且诗评还写得摇曳生姿。对作者这位"诗歌劳模"，你还真的别不服气。

　　荐诗考量着荐诗人的阅读视野和艺术品位，综合体现荐诗人的眼光、趣味、学识、才具和性情。电台荐诗，因为诉诸转瞬即逝的声波，加上受众是广大普通市民，因此必须顾及诗歌的通俗性。作者很好地做到了这一点，她所推荐的诗歌,不仅横贯东西、风格各异、个性独特、诗艺高超,而且篇幅不长、通俗易懂、节奏明快、适合朗诵。这些诗歌集中编排在一起,既是一部大众化文学读本,也是一部作者个人的艺术心灵秘史。

《遍看繁花》所荐评的诗人诗作,既有勃朗宁、惠特曼、叶芝、魏尔伦、艾吕雅、里尔克、茨维塔耶娃、马雅可夫斯基、松尾芭蕉、博尔赫斯、迪金森、卡佛、辛波斯卡、梅里尼、史蒂文斯、托马斯、曼德尔斯塔姆、尼采、弗罗斯特、萨拉马戈等国际著名诗人,也有艾青、郑愁予、洛夫、顾城、马骅、翟永明、王寅、孟浪、于坚、韩文戈、王家新、张枣、刘亮程、伊沙、余秀华、李元胜、朵渔、张定浩、张执浩、杜涯、许立志等中国现当代诗人,其艺术品位可见一斑。

《遍看繁花》不是纯正的诗歌评论,它采用的是诗歌评论的一种特殊形式——评点。评点兼具评论与文学两重属性,它以文本细读为基础,通过对文本进行阐释和品鉴,借题发挥,灵活自由地表达评点者的艺术见解和人生感悟。它不是文本的简单再现,而是对文本的补充和再创作。评点是我国文学评论的一个艺术传统,从金圣叹评点"才子书",以及脂砚斋重评《石头记》中,我们都可以看到它的影子。

评点的灵魂在于对话:与文本对话,与作者对话,与自己对话,与世界对话。最投入的体认,是所谓的"知音四哭":一是为文本哭;二是为作者哭;三是为自己哭;四是为天下哭。最深刻的理解,是所谓的"三泣齐下":眼泣、心泣和魂泣。当然这里说的"哭泣",未必一定要真的哭泣,但喻指的肯定是一种心灵的深度共鸣。评点者与文本对话的心灵密道一旦畅通,文本中潜藏的情感密码,就必将在评点者的心海掀起狂波巨澜。

《遍看繁花》对文本背后诗人情感的体认是深刻的。诗歌字里行间的喜怒哀乐,常常触及评点者的泪腺,震颤评点者的心弦。譬如:"复述完这个故事,我心里是难过的。所以还是诗更美好些"(《如何好好去爱的忠告》);"父亲的爱,是沉默的,无言的……爸,我爱你"(《冬天,和父亲一起去看海》);"我们都生活在无尽的忧伤里,这忧伤就是诗"(《诗歌在生长》)。情感的深度投入,带来很强的代入感,整部作品时见知音式的共鸣。

《遍看繁花》与其说是一部诗评集,毋宁说是一部随笔集。作者受诗歌文本的触发,思绪遄飞,以诗歌文本为原点,率性解读,自由发挥,纵谈自己对生命、爱情、自然、社会、艺术等的感悟和理解。整部集子融引用、议论、抒情为一炉,随手、随口、随心抒写自己的艺术观、人生观与世界观,文字醇正清新,文风泼辣灵动,篇幅或长或短,充分彰显了一种自由写作意志,绘就了一幅幅女性视角下的艺术图景与人生图景。

《遍看繁花》也是一部灵魂书。人生不设防的作者,在这部诗评集中,将自己的灵魂和盘托出:她的脾气秉性、她的日常生活、她的学识才具、她的心灵秘密,等等,都在这部集子中展露无遗。熟悉作者的人都知道,现实生活中的她美丽、多情、率性、奔放、坦诚、真实,她把生活中的自己,完全移植到了这部作品中。因而,这是一部美的作品集,也是一部个性鲜明的作品集,更是一部真诚不伪的作品集。

《遍看繁花》以一种自由鲜活的体式和富有感染力的书写,在微信时代,为诗歌走向大众,做出了自己的努力。它不是一部静态的诗评集,而是一部动态的诗歌普及读物。也许我们从现代传播学的视角对它进行审视,更能见出它的价值。打动读者的不仅是"诗歌劳模"、不仅是作者的才华,更是作者真诚的灵魂。的确如杭州市文联党组书记、主席应雪林先生在本书序言中所说:"从这本集子中,可以看到她广博的知识、丰富的情感和天赋的语言表现能力。"

《遍看繁花》,值得一读!

(2017-04-28)

(刊于《市场导报》2017年5月12日、《杭州日报》2017年6月9日)

暖男夏烈和他的少年"超克力"

　　《为爱找方法》是文学评论家夏烈为某中学生读物开设的心理专栏文章的结集。这个专栏他主持了整整三年。面对遭遇成长困境的中学生读者的一封封来信，他化身为一名知心大哥、一名"暖男"，与他们真诚对话，或援引典籍，或列举实例，或现身说法，从家庭、恋爱、学业、成长、同窗等多个方面，全方位排解他们成长道路上所遇到的种种烦恼和迷茫，为他们出谋划策、指点迷津。

　　《为爱找方法》是一部情怀炽热、平和亲切的对话体教育著述。作者摒弃了那种高高在上的训诫姿态，放下身段，采用拉家常的聊天方式，与求助者展开平等对话，推心置腹，促膝谈心。作者持论公允、不偏不倚，设身处地、以理服人。语言口语化、时尚化、生活化，与中学生的日常话语形成一种同构关系，轻俏、幽默，娓娓道来，让人很容易入耳、入心。

　　《为爱找方法》不仅注重引导求助者与父母互换角色、相互理解，正确处理与父母的关系，例如他说："父母永远是父母，唠叨是他们的'闹铃'，唠叨是他们爱的表达方式，唠叨是他们还在我们身边的标志。""学习父母的优点，摈弃他们的缺点，创造优秀的自己。"作者也同样注重发现求助者身上的闪光点，例如当他看到有求助者在来信中表达了对人生意义乃至人类存在与宇宙存在的哲学探寻时,由衷地给予赞叹:"从宇宙看个人,追究人类的终极价值。你的问题突破了'小我',很牛!"

《为爱找方法》题旨显豁:其一,呼吁父母"为爱找方法";其二,呼吁青少年培养"超克力";其终极题旨,则是呼吁青少年"过有灵魂的快乐生活"。"超克力"这一概念是夏烈的首创,意为"'超越'和'克服'困难的能力"。作者指出,"'为爱找方法'和'少年超克力'是相辅相成的关系,是有爱的几代人彼此理解、关怀,追寻现世幸福的钥匙"。

《为爱找方法》是一部取喻形象、充满智慧的青少年人生指南。"人生总需要妥协。生活中,人们靠局部的妥协换来成功和幸福。""爱情是一棵有着永远开不败的花朵的大树,不要急着一朝一夕、死去活来。""一朵花正开,摘下并不是爱它的好方式,让它在枝头报以微笑的欣赏,则恰到好处。""生活圈是漏的,总有口水要渗进来。""人生中有太多相遇,学会区分朋友和伙伴。""优越感是妨碍我们平等理解别人的藩篱。"

从编辑体例上看,《为爱找方法》中的每一篇章,都是前为读者来信,中为作者答疑解惑和观点提要,后为作者荐读,并配有著名漫画家慕容引刀创作的插图。青少年读者在阅读本书时,既能反观自身的成长状态,从中找到共鸣点,又能汲取破解成长困惑的招数,更能拓宽知识视野,丰盈自己的生命。与此同时,还能在优美的漫画插图中,弛缓身心,获得美的陶冶。

（2016-08-08）

（刊于《钱江晚报》2016年8月14日）

最大限度地还原一个真实的海子

——评边建松《海子传:幻象与真理》

　　浙江作家边建松新著《海子传:幻象与真理》(河南文艺出版社出版),书名源自海子诗句:"先是幻象万千,后是真理唯一"。这是作者 2010 年所著《海子诗传:麦田上的光芒》(江苏文艺出版社出版)的修订版,书中增补了大量鲜为人知的细节。这部海子传,力避了国内诸多海子传或对海子童年生活描写较少,或对海子昌平生活语焉不详,或基本脱离海子诗歌,或戏说、消费海子等不足,最大限度地还原了一个真实、生动而完整的海子,被著名现当代文学研究专家张立群教授赞为众多海子传中"最出色的一本"。

　　1989 年 3 月 26 日,26 岁的诗人海子在山海关卧轨自杀。他戛然而止的短暂人生,不仅给世界留下了灿烂的诗文,也留下了无尽的谜团。边建松穷 20 年之心力,精研海子诗歌文本,以诗证人、以人解诗;广搜海子研究资料,进行细致入微的甄别与考据;遍访海子生前同事、同学、朋友、老师和家人,获取第一手珍贵资料;把自己代入海子的灵魂世界中,对海子进行设身处地的揣摩和体认。传记以一种诗性与理性并存的写作风格,梳理海子的生命轨迹与诗歌流变,发掘海子的生活细节、写作习惯和思维方式,驱散笼罩在海子身上的重重迷雾。

　　《海子传:幻象与真理》以大量的实证与细节,对海子的写作形态与生命形态,进行了哲学探寻和重新定位。作者反对将海子仅仅命名为"青春诗人",认为海子更是一个"文化诗人"和"生命诗人",海子的生命,是和诗歌融为一体的,二者具有不可剥离性,"海子现象,是一种生命现象"。作者循着文字的蛛丝马迹,破译隐藏在海子诗歌深处的生命密码,探寻海子的内心世界与文学艺术,梳理海子的人生轨迹和创作轨迹,演绎海子的人生故事,匡正海子研究中的某些错讹,将一个真实、生动而完整的海子,带到读者面前。

《海子传:幻象与真理》对海子从工作到辞世最后7年的生活状态做了独到而准确的概括:1983年,"选择之年";1984年,"幸运之年";1985年,"寻找之年";1986年,"凶狠之年";1987年,"逃避之年";1988年,"燃烧之年";1989年,"曙光元年"。该书明确提出海子诗歌创作大致分为4个时期:体验写作期、实验写作期、元素写作期、幻象写作期。传记还开创性地探讨了影响海子诗歌创作的一些关键因素,如生活环境、西亚诗歌、西方哲学、神秘主义、《圣经》和气功等对海子创作的影响。这些研究,很多方面已经成为海子研究的源头。

边建松一大贡献,是他经过细致而缜密的考证,最终确定海子的诞辰日为3月26日。这一研究成果,得到了社会的一致认可。在他开始海子研究之前,关于海子的生日,一直是混乱的,甚至连海子母亲也有两种说法。此外,他在与海子昌平生活时期的好友孙理波、常远等人的交流中,发掘到海子当时的很多生活细节与写作细节,并发现了海子写诗的秘密:海子创作诗歌的时候总是整页整页地写长诗,然后再删减成最终的版本,譬如《面朝大海,春暖花开》,海子写了好几页诗句,后来又几经删削,最终呈现在我们面前的,只剩下了短短的14行。

边建松是海子的铁杆拥趸,他21岁第一次接触海子诗歌的时候,即为之倾倒。他说:"看到海子诗歌,我激动得不能自已,为其诗句的直接、诗境的奇诡、心境的孤独而惊讶、震撼。"他是国内深受海子诗风影响的诗人之一,20世纪90年代,他创作的诗歌最像海子,纯净、唯美、热烈、绚烂,有几首诗歌甚至达到了如出一辙的地步。他这种对海子的热爱,以及他的诗人身份,无疑有助于他对海子的理解,也使得他的这部海子传具备一种得天独厚的优势。正如他所说:"我可以骄傲地说,本书是海子资料最真实、最全面、最详细的一本书。"

（2018-10-18）

（刊于《富阳日报》2018年10月24日）

一代大师的人生传奇与书学精神

——《沙孟海评传》读评

　　艺术大师沙孟海是20世纪中国书坛巨擘,也是一位集书法家、篆刻家、文史学家、考古学家、语言文字学家于一身的跨界宗师。浙江作家陈耘文、宓可红新近出版的合著《沙孟海评传》,采用编年史的形式,以一种严谨的学术精神,且传且评的评传体例和有血有肉的生动笔调,将传主的人生传奇,放置于时代、家世与艺术的背景中去显影,破译传主性格形成与人生命运的密码,凸显传主的人生意志和书学精神,生动而立体地再现了一代艺术大师沙孟海波云诡谲、跌宕起伏的人生轨迹与偏师独出、开宗立派的艺术成就。

　　评传主体由三部分内容构成。第一部分:"清朝:山村孤童子";第二部分:"负笈到城中";第三部分:"新时代堂堂大人相"。此外包括前言"寻找一个真实的沙孟海"和附录"沙孟海作品欣赏"。在前言中,作者浓墨重彩地讲述了沙孟海最富传奇色彩的一个人生逸闻:抗战时担任国民党中央政治委员会秘书的沙孟海受秘书长朱家骅之命,两拟骈体电文,劝阻和震慑住已在政坛上销声匿迹的失意军阀吴佩孚欲东山再起的念头,被誉为一支笔赛过百万雄师。这使得评传一开篇就引人入胜,牢牢抓住了读者的目光。

　　评传设置了两条明线与两条暗线。明线一为沙孟海的艺术之路,着重表现沙孟海穷源溯流、转益多师、不断精进、勇于创新的书学精神;明线二为沙孟海的人生之路,着重表现沙孟海的家庭担当和长兄情怀。暗线一为沙孟海四位弟弟的革命活动,侧面展示革命志士"一志革命,不顾其他"的革命精神;暗线二为冯君木、吴昌硕、沈曾植以及传主沙孟海等一大批艺术大师对艺术的执着和对后学的奖掖,反映中国近代以来书法艺术的辉煌成就以及前辈提携后进的优良艺术教育传统。四条线索相互交织,织就一幅沙孟海书艺嬗变和人生命运的历史巨卷。

评传生动地表现了我国前辈艺术家奖掖后进的优良传统和名儒之风。这种传统和高风,既体现在冯君木、吴昌硕、张美翊等前辈对沙孟海的提携与爱护上,如吴昌硕亲自为沙孟海推荐印谱,一一圈定可学之印,并为沙孟海地位的确立背书,冯君木见沙孟海痴迷于吴昌硕的印风,恐其过耽于是,因取"石荒"以示警惕;也体现在沙孟海对待后学的悉心指导和殷切期待上,如1980年陆维钊去世后,沙孟海受托继续指导浙江美院第一批书法专业五位研究生,因膀胱癌在北京住院时仍念念不忘自己的责任,写下著名的《与刘江书》,对学生进行悉心指导。

沙孟海的一生,跨越了晚清、民国和新中国三个历史时期,几乎经历了20世纪中国社会所有重大的历史事件:辛亥革命、五四运动、抗日战争、新中国成立、土地改革、"十年浩劫"、改革开放,等等。他15岁入宁波省立第四师范就读,21岁入宁波豪门屠康侯家做家庭教师,后又随屠氏去上海。之后迭受毁家、丧妻、兄弟出走、失业的打击。28岁这年沙孟海前往杭州入职,任浙江省府秘书,第一次走入仕途。次年春应邀赴广州,以师范生身份出任中山大学预科教授。31岁时受母命回江南,任教于南京中央大学。

评传感人至深地表现了沙孟海的家庭担当与长兄情怀。长兄如父,在风雨飘摇的旧时代,沙孟海不仅撑起了一个家庭,更像一把保护伞,和母亲一起引领和护佑着四个弟弟。文求、文汉、文威、文度被他带出沙村后,都走上了革命道路。对弟弟们的革命活动,他既理解、支持,将自己的"若榴花屋"作为弟弟们的革命据点,虽受弟弟们之累先后两次被辞退而失业,却无怨无悔。同时,他对弟弟们的生命安全又充满担心。"吾将爱其志乎? 爱其身乎?""既上革命轨道固能不免于危险,然当此情形难乎其为兄矣",这两句话就真实地表露了他的矛盾心理。

大量真切而生动的细节描写,使得这部评传人物血肉丰满、故事情趣盎然。譬如:幼小的沙孟海常常躲进父亲的书房;偷偷翻阅父亲的碑帖、书籍,模仿父亲刻印,如醉如痴;在锦堂学校,年仅11岁的沙孟海准确读出"中华民国军政府鄂省大都督之印"篆文,全校为之惊异;18岁的沙孟海竟能将一千字的《李氏祠堂记》用篆书写就,书名在甬中大地不胫而走⋯⋯

《沙孟海评传》以一种扎实的考证功夫和优良的学术品位,为书、印、文、学四绝的一代艺术大师沙孟海立传,再现了德艺双馨、书印同辉的沙孟海传奇而光辉的一生,资料翔实,考据严谨,裁剪得当,叙事生动。评传摈绝戏说,旁征博引,注重事事有来历、句句有出处,特别是其中不厌其烦地引述沙孟海自己的文字,更增添了评传的真实性与可信度。由于沙孟海纵横四海的高端交游和旁涉多门的巨大成就,因此这部评传不仅是一部人物传记,读者也可以将它视为一部书法、篆刻等知识的科普读物,还可把它当作一部中国近、现、当代历史著述来阅读。

(2018-11-08)

(刊于《富阳日报》2018年11月15日)

当影视遭遇国粹……

——电视连续剧《人生几度秋凉》观评

一

我们不妨把《人生几度秋凉》唤作"类型影视剧"——一种继警匪片、恐怖片、侦探片、科幻片、喜剧片、西部片、灾难片、言情片、武侠片、谍战片、战争片等之后,又一种影视剧新形式——"文化片"。

近年来,中国大陆影视剧的文化含量渐渐浓郁了起来。将文化浇铸于影视剧中,正成为影视剧创作的一种新趋势、新类型。如海飞创作的电视连续剧《旗袍》等。

在所有"文化片"中,《人生几度秋凉》难说是最优秀的,但绝对可以说是优秀的。它之所以优秀,原因有很多。首先是它具备了充足的影视元素:民国、乱世、京城,王室、军阀、洋人,商贾、贩夫、佳人,华府、青楼、古墓,亲情、友情、爱情,忠诚、野心、背叛,算计、报复、献身,正义、坚贞、邪恶……再加上博大精深的中华古玩文化与京剧艺术。这样的影视剧,想不好看都难。

更何况有张铁林、李成儒、李立群、斯琴高娃、英达、李丁、马叔良等影视大腕的加盟。

剧本共31集,13年前投拍的,由陈燕民编剧并导演,中国煤矿文工团、中视喜洋洋广告有限公司联合出品。近日它又在荧屏上掀起了一场点播小热潮。可见好的文学艺术作品,是能够经受住时光淘洗的。

类型小说、类型影视剧都必须肩负起一个职责,那就是应将作品所涉猎到的专业知识,最系统地提供给读者或观众。这一义务履行得如何,关涉影视剧本身的精彩度。

这一点,《人生几度秋凉》做得很好。

该剧的故事内核是"古玩":唐古诗帖、明成化斗彩鸡缸杯、舍利子珍珠衫、元釉里红、元青花瓶、清孙中堂手迹、雍正御印、明宣德雪花蓝碗、商铜簋、清官仿窑瓷器、宋三足笔洗、明白龙花插、宋定窑瓷盘……

一件件堪称国宝的古玩,串连和推动着民国初年京城几个"古玩人"的命运沉浮。观众在观赏电视连续剧的同时,都酣畅淋漓地恶补了一通古玩知识。

剧名取自苏轼词《西江月》:"世事一场大梦,人生几度秋凉"。乱离的世道、变幻的命运,跌宕的情节、悲凉的人物……一部充满历史意识和悲剧精神的电视连续剧。

二

城头变幻大王旗。

剧本裁剪是民国初年的一段历史风云。军阀混战,你方唱罢我登台。只几年工夫,京城就换了三任大帅。第一任和第三任大帅在剧中都没有正式出场,作为一种故事背景而存在。只有英达饰演的第二任大帅,走上了前台,走进了富三爷的后院、走进了洋人的领事馆,左右了剧中各主要角色的命运走向。

"古玩"和"京剧"这两条红线,时而各自独立运行,时而交织在一起,串连起了整部电视连续剧的剧情和人物命运——

京城海王村古玩店尚珍阁老掌柜梁有德贪一时之利,导致眼光失准,误将一幅仿作当真迹卖给了帅府,被迫告老还乡,将尚珍阁交给大徒弟周彝贵管理。周彝贵牢记师父教诲,诚信为人,经营有道,尚珍阁日渐红火。

古钱店贾方斋掌柜余旺财,是个坏事做绝的主儿。他一心思谋着要将尚珍阁据为己有,不断使坏,一方面挑拨离间,腐蚀拉拢,另一方面勾结帅府的董副官,将周彝贵投入大狱,对尚珍阁二徒弟田守常威逼利诱,终于将尚珍阁夺了过来。

前清王爷富嗣隆一心想做成一件"大事"——重做人上人,在府中供养京剧戏班牡丹班,以此攀附帅府。与此同时,他为取得洋人的支持,不惜充当洋人搜刮中华国宝的急先锋,最终如愿以偿,坐上市长的宝座。

富嗣隆在后院供养牡丹班,引发了一场永无宁日的家庭战火。牡丹班两个当家花旦牡丹红和含玉年轻貌美,令富太太感觉到自己在富府的首眷地位受到严重威胁,她不断主动出击,最终在马师爷的阴谋策划下,将牡丹班逐出富府。

富嗣隆的女儿富储秀青春靓丽、活泼开朗,她与周彝贵的儿子周子贵一见钟情,但二人的爱情却遭到董副官的百般迫害,最后两人带着周彝贵等人赎回的中华瑰宝——唐古诗帖,逃出了董副官的魔爪。

国宝不断流失,令周彝贵和官仿窑正宗传人吴德章痛心疾首。二人不折不挠,积攒实力,最终与富嗣隆一起,将古诗帖从洋人手里赎了回来。二人虽陡然间变得几乎不名一文,但却都为自己做了一件大事而备感欣慰。

古诗帖失踪,洋人和帅府通缉周彝贵、吴德章,富嗣隆急忙逃出京城。不久京城易帜,富嗣隆潜回京城,却发现富府已经易主,明白遭到了马师爷的算计。卖身投靠新大帅的董副官杀人灭口,将富嗣隆和周彝贵押上刑场……

整部剧情节跌宕起伏,扣人心弦。

三

影视剧是一种结构艺术。戏剧结构的成败,决定于人物关系的构建;而戏剧冲突强烈与否,则决定于人物关系的改变。

遵守"三角铁律"构建人物关系,大幅度进行人物关系的改写,是影视剧创作的两大秘诀。

所谓人物关系构建的"三角铁律",就是先制定一个"主三角"作为框架,然后以此为基础,向外延伸、拓展,以三角中的某一角为原点,又结构起新的人物关系的"铁三角",如此不断推进、扩展,最终形成一张繁复的人物关系网。

诸多人物"三角"彼此独立,又彼此胶着,推动故事情节的人物命运的发展。而影视剧是否扣人心弦,则取决于人物关系的改变程度。人物关系改变越大,戏剧冲突就越强烈;戏剧冲突越强烈,剧情就越精彩。

《人生几度秋凉》整部剧的骨架由一个大"三角"撑起:尚珍阁掌柜周彝贵

(李成儒饰)、王爷富嗣隆(张铁林饰)、贾方斋掌柜余旺财(李立群饰)。剧本在此"元三角"上,不断衍生出新的人物关系"铁三角",譬如——

主三角:周彝贵、富嗣隆、余旺财。次三角:周彝贵、田守常、吴德章,富嗣隆、富太太、牡丹红,余旺财、马师爷、董副官……次次三角:周彝贵、吴德章、周子贵,周子贵、富储秀、田冬梅,富嗣隆、富储秀、含玉;含玉、德子、奎五爷,余旺财、小素贞,田守常,田守常、田冬梅、周子贵……

戏剧冲突源于人物关系的改变。如:周彝贵与富嗣隆,一为草民一为王爷,最后却成了"盟友";富嗣龙与马师爷,原本为主奴关系,最后奴才霸占了主子的妻子与家产;田冬梅与周子贵,自小青梅竹马,不料周子贵却爱上了富储秀。

又如:余旺财与丁二,本来狼狈为奸,最后却成为死敌;富嗣隆起先慷中华国宝之慨,结洋人之欢心,最后被现实唤醒,与洋人结下梁子;含玉与富嗣隆,一为客人一为主人,最后却被告知两人原本是父女……

正是由于足球状人物关系网的编织,以及人物关系的大尺度被改写,《人生几度秋凉》才获得了一种引人入胜的结构魅力和情节魅力。

四

《人生几度秋凉》塑造的人物形象也是流光溢彩的。它将艺术的解剖刀探入幽暗的人性深处,对人性的斑驳与复杂,进行了深刻的洞察、挖掘、揭示与彰显。自然,这不仅与影视蓝本有关,更与演员们高超的艺术表现力直接相关。

不必说被古玩界同行誉为"独眼"、业务精湛、功底深厚、目光犀利、判断精准,宅心仁厚、诚信不欺、乐于助人、重情重义、忍辱负重、百折不挠、忠贞爱国、义薄云天,全力保护国宝免使流入洋人之手的尚珍阁掌柜周彝贵;

不必说削爵递禄,起先幻想东山再起,不惜用戏班和珍宝投大帅与洋人之好,以换取权力,最终幡然醒悟,与洋人决裂,对爱好一意孤行、对朋友豪爽仗义、对太太刚愎无情、对女儿一腔柔怀的前清王爷富嗣隆;

也不必说铜臭熏心、见缝就钻、攀附权贵、挖坟盗墓、阴损狠毒、坏事做绝的古钱店老板余旺财;狐假虎威、仗势欺人、妒火中烧、迫害纯良的董副官;处心积虑、老谋深算、恩将仇报、原形毕露的马师爷;

单说那斯琴高娃饰演的唐家老太,只寥寥几个镜头,只几句不咸不淡、不温不火的台词,就直往观众的骨头缝里钻。那演艺,拿捏精当,炉火纯青,让人不能不心生叹服。

《人生几度秋凉》对剧中人物内心世界的刻画,可谓入木三分。兹以两大配角田守常和富太太为例——

田守常是周彝贵的师弟。他本性善良、安分忠厚,却缺乏主见,胆小怕事。他一方面敬重师兄,看重与师兄的情分,另一方面又架不住妻子的撺掇,渐渐地有了私心。余旺财看准了他的弱点,与董副官一起,对他威逼利诱、软硬兼施,一步步牵着他的鼻子走。他终于着了余旺财的道儿,丢掉了师父和师兄留下的尚珍阁。

剧本真切而生动地展现了田守常内心的矛盾与挣扎:如周彝贵应允让他做二掌柜时,田妻洋洋得意,他却如坐针毡;尚珍阁被余旺财夺去后,他虽然留任大掌柜,却悔泪盈面,泣不成声;周彝贵回到尚珍阁做伙计,他处处礼让师兄;周彝贵将卧薪尝胆的计划告诉他,他当即答应……良知未泯的他终于战胜了心灵霉变的他。

《人生几度秋凉》对富太太这一人物形象的塑造同样十分成功。它将一个孤独无助、形同弃妇的前朝王府女主子的心理,细致入微地呈现在观众眼前。从本质上说,富太太也是一个值得我们同情的悲剧人物。身为女人,却得不到丈夫的爱,这对女性来说,本身就是一种莫大的侮辱和伤害。

富太太心灵的种种狭隘、乖张、歹毒与残忍,说到底原本也是幻想挽回丈夫的爱。然而她不懂丈夫的心,偏偏要与丈夫的爱好对着干,一而再再而三地要将牡丹班逐出富府,甚而至于为了断绝丈夫的念想,竟指示马师爷买通凶手,将已被逐出富府的牡丹红毁容。其结果只能是与丈夫愈行愈远,直至夫妻恩断义绝。

富太太同样不懂女儿的心。与天下母亲一样,她也是爱自己女儿的,然而她却误以为只有将女儿嫁给权势,才是为女儿找到了幸福,丝毫也不问对方是否值得女儿托付终身。她不仅与丈夫无法沟通,与女儿也难于交流,徒有血缘的联系。所以她成了孤家寡人,在富府,只能与马师爷才能说上几句话,最终连人带整个富府的家产,一齐被工于心计、谋划已久的马师爷俘获……

五

《人生几度秋凉》的成功,是人性烛照的成功。它把人性的探照灯,投射在近百年前黑沉沉的东方大地上,将乱世中的一颗颗乌金和一朵朵恶之花,从夜色深处,驱赶到光明中显影。《人生几度秋凉》的成功,更是文化书写的成功。

正是因为有了古玩文化和戏剧文化的加盟,有了对中华国粹的倾情书写,这部电视连续剧才有了文化含金量,才变得熠熠生辉。

剧情最后,周彝贵与富嗣隆一起被董副官押至刑场。一声沉闷的枪声响起,富嗣隆倒在血泊中。周彝贵满眼悲愤,回首怒视苍天。

火焰升腾,撕开夜幕。

片尾曲骤起:"一声寒鸦远,十里落叶黄。天涯无过客,善恶见短长。铁鉴磨削心不冷,秦碑周彝铸沧桑,问人生几度秋凉?"

连续几个晚上的观剧结束,心底蓦然滑过鲁迅先生的诗句:

"吟罢低眉无写处,月光如水照缁衣"。

(2016-07-28)

(见作者新浪博客2016-07-28)

野菊花的怀念

—— 评顾志坤、何家炜《民心铸丰碑——王志良传》

顾志坤、何家炜著人物传记《民心铸丰碑——王志良传》,是一部感人至深的非虚构类文学作品。它以一种饱蘸情感的笔触,追述了浙江上虞一位病逝于37年前,堪称"当代禹王"的焦裕禄式好党员、好干部王志良执政为民,将一切献给党、献给人民的人生事迹,对这位时代楷模的人生历程、个性脾气、言行举止、音容笑貌、精神面貌、领导才能、工作实绩和社会影响等,做了真实、生动、感人和艺术的呈现与还原,谱写了一曲人民公仆的赞歌,为当代优秀共产党员的群英谱,增添了一位可歌可泣、可敬可亲、形象丰满、真实可信的人物形象。

传主王志良,上虞张镇笕桥人,放牛娃出身,24岁加入中国共产党,先后担任笕桥大队书记、滨笕公社主任、汤浦公社党委书记等职。任职25年,王志良为了脚下这块土地的平安和富裕,奉献出了自己全部的心血、汗水乃至生命。1981年4月,他因积劳成疾,医治无效,最终长眠在曹娥江畔的覆船山上,享年49岁。王志良以自己短暂却鞠躬尽瘁的一生,对"共产党员"这个称号,做出了最好的诠释和注脚。

传记主体部分共分五章,按王志良由出生到逝世的时间顺序,对他的一生进行了深情而生动的追述。作品将向内探触传主的精神世界,与向外描述传主的人生事迹相结合,重在展示人物内心世界的光华、展示人物无私奉献的内驱动力,用文字为材料,在天地之间,矗立起一尊当代优秀共产党员干部的雕像。

王志良对脚下这方土地有着深深的眷恋与使命般的担当。他办公桌上的玻璃板下,一直压着一张登有焦裕禄事迹的报纸。他的人生只有一个目标,那就是全心全意为乡民造福。他的一生,与水结下了不解之缘。他执政期间的主要工作,就是如当年焦裕禄带领兰考人民治理涝、沙、碱"三害"一样,带领滨笕和汤浦两地人民与洪涝与干旱搏斗,治理水患,保一方水土平安。在物质条件极其艰难的情况下,他与群众一起,硬是用肩膀、双手和几乎原始的工具,超负荷工作,建成了一个又一个水利工程。

王志良是"一个喜欢打头阵的人",凡事率先垂范,以身作则。他在担任滨笕公社主任、抗洪总指挥时,羊角拐埂决堤,他第一个跳到缺口中,以身体堵住缺口。他又是一个完美主义者,无论是在滨笕还是在汤浦任职,他总是想把工作做到最好,在他面前,任何对工作的搪塞、懈怠、马虎或者应付,他都会像进了眼中的沙子一样,不能容忍。他更具有百折不挠的意志和永不言败的精神,不怕苦,不怕累,也不怕死。他的高尚人格深深感染着身边的干部群众,虽然他对工作要求极严,但大家却都喜欢与他一起共事,因为大家知道他是一个真心为老百姓办事的人。

王志良对事业充满忘我精神与献身激情。他一心扑在工作上,经常几个月不回家。他的同事们一提起他,都说:"人家上的是三班制,他王志良上的是独班制。""在我的印象中,王书记除了生病,几乎没有休息过。"他三次晕倒在工地上,一次又一次拒绝同事和亲人的劝告,不肯休息。他三进上海瑞金医院,一次又一次不遵医嘱:第一次医嘱休息半年,第二次医嘱休息一年,但他两次都是一回到汤浦,身影就出现在田间地头。他多次从医院病房和回公社的路上"失踪",原来他跑到乡下,一个一个村了解情况去了,或是来到试验田旁观察水稻的长势。在公社党委考虑他的身体状况,集体决定让他不再负责具体工作只担任顾问后,他却"顾"而不休,第二天晚上又来到了排涝闸工棚里……

王志良一心为民,源于对党的事业的无限忠诚和坚定信念。从他临终前的两个遗嘱中,我们可以看出他的这种忠诚与信念,至死不渝。一是对组织的遗嘱:"请转告县委领导,我王志良是放牛娃出身,新中国成立前家里穷得连饭也吃不饱,是党救了我,又培养了我,才有我王志良的今天,遗憾的是我的身体,本可为党做更多的工作,可是——我心有不甘啊!"二是对孩子的遗嘱:"我王志良虽然没有给你们留下什么值钱的东西,可我对得起党、对得起组织,也对得起你们,你们可不能往我的脸上抹黑啊!"

王志良具有坚强的党性原则。他心中有戒,毫无私心,廉洁奉公,原则性极强,被群众戏称为不近人情的"包黑头"。譬如:他在下属家里吃饭,不过是扒了几口冷饭,照样在茶杯底下压下粮票和钱;看闸的老魏听说野河鳗能帮助他恢复体力,抓到一条后给他送去,他让妻子带上两条烟回馈老魏;同事叶正金知道他烟瘾大给他送了两条香烟,他非要给烟钱。当少年时的恩人陈大富受大队社员之托,来找他批一点粮食渡难关时,他同样没有照办。陈大富去世了,他闻讯前去吊唁,还带去两条香烟,作为办丧事之用。"不是我不近人情,因为在原则面前,我作为一个共产党员,一个基层领导干部,无权这么做。""因为我是共产党员,是公社的党委书记,虽然我有这个权力,但这个权力是人民给的,是党给的,我不能用这个权力为自己服务。"这些话语几乎成了他的口头禅。

舍小家为大家,是王志良党性原则的真实写照。他是一个称职的党的基层领导干部,但在家人面前,他简直是一个"苛刻"的丈夫和父亲:为决战长山埂和塔山埂,他数月没回家,妻子来探望他,竟被他动员去工地上挑土;工资调整时,最应该加工资的他,坚决将名额让给其他干部;有干部看见他家实在困难,想将他妻子招进茶厂做临时工,被他断然拒绝;一辆用于工作的破永久牌自行车,自己的孩子和爱人碰一下也不行;小儿子的师母为小儿子做了一件人造棉棉袄,他勃然大怒,掌掴儿子,严令儿子立刻送还给师母;他多次不顾自己家庭困难,把女儿去社办厂工作的名额让给群众;他临终前,即将退伍的大儿子想让他安排一个工作,依然遭到他的拒绝。他逝世时,只给家里留下了一副他用过的旧铺盖、一件旧蓑衣和一顶小阳帽,还有就是因治病向亲友们借的780元债务……

王志良敢于担责,襟怀坦荡、公平公正。他认准一个死理,凡对老百姓有利的事,他都勇于去做,即便有什么风险,他也愿意承担:双抢时,为避免农民用血汗种植出来的稻谷发芽发霉,他不顾被扣上"挖社会主义墙脚""私分粮食"的罪名,不惜冒撤职坐牢的风险,果断决定将这批潮谷分发到社员家中,数万斤粮食最终被抢救了回来;一位老农在自家屋后杂地上种了二十几株玉米,被大队干部拔掉了,找他来哭诉,他立即召开党委会,制定出允许社员开垦荒山荒坡、田间地头的决议。他襟怀坦荡,在巡察农田时发现放水员不仅没有搁田而且还在灌水时,严厉训斥,后来觉得自己脾气太急躁了点,又连夜摸黑到放水员家向放水员道歉,并耐心地给放水员讲述及时放水搁田的道理,帮助放水员掌握科学种田的知识。他公正公平:发福利时,对分配方案不能一视同仁,对待脱产干部与非脱产干部给予严厉批评,勒令改正……

王志良真正心系群众,将群众冷暖时刻牢记在心,是农民的贴心人。在他心中,人民群众永远是第一位的,连全公社最穷的是哪几户人家,他都心中有数。他执政很严,外表严肃,不苟言笑,但却是一个热心肠的人:路遇挑粪老汉,他会帮着挑上一程;听说有个大队干部家里要断炊了,他会设法弄上一袋米,自己背着,送到大队干部家里;当他得知笕桥大队女社员傅爱仙在生下孩子的第二天,就挑着土箕来到工地参加范洋江改道和友谊江开挖的劳动时,他连吼带斥地把傅爱仙赶回家去;台风中,他从即将倒塌的房屋中背起里村大队80多岁的荷花嬷嬷脱离险境,救了荷花嬷嬷一命;为了更多乡民的身体健康,他发动群众,自己动手,建起了一个崭新的公社卫生院……

王志良具有踏实深入的工作作风。他注重调查研究,不尚空谈而重实干。他所主政的所有水利工程,都是充分的调查研究和反复论证之后的慎重决策,而不是"拍脑袋"工程。他不爱坐办公室,一处理完事情就扛起钪铣往田间地头和工地上跑,被老百姓戏称为"钪铣书记""田头书记"。公社的老百姓,无论刮风下雨还是严寒酷暑,几乎每天都会看到头戴小阳帽,身着补丁叠补丁的旧军装,脚上穿着一双车胎鞋的他,骑着一辆嘎嘎作响似乎随时都有可能散架的自行车,在乡间坑坑洼洼的泥路上颠簸,在田间地头巡视。他不仅叫得出所有大队、生产队干部的名字,还叫得出全公社90几个放水员、植保员的名字,叫得出各大队每块田的土名。他对治下的各种情况了如指掌,在他面前,任何靠凭想象、凭老经验、凭"毛估估"甚至凭夸大的材料忽悠领导,希冀得到领导表扬的做法都宣告失灵,由此使得当地干部的工作作风,发生了根本性的转变。

王志良是一位精通农业专业知识的行家里手。譬如第三章《责任重于山》写到他教一位中年农民犁田:"一般我们要求犁8厘米深,我看你最多只犁了6厘米,还有2厘米没有犁到,这样稻种下去就会受影响。"他教一位年轻小伙子插秧:"种稻最忌'笋络圈'和'拖脚泊',横行要平,间距要匀,这样稻根才会着泥,生长才会有足够的空间。"再如他告诉大队干部:草籽腐烂后产生的气体容易在土壤中引起空洞,造成稻苗种下后不能着根,稻苗吸收不到肥料,容易黄苗,所以必须把水放掉,晒3天,田瘪下去以后,就实了,田一实,稻苗就容易着根,肥料也就吸收进去了。

王志良更是一位具有领导智慧的农村基层领导人。他总是从一种全局的、综合的、整体的观念出发,教育干部群众顾全大局,纠正各自为政、画地为牢的做法,根治干部思想中的"散、乱、怕"思想,帮助部分农民克服目光短浅、只顾自己"一亩三分地"的思想。譬如他以将生死置之度外,不顾自己是"旱鸭子",又有病在身,第一个跳进汹涌的洪水里,冒险用身体堵决口这一无畏行动,感动并唤醒了很有工作魄力和群众威信的白鹤大队书记梁金泰,从而使得汤浦水利建设中的老大难、肠梗阻——长山埂改道的难题迎刃而解。

为彻底解决滨笕公社蒋山畈与花坎畈的洪涝问题,王志良倡议滨笕公社与周边的嵊县水利局合作、联手治水,并且提出了"填塞范洋江,领挖一条河"的大胆设想,催生了友谊江的诞生。在友谊江开挖工程尚未竣工,沿山渠又开工了的时候,王志良又提出"日战沿山渠,夜战友谊江"的做法。因为沿山渠工程要开石放炮,夜里视线不好,弄不好容易出事故,而这时,友谊江工程已经通电了,夜里施工已没有问题。为根治汤浦水患,他又提出了打造汤浦"米桶圈"的宏大构想,主持建设塔山改道工程。为使汤浦大地彻底摆脱贫困,他卓具目光,在大兴水利的同时,提议创办铜材加工厂,带领汤浦人民实施农业与工业"两条腿走路"。

"当代禹王"王志良不仅具有为民之心、为民之德,更具有为民之能、为民之识。他当年大力推行的园田,给滨笕大地留下了一片广阔丰饶的田野;他当年决策创办的铜材加工厂,成为汤浦日后成为铜管之乡的策源地;他当年为之夙兴夜寐、挥洒汗水的友谊江、沿山渠、郑岸埂、长山埂、塔山埂等,虽历经40年,至今仍在发挥着积极的排涝抗旱作用,而且在今后相当长的一段时间内,仍将继续发挥作用,为滨笕、汤浦两地永绝水患、保一方水土平安,为改革开放后滨笕、汤浦两地的经济腾飞,奠定了坚实的基础。

然而,传记并没有将王志良神化。尽管王志良凭着坚不可摧的理想信念和百折不挠的人生意志,带领群众克服了一个又一个前进道路上的阻碍,但他并非一个常胜将军,他也有难以战胜自己的时候,譬如他戒烟失败;他也有软弱、流泪的时候,譬如当郑岸埂最终溃堤,他精心构筑的"米桶圈"防洪工程功亏一簣、前功尽弃时,他难以抑制住内心的悲愤,掩面而泣。传记这样写道:"这个连自己的父母去世时也没掉眼泪的硬汉第一次在这么多部下和群众面前哭了:'我对不起汤浦人民,我没有做好工作,我有责任,我……'。"他的这场哭泣,感人至深。他也不是一个无情无义的"空心人",他铁汉的胸膛中也有一副柔肠,譬如他渴望尽一个父亲的责任,通过戒烟省钱来为儿子购置新衣,这一举动就催人泪下。

《民心铸丰碑——王志良传》的成功,主要源于如下两点。一是广泛、深入、细致而扎实的现场采访。为了撰写这部传记,作者深入到传主生前生活和工作过的所有地方,对传主的亲人以及传主生前的同事、属下和熟悉传主的群众"进行了长达一个多月的采访"。正如作者在《后记》中所说,"凡是作品中写到的场景,我们都要走一走、看一看,凡作品中涉及的人,只要能找到的,几乎都要采访一遍。"二是艺术地呈现。主要通过生动真切的场面描写和细节描写,还原历史场景,展示人物的内心世界。

传记充分展示了细节的力量。从某种意义上说,正是大量真实、生动而富有生活气息的细节,才砌起了这部传记的楼宇。譬如,传记写到王志良一个月没回家,刚进家门,脚被蛇咬,却又拖着红肿发亮的腿,要到抗灾一线去,尽管妻子极力想挽留他,孩子们也在门口用恳求的眼神望着他,他还是踉跄着站起来,黑着脸说了一句硬邦邦的话:"这次水灾这么严重,你叫我怎么休息得了?我连觉也睡不着啊!"再如:在友谊江工程开挖时,担任工程总指挥的王志良在工地上过年,大儿子吉善走了2里路,代表全家人去看父亲,并给他带去了一碗他喜欢吃的油豆腐烧肉,在四面透着寒风的草房里,当吉善将搪瓷杯盖揭开时,王志良俯下身去,深深地呼吸了一口:"真香啊!"说话时,他那似乎永远板着的黝黑的脸像孩童般地舒展开来,这是王志良在自己孩子面前一次难得的真情流露。上述两个细节,无比真切而生动地展示了王志良硬柔相济的内心世界。

天地之间有杆秤,那秤砣就是老百姓。"骑在人民头上的/人民把他摔垮/给人民当牛马的/人民永远记住他"(臧克家《有的人》)。把一切献给党、献给人民的王志良,赢得了百姓衷心的爱戴和怀念:"在汤浦、在王志良当年工作过的地方,只要说起王志良,无论是老人,还是年轻人,甚至是学校的初高中生,几乎都知道王志良是谁。"原汤浦中学教师、王志良铜像捐建发起人之一的钟立民说:"王书记是汤浦人民的大恩人。"云山苍苍,江水泱泱;先生之风,山高水长。正如传记《尾章:永远的怀念》所说:"王志良用身前事后名,赋予了党性原则以鲜活的内涵和生动的解读,坚强的党性铺就了王志良的人生底色,铸就了王志良的精神高度,王志良是一座民心铸就的丰碑。"

(2018-05-03)

(收入《民心铸丰碑——王志良传》,人民日报出版社;刊发于《上虞日报》2018年5月24日、《绍兴日报》2018年7月9日、人民周刊网2018年6月26日)

文学评论中的表扬与批评是个伪问题

文学评论的主要对象是作家作品。文学评论要想赢得尊严与尊重，首先必须正确处理好与作家作品的关系。文学评论与作家作品之间，只有一种正确的关系——平等交流。凌驾于作家作品之上的判决书式的评论，与五体投地式的膜拜式评论，都会带来文学评论的偏差与无效。

文学评论中的表扬与批评是个伪问题。文学评论的关键不在于是表扬还是批评，而在于是否具有识见、是否正中靶心。广大作家不是不欢迎批评，而是反感伪劣的批评。喜欢伪善吹捧和厌恶真诚批评的作家都是极少数，对于绝大多数作家来说，无原则的胡乱吹捧与不能击中要害的抓瞎批评，都只会令他们心生轻蔑和厌恶。

广大作家都欢迎平等的、真诚的、认真的、深刻的、善意的、有识见的、一针见血的文学评论，反感盛气凌人的、虚假的、敷衍的、浮泛的、恶意的、没有识见的、无的放矢的文学评论。当前文学评论生态的失衡，其主要症结，决不在于所谓的只闻赞扬难见批评之声，而在于批评质量的整体低劣。

当前部分文学评论存在着如下四大问题——

其一，非文本细读的浮泛性评论。文学评论者对作家作品完全有权拒绝评论,但一旦选择进行评论,就必须对作品进行文本细读,这是文学评论者的基本操守。然而在现实中,一些评论者并没有将自己的评论建基于认真、充分、细致的文本细读之上,或浮光掠影,或断章取义,或以偏概全,或只见树木不见森林,或捡了芝麻丢了西瓜,根本没有吃透文本,其结果只能导致评论的偏颇与偏失。

其二,概念先行、先入为主的填空性评论。这类评论,其得出的判词不是在文本细读之后自然生成的,而是在阅读之前就已经形成的。评论者先有了某种概念,然后再到作品中去寻找例证。不是对症下药,而是胡乱套用;不是作品本位,而是概念本位。或以某种东方文艺理论套用在以西方创作手法为主的作品上,或以某种西方文艺理论套用在以东方创作手法为主的作品上,牛头不对马嘴。

其三,不是真正为了评论作品,而是为了显示自身学问的炫耀性评论。这类评论,初看旁征博引、头头是道,理论庞大、学识渊博,但如若去掉所征引的理论论据,并无多少评论者自己的东西。整个评论文本中,只见巨匠们的言论、理论,难见评论者的个人识见,鹦鹉学舌,纯以理论唬人。

其四,恶意的、为了博取眼球的攻击性评论。此类评论,不是出于帮助作家作品进步的善心,而是心怀恶意,对作家作品进行棒杀。或攻其一点,不及其余;或吹毛求疵,放大缺点。故作惊人之言,其目的就在于博人眼球、哗众取宠。

喜听表扬、厌恶批评,是基本的人性之一,多数作家不能免俗,完全正常。表扬无罪,以表扬为主的评论未必就是品格低下的评论,只要所表扬的,完全是作家作品真实存在的优点,而不是无中生有的捧杀,则这种表扬,不但无罪,反而能给作家以巨大的鼓舞。同理,批评就未必品格高尚。只有与人为善、并且具有真知灼见、击中要害的批评,才能让作家真正心服口服。

文学评论的目的在于引领文学思潮、帮助作家进步。文学评论的受接受度,直接影响文学评论的效果。文学评论有必要讲究一定的方式、方法:一是完善评论者的人格,多一点与人为善,少一点刻薄、攻讦;二是多进行平等友好的商榷,尽量杜绝居高临下式的评判;三是能私下进行交流的批评,尽量少出现在公开的文字中。文学评论只有正视人性现实,才能收到良好的效果,否则,将永远走不出吃力不讨好的怪圈。

任何令作家心生反感和抵触的文学评论都是无效的。文学评论者必须与人为善,提高自己的人格修为;精研文学理论、丰厚自己的学养;细读评论文本,尊重作家作品、尊重文学评论、尊重自己；练就犀利的学术目光,磨砺自己的识见。努力做到这些,则无论是表扬还是批评,都会得到作家的欢迎与尊重。

（2017-09-18）

（刊于《杭州宣传》2017年12月27日）

灵魂永远高于修辞和观念

10月13日晚,瑞典皇家学院将2016年度诺贝尔文学奖颁发给75岁的美国音乐传奇人物鲍勃·迪伦,让无数人懵圈,其中也包括我。国人心里,早已钦定86岁的叙利亚诗人阿多尼斯为本届诺贝尔文学奖的不二得主。所以,获奖结果揭晓的前一天,当阿多尼斯获奖的假消息在媒体出现后,立刻引发了国人的一场转发狂潮。事后有人在网上调侃道:"昨天叙利亚诗人在中国'获得'了诺贝尔奖。"

惊愕不仅源于诺贝尔奖常爆冷门的惯例,也源于陌生。对作为摇滚教父、民谣圣手的鲍勃·迪伦,我们闻之如雷贯耳,他的《像一块滚石》《答案在风中飘荡》等作品,早已风靡世界半个世纪之久;然而对作为诗人的鲍勃·迪伦,绝大多数国人并不知晓——至少没有把他视为一名诗人。为证实自己的判断,我特意从书柜上翻出了1984年由诗刊社编辑、春风人民出版社出版的一部《世界抒情诗选》,几乎所有今天中国诗界耳熟能详的世界性诗人的名字都赫然在列,但没有鲍勃·迪伦的名字。

鲍勃·迪伦的诗歌首次被介绍到中国,应该是在1988年。这一年漓江出版社出版的《国际诗坛》总第4期上,就有对他诗歌的专题介绍:"美国鲍勃·迪伦谣曲"。但此时他的诗歌影响,只局限于高端诗人小圈子,并未引起国人的广泛关注。随着鲍勃·迪伦的获奖,他被遮蔽的部分,迅即显露在世界人民面前:他是一位跨界巨才。正如瑞典皇家学院在他的生平简介中说,"作为一位艺术家,他有着让人意想不到的全能多才;他也曾以画家、演员和编剧的身份活跃在人们的视野之中"。只是因为他在音乐方面的影响力太大,以致遮盖了他的其他方面。

其实诺贝尔文学奖颁发给非纯文学人士并非孤例,比如1950年,它就颁发给了英国哲学家伯特兰·罗素;1953年,颁发给了英国首相温斯顿·丘吉尔;1997年,颁发给了意大利演员达里奥·福;2015年,颁发给了白俄罗斯女记者阿列克谢耶维奇。

本届诺贝尔文学奖引发的意见分歧是前所未有的。赞成与反对者都大有人在。反对者认为,鲍勃·迪伦获奖,意味着诗歌的堕落。甚至有分析家认为它之所以颁发给一名美国音乐家,意在对美国进行渗透,重新夺回欧洲对美国娱乐业的控制权。赞成者以诗人于坚为代表,他认为诺奖颁给鲍勃·迪伦是实至名归,"奖给了灵魂,没有奖给修辞或观念。将对世界产生巨大影响"。

将诺贝尔文学奖授予鲍勃·迪伦,是对回归"乐诗"传统的一种倡导。鲍勃·迪伦的创作,接续了古代荷马、萨福和《诗经》歌诗一体的传统,打破了现代诗歌歌诗分离的藩篱。诗与歌最初是一体的,是"有声的文学"。后来诗与歌发生分离。特别是诗歌发展到了现代和后现代时期,诗与歌在形式律法和美学规范上更是不相兼容。声音被诗歌驱逐出境,成为一种"案头文学"。然而"互联网+"时代的到来,又为诗歌向着歌诗合一回归,提供了无限的可能性。

将诺贝尔文学奖授予鲍勃·迪伦,也是对创新精神的一种激赏。授奖词如是评价鲍勃·迪伦:"在伟大的美国歌曲传统中创造了新的诗歌形式……一些歌词不断翻新,出现新的版本……他在文学上,被源源不断地创造着。"在半个多世纪的歌唱生涯中,鲍勃·迪伦不断创新,探索了美国歌曲风格里的各种成分——从民谣、蓝调音乐、乡村音乐,到福音音乐、摇滚乐和洛卡比里,再到英格兰式、苏格兰式和爱尔兰式民谣,以及爵士乐和摇摆乐。

将诺贝尔文学奖授予鲍勃·迪伦,同时又是一种对跨界文学艺术巨人的呼唤。意大利文艺复兴时期,欧洲诞生了诸如但丁、达·芬奇、米开朗琪罗等一大批跨界文化巨人。工业化时代降临后,社会分工越来越精细,行业之间的隔膜乃至隔绝越来越严重,其收获的精深化与精致化效果是可喜的,其带来的弊端也是显而易见的,那就是视野的狭窄化、风格的单一化、格局的局促化和气象的微弱化。

将诺贝尔文学奖授予鲍勃·迪伦,更是对灵魂的一种褒奖。鲍勃·迪伦是一位灵魂的"摇滚"者,他的人生缤纷绚烂:民谣教父、民权代言人、抗议领袖、诗人歌手、摇滚巨人、时代旗手、反战歌者、叛逆者……他用灵魂呐喊、歌吟,他所有的作品,都是灵魂的狂舞。正如于坚所说,本届诺贝尔文学奖颁发给鲍勃·迪伦,是"奖给了灵魂,没有奖给修辞或观念"。

鲍勃·迪伦的获奖,释放了一种信号:文学,应该向灵魂致敬。文学如若缺失灵魂,哪怕修辞操练得再炉火纯青、观念玩弄得再玲珑剔透,也是苍白的文学。文学艺术创作,灵魂永远高于修辞和观念!

（2016-10-17）

（刊于《江西日报》2016年10月21日、《杭州宣传》2016年第11期）

羽

童／诗／荐／读

河　流

[日本]谷川俊太郎/著　田　原/译

妈妈
河流为什么在笑
因为太阳在逗它呀

妈妈
河流为什么在歌唱
因为云雀夸赞着它的浪声

妈妈
河水为什么冰凉
因为想起了曾被雪爱恋的日子

妈妈
河流多少岁了
总是和年轻的春天同岁

妈妈
河流为什么不休息
那是因为大海妈妈
等待它的归程

赏读——

日本诗人谷川俊太郎,我曾在一次国际诗会上见过他一次,他是一个温和、沉静的老人。读见过面的诗人的诗歌,感觉格外亲切。《河流》是一首"对话体"儿童诗,诗歌模拟一个孩子与妈妈对话的场景,采用孩子问、妈妈答的方式,表现了儿童对世界的好奇和探寻。诗歌有形象、色彩、声音、温度,同时又蕴含着孩子也能理解的生活哲理。儿童文学的三大母题——爱的母题、顽童的母题和自然的母题,在这首诗中都有所体现:它书写的是孩子面对河流引发的疑问和思考,既反映了儿童对自然的探索精神(自然的母题),又反映了儿童对世界充满好奇,爱幻想,爱追问,"打破砂锅问到底"的心理特征(顽童的母题)。诗歌中的母亲,是一个和蔼、耐心、循循善诱的母亲形象。面对孩子小脑袋瓜中无穷无尽的问题,她不厌其烦地进行解答,同时又自然巧妙地将"百川终归海"这类生活哲理,输入孩子的大脑,启迪孩子的思维。这一切,都源于母亲对孩子的深爱(爱的母题)。整首诗呈现了一幅和谐、幸福的亲子教育图景。在艺术表现手法上,这首诗采用了排比、拟人、反复、比喻等儿童诗常用的修辞手法,形象鲜活,浅显易懂。

(2017-05-19)

(收入《我们读诗·少年派》,浙江大学出版社;《小学生世界》2018年第9期)

蘑菇爸爸买帽子

[乌克兰]斯吉尔马赫/著　韦　苇/译

蘑菇爸爸从市场上回来了，
买回来厚厚一扎树叶帽。
小蘑菇一个个踮起脚尖，
正使劲儿往林子里头瞧。
蘑菇爸爸对孩子们说：
你们别站起来东张西望，
瞧我给你们买回来树叶帽，
你们就都在叶帽下悄悄躲藏，
不然，村里的小姑大婶一来，
就统统把你们采去做成汤。

赏读——

斯吉尔马赫是乌克兰当代著名儿童诗人，韦苇是中国当代著名儿童诗人和儿童文学翻译家。一般来说，诗是很难翻译的，在翻译的过程中，很容易造成诗意的丢失。但如果翻译者本身就是创作高手，则往往另当别论，譬如韦苇翻译的这首儿童诗。这是一首童话故事诗,具有浓郁的叙事性。诗中有人物——蘑菇爸爸和小蘑菇们;有故事——小蘑菇们踮着脚等着蘑菇爸爸从市场上归来,蘑菇爸爸却告诫孩子们赶紧戴上树叶帽藏起来,因为村里采蘑菇的小姑大婶们就要来啦;有细节——"小蘑菇一个个踮起脚尖,正使劲儿往林子里头瞧";有对话——"蘑菇爸爸对孩子们说:你们别站起来东张西望……"整首诗就是一个场景描写,想象富有童趣,语言直白、浅显,风格清新、幽默、夸张、俏皮、荒诞、快活,具有一种独特的风味。最好的儿童诗,一定是有趣的、好玩的,《蘑菇爸爸买帽子》就是这样的一首诗。

(2018-08-30)

(刊于《小学生世界》2018年第10期)

捉月亮的网

[美]谢尔·希尔弗斯坦/著　　李剑波/译

我做了一个捉月亮的网，
今晚就要外出捕猎。
我要飞跑着把它抛向天空，
一定要套住那轮巨大的明月。

第二天,假如天上不见了月亮,
你完全可以这样想:
我已捕到了我的猎物,
把它装进了捉月亮的网。

万一月亮还在发光,
不妨瞧瞧下面,你会看清,
我正在天空自在地打着秋千,
网里的猎物却是个星星。

赏读——

天上出月亮了,对于孩子们来说,那可是生活中的一件大事儿。几个小朋友,手拉着手,肩并着肩,仰起小颈脖,抬起莲藕一般粉嫩的小手儿,对着夜空中的月亮指指点点、叽叽喳喳。这样的一幕,是我们再熟悉不过的场景了。"小时不识月,呼作白玉盘"说的是小时候的李白。当然也有个别早慧的孩子,对着月亮出神,一声不吭,不知在想啥。但更多的恐怕是像这首《捉月亮的网》所描写的孩子,小脑袋瓜里,装着无穷无尽的稀奇古怪的想法。月亮挂在天上,太高,太远,"我"心里竟然产生了一个匪夷所思的奇妙念头:做一张网,像渔民捕鱼一样,"把它抛向天空",将月亮网住,从天上拖下来。孩子都是天生的幻想家,这一神奇的想象,一开篇就使得诗歌童趣盎然,深深吸引住读者的目光。第二节诗歌说假如天上的月亮消失了,那就是"我"已成功地"把它装进了捉月亮的网"。最有趣的是第三节,它表现了诗中的"我"还是个思维很周全,而且懂得自找台阶下的孩子,不仅进一步深化了诗意,也令读者在忍俊不禁之后,叹服"我"的机智和玲珑。写儿童诗,想象力最为重要。这首《捉月亮的网》,是个成功的典范。

（2018-08-30）

（刊于《小学生世界》2018年第11期）

雨　滴

[乌拉圭]于勒·苏佩维埃尔/著　葛　雷/译

我寻找刚落入

大海的雨滴

在它迅疾的坠落中

比其他雨滴

更光辉夺目

因为只有它

能够懂得

永远消融在

海水里的甜蜜

赏读——

这是一首流光溢彩的儿童诗,童心的好奇、大自然的光辉与奥秘、生活的哲理、诗歌语言的精微,全部在这短短的九行诗中得到了充分展现。而最后的"甜蜜"一词,犹如高悬的月轮,照亮了诗歌所营造的艺术时空。诗歌首句"我寻找刚落入/大海的雨滴",表现了一种充满好奇和探索欲望的儿童心理。这样的事情是大人们想不到的,也是他们不屑去做的,然而在儿童身上,却是经常发生的,它看似荒诞,却真切地呈现了儿童们一种惯常的思维特点和生活状态。"在它迅疾的坠落中/比其他雨滴/更光辉夺目"一句,描写了雨滴坠落的形与神。"迅疾",体现了一种速度与力度,写出了雨滴迫不及待地投入大海怀抱的急切心理。"光辉夺目"写出了雨滴奔赴大海的神采,洋溢着一种欢快的情绪,以一种明快的情感氛围和简洁的文字魅力,感染着读者。"因为只有它/能够懂得/永远消融在/海水里的甜蜜",不仅揭示了雨滴急切地奔向大海的答案,更多层次地昭示了生活的哲理。这种哲理,我们可以理解为融入集体的幸福,可以理解为回到母亲怀抱的温暖,可以理解为从高处降落低处的踏实,也可以理解为隐匿自己的逍遥等,而无论哪一种,其结果都是"甜蜜"的。哲理是诗歌语言的支撑架,在诗歌中融入一定的哲理,往往会使得诗歌获得一种新的思想高度。

(2018-09-26)

(刊于《小学生世界》2018年第12期)

新　年

[意大利]贾尼·罗大里/著　李婧敬/译

新年的儿歌，
带给我全年的祝福。

我要有阳光的四月，
凉爽的七月,温和的三月。

我要一天里没有黑夜，
我要大海没有风暴。

我要面包永远新鲜，
我要桃树鲜花盛开。

我要猫儿狗儿做朋友，
我要泉眼儿里喷牛奶。

如果我要求太多就会一无所获，

我只要一张快乐的笑脸。

赏读——

《新年》是一首欢快的儿童诗。诗歌以童稚的口吻，表达了诗歌中的小主人公"我"对新年的憧憬。全诗共六节，第一节总起全诗：新年到了，"我"要给自己祝福。第二至第五节运用排比句式，抒写了"我"内心美好的期盼："我"期盼在新的一年内，阳光明媚、天地祥和、食品鲜美、鲜花盛开、人间友爱、奇迹发生。最后一节，诗歌来了一个逆转：如果上述愿望都不能实现，那么"我只要一张快乐的笑脸"。这是一首童真的诗歌、明媚的诗歌、温暖的诗歌和美好的诗歌，全诗连用七个"我要"，构成排比，将小主人公对新年充满期盼、幻想、美好的祝福，有点急切并且懂得自我回转的心理表现得淋漓尽致，真实而生动。从艺术表达效果上看，全诗最大的亮点，就在于最后一节的逆转，其作用有四：一是出人意料；二是以逆转制造艺术张力；三是揭示了人生的真谛——快乐最重要，给人以启迪；四是卒章显志，揭示诗歌主旨。读罢这首诗，一个天真无邪、对世界充满爱的儿童形象跃然纸上，一种"快乐最重要"生活共鸣轰然于胸。

（2017-05-19）

（收入《我们读诗·少年派》，浙江大学出版社；《小学生世界》2019 年第 1-2 期）

捡来的孩子

[拉脱维亚]亚·巴尔特维尔克斯/著　　古　娜/译

也许,在某个特别的日子,你会遇上这样的事:
也许,那天你正好要去邮局。
也许,为了去邮局你就沿着海边走。
也许,你在海边会找到一个小盒子。
也许,盒子里有只摇尾巴的小怪兽。
也许,盒子里没有小怪兽,却有些别的什么东西。

我就遇到过这样的事,在一个特别的日子。
这事千真万确,那天我正好要去邮局。
为了去邮局我就沿着海边走。
这事千真万确,我在海边会找到一个小盒子。
但是那盒子里并没有摇尾巴的小怪兽。
那里坐着一首诗——就是你正在读的这首。

赏读——

亚·巴尔特维尔克斯是拉脱维亚当代著名诗人,《捡来的孩子》是诗人一首广为传诵的儿童诗。这首诗构思非常巧妙,采用的是类似相声中的"抖包袱"手法。看过诗题"捡来的孩子"后,读者心中一定会产生这样一种强烈的好奇心:谁家的孩子丢了?孩子是怎么丢的?丢的孩子是谁?诗人是怎么捡到孩子的?待到读者带着这种疑问迫不及待地读完诗歌后,才恍然大悟:原来诗人"捡来"的"孩子",并不是一个真正的孩子,而是诗人写的这首诗。"包袱"抖出,悬念顿消。出人意料的结尾,使得这首诗歌趣味横生。这首诗除了在构思上悬念设置得很有趣,在具体的写法上也非常有趣。这种有趣当然不光体现在首段诗歌运用六个排比句,假设了一种充满童话色彩的生活场景,更体现在第二段诗歌与首段诗歌之间形成的一一对应的关系上。首段每一句都假设一种可能会出现的情况,第二段每一句都与首段相同句序的内容相呼应,陈述一种真实发生的情况,并在句式上故意进行重复。这种对应与复沓手法的运用,造成了一种饶舌、俏皮、诙谐、幽默的艺术效果,让人心领神会,忍俊不禁。

（2018-12-03）

（刊于《小学生世界》2019 年第 3 期）

动　物

[阿根廷]胡安·赫尔曼/著　范　晔/译

我与一只隐秘的动物住在一起。

我白天做的事，它晚上吃掉。

我晚上做的事，它白天吃掉。

只给我留下记忆。连我最微小的错误和恐惧，

也吃得津津有味。

我不让它睡觉。

我是它的隐秘动物。

赏读——

胡安·赫尔曼是曾获塞万提斯奖的阿根廷当代著名诗人，《动物》是他的名篇之一。结合诗人奇特的身世，对《动物》这首诗可做多种解读，但我却更愿意把它看成是一首儿童诗，而且是一首饶有趣味的儿童诗。诗歌虽只有短短七行，却非常形象生动。这只与"我"住在一起的"隐秘的动物"可真是贪吃啊："我白天做的事，它晚上吃掉。/我晚上做的事，它白天吃掉。""连我最微小的错误和恐惧，/也吃得津津有味。"它是不是很像鲁迅《故乡》中那匹趁着月色，窜到闰

土家的西瓜地里偷吃西瓜的猹啊?! 为了惩罚它,"我不让它睡觉"。可"它"究竟是一只什么动物呢? 诗歌非但没有明确进行回答,最后"我"反倒成了"它的隐秘动物"。这"悬案"要是请哲学家来破解,他们会这样告诉我们:"它"是另一个"我","我"与"它"互为"隐秘的动物"。但我们现在读的诗歌,不是哲学,所以我们完全可以不理会什么哲学不哲学的,只要觉得它是一首很有意思的诗歌就够了。难道不是吗?

（2018-12-21）

（刊于《小学生世界》2019年第4期）

花儿的眼泪

[日本]金子美玲/著　魏　雯/译

谁都不要告诉

好吗?

清晨庭院角落里,

花儿悄悄掉眼泪的事。

万一这事说出去了,

传到蜜蜂耳朵里,

它会像做了亏心事一样,

飞回去,还蜂蜜的。

赏读——

命运坎坷、在人世只活了27年的日本童谣诗人金子美玲,被誉称为"童谣诗的巨星"。1984年,《金子美玲童谣全集》出版,震撼了日本文学界。2005年,金子美玲的美丽诗篇被译成中文,迅即在中国大江南北传播开来。金子美玲童谣诗最令人惊艳和最触及读者灵魂之处,在于它那无比自然的儿童心态、诗意的儿童感觉、联翩的想象力、让人落泪的温情以及彻骨的生命忧伤。诗歌《花儿的眼泪》几乎完美地体现了金子美玲诗歌这种诗学特征:清晨,庭院角落里,从花瓣上掉落下几颗露珠,在富有童心的诗人眼里,如同正在伤心的花儿在悄悄地抹着眼泪。花儿为什么伤心流泪?是因为蜜蜂采过它的花粉吗?如果真是这样,那可真的不能让蜜蜂知道这件事了,要不然蜜蜂会深深自责,乃至"飞回去,还蜂蜜的"。诗歌采用拟人化写法,以一种劝诫的口吻,书写清晨所见露珠从花瓣上滴落的一幕。童真、纯洁、清澈、温情,同时带着一丝淡淡的忧伤,将一种隽永的诗意,长留在读者心房。

（2019-02-14）

（刊于《小学生世界》2019年第5期）

星　星

[芬兰]伊迪特·伊蕾内·索德格朗/著　　北　岛/译

当夜色降临，

我站在台阶上倾听。

星星蜂拥在花园里，

而我站在黑暗中，

听，一颗星星落地作响！

你别赤脚在这草地上散步，

我的花园到处是星星的碎片。

赏读——

这是一首书写星星的名篇，虽只有短短七行，却想象奇丽，意境深邃。诗歌中闪烁着一种银色的光辉，那是流星的光辉、想象的光辉、艺术的光辉，更是诗人心灵的光辉。诗歌诗意很明朗：晚上，"我"独自欣赏夜空中的星星，忽见有颗流星坠地，便想到它一定会像玻璃一样，砸成无数碎片，因而提醒人们别赤脚散步，以防割伤。诗歌至少有四点值得称道：一是使用"通感"写法。将所见转化为所闻，以听觉表现视觉。二是以实（玻璃碎片）写虚（星光），虚实相映成趣。

三是以动写静,以动衬静。"站在黑暗中"的"台阶上倾听"的"我"是安静的,天上的流星划过黑暗的天幕也是安静的,然而"我"却听到了星星坠地的巨响,这是一种典型的"蝉噪林逾静,鸟鸣山更幽"的表现手法。四是比喻贴切。将星星暗喻蜜蜂,将夜空明喻"花园",将满地星光比作玻璃碎片,想象优美,童趣盎然。

（2019-03-13）

（刊于《小学生世界》2019年第6期）

语言学

[德国]希尔德·多明/著   媛的春秋/译

你得和果树谈谈。

创造一门新的语言，
樱花的语言，
苹果花的语言，
粉红的,白色的话语，
风将它们悄悄地带走。

去向果树倾诉
若你遭遇不公。

学会沉默
在那粉红的和洁白的语言中。

赏读——

我一向主张,应该让儿童读一点高品位的诗,哪怕这些诗歌超出了儿童诗的范畴,哪怕他们对这些诗歌暂时还不能完全理解和接受。犹如培育珍珠,贝体起初对植入的异物是难以接受的,最终却能孕育出璀璨的珍珠。当然,我们在引导儿童鉴赏诗歌时,必须化繁为简、深入浅出,就像《语言学》这首诗,我们完全可以忽略诗人的身世,甚至也可以将高大上的"语言学"视为一个普通的题目。我们只要撷取诗歌中"很儿童"的那部分内容就够了。从这一角度去看,《语言学》无疑是一首极优美的儿童诗。"和果树谈谈",这是一件多么有趣、多么美好的事啊!瞧,满树都是花:樱花、苹果花;粉红的、白色的。这些花朵,其实都是果树的"语言"、果树的心思,都是果树对风说的悄悄话。"若你遭遇不公",那么请"去向果树倾诉"吧,果树一定会是一个耐心的倾听者。或者,像枝头上的那些"粉红的和洁白的"花朵一样,"学会沉默"。这样去解读,我们是否在得到美的陶冶的同时,还获得了某种人生的启迪?

（2019-04-01）

（刊于《小学生世界》2019年第7-8期）

妈　妈

[俄罗斯]沙霍杰尔/著　韦　苇/译

妈妈！我爱你,妈妈,

我这样来爱你,妈妈:

我去造一艘天下第一大的大船,

大船的名字就叫"妈妈"。

赏读——

"母亲节"那天,看了海量的献给母亲的颂歌,但说实话,都没有俄罗斯诗人沙霍杰尔这首《妈妈》直击我的心扉。诗歌是如此的短小,短得只有区区四行,却令人过目难忘。"妈妈！我爱你,妈妈",首句直抒胸臆,抒发了诗歌中的小主人公对妈妈的依恋和深爱。第二句至末句,诗歌中的小主人公充分展开想象,他要为妈妈"造一艘天下第一大的大船",并且要将这艘大船命名为"妈妈",以此作为对妈妈的具体而实际的报答。奇特的儿童思维,逼真的儿童口吻,单纯、热烈的情感,简洁、传神的表达,交融成这首短诗独特的艺术魅力与情感魅力。诗歌在陶冶读者情操的同时,也给读者以人生的启迪:母爱就是一艘大船,载着我们在人生的汪洋大海中劈波斩浪,扬帆远航。读完这首短诗,我由衷地发出了这样的感叹：一首优美的儿童诗，它表现的世界是那么微小，又是那么博大；是那么天真、单纯，又是那么丰富多彩。它承载着一种无边的想象与无法言说的纯真、善良与美丽，给我们心灵以洗涤。

（2019-05-17）

（刊于《小学生世界》2019年第9期）

松　鼠

[俄罗斯]阿·孔拉企耶夫/著　韦　苇/译

松鼠从松树上跑下来，
津津有味地吃我手掌上的榛果。
它从此就认得我了———
知道我不是敌人，是朋友。

赏读——

读完俄罗斯诗人阿·孔拉企耶夫的这首《松鼠》，我不由得想起中国当代著名作家冯骥才先生的散文《珍珠鸟》。这篇散文表达的主旨是："信赖，往往能创造出美好的境界。"信赖，即信任和依赖。首先是信任，然后才是依赖。人与人之间需要信任，人与动物之间也需要信任。而信任来自安全感。没有安全感，只能带来避之唯恐不及。就像这首童诗中的松鼠，它"知道我不是敌人，是朋友"，没有伤害它的坏心，所以放心大胆地"从松树上跑下来/津津有味地吃我手掌上的榛果"。诗歌表现了主人公热爱大自然、保护小动物的爱心和美德，因而能够唤起我们心中强烈的共鸣，并给予我们美好的情操陶冶和艺术享受。

（2019-06-06）

（刊于《小学生世界》2019年第10期）

我只愿做一些"雪中送炭"的事儿（代后记）

——文学评论集《词语快跑》作者访谈

涂国文　张　弛

张弛（以下简称张）：涂老师，首先祝贺您的文学评论集《词语快跑》出版！我们都很好奇，您这本书为什么取名为"词语快跑"，它与浙江卫视的《奔跑吧，兄弟》有关系吗？

涂国文（以下简称涂）：谢谢！所有的文学，都是词语的艺术，这就是我为这部文学评论集取名为"词语快跑"的动因。这个书名与《奔跑吧，兄弟》一点关系也没有，它源于2007年我为甘肃散文家杨永康老师的散文写的一个评论文章的标题，比《奔跑吧，兄弟》的出现要早得多。

张：我们注意到，您除了文学评论外，还写过诗歌、随笔、散文、杂文、小说、报告文学、人物传记等。请问您是什么时候开始文学评论写作的？您涉猎的文学样式这么多，您是如何处理这些文学体裁之间的关系的？

涂：我不是科班出身，搞文学评论纯属"打酱油"，属于"野狐禅"。要说是从什么时候开始的，应该是十多年前吧。那时应几个陌生朋友的请求，为他们写过几个评论，结果反响还行。

起先几年我以写文化评论为主，光明网学术论坛、北大中文论坛、中国艺术批评网等网络论坛和《深圳晚报》都转载过。2007年姚牧云抄袭事件发生后，我写了个评论，全国有四十多家大型媒体网站都转载或引述了，包括光明网、解放网、人民网，等等。当时中央电视台有个姓郭的女记者与我联系，要来采访我，被我婉言谢绝了。我真正开始大量写评论是近几年的事，各类评论，包括文化评论、文学评论、教育评论、时政评论等加起来应该有50万字吧。

我其实是写诗出身的。20世纪80年代初就迷上诗歌了。我觉得文学都是相通的,再加上我是个兴趣相当芜杂的人,想到什么就写什么,因此真的从来也没有感觉到还要去处理什么不同文体之间的关系。我追求"无目的写作",我写作本来就是为了好玩。我除了写文学作品之外,也写过很多教育教学研究类文章和新闻报道以及出版专业的文章。一定要问我"是如何处理这些文学体裁之间的关系的",我的回答只有两个字:兴趣!

张:我们都知道写文学评论是一件极其辛苦的工作,您写了这么多文学评论,请问您是如何评价这项工作的?

涂:说句实话吧,写文学评论真的不是人干的活! 这就是为什么现在诗人、作家这么多,而评论家却极少的原因所在。它完全是一种为人做嫁衣的行为。写作一部文学评论集所投入的精力,应该是写作一部原创文学作品的3—5倍。也曾有不少朋友好心地提醒我,不要把生命都浪费在文学评论上,尤其是对我这样具有原创能力的人来说,更是不值当。但我是个脸皮特别薄的人,不懂得拒绝,相识或不相识的朋友,将书寄来了,期盼殷殷,大凡只要我时间上安排得过来,一般都会给他们写的。无非就是牺牲自己的休息时间罢了。当然也有不凑巧的,朋友的书寄来了,正好碰上我工作特别忙,或者家里有事,看了一半,或者写了一半,就撂在一边了。等到稍空下来,却时过境迁,新鲜感没了,就再也无法重新进入了。有位做文学刊物主编的朋友给我寄来了长篇小说,我连电子稿一起,前后看了四遍,笔记都做了2万多字,本想给写几万字的长篇评论,结果因为当时特别忙,没有一鼓作气,到现在整整4年过去了,除了当时写的一个300来字的开头,愣是多一个字也没写出。

张:您在文学评论的写作过程中,有没有遇到过什么困惑?

涂:任何一个文学创作者,在写作过程中,都会遇到这样或那样的困惑。我自然也不例外。不过我遇到的困惑,更多地来自写作之外。

我的第一个困惑是,写文学评论真的工作量巨大。偏偏我是一个"文本细读"的崇尚者,认为"文本细读"是一位评论者最基本的职业操守和道德底线,不细读,不评论。要么不答应,只要答应了,我一定要认真读作品的。没有认真读完作品,心里没底,我是不敢去评论的。

我的第二个困惑是,写评论有时也会得罪人的。一是有朋友寄来了书,希望我能写篇评论,但由于前面说过的原因,结果没写成,这些朋友心里便有了怨气,关系便疏远了。二是一点实话也不能说,都希望只说好话,不提不足。譬如我十年前曾经为一位青年女散文家写过一个评论,只在最后婉转地指出了她创作中的几个小问题,当即和我翻脸,从此不相往来。

我搞文学评论是纯义务的。正因为会遭遇上述烦恼,所以有时我也会想,我自己有原创能力,真的犯不着再去干文学评论这种成全别人、恶心自己,吃力不讨好的事情了。对待朋友的劝告,我想,我会认真考虑的。我终究要回归原创。

张:文学评论有没有给您带来快乐?

涂:当然给我带来了快乐。毫无快乐的事情,能坚持这么久吗? 写作文学评论,至少给我带来了这样四种快乐:一是文艺理论水平快速提高的快乐。我要去评论别人的作品,就必须要高屋建瓴,而我又不是文艺批评科班出身,理论储备先天不足,这就逼着我必须去自学大量相关的文艺理论。二是练就犀利学术眼光的快乐。因为有批评的任务在肩,在阅读作品时,我就必须要边阅读边思考。带着评论任务的阅读,真的是一种高效的阅读。训练时间久了,作品有哪些优点、哪些缺点,往往一眼就能准确地判断出来。这种快乐是外人难以体会的。三是得到肯定的快乐。当我辛辛苦苦写出来的评论,得到了作者的高度认可,把我视为知音的时候,这种快乐也是难以言说的。四是没评错人的快乐。当我评论或推举过的诗人、作家,在文学创作上捷报频传时,我可能比他们本人还要高兴。因为我没评错人啊。

张:涂老师,现在有一种非常矛盾的现象:很多诗人、作家一方面很瞧不上文学评论,认为文学评论对文学创作来说基本无用,但另一方面,他们有重要作品发表了,或者出书了,心里又非常希望能有文学评论做做宣传,请问您是如何看待文学评论的作用的?

涂:首先我要说,这些诗人、作家瞧不起文学评论是有一定道理的。所有的文学评论,对于文学作品来说都是一种"马后炮",都是一种滞后的分析和归纳。如果文学评论只是"复制"文学作品,没有一点连作者自己也没有意识到的独到发现,这样的文学评论真的是无效的,它只能对文学作品起一点扩大其知名度的作用。此其一。其二,所有的诗人、作家,他们的创作发展到了一定阶段时,都会形成一种比较顽固的思维定式,纵使评论家洞见并指出了他们作品中存在的缺点和不足,他们也不一定就能改正。其实很多时候,对于自己创作中的缺点和不足,作者本人未必就没有意识到,但业已形成的创作思维定式的吸附力实在是太强了,使得他们没法避开那些缺点和不足的旋涡,"明知山有虎,偏向虎山行"。从这个意义上说,文学评论真的是无用的。

　　然而,若从大的方面去看,譬如从引领整个社会的文学发展方向去看,文艺理论、文学评论的作用却是巨大的。没有别林斯基、车尔尼雪夫斯基和杜勃罗留波夫的文学批评,就不可能有俄国十九世纪批判现实主义文学的繁荣。此其一。其二,文学评论对在文学创作上已经取得了巨大成功的诗人、作家基本上是无效的,但在推举文学新人方面,作用却是巨大的。很多文学新人正是在文学评论的有力托举下,攀登上了文学的高峰。

　　张:我注意到,您的《词语快跑》基本上没有对诸如莫言、余华、贾平凹、麦家等顶尖作家的评论,评论的对象以文学新人为多,请问您这样做是出于怎样一种考虑?

　　涂:我认为"雪中送炭"永远要比"锦上添花"更有价值和意义。余华等人都已是世界性的作家了,他们难道还会在乎我这么一个名不见经传的小人物献上的几朵小花? 同理,他们难道会理会我这么一个小人物的批评乃至炮轰? 与其把精力浪费在他们身上,怎比得上把精力落在我所熟悉的一些诗人、作家身上,特别是一些起步不久的文学新人朋友们的身上,更有价值和意义? 我只愿做一些"雪中送炭"的事儿。

　　张:您认为写作文学评论,应该注意哪些问题? 您的文学评论追求怎样一种风格?

　　涂:最主要的有两点吧! 第一点是必须"文本细读",不细读,勿批评。这个问题前面谈过了。第二点是必须"做加法"。文学评论呈现三个层次,最高层次是"做加法",中间层次是"复制",最低层次是"做减法"。文学评论应对文学作品做"加法",对文学作品进行丰富和深化。文学评论的职责不是为作家作品撰写"产品说明书",不能简单地复制文学作品,必须在文学作品外有所"生成"。关于我的文学评论观,《词语快跑》的后记阐述得比较详尽,我这里就不再啰唆了。

　　至于说我的文学评论追求怎样一种风格,用这样一句话概括——"将理论完全消融于评论之中,处处看不见理论,然而理论却无处不在。"我可能目前还没有完全达到,但这确实是我文学评论的一种追求。

（2016-08-14）

（刊于浙江作家网,2016年9月22日）

涂国文简介

国家二级作家、中国文艺评论家协会会员、浙江省作家协会会员、浙江省文艺评论家协会理事、浙江省散文学会理事、杭州市诗歌创作委员会副主任、西湖区作家协会副主席、浙江青少年作家导师团导师、资深教育传媒人，曾先后担任多家省级报刊主编、总编辑。著有诗集《子夜时雪落无声》《江南书》、随笔集《苏小墓前人如织》、中篇小说集《湖殇》、文学评论集《词语快跑》《语言在万物之上从容走动》、长篇小说《李叔同情传》《苏曼殊情传》，作品见于《文艺报》《民族文学》《安徽文学》《山西文学》等逾百家报刊，入选《中国新诗排行榜》《中国诗人诗典》《中国当代诗歌鉴赏》《汉语地域诗歌年鉴》《21世纪江西诗歌精选》《浙江五年文学作品精选》《浙江诗歌十年精选》等60余部选集。曾获井冈山文学奖，现供职于某高校杂志社。